K
EINE

Karen Witemeyer

Eine Lady
nach Maß

francke

Über die Autorin:

Karen Witemeyer lebt zusammen mit ihrem Mann und ihren 3 Kindern in Texas. Seit ihrer Kindheit hegt sie eine Vorliebe für historische Romane mit Happy End-Garantie und einer überzeugenden christlichen Botschaft. Nachdem sie an der Abilene Christian University ihren Abschluss in Psychologie gemacht hatte, begann sie selbst mit dem Schreiben. Eine Lady nach Maß ist ihr Debütroman.

Bibliografische Information Der Deutschen Bibliothek
Die Deutsche Bibliothek verzeichnet diese Publikation in der Deutschen Nationalbibliografie; detaillierte bibliografische Daten sind im Internet über http://dnb.ddb.de abrufbar.

ISBN 978-3-86827-300-7
Alle Rechte vorbehalten
Copyright © 2010 by Karen Witemeyer
Originally published in English under the title *A Tailor-Made Bride*
by Bethany House, a division of Baker Publishing Group, Grand Rapids, Michigan, 49516, USA
All rights reserved.
German edition © 2012 by Verlag der Francke-Buchhandlung GmbH
35037 Marburg an der Lahn
Deutsch von Rebekka Jilg
Cover design by Dan Thornberg, Design Source Creative Services
Umschlagbild: © iStockphoto.com / MarsBars
Umschlaggestaltung: Verlag der Francke-Buchhandlung GmbH / Christian Heinritz
Satz: Verlag der Francke-Buchhandlung GmbH
Druck: Bercker Graphischer Betrieb, Kevelaer

www.francke-buch.de

Prolog

„Rot? Hast du keinen Anstand, Tante Vic? Du kannst dich doch nicht in einem roten Kleid beerdigen lassen."

„Es ist *Kirsche*, Nan."

Hannah Richards musste sich ein Lachen verkneifen, als Victoria Ashmont die Ehefrau ihres Neffen mit diesen einfachen Worten in ihre Schranken wies. Während sie sich angestrengt bemühte, so auszusehen, als bekäme sie kein Wort von der Unterhaltung ihrer Kundinnen mit, nahm Hannah die letzte Nadel und steckte sie in den Saum des umstrittenen Stoffes.

„Musst du denn bis zum bitteren Ende gegen die Konventionen verstoßen?" Nans Nörgeln steigerte sich fast zu einem Schrei, als sie auf die Tür zulief. Ein leises Schniefen, gefolgt von einem kleinen Schluckauf, kündigte die Tränen an, die nicht mehr lange auf sich warten lassen würden. „Sherman und ich werden es ausbaden müssen. Du machst uns vor unseren Freunden zum Gespött. Aber du hast dich ja noch nie um jemand anderen als um dich gekümmert, nicht wahr?"

Miss Victoria wandte sich so abrupt um, dass sie Hannah beinahe mit ihrem Spazierstock am Kopf getroffen hätte.

„Du magst meinen Neffen um den Finger gewickelt haben, aber glaubte ja nicht, dass du mich mit deinem Jammern beeindrucken kannst." Victoria Ashmont stand da wie eine zornige Göttin der griechischen Mythologie. Mit erhobenem Kopf richtete sie ihre vom Alter gekrümmte Hand auf die Frau, die es wagte, ihre Entscheidungen infrage zu stellen. Hannah erwartete beinahe, dass ein Blitz ihrem Zeigefinger entfuhr, der Nan hier und jetzt zu Asche verbrannte.

„Seit Doktor Bowman festgestellt hat, dass ich ein schwaches Herz habe, umkreist du mich wie ein Geier. Du hast meinen Haushalt an dich gerissen und bestimmst, wie Shermans Erbe ausgegeben wird.

Aber mich wirst du nicht kontrollieren, meine Liebe. Ich werde tragen, was ich aussuche, ob dir meine Wahl gefällt oder nicht. Und wenn deine Freunde auf einer Beerdigung nichts Besseres zu tun haben, als über den Kleidergeschmack der Toten herzuziehen, solltest du dir jemanden suchen, der etwas mehr Charakter besitzt."

Nans beleidigter Aufschrei hallte im Raum nach wie der Peitschenknall eines Maultiertreibers.

„Mach dir keine Sorgen, Liebes", rief Miss Victoria, als ihre Nichte die Schlafzimmertür aufriss. „Mit dem vielen Geld, das du von mir erbst, kannst du dich leicht trösten. Ich bin sicher, du erholst dich im Handumdrehen von allen eventuellen Peinlichkeiten, die ich dir zumute."

Die Tür schlug zu. Dieses Geräusch schien Miss Victoria aller Kraft zu berauben. Der Stock fiel ihr aus der Hand und sofort sprang Hannah auf, um die schwankende Frau zu stützen.

„Vorsicht, Madam. Warum setzen Sie sich nicht für einen Augenblick?" Hannah führte die alte Dame zu einem Sofa, das am Fuß des großen Himmelbettes stand. „Soll ich Ihnen einen Tee kommen lassen?"

„Seien Sie nicht albern, Mädchen. Ich bin noch nicht so geschwächt, dass mich eine solche Unterhaltung aus der Bahn wirft. Ich muss nur wieder zu Atem kommen."

Hannah nickte, um zu vermeiden, ihrerseits einen Streit mit der alten Dame anzufangen. Stattdessen sammelte sie ihre Scheren und Stecknadeln auf, die auf dem dicken Teppich verstreut lagen.

In den letzten achtzehn Monaten hatte Hannah regelmäßig für Miss Victoria geschneidert. Es beunruhigte sie, zu sehen, wie sehr ein solch kurzes Streitgespräch die alte Dame mittlerweile aus der Fassung brachte. Die unverheiratete alte Dame, die schon immer ein wenig exzentrisch gewesen war, war mit ihrer rasiermesserscharfen Zunge nie einem Wortgefecht ausgewichen.

Auch Hannah hatte die bissigen Bemerkungen ab und an schon zu spüren bekommen, aber mit der Zeit hatte sie sich ein dickes Fell zugelegt. Eine Frau, die ihren eigenen Weg gehen wollte, musste abgehärtet sein, wenn sie nicht früher oder später scheitern wollte. Vielleicht war das der Grund, warum sie Victoria Ashmont so sehr respektierte, dass sie ihre gelegentlichen Rüffel ertragen konnte. Miss Victoria hatte jahrelang ihr eigenes unabhängiges Leben geführt und war damit sehr gut zurechtgekommen. Natürlich hatte sie immer genug Geld gehabt, ebenso wie ihr der Familienname Ashmon alle Türen hatte öffnen können. Nach dem zu urteilen, was sich in den besseren Kreisen herumgesprochen hatte – und auch nach dem, was man sich unter vier Augen erzählte – war Victoria Ashmonts Ansehen in ihrer Zeit als Familienoberhaupt ständig gewachsen. Und das war mehr, als viele Männer von sich behaupten konnten. Hannah hoffte, dass sie, wenn sie auch nur die geringste Möglichkeit dazu bekommen würde, den Erfolg dieser Frau kopieren könnte. Zumindest ein wenig.

„Wie lange arbeiten Sie nun schon für Mrs Granbury, Miss Richards?"

Hannah sprang bei dieser fast unfreundlichen Frage auf und ging mit dem Nähkästchen unter dem Arm schnell zurück zu Miss Victoria. „Fast zwei Jahre, Madam."

„Hm." Der Stock der Dame klopfte dreimal gegen das Sofabein. „Ich erzähle der Frau schon seit Jahren, dass sie endlich Mädchen anstellen soll, die ein bisschen Grips haben. Ich war froh, als sie meinen Rat endlich befolgt hat. Ihre Vorgängerinnen, Liebes, haben es nie länger als ein oder zwei Monate mit mir ausgehalten. Entweder war ich mit ihren Fähigkeiten nicht zufrieden oder sie kamen nicht mit meiner direkten Art zurecht. Es war ein ständiges Ärgernis, dass ich meine Wünsche immer und immer wieder erklären musste. Das vermisse ich nicht im Mindesten."

„Ja, Madam." Hannah zog ihre Stirn in Falten. Sie war sich nicht sicher, aber sie vermutete, dass Victoria Ashmont ihr gerade ein Kompliment gemacht hatte.

„Haben Sie je daran gedacht, Ihr eigenes Geschäft zu eröffnen?"

Hannahs Blick richtete sich auf das Gesicht ihrer Kundin. Die durchdringenden grauen Augen durchbohrten sie, als versuchte Miss Victoria, die Wahrheit aus ihr herauszusaugen.

Schnell wandte Hannah den Blick ab und betrachtete das Nähkästchen in ihren Händen. „Mrs Granbury war bisher sehr gut zu mir, sodass ich schon ein wenig Geld zur Seite legen konnte. Es wird bestimmt noch ein paar Jahre dauern, aber eines Tages will ich mein eigenes Geschäft eröffnen."

„Gut. Und jetzt helfen Sie mir bitte aus diesem Kleid."

Verwirrt von dem abrupten Ende des Gespräches schwieg Hannah.

Sie streifte die farbenfrohe Seide vorsichtig herunter, um weder den Stoff noch Miss Victorias Strümpfe durch die Stecknadeln in Mitleidenschaft zu ziehen. Als sie das Kleid behutsam entfernt hatte, legte sie es beiseite und half Miss Victoria, einen Morgenrock anzuziehen.

„Ich fürchte, ich muss mich jetzt um einiges kümmern", sagte Miss Victoria, als sie sich an ihr Schreibpult setzte. „Ich zahle Ihnen einen Bonus, wenn Sie das Kleid gleich hier fertig machen, bevor Sie gehen. Sie können den Stuhl in der Ecke benutzen." Sie deutete in Richtung eines kleinen gepolsterten Hockers, der neben dem Schreibtisch stand.

Hannahs Hals zog sich zusammen. Hastig suchte sie nach einer angemessenen Entschuldigung, doch sie fand nichts, was Miss Victorias Überprüfung standgehalten hätte. Da sie offensichtlich keine Wahl hatte, schluckte sie ihre Bedenken hinunter und brachte eine passende Antwort über die Lippen.

„Wie Sie wünschen."

Nachdem sie ihre Vorbereitungen getroffen hatte, stellte Hannah ihr Nähkästchen auf den Boden dicht neben Miss Victorias Stuhl und machte sich daran, an dem Kleid zu arbeiten.

Sie mochte es nicht, vor ihren Kundinnen zu nähen. Obwohl ihr kleines Zimmer, das sie in einer Pension bewohnte, sehr dunkel war, genoss sie die Ruhe und Abgeschiedenheit. Dort konnte sie arbeiten, ohne auf ablenkende Fragen eingehen zu müssen.

Hannah atmete tief ein. *Ich werde das Beste daraus machen.* Es war zwecklos, sich über das Unvermeidbare zu beklagen. Außerdem mussten ja nur der Saum gekürzt und ein paar zusätzliche Abnäher angebracht werden, da Miss Victoria in letzter Zeit viel Gewicht verloren hatte. In weniger als einer Stunde würde Hannah ihre Arbeit beendet haben.

Zunächst war Miss Victoria eine hervorragende Gesellschaft. Sie war mit ihren eigenen Schreibarbeiten beschäftigt und hielt Hannah nicht von ihrer Arbeit ab. Nachdem sie ihre Brille aus einem Silberetui hervorgeholt hatte, sah sie einen Stapel Briefe durch. Doch als Hannah sich schon darauf freute, schnell mit ihrer Arbeit fertig zu werden, wandte Miss Victoria sich an sie.

„Sie finden es bestimmt seltsam, dass ich meine Beerdigung schon im Vorhinein bis ins Kleinste plane."

Hannah hob den Blick von ihrer Arbeit. „Nicht seltsam, Madam. Eher ... vorausschauend."

„Hm. Die Wahrheit ist, dass ich weiß, dass ich sterbe. Ich will auf eine Art und Weise gehen, mit der ich allen im Gedächtnis bleibe, und nicht einfach für immer verschwinden."

„Ich bin sicher, Ihr Neffe wird sich an Sie erinnern." Hannah drehte das Kleid, sodass sie besser an die Naht kam, die sie als nächste in Angriff nehmen wollte.

„Sherman? Pah! Der Junge würde seinen eigenen Namen vergessen, wenn man ihm die Möglichkeit dazu gäbe." Miss Victoria zog ein Dokument aus einer Schachtel. Sie legte es vor sich, griff nach dem Tintenfässchen und öffnete es. „Ich habe schon daran gedacht, mein Vermögen für wohltätige Zwecke zu spenden, anstatt es meinem Neffen zu überlassen. Er und seine flatterhafte Frau werden es mit beiden Händen ausgeben." Ein tiefer Seufzer entfuhr ihr. „Aber sie sind nun einmal meine Familie. Mittlerweile ist es mir fast egal, was mit meinem Geld geschieht, wenn ich nicht mehr hier bin."

Hannah zog schnell und geschickt die Nadel mit dem roten Faden durch den Stoff, konzentriert darauf, dass jeder Stich sorgfältig und genau gesetzt wurde. Es war nicht an ihr, Ratschläge zu erteilen, aber trotzdem brannte es ihr auf der Zunge. Allein mit einem Bruchteil des Ashmontvermögens könnte eine Kirche oder Wohltätigkeitsorganisation viel Gutes tun. Miss Victoria könnte ein paar kleinere Spenden tätigen, ohne dass ihr Neffe auch nur das Geringste mitbekam. Hannah presste ihre Lippen fest aufeinander und behielt ihre unerbetene Meinung für sich.

Sie war erleichtert, als ein leises Klopfen an der Tür sie davor bewahrte, doch noch eine unüberlegte Antwort zu geben.

Ein junges Dienstmädchen trat ein und knickste. „Die Post ist da, Madam."

„Danke, Millie." Miss Victoria nahm den Umschlag entgegen. „Du kannst gehen."

Das Geräusch knisternden Papiers erfüllte den Raum, als Miss Victoria den Brief studierte.

„Nun, ich muss diesem Gentleman Respekt zollen", murmelte die alte Dame. „Das ist der dritte Brief innerhalb von zwei Monaten."

Wieder wendete Hannah das Kleid und beugte sich noch etwas dichter über ihre Arbeit. Sie hoffte, dass Miss Victoria aufhören würde, ihre privaten Dinge mit ihr zu besprechen. Doch es war nichts zu machen. Die Stimme der alten Dame wurde wieder lauter, als sie fortfuhr.

„Er will eines meiner Grundstücke kaufen."

Hannah beging den Fehler und sah von ihrer Arbeit auf. Miss Victorias Augen, vergrößert durch die Brille, die sie trug, forderten eine Antwort von ihr. Doch wie sollte eine einfache Schneiderin sich in einem Gespräch mit einer Dame der Gesellschaft verhalten, die so weit über ihr stand? Sie wollte Miss Victoria nicht beleidigen, indem sie kein Interesse zeigte. Doch *zu* neugierig zu sein konnte auch missverstanden werden. Hannah mühte sich fieberhaft, eine angemessene Antwort zu finden. „Oh?"

Das schien genug zu sein, denn Miss Victoria wandte sich wieder ihrer Korrespondenz zu.

„Als die Eisenbahnstrecken letztes Jahr ausgebaut werden sollten, habe ich einige Grundstücke erworben, die schon erschlossen waren. Ich habe guten Gewinn gemacht, als ich sie wieder verkaufte, doch an genau diesem Grundstück hänge ich."

Eine erwartungsvolle Pause entstand. Hannah starrte wieder auf ihre Arbeit und stellte die erste Frage, die ihr in den Sinn kam.

„Macht der Herr denn kein angemessenes Angebot?"

„Doch. Mr Tucker bietet einen mehr als ausreichenden Preis." Miss Victoria klopfte mit dem Brieföffner auf den Tisch, dann schien sie zu bemerken, was sie tat, und legte ihn beiseite. „Vielleicht zögere ich, weil ich den Mann nicht persönlich kenne. Er scheint bei der Bank in Coventry einen guten Stand zu haben. Sein Ruf dort ist ausgezeichnet, aber in den letzten Jahren habe ich es mir angewöhnt, meine Geschäftspartner persönlich zu treffen. Leider lässt meine Gesundheit das nicht mehr zu."

„Coventry?" Hannah ging rasch auf dieses weniger persönliche Thema ein. „Ich kenne diese Stadt nicht sehr gut."

„Das liegt wahrscheinlich daran, dass sie etwa zweihundert Meilen nördlich von hier liegt, am North Bosque River – und sehr klein ist. Ich hatte gehofft, eines Tages dorthin reisen zu können, aber wie es im Moment aussieht, werde ich diese Möglichkeit nicht mehr bekommen."

Hannah vernähte einen Faden und schnitt das Ende ab. Sie griff nach ihrer Spule und wickelte neues Garn ab, froh darüber, dass das Thema sich endlich in eine weniger verfängliche Richtung gewendet hatte. Sie hielt die Nadel hoch, um den Faden einfädeln zu können.

„Was meinen Sie, Miss Richards? Sollte ich dem Mann das Grundstück verkaufen?"

Die Nadel fiel ihr aus der Hand.

„Sie fragen mich?"

„Gibt es hier sonst noch irgendeine Miss Richards? Natürlich frage ich Sie." Miss Victoria schnalzte empört mit der Zunge. „Himmel, Mädchen. Ich habe gedacht, Sie seien von der intelligenten Sorte. Habe ich mich die ganze Zeit über geirrt?"

Das traf Hannah. Sie straffte die Schultern und hob ihr Kinn. „Nein, Madam."

„Gut." Miss Victoria schlug mit der Handfläche auf ihren Schreibtisch. „Jetzt sagen Sie mir endlich, was Sie denken."

Wenn diese Dame unbedingt ihre ehrliche Meinung hören wollte, würde Hannah gehorchen. Dieses Kleid war sowieso die letzte Arbeit, die sie für Miss Victoria erledigen würde. Es konnte also nicht schaden. Das einzige Problem war nur, dass Hannah sich im Laufe des Gespräches so sehr angestrengt hatte, keine eigene Meinung zu entwickeln, dass sie nun auch wirklich keine hatte. Sie versuchte, sich nicht zu einer überhasteten und dummen Antwort hinreißen zu lassen, und suchte deshalb erst einmal auf dem Fußboden nach ihrer Nähnadel.

„Es scheint mir", sagte sie, nachdem sie die Nadel gefunden hatte, „als müssten Sie sich entscheiden, ob Sie Ihr Land einem Mann überlassen, den Sie nur von seinem guten Ruf her kennen, oder Ihrem Neffen, mit dem Sie schon Ihre Erfahrungen gemacht haben." Hannah hob ihren Blick und blickte Miss Victoria in die Augen. Sie gestattete nicht, dass der durchdringende Blick sie einschüchterte. „Mit welcher Vorstellung könnten Sie eher leben?"

Victoria Ashmont dachte einen Augenblick nach. Schließlich nickte sie und wandte sich ab. „Danke, Miss Richards. Ich denke, ich habe meine Antwort gefunden."

Kurz flackerte Triumph in Hannah auf, doch das Gefühl erlosch, als sie daran dachte, dass es hier um das Vermächtnis einer sterbenden Frau ging.

„Verzeihen Sie mir meine Kühnheit, Madam."

Miss Victoria wandte sich ihr wieder zu und erhob einen knöchernen Zeigefinger. „Kühnheit ist genau das, was Sie brauchen, wenn Sie Ihr eigenes Geschäft führen wollen, Mädchen. Kühnheit, Können und harte Arbeit. Wenn Sie Ihren Laden haben, werden Sie die eine oder andere Notlage kennenlernen. Vertrauen ist die einzige Möglichkeit, alles zu überstehen – Vertrauen in sich selbst und in Gott, mit dem uns alles möglich ist. Vergessen Sie das nie."

„Ja, Madam."

Hannah fühlte sich ermahnt und ermutigt zur selben Zeit. Mit neuem Eifer ging sie an ihre Näharbeit. Das Kratzen eines Stiftes auf Papier ersetzte Miss Victorias Stimme, als die Frau sich wieder ihrer Korrespondenz widmete. In kurzer Zeit war Hannah mit den Änderungen fertig.

Nachdem Miss Victoria das Kleid noch ein zweites Mal anprobiert und Hannahs Arbeit kritisch in Augenschein genommen hatte, wie es ihre Art war, begleitete sie Hannah in die große Empfangshalle.

„Mein Butler wird Sie nach Hause bringen, Miss Richards."

„Danke, Madam." Hannah nahm ihre Haube in Empfang und verknotete die Enden unter ihrem Kinn.

„Ich werde am Ende der Woche meine Rechnung bei Mrs Granbury begleichen, aber hier ist schon einmal der Bonus, den ich Ihnen versprochen habe." Sie streckte Hannah einen weißen Briefumschlag entgegen.

Hannah nahm ihn an und steckte ihn behutsam in ihren Korb. Dann machte sie einen schnellen Knicks. „Vielen Dank. Es war mir eine Ehre, für Sie zu arbeiten, Madam. Ich bete dafür, dass Ihre Gesundheit sich bessert."

Ein seltsames Licht trat in Miss Victorias Augen, ein geheimnisvolles Schimmern, als könne sie die Zukunft sehen. „Sie haben Besseres vor sich, als seltsamen alten Damen rote Kleider zu nähen, Miss Richards. Verschwenden Sie nicht Ihre Energie darauf, sich um mich zu sorgen. Ich werde gehen, wenn es Zeit für mich ist, keinen Moment früher."

Hannah lächelte, als sie aus der Tür trat, und sie war sich sicher, dass nicht einmal die Engel persönlich Miss Victoria dazu bringen könnten, früher zu gehen als nötig. Doch unter der harten Schale der alten Dame schlug ein gütiges Herz.

Wie gütig es war, erkannte Hannah aber erst, als sie zu Hause angekommen war und den Briefumschlag öffnete. Anstatt der zwei oder drei Dollar, die sie erwartet hatte, fand sie ein Geschenk, das ihr den Atem und die Fassung raubte.

Sie ließ sich mit dem Rücken gegen die Wand ihres Zimmers sinken und rutschte langsam daran hinunter. Zitternd saß sie minutenlang auf dem Boden und starrte auf das Papier vor sich. Sie blinzelte mehrmals, auch um die Tränen zu verdrängen, die in ihre Augen stiegen, aber nichts konnte die Tatsachen ändern.

In ihren Händen hielt sie die Besitzurkunde für ihr eigenes Grundstück mit Schneiderei in Coventry, Texas.

Kapitel 1

Coventry, Texas
September 1881

„J.T.! J.T.! Ich habe eine Kundin für dich!" Tom Packard trampelte in seinem unverkennbar ungleichmäßigen Gang die Straße hinunter und winkte wild mit den Armen in der Luft.

Jericho „J.T." Tucker trat mit einem Seufzer vor die Tür des Büros in seinem Mietstall und beobachtete seinen Gehilfen dabei, wie er an der Schmiede und dem Laden des Schuhmachers vorbeistolperte. Irgendwann hatte er aufgehört zu zählen, wie oft er Tom schon daran erinnert hatte, dass er es nicht lauthals verraten sollte, wenn sie einen Kunden hatten. Aber wenn der Junge aufgeregt war, gab es für ihn kein Halten mehr.

Es war auch nicht seine Schuld. Mit achtzehn Jahren hatte Tom zwar den Körper eines Mannes, doch sein Verstand hatte sich nicht so weit entwickelt. Er konnte kaum lesen und schaffte es nur mit großer Anstrengung, seinen eigenen Namen zu schreiben. Doch er hatte ein Händchen für Pferde, deshalb ließ J.T. ihn bei sich im Stall arbeiten und bezahlte ihn für die anfallenden Arbeiten. Als Gegenleistung gab sich der Junge alle Mühe, zu beweisen, dass er J.T.s Vertrauen verdiente. Er versuchte oft, unter den Bahnreisenden, die eine Meile südlich der Stadt aussteigen mussten, Kunden zu werben. Nach Wochen kleinerer Aufträge schien ihm nun endlich ein guter Fang ins Netz gegangen zu sein.

J.T. lehnte sich gegen den Türrahmen und zog einen Zahnstocher aus seiner Hemdtasche. Er steckte sich den hölzernen Stab zwischen die Zähne und versuchte, einen möglichst unbewegten Gesichtsausdruck zu zeigen, als Tom taumelnd vor ihm zum Stehen kam. Nur die rechte Augenbraue zog J.T. fragend in die Höhe. Der Junge stützte sich schnaufend auf seine Knie und rang mehrere Augenblicke lang nach Atem. Dann richtete er sich zu seiner vollen Größe auf, mit der er fast schon an seinen Arbeitgeber heranreichte, und seine roten Wangen wurden noch dunkler, als er J.T.s Gesichtsausdruck sah.

„Ich hab's schon wieder vergessen mit dem Schreien, stimmt's? Es tut mir leid." Tom ließ den Kopf hängen.

J.T. ergriff den Jungen bei der Schulter und richtete ihn auf. „Dann denkst du eben nächstes Mal dran. Also, was für eine Kundin ist das?"

Toms Gesichtsausdruck erhellte sich von einer Sekunde auf die andere. „Diesmal hab ich eine gute gefunden. Sie ist wunderhübsch und hat mehr Koffer und Taschen dabei, als ich je gesehen habe. Ich glaube, es ist genug, um den *General* vollzukriegen."

„Den *General*, was?" J.T. rieb sein Kinn, um ein Lächeln zu verbergen.

Tom hatte jedem Mietwagen einen Namen gegeben. *Liebchen* hieß der Wagen mit dem verzierten Dach, den sich meistens verliebte junge Männer ausliehen, um ihre Angebetete auszufahren. Den Einspänner hatte er *Doc* getauft, nach dem Mann, der ihn meistens auslieh. Die einfache offene Kutsche hieß einfach *Kutsche* und der Frachtwagen war der *General*. Die Männer in der Stadt mochten sich zwar über den einfältigen Tom lustig machen, aber die Namen, die er sich für die Wagen ausgedacht hatte, waren mittlerweile etabliert. Erst letzte Woche hatte Alistair Smythe einen Silberdollar auf J.T.s Schreibtisch gelegt und nach *Liebchen* verlangt.

J.T. verdrängte die Gedanken, verschränkte die Arme über der Brust und schob den Zahnstocher mit der Zunge von einem Mundwinkel in den anderen. „Die offene Kutsche wird es doch sicher auch tun."

„Ich weiß nicht." Tom ahmte J.T.s Haltung nach, verschränkte die Arme und lehnte sich gegen die Stallwand. „Sie hat gesagt, ihr Zeug wäre ganz schön schwer und sie würde uns etwas extra bezahlen, wenn wir sie direkt zu ihrem Geschäft fahren würden."

„Geschäft?" J.T.s gute Laune war von einem Moment auf den anderen wie weggeblasen. Er ließ die Arme sinken, als sein Blick an Tom vorbei auf das einzige leer stehende Gebäude in Coventry fiel. Gegenüber von Louisa James' Wäscherei stand das Haus, das er versucht hatte zu erwerben – vergeblich. J.T. presste seine Zähne so fest aufeinander, dass der Zahnstocher zerbrach. Um sich abzulenken, ging er einige Schritte an der Stallwand entlang.

„Ich glaube, sie ist Schneiderin", plapperte Tom weiter. „Es gab ein paar Puppen ohne Köpfe und Arme auf dem Bahnsteig. Sah wirklich komisch aus, wie sie da mittendrin stand, als wollte sie gleich ein Kaffeekränzchen mit ihren kopflosen Freunden abhalten." Der Junge gluckste vor sich hin, aber J.T. fand seine Bemerkungen überhaupt nicht lustig.

Eine Schneiderin? Eine Frau, die ihren Lebensunterhalt damit verdiente, die Eitelkeit ihrer Kunden auszunutzen? So jemand sollte seinen Laden bekommen?

Übelkeit machte sich in seinem Magen breit, als alte Erinnerungen, die er so gut hinter einer hohen Mauer in seinem Innern verborgen hatte, auszubrechen versuchten.

„Also nehmen wir jetzt den *General*, J.T.?"

Toms Frage brachte ihn wieder in die Gegenwart zurück und half ihm dabei, die unangenehmen Gedanken an ihren Platz zurückzuschieben. Er löste seine Finger, von denen er gar nicht gemerkt hatte, dass er sie zur Faust ballte, und schob seinen Hut so ins Gesicht, dass er seine Augen bedeckte. Tom sollte die Wut darin nicht sehen. Am Ende würde er noch annehmen, er selbst hätte etwas falsch gemacht. Oder schlimmer, er könnte J.T. unangenehme Fragen stellen.

Er räusperte sich und klopfte dem Jungen auf die Schulter. „Wenn du meinst, dass wir den Frachtwagen brauchen, dann nehmen wir ihn auch. Warum spannst du nicht schon mal die Grauen an?"

„Jawohl, Sir!" Tom rannte mit stolzgeschwellter Brust los, um die Pferde anzuspannen.

J.T. ging in den Mietstall, schloss sein Büro ab und schritt dann zu dem großen Tor, durch das die Wagen auf die Straße gelangen konnten. Er griff nach dem ersten Torflügel und benutzte sein gesamtes Körpergewicht, um es aufzustoßen. Als seine Muskeln sich anspannten, rang er darum, seine aufsteigende Wut zu dämpfen.

Er hatte mittlerweile akzeptiert, dass die Besitzerin des Grundstückes nicht an ihn hatte verkaufen wollen. J.T. glaubte daran, dass Gott seine Schritte leiten würde. Er war zwar immer noch der Meinung, dass er das Grundstück hätte gebrauchen können, aber so kam er mit dieser Situation klar. Jedenfalls bis vor ein paar Minuten. Der Gedanke, dass Gott es in Ordnung fand, das Grundstück einer Schneiderin zu geben, passte ihm überhaupt nicht.

Er wollte das Geschäft ja nicht aus Eigennutz. Er hatte es als Möglichkeit gesehen, einer Witwe und ihren Kindern zu helfen. War es nicht das, was die Bibel als Nächstenliebe bezeichnete? Welcher besseren Verwendung hätte man das Geschäft denn zuführen sollen? Louisa James musste ihre drei kleinen Kinder versorgen und kam kaum über die Runden. Das Gebäude, in dem sie arbeitete, konnte ihr jeden Tag über dem Kopf zusammenbrechen, obwohl sie einen Großteil ihres Einkommens für die Miete ausgeben musste. Er hatte vorgehabt, den gegenüberliegenden Laden zu kaufen und ihn ihr für die Hälfte dessen zu vermieten, was sie momentan bezahlte. Er hätte den Kauf damit begründet, dass er die hinteren Lagerräume selbst nutzen wollte.

J.T. blinzelte in die Nachmittagssonne, die jetzt in den Stall strömte, und ging an die andere Torseite. Seine Empörung wuchs mit jedem Schritt. Er ignorierte den Griff und warf sich mit seinem ganzen Gewicht gegen das Tor, um ihm seinen Willen aufzuzwingen.

Wie konnten Modetand und Rüschen der Stadt mehr nutzen als ein neues Heim für eine bedürftige Familie? Die meisten Frauen in und um Coventry nähten ihre Kleider selbst und die, die das nicht taten, bestellten fertig genähte Kleider aus dem Katalog. Praktische, einfache Kleider, keine Gewänder für Modepuppen, die in den Frauen hier den Wunsch nach Dingen weckten, die sie sich eigentlich nicht leisten konnten. Eine Schneiderin hatte in Coventry keinen Platz.

Das kann nicht Gottes Wille sein. Die Eitelkeit der Welt hatte diese Frau hierhergebracht, nicht Gott.

Pferdehufe erklangen dumpf, als Tom die beiden Grauen vor den Stall führte.

J.T. fuhr sich mit der Hand übers Gesicht. Was auch immer sie hierhergebracht hatte, diese Schneiderin war immerhin eine Frau und sein Vater hatte ihm beigebracht, dass man alle Frauen mit Höflichkeit und Respekt behandeln sollte. Also würde er lächeln und seinen Hut abnehmen und sich freundlich mit ihr unterhalten. Er würde sogar ihre schweren Koffer tragen. Aber sobald sie seinen Wagen verlassen hatte, würde er ihr sorgsam aus dem Weg gehen.

CR

Hannah saß auf ihren fünf Koffern und wartete darauf, dass Tom zurückkam. Die meisten Reisenden hatten den Bahnsteig mittlerweile verlassen. Viele waren zu Fuß gegangen oder von ihren Familien und Bekannten abgeholt worden. Doch Hannah würde ihre Sachen nicht aus den Augen lassen – oder sie jemandem anvertrauen, den sie nicht kannte. Also wartete sie.

Dank Victoria Ashmonts Großzügigkeit war es ihr möglich gewesen, ihr Erspartes in Stoffe und Zubehör zu investieren. Da sie nicht gewusst hatte, was es in dem kleinen Coventry zu kaufen gab, hatte sie alles mitgebracht, was sie vielleicht brauchen könnte. Einschließlich ihres wertvollsten Besitzes – einer Singer-Nähmaschine. Das Monster wog fast genauso viel wie die Lokomotive, die sie hierhergebracht hatte, aber es war wunderschön. Sie würde höchstpersönlich dafür sorgen, dass es ihr Geschäft wohlbehalten erreichen würde.

Ihre Zehen berührten den hölzernen Boden des Bahnsteiges. Nur noch eine staubige Straße lag zwischen ihr und ihrem Traum. Aber die letzten Minuten des Wartens fühlten sich wie Stunden an. Konnte sie wirklich ihr eigenes Geschäft führen? Oder würde sich Miss Ashmonts Vertrauen in sie als Irrtum herausstellen? Zweifel befielen sie. Was, wenn die Frauen in Coventry keine Schneiderin brauchten? Was, wenn sie ihre Entwürfe nicht mochten? Was, wenn …

Hannah sprang auf und schritt ungeduldig hin und her. Mutig und selbstsicher. Oh, und Vertrauen auf Gott. Hannah hielt inne. Ihr Blick wanderte über die Hügel, die sich wie die Wellen des Ozeans um sie erhoben. „Ich blicke hinauf zu den Bergen: Woher wird mir Hilfe kommen? Meine Hilfe kommt vom Herrn, der Himmel und Erde gemacht hat!" Der Psalm sickerte in ihre Seele und brachte ihr Ruhe und Sicherheit. Gott hatte sie hierhergeführt. Er würde für sie sorgen.

Sie nahm ihre Wanderung wieder auf und spürte, wie die Angst allmählich von ihr abfiel. Als sie gerade ihr Gepäck zum sechsten Mal umrundete, hörte sie endlich das Knarren von Wagenrädern, die über den trockenen Boden rollten.

Vor ihr tauchte ein Fuhrwerk auf. Hannahs Herzschlag verdoppelte sich. Es schien nicht dieser Tom zu sein, der fuhr. Ein Fremder mit abgewetztem braunen Hut über den Augen saß auf der Bank. Das musste dieser J.T.-Mensch sein, von dem Tom berichtet hatte. Nun, solange er stark genug war, um ihre Nähmaschine wohlbehalten in ihren Laden zu bringen, war es Hannah egal, wer den Wagen lenkte.

Eine Hand winkte freundlich aus dem Wagen heraus. Hannah war erleichtert, dass Tom wieder mitgekommen war. Erfreut winkte sie zurück. Zwei Männer würden ihr Gepäck sicher leichter schleppen können. Der Fahrer brachte die Pferde zum Stehen und zog die Bremse an. Er sprang vom Wagen und machte sich auf den Weg zum Bahnsteig. Seine langen, zielsicheren Schritte zeugten von Selbstvertrauen und standen in krassem Gegensatz zu Toms torkelnden Schritten neben ihm. Wenn man von der Breite seiner Schultern ausging und davon, wie sehr sich das Hemd über seiner Brust und den Armen spannte, konnte sie sicher sein, dass er ihre Nähmaschine ohne Probleme transportieren würde.

Tom rannte vor dem Neuankömmling her und zog seinen grauen Schlapphut vom Kopf. Seine dunkelblonden Locken standen in alle Richtungen ab, aber in seinen Augen war ein freundliches Funkeln zu sehen. „Ich hab den *General* geholt, Ma'am. Wir haben in null Komma nix alles aufgeladen.“ Er zog den Hut wieder auf und ging zielstrebig an ihr vorbei.

Hannahs Blick wandte sich dem Mann zu, der ein paar Meter vor ihr stand. Er sah nicht wie ein General aus. Keine Militäruniform. Stattdessen trug er Cowboystiefel und Jeans, die an den Knien langsam fadenscheinig wurden. Ein Zahnstocher steckte zwischen seinen Lippen und bewegte sich hin und her, als der Mann darauf herumkaute. Vielleicht war General ein Spitzname. Er hatte noch kein Wort gesagt, aber etwas an seiner Haltung verlieh ihm eine gewisse Autorität.

Sie straffte ihre Schultern und trat auf ihn zu. Immer noch aufgeregt, weil heute ihr neues Leben beginnen würde, konnte sie dem Drang nicht widerstehen, den stoischen Mann zu necken.

„Danke, dass Sie mir heute behilflich sind, General.“ Sie lächelte ihn an, während sie auf ihn zuging, und konnte endlich mehr von seinem Gesicht erkennen als nur sein Kinn. Er hatte schöne, bernsteinfarbene Augen, obwohl sie ein wenig kalt wirkten. „Soll ich salutieren oder so etwas?“

Er hob seine rechte Augenbraue. Dann verzog sich sein Mund tatsächlich zu einem winzigen Lächeln. Hannah wusste, dass ihre Bemerkung das Eis ein wenig gebrochen hatte.

„Ich befürchte, ich bin nur Zivilist, Ma'am.“ Der Mann wandte seinen Kopf in Richtung des Wagens. „Das ist der *General*. Tom mag es, Dingen Namen zu geben.“

Hannah lachte. „Ich verstehe. Also, ich bin froh, dass Sie beide mir helfen. Mein Name ist Hannah Richards."

Der Mann lupfte kurz seinen Hut. „J. T. Tucker."

„Freut mich, Sie kennenzulernen, Mr Tucker."

Er nickte knapp. Kein sehr gesprächiger Kerl.

„Leg das wieder hin, Tom", rief er, als er an Hannah vorbeiging. „Wir wollen doch nicht, dass die Koffer über den Rand fallen, wenn wir über eine Wurzel fahren."

„Oh! Warten Sie einen Moment, bitte." Hannah konnte nicht wissen, was für dreckige Dinge vorher in dem Wagen transportiert worden waren. Ihren Koffern und der Nähmaschine würde das nichts ausmachen, aber das Leinen, das ihre Puppen bedeckte, konnte leicht ruiniert werden.

„Ich habe eine alte Decke, die wir auf die Ladefläche legen können. Lassen Sie mich die schnell holen."

Hannah spürte Mr Tuckers Seufzen mehr, als dass sie es hörte, während sie die Decke aus dem Koffer zog, auf dem sie eben noch gesessen hatte. Er konnte so viel seufzen, wie er wollte. Ihre Ausstellungspuppen mussten geschützt werden. Sie hatte nur eine Möglichkeit, einen ersten guten Eindruck bei den Damen Coventrys zu hinterlassen, und die würde sie sich nicht nehmen lassen.

Als sie mit der Decke zurück zum Wagen ging, schaute sie bewusst nicht in Mr Tuckers Richtung. Hannah warf die Decke über den Rand der Ladefläche und kletterte dann hinauf, wie sie es als Kind getan hatte. Schnell breitete sie die Decke aus und legte die sechs Puppen vorsichtig darauf. Am Schluss schlug sie die Decke über die Puppen und wickelte sie sorgfältig ein. Als sie fertig war, erschütterte ein lauter Knall hinter ihr den Wagen, sodass die Ladefläche hin und her schwankte. Hannah taumelte zur Seite. Als sie einen Blick über ihre Schulter warf, sah sie Mr Tucker, der gerade ihren ersten Koffer auf die Ladefläche gewuchtet hatte. Die metallenen Füße kratzten auf dem hölzernen Boden.

Der Mann hätte sie ruhig warnen können, anstatt sie halb zu Tode zu erschrecken. Aber wenn sie ihn darauf hingewiesen hätte, hätte sie sich nur zum Narren gemacht, deshalb ignorierte sie ihn. Als Tom mit dem zweiten Koffer kam, hatte sie die Puppen sicher verstaut. Nachdem er ihn abgestellt hatte, ging sie zum Ende der Ladefläche.

„Würden Sie mir bitte runterhelfen?"

Tom grinste sie an. „Na klar."

Hannah legte ihre Hand auf seine Schulter, als er sie um die Hüfte fasste und hinunterhob. Eine kleine Stimme des Bedauerns schalt sie dafür, dass sie nicht Mr Tucker um diesen Gefallen gebeten hatte, aber Hannah überhörte sie. Tom war die bessere Wahl gewesen. Außerdem fühlte sie sich in der Gegenwart des Jungen wohl – im Gegensatz zu seinem Begleiter, der von einer Minute zur anderen entweder ihr Interesse oder ihren Zorn entfachte.

Sie schluckte ihren Ärger hinunter, während die Männer ihre Nähmaschine auf die Ladefläche hoben. Zum Glück schafften sie es ohne große Probleme. Nachdem das schwerste Stück verstaut war, dauerte es nicht mehr lange, bis auch der Rest ihrer Habseligkeiten aufgeladen war. Als sie fertig waren, reichte Tom ihr seine Hand, um ihr auf den Kutschbock zu helfen, kletterte dann selbst auf die Ladefläche und ließ sie mit Mr Tucker allein.

Ein sanfter Herbstwind kühlte ihre Wangen und zupfte leicht an ihrer Haube, als sich der Wagen in Bewegung setzte. Hannah strich ihren Rock glatt und wusste nicht genau, was sie zu dem abweisenden Mann neben sich sagen sollte. Zu ihrer Überraschung fing er jedoch mit der Unterhaltung an.

„Warum haben Sie sich ausgerechnet für Coventry entschieden, Miss Richards?"

Sie wandte sich ihm zu, aber seine Augen blieben auf die Straße geheftet.

„Ich denke, Coventry hat sich eher für mich entschieden."

„Wie das?"

„Es war wirklich eine außergewöhnliche Reihe von Ereignissen. Ich zweifle nicht daran, dass es Gottes Vorsehung ist, dass ich hier bin."

Endlich reagierte er. Er wandte ihr sein Gesicht zu und unter seinem Hut starrten seine durchdringenden Augen sie an, bevor er blinzelte und sich wieder abwandte.

Sie schluckte schwer, als er seinen Blick wieder von ihr abgewandt hatte, und fuhr fort.

„Vor zwei Jahren wurde ich von Mrs Granbury in San Antonio als Schneiderin angestellt. Eine Kundin war eine alte unverheiratete Dame, die den Ruf hatte, dass man unmöglich mit ihr arbeiten könne. Nun, ich brauchte die Arbeit zu dringend und war zu dickköpfig, um mich von ihr abschrecken zu lassen. Wir haben einen Weg gefunden, wie wir miteinander auskommen und uns sogar gegenseitig respektieren konnten. Bevor sie starb, rief sie mich zu sich, damit ich ihr ein letztes Kleid schneidere. Wir fingen an, über ihr Erbe zu reden. Sie hatte früher einige Grundstücke erworben, die mittlerweile sehr wertvoll waren. Eines davon hatte sie noch nicht verkauft. In einem Akt der Großzügigkeit, den ich immer noch nicht begreifen kann, hat sie mir dieses Grundstück als Bezahlung für das Kleid gegeben. Sie wusste, dass ich davon träumte, mein eigenes Geschäft zu eröffnen."

„Was hat sie davon abgehalten, das Grundstück schon früher zu verkaufen?" In Mr Tuckers tiefer Stimme schwang noch etwas anderes als Neugierde mit.

Ein leichtes Unbehagen stieg in Hannah auf, aber sie wusste nicht, woran es lag.

„Sie hat mir erzählt, dass sie es bevorzuge, ihre Geschäftspartner persönlich zu kennen. Ihren Charakter kennenzulernen. Leider ging es ihr gesundheitlich immer schlechter und sie konnte keine Reisen mehr unternehmen. Es gab einen Gentleman mit sehr gutem Ruf, der der Dame mehrere Angebote gemacht hat. Ein Mr Tuck –"

Ein Kloß bildete sich in Hannahs Hals.

„Oh nein. Bitte sagen Sie mir nicht, dass *Sie* dieser Mr Tucker sind!"

Kapitel 2

J T. warf einen Blick auf die Frau neben sich. Sie war genau so angezogen, wie er es erwartet hatte. Sie trug ein Reisekleid, bei dem
so viel Stoff benutzt worden war, dass man sicherlich noch ein Kleid
daraus hätte machen können, wenn man auf Nützlichkeit und nicht
auf Extravaganz achtete. Doch selbst er hatte bemerkt, wie wunderbar
der kornblumenblaue Stoff zu ihren Augen passte und die geknöpfte
Jacke ihre schmale Taille betonte. Und als sie sich gebückt hatte, um
die Puppen auf der Ladefläche zu verstauen, war er froh gewesen, dass
der Stoff ihre Figur verborgen hatte.

Als er nun sah, wie sie auf ihrer Lippe kaute und überlegte, was sie
sagen sollte, nachdem sie von seiner Verbindung zu ihrem Geschäft
erfahren hatte, musste er zugeben, dass seine Vorurteile nur auf ihr
Äußeres zutrafen. Die meisten schönen Frauen, die er in seinen sieben-
undzwanzig Jahren kennengelernt hatte, neigten dazu, die Menschen
in ihrer Umgebung zu manipulieren. Ein schüchternes Lächeln, ein
Schmollmund, ein Augenzwinkern – und sie bekamen, was sie wollten.

Miss Hannah Richards schien sich jedoch nicht zu so etwas herabzu-
lassen. Ihr blondes Haar, die zarte Figur und die schönen Gesichtszüge
machten sie zu einer attraktiven Frau. Aber wenn es darum ging, ein-
zuspringen und selbst etwas in die Hand zu nehmen, tat sie es offenbar
auch selbst und klimperte nicht mit den Lidern, damit ein anderer ihre
Aufgaben übernahm.

Natürlich hatte er sie gerade erst kennengelernt. Er bezweifelte, dass
sie sich auch weiterhin als Ausnahme der Regel herausstellen würde.

„Verzeihen Sie mir, dass ich so plump mit der Tür ins Haus gefallen
bin, Mr Tucker. Ich wusste es wirklich nicht …"

J.T. starrte geradeaus und presste die Lippen zusammen, aber er beobachtete sie aus dem Augenwinkel.

„All dieses Gerede von Gottes Vorsehung muss für Sie wie ein Schlag
ins Gesicht gewesen sein. Es tut mir leid. Es scheint falsch, dass mein
Segen für Sie eine Enttäuschung ist." Sie atmete langsam aus, dann

richtete sie sich auf und wandte sich ihm zu. „Ich habe eine Idee! Ich gebe Ihnen Rabatt, wenn Sie etwas bei mir reparieren lassen oder neu bestellen."

Er biss weiter auf seinem Zahnstocher herum. „Nicht nötig. Meine Schwester Cordelia näht für mich."

„Oh."

Ihr fröhliches Lächeln verschwand, sodass er das Gefühl bekam, als hätte er soeben eine Blume zertreten. Doch er wappnete sich gegen das Gefühl des Bedauerns, das ihn nur weich machen würde. Er wollte keinen Gefallen von ihr. Außerdem bot sie es ihm nur an, damit sie selbst sich besser fühlte.

„Gut", fuhr sie fort und schien schon wieder eine neue Idee zu haben. „Dann kann ich vielleicht Ihrer Schwester einen Rabatt auf ihr erstes Kleid geben. Ich habe eine wunderbare Auswahl an Modellen –"

„Nein." Das Letzte, was er gebrauchen konnte, war eine Schwester, die anfing, sich für Modegeschichten zu interessieren. Sie würde mit Sicherheit in diese Falle tappen. Er würde sie dieser Gefahr einfach nicht aussetzen.

Miss Richards sagte nichts mehr. Für den Rest der Fahrt schwieg sie beharrlich. Als die ersten Gebäude der Stadt in Sicht kamen, hatte J.T. so ein schlechtes Gewissen, als ob schwere Gewichte auf seinen Schultern lasteten.

„Sehen Sie, ich meine das nicht böse." Er rückte auf der Sitzbank hin und her. „Ich danke Ihnen, dass Sie dieses Angebot gemacht haben, aber es gibt keinen Grund dazu. Sie sind offiziell die Besitzerin des Grundstückes. Sie müssen sich nicht entschuldigen oder mich entschädigen. Ich kann damit leben."

Er schob seinen Hut zurecht, damit er sie besser sehen konnte. Sie würdigte ihn keines Blickes, aber ein kleines Lächeln umspielte ihre Lippen, während sie auf ihre Hände starrte. Er war froh, dass er das geklärt hatte.

„Danke für Ihr Verständnis, Mr Tucker. Ich hoffe, zwischen uns wird es deshalb keine Uneinigkeiten geben."

J.T. murmelte eine unverständliche Antwort. Er konnte wohl kaum widersprechen und sagen, dass ihre Uneinigkeiten schon begonnen hatten, bevor sie sich überhaupt kennengelernt hatten. Das würde ihn engstirnig erscheinen lassen. Was er nicht war. Nicht wirklich. Er hatte ja kein Problem mit Miss Richards als Person. Sie schien nett zu sein. Doch ihr Beruf war eine ganz andere Sache.

Er hatte unmittelbar miterlebt, welchen Schaden Geltungssucht einer Frau antun konnte, einer ganzen Familie. Frauen schwärmten von Kleidern aus Paris, bis sie mit ihrem einfachen Leben unzufrieden wurden. Dann fingen sie an, ihre Männer zu verachten, die ihnen einen aufwendigen Lebensstil nicht bezahlen konnten.

Er war schon des Öfteren in Gottesdiensten gewesen und hatte Frauen gesehen, denen es offensichtlich eher darum ging, eine Modenschau zu veranstalten, als Gott zu ehren. Wer hatte den ausgefallensten Hut? Wessen Kleid war nach der neusten Mode geschneidert? Wessen Kleid war aus dem teuersten Stoff? Sich sonntags ordentlich zu kleiden war eine Sache, doch mehr Aufmerksamkeit erheischen zu wollen, als Gott gebührte, war seiner Meinung nach unanständig.

Engstirnig? Keinesfalls. War es engstirnig, Saloons und Bordelle zu meiden? Sie boten Dinge, die die Menschen vom rechten Weg abbrachten. Ausgefallene Kleider taten genau das Gleiche, nur auf eine Art und Weise, die die Gesellschaft akzeptierte.

J.T. biss die Zähne zusammen, sodass der Zahnstocher wieder einmal zerbrach. Er wandte den Kopf zur Seite und spuckte die beiden Hälften aus. Er legte den Kopf in den Nacken, um seine innere Anspannung zu vertreiben. In Gedanken alles breitzutreten, half ihm nicht weiter.

Außerdem hatte ihn das Gespräch über Gottes Vorsehung ins Grübeln gebracht, ob nicht vielleicht doch der Herr Miss Richards nach Coventry gebracht hatte. Er vermutete, dass Gott durchaus einen Platz für eine Schneiderin in der Stadt haben könnte, wenn er sogar Rahab mit ihrem unmoralischen Lebenswandel dazu hatte gebrauchen können, seinem Volk zum Sieg zu verhelfen. Es war unwahrscheinlich. Sehr unwahrscheinlich. Aber möglich.

❧

Hannah konnte immer noch nicht glauben, dass sie endlich in ihrem neuen Zuhause angekommen war. Neugierig sog sie die ersten Eindrücke von Coventry in sich auf, als sie an den Geschäften vorbeirollten. Zwei gut gekleidete Männer unterbrachen ihre Unterhaltung vor einem großen Gebäude und sahen zu ihr hinüber. Sie nickten zum Gruß. Hannah lächelte zurück.

„Wir haben dieses Hotel erst vor ein paar Monaten fertiggestellt", erklärte Mr Tucker, als er seinerseits die Männer gegrüßt hatte.

Hoffnung keimte in ihr auf. Obwohl Coventry viel kleiner war als San Antonio, schien es zu wachsen. Die Bahnstrecke, ein neues Hotel, Geschäftsmänner, die die Stadt besuchten. Geschäftsmänner, die Ehefrauen hatten. Ehefrauen, die Kleider nach der neusten Mode haben wollten. Ja, hier gab es definitiv die besten Möglichkeiten.

Als sie ein Stück weitergefahren waren, ließ ihre Hoffnung wieder ein wenig nach. Während Mr Tucker ihr pflichtbewusst die verschiedenen Häuser zeigte, die Bank, das Telegrafenbüro, die Apotheke, beobachtete Hannah die Frauen, die auf den Bürgersteigen mit Einkaufskörben am Arm vorbeigingen. Ihre Kleider waren einfach, schlicht. Kümmerten sie sich nicht um Mode? Oder schlimmer: Hatten sie etwa kein Geld, um sich bessere Kleider zu leisten? Hannah war überzeugt, dass ihre Kleider hier gut ankommen würden, aber wenn niemand sie sich leisten könnte …

Hannahs Fingernägel gruben sich in ihre Handflächen. Nein. Sie würde nicht schon wieder in ihren Zweifeln versinken. Gott hatte sie aus einem bestimmten Grund nach Coventry gebracht. Es hatte nichts zu bedeuten, dass die Stadt klein war oder die Einwohner nicht zur besseren Gesellschaft gehörten. Sie hatte sich genau auf diesen Fall vorbereitet, hatte praktische, alltagstaugliche Schnitte entworfen und strapazierfähige Materialien mitgebracht. Außerdem wäre es eine hübsche Abwechslung, wenn sie endlich einmal für Menschen schneiderte, die der gleichen Gesellschaftsschicht wie sie selbst angehörten, Frauen, mit denen sie sich unterhalten und Freundschaften schließen konnte. Vielleicht sogar mit Mr Tuckers Schwester.

Hannah warf dem grimmigen Mann neben sich einen verstohlenen Blick zu. Er war nicht sehr freundlich, aber das musste ja nicht bedeuten, dass auch seine Schwester kurz angebunden war. Aber vielleicht wäre auch sie verstimmt, wenn sie herausfand, dass das Geschäft, das in ihren Familienbesitz übergehen sollte, nun jemand anderem gehörte.

Die Pferde wurden langsamer. Hannahs Gedanken verflogen im Nu, denn sie war angekommen.

Hannahs Herz hüpfte. Ihr Blick wanderte über das Gebäude, das ihre Zukunft bedeutete. Es hatte eine schöne Vorderfront und große Fenster, die in Richtung Straße zeigten. Sofort kamen ihr Ideen, wie sie ihre Puppen kleiden und anordnen könnte, in den Sinn. Vielleicht den lavendelfarbenen Morgenmantel oder das olivfarbene Kostüm. Die Kleider waren zwar nach der neusten Mode geschneidert, aber nicht zu pompös oder unpraktisch für Frauen, die arbeiten mussten. Keine Schärpen oder Rüschen, die im täglichen Leben behindern konnten. Keine Schleppen, die man durch den Straßenstaub einer texanischen Kleinstadt ziehen musste. Wenig Seide oder andere Stoffe, die man in einer Westernstadt nicht gebrauchen konnte.

„Soll ich Ihnen jetzt helfen oder nicht?"

Hannah fuhr bei der kurz angebundenen Frage zusammen. „Oh, natürlich." Hitze stieg ihr in die Wangen. Sie erhob sich und legte eine Hand auf Mr Tuckers Schulter. Sie konnte es nicht vermeiden, seine Muskeln und den starken Griff um ihre Hüfte zu spüren. Ihr Gesicht wurde noch heißer. Diese Nähe … Sie konnte einen leichten Geruch nach Leder und nach Pferden an ihm wahrnehmen. Der Duft eines arbeitenden Mannes.

„Danke." Sie vermied es, ihn anzuschauen, und kramte stattdessen in ihrer Handtasche. „Ich suche den Schlüssel."

Hannah zog einen kleinen Schlüssel hervor und trat auf den hölzernen Bürgersteig. Vor der Tür hielt sie inne und presste eine zitternde Hand auf ihren Magen. Nachdem sie einmal tief durchgeatmet hatte, steckte sie den Schlüssel in das Schlüsselloch und drehte ihn. Ein verheißungsvolles Klicken ertönte und die Tür öffnete sich.

Als Hannah den Laden betrat, erkannte sie sofort, welche Möglichkeiten sich auftaten. Trotz des Staubes, der sich in den vergangenen Monaten angesammelt hatte, sah sie innerlich schon den fertig eingeräumten Laden vor sich. An der linken Wand stand eine Theke. Dort würde sie ihre Kataloge und Modemagazine auslegen. An den Wänden würde sie Regale anbringen, in denen die verschiedenen Stoffballen nach Farben sortiert wären, damit ihre Kunden genug Auswahl hatten. Die fertigen Kleider könnten an der hinteren Wand drapiert werden, damit die Kundinnen sie sich genau ansehen könnten.

Hannahs Schritte klangen dumpf auf den Holzdielen, als sie den Raum durchquerte. Sie war glücklich, als sie eine kleine Abstellkammer entdeckte, in der sie ihr Nähzubehör aufbewahren konnte. Der

Raum erschien ihr sogar groß genug, um darin ihre Nähmaschine aufzubauen.

Ja, dieses kleine Geschäft war perfekt für sie.

Hinter ihr erklangen Schritte. Sie wandte sich um und sah Tom und Mr Tucker, jeder mit einem ihrer Koffer auf der Schulter.

„Wenn Sie damit fertig sind, Löcher in die Luft zu starren, könnten Sie uns vielleicht sagen, wohin die Sachen sollen", grummelte Mr Tucker.

Wahrscheinlich hatte er recht, so ungehalten zu sein. In ihrer Aufregung hatte sie die Männer völlig vergessen. Jetzt war sie froh, dass sie daran gedacht hatte, die Koffer zu markieren. Farbige Stoffstreifen zeigten jeweils an, was sich in den Koffern befand.

„Lassen Sie mich sehen." Sie ging auf die Männer zu und zog an dem Band neben Mr Tuckers Hand, sorgsam darauf bedacht, ihn nicht zu berühren. „Die Koffer mit dem blauen Tuch bleiben hier unten. Die mit den rosa Streifen kommen nach oben in meinen Privatbereich."

Hannah hob ihren Kopf und begegnete Mr Tuckers Blick. Plötzlich fiel es ihr schwer, zu atmen.

„Welche Farbe habe ich, J.T.? Ich kann's nicht sehen."

Mr Tucker wandte den Blick ab. Hannah atmete tief ein, ihr Magen rebellierte noch mehr als vorhin. Dieser Mann war so liebenswürdig und charmant wie ein Kaktus. Nur weil er honigfarbene Augen hatte, sollte sie nicht zu freundlich zu ihm sein.

Mr Tucker zeigte mit dem Kopf in Richtung Wand. „Du hast blau. Stell ihn dorthin und geh dann schnell wieder zum Wagen, um die anderen Koffer mit blauem Stoff zu holen. Ich bringe den hier nach oben." Er wies mit dem Kinn in Hannahs Richtung. „Sobald Miss Richards endlich bereit ist."

Verärgert durch die Anspielung, dass sie seine Zeit vergeuden würde, hob sie den Kopf und marschierte durch die hintere Tür. „Wenn Sie mir bitte folgen wollen, Mr Tucker?"

Dieser Mann war wirklich unverschämt! Hannah schäumte vor Wut, als sie nach draußen zu der Treppe ging, die zu ihren Privaträumen hinaufführte. Sie hoffte, dass er einen der schweren Koffer trug. Er hätte es verdient, dass er stolperte und die Treppe hinunterfiel. Es war doch ganz normal, dass man sich in seinem neuen Heim erst einmal umsehen wollte. Sie konnte sich vorstellen, dass Mr Tucker sich wie ein kleiner Schuljunge gefreut hatte, als er zum ersten Mal seinen eigenen Mietstall betreten hatte.

Wütend stapfte Hannah die Treppe hinauf, als hätten die Stufen ihr etwas angetan. In ihrer Linken hielt sie den Schlüssel umklammert. Bevor sie die vorletzte Stufe erreicht hatte, sah sie über die Schulter nach Mr Tucker. Er hatte den Koffer auf die andere Schulter nehmen müssen und hatte erst wenige Stufen geschafft. Anscheinend hatte er wirklich einen der schweren Koffer erwischt.

„Kommen Sie?", fragte sie mit zuckersüßer Stimme.

Der Rand seines Hutes hob sich so weit, dass sie seinen finsteren Blick, sehen konnte. Befriedigung durchströmte sie, als sich ihr Fuß auf die letzte Stufe senkte.

Ein Krachen zerriss die Luft wie ein Donnerschlag, als die Stufe unter Hannah nachgab. Mit einem lauten Schrei fiel sie durch das Loch, das sich plötzlich vor ihr aufgetan hatte.

Kapitel 3

J. T. handelte, ohne nachzudenken. In einer einzigen Bewegung ließ er den Koffer fallen und sprang über das Treppengeländer auf die Erde. Seine Stiefel landeten so hart, dass seine Füße und Knie schmerzten.

Schnell rappelte er sich auf und hoffte, dass Miss Richards nicht allzu schlimm verletzt sein würde. Aber anstatt eines Haufens aus zerfetztem blauen Stoff, den er eigentlich vor sich erwartet hatte, sah er plötzlich direkt vor seinem Kopf ein paar hübsche Füße baumeln. Hilflos zappelten sie in einem weit gebauschten weißen Unterrock.

Der blaue Rock von Miss Richards' Kleid schien sich oben an der Treppe verfangen zu haben. Ihre schwarzen Strümpfe wirkten auf dem Weiß des Unterrocks wie Kohle im Schnee. Die fein gestrickte Wolle, die kurz über ihren Schuhen begann, betonte den zarten Schwung ihrer Waden, bevor sie im Gestöber der weißen Wolke verschwand, die sie umgab.

Schnell wandte J.T. sich ab und hüstelte verlegen. Die arme Frau war gerade durch eine Treppe gestürzt, während er nichts Besseres zu tun hatte, als ihre Beine zu bewundern. Wo hatte er nur seine Augen! J.T. zog seinen Hut tiefer ins Gesicht, räusperte sich und hoffte darauf, dass sein Verstand wieder normal arbeiten würde.

Sie musste ihn gehört haben, denn plötzlich hörte sie auf zu strampeln. „Mr Tucker?"

Ihre Stimme klang atemlos. Als er seine Gedanken wieder unter Kontrolle gebracht hatte, trat er einen Schritt zur Seite, um ihre Situation genauer abschätzen zu können. Offenbar hatte sich nicht der Stoff des Kleides verhakt, sondern sie musste es geschafft haben, sich an der obersten Treppenstufe festzuhalten, denn ihr Kopf, die Schultern und die Arme konnte er nicht sehen.

„Ich bin hier, Miss Richards." Wieder räusperte er sich. Sein Mund war staubtrocken.

„Es scheint, als hätte ich meinen Schlüssel fallen lassen."

Ein Kichern entfuhr ihm, bevor er sich zurückhalten konnte. Er schüttelte den Kopf und konnte nicht verhindern, dass ein breites Lächeln auf sein Gesicht trat.

„Ja, Ma'am. Ich glaube, das haben Sie. Vielleicht haben Sie auch ein oder zwei andere Dinge fallen lassen."

„Das fürchte ich auch."

Er sah noch einmal nach oben und achtete diesmal darauf, sich nicht von ihren Beinen ablenken zu lassen. Bildete er sich das nur ein, oder war sie tatsächlich ein Stück tiefer gerutscht?

„Ähm ... Mr Tucker?" Ihre Stimme klang gepresst. Sie stieß ein Ächzen aus, als sie sich vorsichtig bewegte.

„Ja, Ma'am?"

„Ich weiß, dass es nicht Teil unserer ursprünglichen Vereinbarung gewesen ist ..." Wieder stöhnte sie. Und nun rutschte sie langsam immer tiefer. J.T.s Herz schlug wie wild.

„Aber könnten Sie mich vielleicht auffangen? Ich glaube nicht, dass ich mich noch lange –"

Er tauchte unter ihr hindurch, ihr erschrockenes Keuchen klang lauter in seinen Ohren als jeder Schrei. J.T. schaffte es, ihre Beine mit dem linken Arm aufzufangen, bevor sie den Boden berührten, und erwischte ihren Körper mit dem rechten. Er presste sie fest an sich, als er sich darum bemühte, sein Gleichgewicht nicht zu verlieren. Als er endlich wieder zu Atem kam, sah er in Miss Richards Gesicht und war erschrocken, dass ihre Augen geschlossen waren.

„Geht es Ihnen gut?"

Die Falten um ihre Augen entspannten sich, als sie langsam die Augen öffnete. Fasziniert sah er, von welch strahlendem Blau sie waren.

„Ich ... ich glaube schon. Danke, Mr Tucker."

Sie blinzelte und senkte ihr Kinn. Als J.T. sie vorsichtig aus seinen Armen ließ, stieß er mit dem Kinn gegen ihre Haube. Eine der Blumen, die in den Stoff gesteckt waren, hatte sich bei dem Unfall gelöst und baumelte ihr ins Gesicht. Ungeschickt versuchte er, sie an ihren Platz zurückzustecken, aber das widerspenstige Ding gehorchte ihm einfach nicht. Schließlich gab er auf, zog die Blume ganz heraus und übergab sie ihrer Besitzerin.

„Hier."

Ein kleines Lächeln umspielte ihre Lippen, als sie die Blume entgegennahm. „Danke."

Sie musste ihn für einen Narren halten. Und warum auch nicht? Er war einer. Versuchte er doch tatsächlich, eine überflüssige Blume in ihre Haube zurückzustecken. Was war nur über ihn gekommen? Schnell sah er sich nach einem Ausweg um und entdeckte glücklicherweise Miss Richards' Täschchen in einer Ecke unter der Treppe.

„Ich … ähm … werde nach Ihrem Schlüssel suchen."

Sie sagte nichts, aber er konnte das Rascheln ihrer Röcke hören, als sie hinter seinem Rücken versuchte, sie wieder zu ordnen. Er bückte sich, um die Tasche aufzuheben, und sah sich nach dem Schlüssel um.

„Vielleicht hätte ich mich an das Sprichwort erinnern sollen, bevor ich so stolz und überheblich die Treppe hinaufgetrampelt bin." Ihr Eingeständnis brachte ihn dazu, vom Boden hin zu ihr zu blicken. „Sie wissen schon … Hochmut kommt vor dem Fall."

Ihre Worte auf der Treppe hatten ihn geärgert, aber wenn er ehrlich war, musste er zugeben, dass er genauso Schuld daran hatte. Wenn er sich vorher nicht so unhöflich benommen hätte, wäre es vielleicht nicht so weit gekommen. Doch er war noch nie gut darin gewesen, ein Blatt vor den Mund zu nehmen.

„Zu der Sache mit dem Hochmut kann ich nichts sagen", sagte er mit einem Schulterzucken. „Aber gefallen sind Sie definitiv."

Er war überrascht, als sie plötzlich in schallendes Gelächter ausbrach. „Das stimmt."

J.T. räusperte sich erneut und wandte sich schnell wieder dem Boden unter der Treppe zu. Nach kurzem Suchen sah er etwas aufblitzen. Der Schlüssel lag neben den hölzernen Überresten dessen, was einmal eine Treppenstufe gewesen war. Er klemmte sich die Tasche unter den Arm, hob den Schlüssel auf und sammelte auch die Holzteile ein. Jetzt sah er, dass das Holz völlig morsch war. Er zögerte. Wie viele der anderen Stufen waren wohl in dem gleichen Zustand?

Miss Richards trat neben ihn und nahm ihm Tasche und Schlüssel ab. „Danke, Mr Tucker. Wenn Sie nicht so schnell gehandelt hätten, hätte ich mich ernsthaft verletzen können."

Er spürte, wie sie wieder förmlich und distanziert wurde, war aber zu sehr damit beschäftigt, die anderen Stufen zu untersuchen, um etwas zu erwidern.

„Ich weiß, dass Sie schnellstmöglich wieder zu Ihrem Stall müssen", fuhr sie fort, „deshalb schließe ich schnell die Tür auf."

Sie war fast oben auf der Treppe angekommen, als er endlich verstand, was sie dort tat.

„Kommen Sie sofort da runter, bevor Sie wieder stürzen!" Die Worte kamen schärfer, als er es geplant hatte, aber die Angst um ihre Sicherheit ließ ihn so heftig reagieren. Das und die Tatsache, dass er, als er hochschaute, erneut diese schlanken Waden in den schwarzen Strümpfen zu sehen bekam.

„Machen Sie sich keine Sorgen, Mr Tucker. Diesmal stampfe ich nicht so fest auf. Und ich halte mich am Geländer fest. Es geht schon."

J.T. knirschte mit den Zähnen, als er zu der starrköpfigen Frau aufblickte, die er vorhin noch für intelligent gehalten hatte.

„Das Holz der Treppe ist verrottet. Andere Stufen könnten auch nachgeben."

Ihre Augen wurden schmal, als sie den Mund fest zusammenpresste. „Danke für Ihre Fürsorge, aber wenn sie mich beim ersten Mal gehalten haben, werden sie es jetzt wohl auch tun."

„Nicht wenn sie durch das Herumtrampeln eben gelockert wurden." Er verschränkte die Arme und hob herausfordernd eine Augenbraue. Nur weil die Stufen, die er schon untersucht hatte, in Ordnung gewesen waren, hieß das nicht, dass es die anderen auch waren.

Miss Richards ging noch einen Schritt nach oben, bevor sie ihm mit zum Himmel gerecktem Kinn antwortete. „Sie müssen mich nicht wie ein Kind behandeln, Sir. Ich bin durchaus in der Lage, diese Treppe alleine zu bewältigen."

Er schnaubte.

Ihre Nasenflügel bebten. „Ich verspreche Ihnen, dass ich Sie kein zweites Mal darum bitten werde, mich zu fangen. Jetzt hören Sie auf so finster zu starren."

Er war bestimmt nicht derjenige, der finster starrte.

Aus ihren blauen Augen schienen Blitze in seine Richtung zu zucken. Er hatte Mühe, seinen strengen Gesichtsausdruck beizubehalten. Diese Frau war wie ein Feuerwerkskörper.

„Wissen Sie was?", schnaubte sie. „Wenn ich noch einmal falle, müssen Sie Ihre Schadenfreude nicht unterdrücken."

Ohne auf eine weitere Antwort zu warten, wirbelte sie herum und legte die restlichen Stufen ohne Zwischenfall zurück, wobei sie einen großen Schritt über das fehlende Brett machen musste. J.T. folgte ihr langsam und atmete erst erleichtert auf, als Miss Richards endlich in dem Raum stand, der ihr als Wohnung dienen würde.

Diese leichtsinnige Frau. Sie würde eher ihren Kopf riskieren, als zuzugeben, dass sie etwas nicht alleine konnte. Schritt für Schritt prüfte er die verbliebenen Stufen. Sie alle schienen noch völlig intakt zu sein. Doch darum ging es nicht. Miss Richards hätte auf jeden Fall darauf warten sollen, dass er sich alle Stufen genau ansah, bevor sie sie erstürmte, als wäre sie Jeanne d'Arc auf einem Kreuzzug.

J.T. zog einen Zahnstocher aus seiner Hemdtasche und steckte ihn sich in den Mund. Er kaute darauf herum, während er sich das Loch in der Treppe ansah. Etwas widerwillig musste er schon anerkennen, wie besonnen sie reagiert hatte. Miss Richards wusste, wie sie sich in einer Krise zu verhalten hatte. Nicht nur, dass sie die Geistesgegenwart besessen hatte, sich an einer anderen Stufe festzuhalten. Sie hatte auch weder geschrien, noch war sie in Panik ausgebrochen. Sie hatte nur höflich gefragt, ob er sie auffangen könne. Jede andere Frau, seine Schwester eingeschlossen, hätte gekreischt wie ein Schwein beim Schlachter.

Mit einem Kopfschütteln ging J.T. zu der Stelle, wo er den Koffer hatte fallen lassen. Er war die Treppe hinuntergestürzt und lag im Schmutz der Straße. Gerade als Tom um die Ecke kam, wuchtete J.T. seinen Koffer wieder auf die Schultern.

„Ich bin mit den blauen Koffern fertig, J.T., deshalb wollte ich dir den hier noch bringen. Warum bist du so langsam? Ich dachte, du wärst schon lange fertig."

„Miss Richards hatte eine kleine Panne auf der Treppe."

Toms Augen weiteten sich vor Schreck.

„Es geht ihr gut", versicherte J.T. ihm schnell. „Sie ist in ihrem Zimmer."

„W-was ist passiert?"

J.T. nahm Tom den Koffer von der Schulter und stellte ihn neben seinen eigenen. „Eine der Stufen ist eingebrochen, sodass sie gestürzt ist, aber ihr geht es gut."

„Wenn es ihr gut geht, warum sehe ich sie dann nicht hier?"

Der Junge atmete hastig und sein Blick flog panisch hin und her.

J.T. drückte seinen Arm, um die Aufmerksamkeit des Jungen auf sich zu lenken. „Du weißt doch, wie die Frauen sind. Sie ist bestimmt da oben und überlegt sich schon, was für Gardinen sie aufhängen und wo sie ihren Krimskram deponieren soll. Gleich kommt sie sicher wieder runter."

Der Junge warf einen skeptischen Blick in Richtung Treppe. „Bist du sicher?"

„Klar." J.T. trat hinter Tom und legte ihm die Hände auf die Schultern. „Was wir Männer jetzt tun sollten, ist, ein neues Brett zu besorgen, damit wir die Treppe reparieren können. Dann kann so etwas nicht noch einmal passieren. Meinst du, du kannst mir ein gutes Brett holen, während ich mich um Hammer und Nägel kümmere?"

Tom nickte energisch. „Klar, Sir."

„Gut." J.T. klopfte ihm auf den Rücken. Eine Weile gingen sie schweigend nebeneinander her, doch als sie zum Mietstall kamen, blickte Tom noch einmal zurück.

„Weißt du, J.T., weil Miss Richards keinen Mann hat, der sich um sie kümmert, sollten wir vielleicht nach ihr sehen. Glaubst du, Gott hat sie deshalb zu uns geschickt? Damit wir auf sie aufpassen können?"

J.T. kaute verdrossen auf seinem Zahnstocher herum. Er wollte nicht darüber nachdenken, ob und warum Gott diese Schneiderin in sein Leben gebracht hatte. Er hatte genug damit zu tun, sich um Cordelia und Witwen wie Louisa James zu kümmern. Er hatte nicht das geringste Interesse daran, sich einen starrköpfigen Menschen wie Hannah Richards aufzuhalsen, auch wenn sie in seine Arme passte, als wäre sie dafür geschaffen. Nein. Wenn er sich um ihre Treppe und den Rest ihres Gepäckes gekümmert hatte, würde er sie ihrer Wege gehen lassen.

Kapitel 4

Hannah blieb in ihrem Zimmer, bis die Stimmen der Männer endlich verklungen waren. Dann lugte sie vorsichtig durch die Tür, um sicher zu sein, dass sie auch wirklich nicht mehr da waren. Anschließend ließ sie sich auf einen hölzernen Stuhl fallen. Der Stuhl neigte sich zur Seite und wäre fast umgestürzt, wenn sie nicht im letzten Moment noch das Gleichgewicht gefunden hätte. Sie hätte am liebsten laut geweint, doch ihre Selbstbeherrschung behielt die Oberhand. Sogar die Zimmereinrichtung hatte sich gegen sie verschworen.

Ein kleines Holzstück unter dem zu kurz geratenen Stuhlbein würde die Sache regeln, doch was sollte sie mit Mr Tucker machen? Einmal war er der galante Gentleman, der sie rettete, sie umsorgte und sie in seinen Armen hielt, damit sie sich sicher fühlte. Im nächsten Augenblick war er ein arroganter, besserwisserischer Mann, der sie wie ein Kind behandelte und unglaublich dickköpfig war. Sie wusste nicht, ob sie ihn auf die Wange küssen oder gegen das Schienbein treten sollte.

Im Moment würde sie ihm lieber gegen das Schienbein treten.

Sie seufzte und stellte ihre Tasche auf den abgenutzten Tisch neben sich. Bei dieser Bewegung schmerzte ihr ganzer Körper. Doch Hannah interessierte sich mehr für den Zustand ihres Kleides und hob vorsichtig die Arme, um den Stoff und die Nähte zu untersuchen. Auf der linken Seite war eine Naht geplatzt, aber das würde sie mit ein paar Nadelstichen beseitigen können. Mehr Sorgen bereitete ihr eine Stelle, an der der Stoff etwas zerrissen war, aber das war eine unauffällige Stelle. Die Vorderseite des Kleides hatte nichts abbekommen, nicht einmal ein Knopf war abgerissen. Natürlich hatte Hannah von ihrer eigenen Arbeit nichts anderes erwartet.

Nachdem sie sich vergewissert hatte, dass ihr Reisekleid keine schlimmen Schäden davongetragen hatte, machte sich Hannah daran, ihr neues Heim genauer zu untersuchen. Ein kleiner Herd stand an der Wand zwischen zwei Fenstern. Ein einfaches Bett mit Matratze nahm den hinteren Teil des Zimmers ein. Ein paar Haken für Kleidung waren an der Wand angebracht, aber es gab keinen Schrank und keinen Waschtisch. Der alte Tisch und der wackelige Stuhl unter ihr vervollständigten die Einrichtung. Sehr sparsam. Vor allem, wenn sie den Stuhl und den Tisch mit nach unten nehmen würde.

Ihr Laden war wichtiger als ihre Wohnung. Sie brauchte eine Arbeitsunterlage, um die Stoffe zuzuschneiden und zu heften. Außerdem brauchte sie den Stuhl, um ihre Nähmaschine bedienen zu können. Da sie nicht wusste, wie lange es dauern würde, bis sie ein regelmäßiges Einkommen hatte, würde sie erst einmal sparen und ihr Geld zusammenhalten müssen.

Wenn sie erst einmal einige Kunden gewonnen hätte, würde sie sich neue Möbel für ihr Zimmer kaufen können. Bis dahin würde sie mit den Koffern vorliebnehmen, die sie mitgebracht hatte. Sie konnte sie sowohl als Aufbewahrungsmöglichkeit als auch als Sitzgelegenheit benutzen. Wenn sie zwei Koffer übereinanderstellte, hatte sie eine Art Tisch, an dem sie ihr Essen zubereiten könnte. Hannah würde wahrscheinlich sowieso den Großteil ihrer Zeit unten im Laden verbringen.

Sie zog einen Stift aus ihrer Handtasche und fing an, eine Liste von Dingen zu erstellen, die sie aus dem Kaufladen brauchte. Als sie bei Kartoffeln angekommen war, fiel ihr etwas ein. Wenn der Verkäufer ihre Einkäufe in Kisten verstauen würde, könnte sie diese als Hocker oder sogar als Waschtisch benutzen. Sie lächelte und knabberte an ihrem Stift. Mit ein wenig Einfallsreichtum würde sie es sich schon gemütlich machen. Natürlich brauchte sie jemanden, der sie mit frischer Milch versorgte. Ohne ihren allmorgendlichen Kakao würde sie keine Woche überleben.

Ein Hämmern vor ihrer Tür ließ Hannah zusammenfahren. Sie schnappte sich ihre Tasche und die Liste und ging zur Tür. Vor sich sah sie Mr Tucker, der einen Hammer schwang und ein neues Brett auf der Treppe befestigte. Als er nach einem zweiten Nagel griff, erblickte er sie. Er nickte knapp und hämmerte dann unbeirrt weiter.

„Tom und ich haben Ihre Nähmaschine unten ins Geschäft gestellt", sagte er, ohne noch einmal aufzublicken. „Er bringt den Wagen zurück."

Ein weiterer Nagel fand seinen Platz. „Sobald ich hier fertig bin, bringe ich Ihre Koffer nach oben und lasse Sie dann in Ruhe."

Immer noch schlecht gelaunt, dachte Hannah, *aber trotzdem nett.*

„Danke, dass Sie die Treppe reparieren. Ich werde Ihre Arbeit natürlich bezahlen."

Mr Tucker starrte sie an, als hätte sie ihn beleidigt. „Ich lasse mich nicht für einen Nachbarschaftsdienst bezahlen, Ma'am."

„Dann sollte ich wohl auch nicht anbieten, Sie für Ihre heldenhafte Rettung zu entlohnen." Sie lächelte und erwartete eine Antwort, doch er sah nicht einmal auf.

„Nein." Er legte den Hammer zur Seite, erhob sich und sprang dann mit beiden Füßen auf die neue Stufe.

Seine Arbeit hielt.

„Da." Er tippte mit der Hand an seinen Hut und sah ihr endlich in die Augen. „Das sollte allen Stampfereien standhalten, die Sie hier noch vorhaben."

Seine Lippen bewegten sich, sodass sie für einen kurzen Moment dachte, er würde anfangen zu lächeln, doch sie hatte sich getäuscht.

„Gut, danke. Man kann ja nie wissen, wann einen dieses Gefühl überkommt." Doch irgendetwas sagte ihr, dass der Mann vor ihr der Grund dafür wäre, wenn es so weit war.

Er zog eine Augenbraue hoch, tippte sich an den Hut und wandte sich ab. Doch in diesem Moment fiel Hannah noch etwas ein.

„Mr Tucker? Könnten Sie mir auf dem Weg nach unten vielleicht helfen, diesen Tisch zu tragen? Er ist zu groß, als dass ich es allein könnte."

Er zuckte gleichgültig mit den Schultern und folgte ihr nach drinnen. „Was stimmt denn nicht damit? Wollen Sie sich ganz neu einrichten?"

Das Lächeln, das vorhin noch in seiner Stimme gelegen hatte, war verschwunden. Nun wirkte er ablehnend. Nun, sie brauchte seine Muskelkraft und nicht seine Freundlichkeit. Solange er ihr half, den Tisch zu tragen, war ihr seine Stimmung egal.

„Nein, es ist ein hervorragender Tisch. Das Problem ist nur, dass ich ihn unten brauche." Sie stellte ihre Tasche auf dem Stuhl ab und ging zu dem einen Ende des Tisches. Dort wartete sie darauf, dass auch Mr Tucker den Tisch ergriff. Doch anstatt zuzupacken, starrte er sie mit einem Blick an, dass sich ihr die Nackenhaare aufstellte.

Hannah sah auf ihre Stiefel und schätzte den Abstand zu seinem Schienbein ein. Zu seinem Glück stand ein Möbelstück zwischen ihnen.

„Ich werde hier keine Gäste empfangen", sagte sie, „also kann ich gut ohne einen Tisch leben. Aber arbeiten kann ich ohne einen Tisch nicht."

Er starrte sie einfach nur an. Am liebsten hätte sie ihn fortgeschickt, aber sie war nun einmal auf seine Hilfe angewiesen. Endlich schien er aus seiner Erstarrung zu erwachen und griff nach dem Tisch.

„Es ... ähm ... wäre nichts Besonderes ..." Er hielt inne und räusperte sich. „Aber wenn Sie wollen, kann ich Ihnen zwei Sägeböcke und eine alte Holzplatte leihen. Das sollte Ihnen helfen, bis Sie sich einen richtigen Tisch kaufen können."

Ihre Wut machte plötzlicher Dankbarkeit Platz. „Das würden Sie für mich tun?"

Er nickte. Sein Mund war immer noch zu einem Strich zusammengepresst, aber in seinen Augen lag ein warmer Schimmer, der seine Erscheinung weniger furchteinflößend wirken ließ.

„Danke, Mr Tucker." Ein sanftes Lächeln umspielte ihre Lippen. „Ich muss Sie allerdings warnen, dass ich mir keine neuen Möbel bestellen werde, bis mein Geschäft sich etabliert hat. Also kann es Monate dauern, bis Sie Ihre Sachen zurückbekommen."

„Behalten Sie sie, solange Sie brauchen."

„Wirklich?" Eine weitere Idee entstand in ihrem Kopf.

„Natürlich. Ich habe viele alte Holzbretter. Letztes Jahr habe ich eine Trennwand in meinem Stall entfernt."

„Haben Sie genug Bretter übrig, dass Sie mir vier Regale für mein Geschäft machen könnten? Ich würde Sie selbstverständlich dafür bezahlen."

Er lehnte sich über den Tisch in ihre Richtung. „Wollen Sie mich etwa beleidigen?"

„Nein, Sir", versicherte sie ihm schnell, obwohl seine Worte nicht wütend klangen. „Aber ich will auch nicht Ihre Großzügigkeit ausnutzen. Kann ich nicht etwas anderes für Sie tun? Vielleicht ein Hemd ausbessern oder Socken stopfen? Irgendetwas?"

„Sie könnten aufhören zu reden und diesen Tisch mit mir nach unten tragen, damit ich mich endlich wieder um meine eigenen Angelegenheiten kümmern kann."

Seine unvermittelte Unhöflichkeit brachte sie zurück auf den Boden der Tatsachen, doch als Mr Tucker seinen Blick wieder senkte, verstand

Hannah. Dieser Cowboy wusste einfach nicht, wie er mit Dankbarkeit umgehen sollte. Er konnte eine Treppe reparieren und eine Frau auffangen, aber wenn man ihm dafür dankte, war er überfordert. Vielleicht würde er sie in Zukunft nicht mehr so leicht in Rage bringen, jetzt, wo sie das wusste.

CR

Wenn er doch nur die ganze Zeit daran denken würde, dass sie eine Schneiderin war, würden sich seine Eingeweide vielleicht nicht so verknoten, wenn sie ihn so ansah wie jetzt. Dieser Blick würde ihm Magenverstimmungen verursachen.

J.T. verkniff sich ein Grummeln und kippte den Tisch auf die Seite, bevor Miss Richards ihn noch einmal durcheinanderbringen konnte. Schnell ergriff sie das andere Ende der Tischplatte und half ihm, den Tisch durch die Tür zu manövrieren. Sie gingen langsam die Treppenstufen hinunter. Miss Richards beschwerte sich nicht einmal über das große Gewicht.

Sie trugen den Tisch durch die Hintertür und stellten ihn im Arbeitszimmer ab. Dann machte J.T. sich daran, ihre restlichen Koffer an Ort und Stelle zu bringen, während Miss Richards auch noch einen Stuhl nach unten in den Laden holte. Weil sie bei der Arbeit mit der Nähmaschine bequem sitzen musste, wie sie erklärte, und stattdessen ihre Koffer als Sitzgelegenheiten in ihrem Zimmer nehmen wollte. Vielleicht konnte er sich darum kümmern, dass sie ein paar richtige Stühle bekam.

Nachdem er den letzten Koffer nach oben geschleppt hatte, schloss Miss Richards ihr Zimmer ab und folgte ihm nach unten.

„Wie viel schulde ich Ihnen?"

J.T. schielte in Richtung Mietstall und wich so ihrem Blick aus. „Einen Dollar für den Wagen und einen Vierteldollar für das Abladen."

Sie reichte ihm einen Dollarschein und eine fünfundzwanzig Centmünze. Er steckte sie in die Tasche und nickte zum Dank.

„War der Laden dort die Straße hinunter?" Sie biss sich auf die Unterlippe. Ihre blauen Augen verloren ein wenig von der Selbstsicherheit, die sie bisher gezeigt hatten. „Ich muss noch ein paar Dinge besorgen, bevor geschlossen ist."

Fast hätte er ihr angeboten, sie zu begleiten, doch er konnte sich gerade noch zurückhalten. Es war schlimm genug, dass er sie morgen wiedersehen würde, wenn er ihr die Bretter und Regale bringen würde, die er ihr in einem Anflug von Unüberlegtheit versprochen hatte. Schon da hatte seine Höflichkeit seinen klaren Verstand einfach überrollt.

„Ja", sagte er hastig. „Er ist nur zwei Häuser weiter, direkt neben Mrs James Wäscherei."

„Danke." Sie sah ihn mit einem Lächeln an, das ihm das Gefühl gab, er hätte aus Versehen seinen Zahnstocher verschluckt. Er starrte finster zurück.

Miss Richards wandte sich ab und ging zur Straße. Ihr Rock schwang im Rhythmus hin und her. Links. Rechts. L –

„Oh, Mr Tucker?" Sie hatte sich wieder umgewandt. J.T. richtete seinen Blick schnell wieder auf ihr Gesicht. Ein Husten, das ihn fast erstickte, kroch in seinen Hals.

„Kennen Sie zufällig jemanden, der mir morgens eine Kanne Milch bringen kann?"

Die Familie Harris hatte einen kleinen Laden am anderen Ende der Stadt, wo sie frische Milch, Butter und Käse verkauften. Will Harris, der älteste Sohn, trug normalerweise die Milch bei denjenigen aus, die keine eigene Kuh hatten, doch J.T. zögerte, ihn zu erwähnen. Er war ein großer, gut aussehender Kerl, der einen Blick für Frauen hatte. Eine alleinstehende Frau konnte keinen Mann gebrauchen, der sie in den frühen Morgenstunden besuchte. Will war ein anständiger Junge, der regelmäßig zur Kirche ging. Doch J.T. wollte gerne vermeiden, dass Miss Richards täglich Besuch von ihm erhielt.

„Meine Schwester kann Ihnen etwas bringen."

Sie öffnete ihre Handtasche und kam mit anmutigen Schritten zu ihm zurück. „Kann ich sie gleich für eine Woche im Voraus bezahlen? Ich gebe Ihnen –"

„Sie und Delia können morgen einen Preis vereinbaren." Er winkte ab und trat auf die Straße. „Ich muss jetzt zurück zum Stall."

„Danke für Ihre Hilfe, Mr Tucker", rief sie ihm noch einmal zu, nachdem er sich schon abgewandt hatte. „Sie sind wirklich ein Geschenk des Himmels."

Er winkte kurz, drehte sich aber nicht mehr um. Mit zusammengebissenen Zähnen zerstampfte er auf dem Rückweg so viele Erdklumpen auf der Straße wie möglich. Zuerst hatte er sich selbst in die Situation gebracht, noch einmal Kontakt zu dieser Frau aufnehmen zu müssen, und zu guter Letzt hatte er auch noch seine Schwester mit hineingezogen. Genau das hatte er vermeiden wollen.

J.T. stürmte in sein Büro und warf die Tür hinter sich ins Schloss. Mit der Faust schlug er wütend gegen die Wand, während seine Augen wider Willen dem Anblick von Hannah Richards folgten, bis sie im Warenladen verschwunden war. Knurrend lehnte er sich mit dem Rücken an die Wand.

Ein Geschenk des Himmels?

J.T. starrte an die Zimmerdecke. „Wenn es dir nichts ausmacht, schick doch nächstes Mal lieber jemand anderen, der ihr hilft."

Kapitel 5

Als am nächsten Morgen der letzte Schimmer des Morgenrots verschwand, hatte Hannah schon ihre allmorgendlichen Übungen unter freiem Himmel gemacht, ihre Koffer und Kisten im Zimmer arrangiert und ihre Nahrungsmittel und persönlichen Dinge verstaut. Im Laden unten wartete zwar noch ein ganzer Berg von Arbeit, aber trotzdem war sie voller Vorfreude. Wenn alles nach Plan verlief, hätte sie am Ende des Tages alles so eingeräumt, dass sie am nächsten Morgen ihr Geschäft eröffnen könnte. Der Gedanke ließ sie vor Freude tanzen. Der gekürzte Rock ihres Gymnastikkleides flog um ihre Waden.

Wenn endlich Miss Tucker mit der frischen Milch kam, konnte der Tag wirklich beginnen. Zwar liebte Hannah es, ihren Arbeitstag mit einem Kakao anzufangen und einen Abschnitt aus der Bibel zu lesen, aber sie wollte nicht länger untätig herumsitzen. Schweren Herzens entschied sie, heute auf ihren Kakao zu verzichten.

Am Abend vorher hatte sie das letzte bisschen Tageslicht ausgenutzt, um in ihrem Zimmer Staub zu wischen, den Herd zu reinigen, den Boden zu schrubben und ihre Schlafstatt mit einem Tuch abzuhängen. Als die frühe Herbstdunkelheit sie dazu gezwungen hatte, ihre Arbeiten zu beenden, war sie auf ihre Matratze gekrochen und sofort eingeschlafen. Erst der Hahnenschrei am nächsten Morgen hatte sie wecken können. Seitdem war sie wieder ununterbrochen auf den Beinen gewesen und konnte nun eine kleine Ruhepause gebrauchen.

Hannah zog den Stoff vor ihrem Bett zur Seite und ignorierte das unattraktive Muster. Dann nahm sie die Bibel, die auf dem Kopfkissen lag. Als Floyd Hawkins, der Besitzer des Gemischtwarenladens, erfahren hatte, dass sie Schneiderin war, hatte er einen Ballen verstaubten Stoffes aus seinem Lager geholt und darauf bestanden, dass sie ihn mitnahm. Hannah verstand, warum er den Stoff nicht losgeworden war. Sie hätte eher einen Käfer verschluckt, als sich ein Kleid aus diesem orange-gepunkteten Etwas zu machen. Aber da sie gewusst hatte, dass sie den Stoff irgendwie würde verwenden können, hatte sie sich darauf eingelassen, ihn dem Händler zum Einkaufspreis abzukaufen. Jetzt, sorgsam an der Decke befestigt, schenkte er ihr immerhin eine gewisse Privatsphäre, und schützte ihr Bett vor neugierigen Blicken, wenn sie doch einmal Besuch empfangen sollte. Vielleicht konnte sie noch einen Saum annähen, wenn sie ein wenig Zeit hatte.

Mit der Bibel in der Hand setzte Hannah sich auf den Koffer, den sie unter dem Fenster links neben dem Ofen aufgestellt hatte. Sie öffnete die Bibel an der Stelle, an der das schmale rote Samtband lag – Sprüche 16, der Vers, der sie im letzten Monat vor ihrer Abreise begleitet hatte. Das Licht der Morgensonne erhellte die Weisheit der Worte in diesem Kapitel. Vers drei versprach, dass, wenn sie Gott über ihr Tun entscheiden ließ, sich ihr Vorhaben erfüllen würde. Doch Vers acht mahnte sie dazu, dass sie nichts erreichen könnte, wenn sie nicht ehrlich wäre. Vers neun verbalisierte genau das, was Hannah hoffte und fürchtete.

„Des Menschen Herz erdenkt sich seinen Weg; aber der Herr allein lenkt seinen Schritt", flüsterte sie.

Hannah las noch einmal diese Worte, bevor sie die Augen schloss. „Vater, du weißt, wie sehr ich es mir wünsche, hier mein Geschäft zu eröffnen. Ich habe seit meinen Lehrjahren davon geträumt. Du hast mir die Türen geöffnet, Türen, die ich allein nicht hätte öffnen können. Dafür danke ich dir. Gleichzeitig muss ich zugeben, dass ich mir Erfolg wünsche. Ich will Kunden haben, die mit meinen Entwürfen zufrieden sind." Hannah runzelte ihre Stirn, als sie merkte, dass sie nicht ganz ehrlich war. „Gut, sie sollen nicht nur zufrieden sein, sie sollen begeistert sein", gab sie zu. „Ich wünsche mir, dass sie von meinen Kleidern und meinem Können schwärmen. Hilf mir, meinen Stolz nicht groß werden zu lassen, und erinnere mich immer wieder daran, dass ich nur aus deiner Gnade leben kann. Danke, dass du –"

Ein leises Klopfen ertönte an der Tür und unterbrach ihr Gebet. Hannahs Herz schlug schneller. Rasch legte sie die Bibel beiseite und sprang auf. Im Stillen schickte sie ein Amen himmelwärts und ging zur Tür.

Sie öffnete und sah vor sich eine weichere, rundere weibliche Version von Mr Tucker. Das braune Haar der jungen Frau war zu einem schlichten Knoten zusammengesteckt und von einer Haube bedeckt, die eher zu einem kleinen Mädchen gepasst hätte. An dem braunen Kleid befanden sich keine Rüschen oder andere Verzierungen. Doch das Lächeln auf dem schüchternen Gesicht und der Duft von frisch Gebackenem, der aus dem Korb aufstieg, den die Besucherin am Arm trug, sorgten dafür, dass Hannah sich in ihrer Gegenwart sofort wohlfühlte.

„Sie müssen Miss Tucker sein. Kommen Sie herein! Ich habe mich schon darauf gefreut, Sie kennenzulernen."

Die Wangen der jungen Frau wurden rot und sie senkte unsicher ihren Blick, doch ihr Lächeln wurde breiter, als sie über die Schwelle trat. „Danke, Miss Richards. Ich bringe Ihre Milch und habe auch noch ein paar meiner Apfelmuffins dazugelegt."

„Wie aufmerksam. Sie riechen köstlich. Ich hoffe, Sie hatten nicht zu viel Arbeit damit." Hannah nahm die Kanne mit der Milch entgegen und stellte sie auf den Herd, während Miss Tucker in Servietten gewickelte Muffins hervorzauberte. Hannah entdeckte in dem Korb ein paar Laibe frischen Brotes und weitere Muffins, bevor die junge Frau das Tuch wieder darüberlegte.

„Ich verkaufe Gebackenes in Mr Hawkins' Laden. Es war überhaupt kein Umweg, hier kurz vorbeizukommen."

„Ach, auch eine Geschäftsfrau." Hannah nahm einen Muffin entgegen und roch daran. „Und wenn er genauso gut schmeckt, wie er riecht, werden Sie damit großen Gewinn erzielen."

Miss Tucker schüttelte den Kopf. „Ich bin keine *wirkliche* Geschäftsfrau. Nicht so wie Sie, mit einem Geschäft und allem." Ihre Wangen waren wieder rot geworden.

Hannah betrachtete ihre Besucherin genauer. Sie hatte schöne Züge. Lange, dunkle Wimpern, eine gerade Nase, volle Lippen. In ihrem Kleid wirkte sie ein wenig plump, aber Hannah würde das mit dem richtigen Schnitt und einem guten Stoff schnell beheben können. Wenn sie sie nur dazu bewegen könnte, dieses nichtssagende Braun abzulegen und sich eher für ein Dunkelrosa oder ein Pfauenblau zu entscheiden …

„Mir macht es einfach Spaß zu backen, das ist alles." Miss Tucker unterbrach Hannahs abschweifende Gedanken. „J.T. verdient genug für uns beide, aber nach allem, was er für mich getan hat, bin ich froh, wenn ich ihn ein bisschen unterstützen kann."

„Ich weiß, was Sie meinen. Ich schicke meiner Mutter immer noch Geld, wenn ich die Möglichkeit dazu habe. Sie lebt bei meiner jüngeren Schwester und deren Mann im Osten und hat immer Angst, ihnen eine Last zu sein. Was sie natürlich nicht ist. Emily liebt es, unsere Mutter um sich zu haben, vor allem jetzt, wo ihr Baby unterwegs ist."

„Ihre Familie lebt im Osten?" Miss Tucker betrachtete sie neugierig. „Wie kommt es dann, dass Sie hier in Texas sind?"

Hannah lächelte, als sie die Bibel auf das Fensterbrett legte und ihrem Gast bedeutete, auf einem der Koffer Platz zu nehmen. Sie nahm der jungen Frau den Korb ab und stellte ihn auf den Boden.

„Als ich sechzehn Jahre alt war, hat meine Mutter für mich eine Ausbildung bei einer Schneiderin in Boston arrangiert, nicht weit weg von unserem Zuhause in Dorchester. Nach drei Jahren war ich zur rechten Hand meiner Chefin aufgestiegen, doch dann heiratete meine Arbeitgeberin den Bruder einer Kundin. Es war ein wahrer Skandal, obwohl wir Mädchen es alle romantisch fanden."

„Hat sie nach der Hochzeit nicht weitergearbeitet?"

Hannah schüttelte den Kopf, während sie Kartoffeln aus einer Kiste nahm und diese dann umdrehte, um sich ebenfalls zu setzen.

„Nein. Ihr Ehemann wollte nichts davon hören, dass sie weiterarbeitete, also musste sie ihr Geschäft schließen. Uns Mädchen hat das schwer getroffen, weil wir alle arbeitslos wurden. Ich hätte mich in einem anderen Geschäft als Schneiderin in der Ausbildung bewerben können, aber da hätte ich zu wenig Geld verdient. Meine Mutter und meine Schwester waren damals auf die Unterstützung angewiesen, die ich ihnen zukommen ließ. Als die Tante meiner Arbeitgeberin, selbst Schneiderin, zur Hochzeit kam und mir eine Anstellung in Vollbezahlung in San Antonio anbot, entschied ich mich dazu, den berühmten amerikanischen Westen kennenzulernen. Ich habe zwei Jahre bei Mrs Granbury gearbeitet und ich muss sagen, dass ich Texas lieben gelernt habe."

„Bestimmt ist es schwer, so weit weg von der Familie zu leben."

„Ja." Hannah dachte an die verpassten Weihnachtsfeste und daran, dass es lange dauern würde, bis sie das Baby ihrer Schwester kennenlernen würde. Einsamkeit machte sich in ihr breit und es dauerte einen Augenblick, bis sie sich wieder unter Kontrolle hatte. „Aber so schlimm ist es auch wieder nicht. Ich hatte die Möglichkeit, mein Geschäft hier viel schneller als gedacht zu eröffnen. In Boston wäre das nicht möglich gewesen. Und wenn ich schnell ein paar Freunde in Coventry finde, wird mein Leben noch reicher werden."

Als sie die schüchterne Frau vor sich betrachtete, die ihr gebannt lauschte, fühlte Hannah plötzlich Zuneigung. Vielleicht führte Gott sie ja schon auf den Weg einer gemeinsamen Freundschaft.

Hannah wollte ihrem Gast eine Erfrischung anbieten und holte den Beutel mit dem Kakao aus einem der Koffer. „Als Emily und ich klein waren, hat meine Mutter in einer Kakaofabrik gearbeitet, bis sie mir die Ausbildung finanzieren konnte. Ich verdanke ihr alles."

„Hört sich an, als wäre sie eine wunderbare Frau." Miss Tucker lächelte, doch ihre Augen blickten traurig.

„Meine Mutter ist dafür verantwortlich, dass ich Kakao über alles liebe." Hannah hielt den Sack hoch. „Würden Sie vielleicht noch ein wenig hierbleiben und eine Tasse mit mir trinken? Ich brauche nur ein paar Minuten, um die Milch zu erwärmen."

„Ich wünschte, ich könnte, aber Mr Hawkins wünscht, dass ich meine Sachen immer vorbeibringe, bevor er den Laden aufmacht." Miss Tucker erhob sich. „Vielleicht ein andermal."

„Auf jeden Fall." Hannah lächelte. „Also, was schulde ich Ihnen für die Milch, Miss Tucker? Ich würde Sie gerne für die Woche im Voraus bezahlen, wenn Sie das nicht stört."

„Ich bekomme nur zwanzig Cent von Ihnen, denn ich habe die Sahne abgeschöpft und sie zum Backen benutzt. Und nennen Sie mich doch bitte Cordelia."

„Wunderbar. Ich bin übrigens Hannah." Sie reichte Cordelia die Münzen und brachte sie zur Tür. „Noch einmal vielen Dank für die Muffins. Ihr Bruder hat mir gestern so sehr geholfen und heute Morgen sind Sie es, die mir den Tag versüßen. Ich danke Gott, dass ich Sie beide kennengelernt habe, und würde mich freuen, wenn wir Freunde werden."

„Sehr gerne", sagte Cordelia aufrichtig. „Oh … J.T. hat mich gebeten, Ihnen zu sagen, dass er mit den Regalen nicht vor heute Nachmittag fertig wird. Ich hoffe, das ist kein Problem für Sie."

„Nein, auf keinen Fall. Ich werde den ganzen Morgen mit Putzen beschäftigt sein. Wenn ich die Regale am Nachmittag bekomme, ist das wunderbar."

Als Hannah Cordelia zum Abschied winkte, fiel ihr Blick auf den

Stall auf der anderen Straßenseite. Ein lästiges Prickeln der Vorfreude machte sich in ihrem Magen breit, als sie daran dachte, Mr Tucker wiederzusehen. Dieser Mann brachte ihre Gefühle völlig durcheinander. Und eigentlich konnte sie eine solche Ablenkung überhaupt nicht gebrauchen, schalt sie sich. Trotzdem blieb das dumme Kribbeln.

ᑫᑭ

Missmutig näherte sich J.T. der Schneiderei mit zwei Böcken unter dem einen und sechs Holzbrettern unter dem anderen Arm. Zweimal zu gehen wäre einfacher gewesen, doch er wollte diese Sache so schnell wie möglich hinter sich bringen.

Miss Richards stand auf dem Bürgersteig und wischte mit einem Lappen über das große Fenster ihres Ladens. Nach ein paar energischen Bewegungen tauchte sie den Lappen wieder in den Eimer neben sich. J.T. ließ die Bretter neben ihr fallen, dass sie laut polterten. Es machte ihm großen Spaß zu sehen, wie sie erschrocken aufsprang und quietschte.

Platsch!

Der beißende Geruch von Essigwasser stieg ihm in die Nase und hätte seine Augen tränen lassen, wenn sie nicht schon zuvor von einem klitschnassen Lappen getroffen worden wären. Der Lappen rutschte an seinem Gesicht hinunter, hinterließ eine schleimige Spur und platschte schließlich auf den Boden. Halb blind stellte er die Böcke ab. Sie fielen polternd um, doch darum konnte er sich jetzt nicht kümmern. Schnell zog er ein Taschentuch hervor und wischte sich das Gesicht ab, während seine neue Nachbarin schallend lachte. Als er endlich wieder die Augen öffnen konnte, starrte er sie finster an.

„Es tut mir so leid, Mr Tucker." Sie hatte ihre Hände vor den Mund geschlagen und konnte sich ein weiteres Lachen nicht verkneifen. „Aber Sie dürfen sich nicht so an andere Menschen heranschleichen und sie dann erschrecken. Der Lappen ist mir einfach so aus der Hand geflogen." Sie demonstrierte es ihm, als wäre er gerade nicht selbst dabei gewesen.

„Vielleicht sollten Sie Ihrer Umgebung mehr Aufmerksamkeit schenken."

„Das werde ich versuchen. Ich verliere mich oft in meinen Gedanken, vor allem, wenn ich innerlich mit mir selbst verhandle." Sie legte ihren Kopf schief und warf ihm einen koketten Blick zu. „Was meinen *Sie*, Mr Tucker? Ist ein lavendelfarbener Morgenrock zu blass, um ihn ins Schaufenster zu stellen? Oder würde der einfache Schnitt hier mehr Damen anlocken als ein ausgefallenes Abendkleid?"

Er verdrehte die Augen, sodass sie wieder lachen musste.

„Wie auch immer. Ich will Sie damit nicht aufhalten. Sicher müssen Sie sich mit männlicheren Dingen beschäftigen."

Leider konnte er sich im Moment beim besten Willen nicht an eine einzige dieser Tätigkeiten erinnern. Zu sehr genoss er es, zu beobachten, wie die Freude aus ihr heraussprudelte wie aus einer frischen Quelle.

Sie bückte sich, um den Lappen aufzuheben. Dabei bemerkte er, dass sie einen ähnlichen Lumpen um ihre Haare gewickelt hatte. Irgendeinen hässlichen Stoff mit grellen, orangefarbenen Punkten. Allein dieser Anblick hätte ihn das Grausen lehren können, doch nicht einmal das in Kombination mit dem einfachen Arbeitskleid, das Miss Richards trug, konnte ihn dazu bringen, seine Blicke abzuwenden.

Hatte seine Vergangenheit ihn denn nichts gelehrt? Schöne Frauen brachten nichts als Ärger – sie waren wie hübsche Hüllen, die wegbrachen, wenn das Leben ein bisschen schwieriger wurde. J.T. hatte sich geschworen, dass weibliche Schönheit nie wieder seinen Verstand verwirren sollte. Er wollte sich nur noch für eine Frau mit geistiger und geistlicher Tiefe interessieren. Eine Frau, auf die man sich verlassen konnte, die einem zur Seite stand. Niemand, der sich wie Blei an einen klammerte und einen noch tiefer hineinzog, wenn man Schwierigkeiten hatte.

„Eines Tages werde ich Sie dabei erwischen, wie Sie von Herzen lächeln, Mr Tucker", sagte Hannah und drohte mit dem Zeigefinger in seine Richtung. „Und wenn ich das tue, nehmen Sie sich in Acht, denn dann werde ich triumphieren."

„Wir alle brauchen ein Ziel im Leben, Miss Richards." J.T. legte sich zwei der Bretter auf die Schultern und sah auf sie herunter. „Meins ist, diese Regale aufzubauen, bevor der erste Schnee fällt. Geben Sie mir die Möglichkeit, das zu tun, oder schwätzen wir sinnlos weiter?"

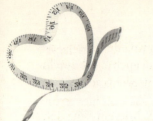

Kapitel 6

Hannah schüttelte den Kopf und schlich leise auf Zehenspitzen nach oben, damit Mr Tucker sie nicht beim Stampfen erwischen konnte. Wieder einmal hatte sein Verhalten sie maßlos geärgert, aber das musste sie ihm ja nicht zeigen.

In ihrem Zimmer stellte er die Bretter vorsichtig ab und machte sich wortlos an die Arbeit. Es dauerte nicht einmal fünf Minuten, den Tisch zu bauen. Hannah füllte eine Tasse mit Wasser. Als er fertig war, bot sie sie ihm an.

Wie immer zögerte er, nahm das Wasser dann aber doch an. Ihre streitlustige Seite jubelte in diesem Moment auf. Mr Tucker mochte sie vielleicht aus dem Gleichgewicht bringen, aber von nun an würde sie sich nicht mehr von ihm aus der Fassung bringen lassen. Sie würde ihm die Stirn bieten und wer weiß, vielleicht würde sie ja wirklich bald jenes besagte Lächeln sehen.

„Danke." Er reichte ihr die Tasse zurück und ging zur Tür. „Ich bringe noch die Regalbretter herein, dann bin ich weg."

Schnell trank Hannah selbst einen Schluck Wasser, stellte die Tasse in ihrem improvisierten Spülbecken ab und eilte dann hinter Mr Tucker die Treppe hinunter. Bis sie unten war, war er schon wieder in ihrem Laden. Hannah stemmte sich gegen die Tür und griff nach dem Knauf, um sie aufzudrücken, doch in diesem Moment gab die Tür nach, weil Mr Tucker sie ihr öffnen wollte. Hannah taumelte über die Schwelle und stürzte auf ihn.

Starke und gleichzeitig überraschend sanfte Hände ergriffen ihre Schultern und halfen ihr, das Gleichgewicht wiederzufinden. Hitze stieg ihr ins Gesicht. So viel zu dem Thema, dass Mr Tucker es nicht mehr schaffen würde, sie aus der Fassung zu bringen. Zum zweiten Mal in zwei Tagen war sie in die Arme dieses Mannes gesunken. Kein Wunder, dass er es so eilig hatte, von ihr fortzukommen.

Hannah schaffte es nicht, ihm in die Augen zu sehen und starrte deshalb auf sein Kinn. „Es tut mir leid, dass ich mich Ihnen schon wieder in die Arme werfe, Mr Tucker. Das war wirklich nicht meine Absicht."

Seine Kehle hob und senkte sich in einer langsamen Bewegung, die Hannah seltsam faszinierend fand. Dann, bevor sie auch nur blinzeln konnte, ließ er sie so plötzlich los, dass sie beinahe wieder gestürzt wäre und räusperte sich.

„Ich ... ähm ... muss jetzt gehen." Er trat einen Schritt zur Seite und versuchte, sich an ihr vorbei durch die Tür zu quetschen.

Zum Glück war Hannah wieder bei Sinnen, bevor er es geschafft hatte. Sie musste ihn wohl oder übel noch um eine weitere Sache bitten.

„Dürfte ich Sie noch um einen letzten Gefallen bitten, Mr Tucker?"

Er hielt inne. Hannah hätte schwören können, dass sie ihn seufzen hörte.

„Ich würde Sie nicht behelligen, wenn Sie nicht der einzige Mann in der Stadt wären, den ich gut genug kenne, um ihn darum zu bitten."

Er sagte nichts, sondern stand nur abwartend da. Hannah holte tief Luft und spuckte den Rest ihrer Frage förmlich aus.

„Ich hatte gehofft, dass ich mir ein paar Werkzeuge von Ihnen borgen könnte. Eine Wasserwaage und einen Schraubenzieher? Ich würde sie heute Abend zurückbringen oder spätestens morgen früh. Es wäre schön, wenn ich meine Regale heute noch an Ort und Stelle bringen und alles einräumen könnte, damit ich morgen früh eröffnen kann."

Hannah starrte ihn an und wartete auf eine Reaktion. Er reckte das Kinn vor und räusperte sich, bevor er ihr antwortete.

„Es tut mir leid", sagte er kopfschüttelnd. „Ich muss mich um mein eigenes Geschäft kümmern. Ich kann nicht den Laufburschen für Sie spielen und den ganzen Nachmittag Regale aufhängen. Sie müssen jemand anderen fragen."

Trotz ihres vorherigen Entschlusses, sich nicht mehr über ihn aufzuregen, konnte Hannah sich nicht beherrschen. Wütend ging sie auf ihren störrischen Nachbarn zu und pflanzte sich vor ihm auf. „Habe ich Sie denn darum gebeten, mein Laufbursche zu sein? Nein. Ich wollte mir lediglich ein bisschen Werkzeug von Ihnen ausleihen. Wenn Sie mir richtig zugehört hätten, hätten Sie das vielleicht verstanden. Ich bin durchaus allein in der Lage, meine Regale aufzuhängen, und brauche dafür keinen Mann. Machen Sie sich um mich keine Sorgen. Und ich bin sicher, dass Mr Hawkins mir die Werkzeuge verkauft, die ich brauche. Entschuldigen Sie, ich werde Sie nicht weiter belästigen."

Sie trat einen Schritt zur Seite, um ihm Platz zu machen, aber er rührte sich nicht. Nach einem Augenblick wandte Hannah sich abrupt ab, stapfte zu ihrem Putzeimer und schnappte sich den Lappen, um die Fensterscheiben zu polieren. Eigentlich hatte sie die Fenster von innen schon geputzt, aber sie kam nicht an Mr Tucker vorbei, der wie festgewachsen in ihrem Laden stand.

Die Ladentür schlug zu, doch Hannah wollte sich nicht umwenden. Mr Tuckers Schritte klapperten laut auf dem hölzernen Bürgersteig und verklangen schließlich, als er auf der staubigen Straße weiterging. Sie verbot es sich, ihm durch das Fenster nachzusehen. Er hatte sich nicht entschuldigt, sich nicht einmal verabschiedet.

Wütend ließ Hannah den Lappen in den Eimer fallen. Es war ihr egal, dass das Wasser nach allen Seiten spritzte. Doch ihre Entrüstung hielt nicht lange an, denn schnell mahnte ihr Gewissen, sodass sie beschämt den Kopf senkte.

Sie hatte kein Recht, Mr Tucker zu verurteilen, nur weil er ihr nicht helfen wollte. Wenn sie ehrlich zu sich war, hatte sie seit ihrer Ankunft nichts anderes getan, als seine Zeit in Anspruch zu nehmen. Offenbar war er mit ihrer Ankunft hier nicht einverstanden, doch sie durfte ihn nicht verurteilen. Er verdiente ihren Zorn nicht. Er hatte ihr in einer gefährlichen Situation beigestanden, hatte dafür gesorgt, dass seine Schwester sie mit frischer Milch versorgte, hatte ihr einen Tisch gebaut, ohne darum gebeten worden zu sein, und hatte ihr sogar umsonst Holz gegeben, das sie für ihre Regale verwenden konnte.

Hannah strich mit der Hand über eines der Bretter, die er an die Wand gelehnt hatte. Zuerst fasste sie es nur vorsichtig an, um keinen Splitter zu bekommen, aber schnell merkte sie, dass das Holz völlig glatt war. Sie sah sich die Bretter genauer an. Sie alle waren sorgfältig geschliffen und auf die gleiche Länge geschnitten worden. Hannah schüttelte erstaunt den Kopf. Mr Tucker hatte das Holz tatsächlich bearbeitet, bevor er es ihr gebracht hatte.

Wieder meldete sich ihr schlechtes Gewissen.

Warum musste dieser Mann so widersprüchlich und undurchschaubar sein? Er handelte großzügig und freundlich und tat weit mehr, als die Nachbarschaftspflicht gebot. Und trotzdem war er mürrisch und unfreundlich und brachte sie zur Weißglut. Welcher Seite seines Charakters sollte sie Glauben schenken?

Ein dumpfer Schlag ertönte draußen vor ihrer Tür. Sie hätte das Geräusch wahrscheinlich nicht gehört, wenn sie nicht so dicht neben der Tür gestanden hätte. Hannah trat ans Fenster und sah, wie sich Mr Tucker von ihrem Haus entfernte. Schnell öffnete sie die Tür und wollte ihm eine Entschuldigung hinterherrufen, doch sie stolperte über etwas, das vor der Tür lag. Als sie ihr Gleichgewicht wiedergefunden hatte, war Mr Tucker schon in der Wäscherei nebenan verschwunden.

Mit schmerzendem Fuß und ärgerlich über die soeben verpasste Gelegenheit humpelte sie zurück und sah sich an, was sie zum Stolpern gebracht hatte. Erschrocken biss sie sich auf die Lippe.

Vor ihren Füßen lagen eine Wasserwaage und ein Schraubenzieher.

Sie hob die Werkzeuge auf und schaute noch einmal den Weg entlang, den Mr Tucker gegangen war. Sie würde ihn wahrscheinlich nie verstehen, aber irgendetwas sagte ihr, dass sie gerade eine Entschuldigung bekommen hatte. Eine Entschuldigung, die er mit Worten niemals hätte ausdrücken können.

CR

Eine Wolke heißen Dampfes schlug J.T. entgegen, als er die Wäscherei betrat. Er nahm den Hut vom Kopf und schloss die Tür hinter sich. Im Stillen wünschte er sich, er könnte sie auflassen, damit eine kühle Brise in den Raum kam, doch Louisa würde ihm gehörig die Meinung sagen, wenn er dafür verantwortlich wäre, dass Straßenstaub auf ihre frisch gewaschene Wäsche kam.

„Abgeben oder abholen?", rief Louisa aus dem Hinterzimmer.

„Ich bin's, Louisa." J.T. zögerte, als er die verzogenen Regale und die Risse in der Wand sah. Das Dach war wahrscheinlich auch undicht. Wenn er für sie und ihre Familie keine neue Unterkunft finden konnte, musste er diese hier, so gut es ging, reparieren. Doch das würde schwierig werden, ohne Louisas Stolz zu verletzen.

„Komm nach hinten, J.T."

Nachdem ihr Mann vor zwei Jahren an Tuberkulose gestorben war und sie mit drei Kindern zurückgeblieben war, hatte Louisa James ihre Farm verkauft und dieses Haus gemietet. Trotzdem hatte sie kaum noch Geld übrig gehabt, um davon zu leben. Doch mit dem Waschen von Hosen und dem Ausbessern von Hemden konnte sie sich und ihre Kinder ernähren. J.T. bewunderte ihren Mut und ihre Stärke, auch wenn es genau diese Stärke war, die sie seine Unterstützung immer wieder ablehnen ließ.

Er bahnte sich seinen Weg durch den Raum, vorbei an Tischen, auf denen gewaschene und gebügelte Kleidungsstücke lagen, die nur darauf warteten, von ihren Besitzern abgeholt zu werden. Er ging vorbei an Waschschüsseln und zusammengeklappten Wäscheständern, auf die man die Wäsche hängen konnte, wenn es regnete. Als er den nächsten Raum betrat, fand er Louisa über ihren Bügeltisch gebeugt, wo sie gerade die Falten aus dem Kragen eines weißen Männerhemdes entfernte. Mit routinierten Bewegungen setzte sie das Eisen auf den Herd, nahm den Griff ab und befestigte ihn an einem anderen, heißen Eisen. Die sechsjährige Molly reichte ihrer zwei Jahre älteren Schwester Tessa das fertige Hemd und legte ihrer Mutter dann das nächste hin. Tessa sah auf und lächelte J.T. fröhlich an.

„Hallo, Mr Tucker. Danny wartet draußen auf Sie. Er hat die kleinen Teile aussortiert, wie Sie es wollten, und nur die großen aufgehoben."

Wie das Mädchen es schaffte, sich zu unterhalten und gleichzeitig die Hemden perfekt zusammenzulegen, war J.T. ein Rätsel.

„Danke, Kleine." Er zwinkerte ihr zu und sie kicherte.

Molly zwickte er in die Nase, als er an ihr vorbeiging und Louisa noch einmal zunickte. Louisa James war dünn und erschöpft, ihre Hände rot und rissig von der ständigen Arbeit. Feuchte Strähnen ihres aschblonden Haares klebten ihr im Gesicht. Doch noch nie hatte J.T. ein Wort der Beschwerde aus ihrem Mund gehört. Jetzt, wo die Erntezeit vorbei war, würde sie ihre kleinen fleißigen Helfer verlieren, denn die Kinder mussten im Winter wieder in die Schule gehen. Viele Menschen würden an ihrer Stelle die Kinder zu Hause behalten, vor allem die Mädchen, aber für Louisa schien das nie infrage gekommen zu sein. Wahrscheinlich wollte sie nicht, dass ihre beiden Mädchen auch irgendwann einmal die Wäsche für die Wohlhabenden waschen müssten. J.T. hatte große Hochachtung vor ihr. Er wünschte sich nur, dass sie von Zeit zu Zeit etwas Hilfe von anderen annehmen würde.

„Ich muss mit dir reden, J.T., bevor du mit dem Holz anfängst." Louisa rieb sich das Kinn mit der Rückseite ihrer Hand und nickte in Richtung Hintertür.

„Gut." Er folgte ihr nach draußen, genoss die kühle Brise, die über den Hof wehte, und setzte seinen Hut wieder auf.

„Ich habe heute Morgen die neue Schneiderin getroffen", sagte Louisa. „Bin ihr beim ersten Morgenlicht an der Wasserpumpe begegnet."

J.T. nickte, als seine Gedanken sich wieder Miss Richards zuwandten. Er hätte nicht gedacht, dass sie eine Frühaufsteherin war. Diese Frau war unberechenbar wie ein Wirbelsturm.

„Sie hat mir einen Dollar pro Woche angeboten, wenn ich dafür sorge, dass ihre Feuerholzkiste voll bleibt. Sie sagte, sie bräuchte nicht viel, weil sie nur für sich kocht und sich manchmal auch selbst etwas beim *Frühsport* holen würde. Was auch immer das ist." Louisa verschränkte die Arme vor der Brust, als bereitete sie sich auf einen Kampf vor. „Ich weiß, ich hätte das erst mit dir besprechen müssen, weil du das Holz hackst, aber ich habe es ihr jetzt zugesagt und werde mich von dir nicht davon abbringen lassen."

J.T. griff in seine Hemdtasche und holte einen Zahnstocher hervor. Er ließ sich Zeit mit einer Antwort, da er hoffte, Louisa würde sich wieder ein wenig beruhigen.

„Ich finde, du kannst mit deinem Holz machen, was du willst. Du hast es bezahlt oder bekommen, wenn Daniel den Stall ausgemistet hat. Für die gleiche Arbeit bezahle ich Tom seinen Lohn."

„Der Junge ist erst zehn. Er arbeitet doppelt so lange, um die Hälfte der Arbeit zu erledigen, die Tom schafft, das weißt du."

„Vielleicht. Aber er macht die Arbeit, um die ich ihn bitte. Wenn du nicht glaubst, dass mein Holzhacken durch Daniels Arbeit bezahlt wird, müssen wir es anders regeln. Willst du, dass Daniel demnächst selbst Holz hackt?" Er schob den Zahnstocher in den anderen Mundwinkel und sah sie herausfordernd an.

„Nein, ich will auf keinen Fall, dass er sich den Fuß abhackt."

J.T. konnte sehen, wie ihr Stolz mit ihrem gesunden Menschenverstand kämpfte. J.T. hatte Daniel deshalb angeboten, im Stall zu arbeiten, damit er sicher sein konnte, dass es der Familie nie an Holz mangelte. Louisa war klug genug, um das zu wissen. Aber bei dem großen Verbrauch an heißem Wasser und den Bügeleisen, die den ganzen Tag über warm gehalten werden mussten, wäre der Holzstapel schneller aufgebraucht, als Louisa ihn nachfüllen könnte.

Ihre Vernunft gewann, aber immer noch konnte sie ihren Stolz nicht ganz ablegen.

„Gut, ich wollte nur sichergehen, dass du dich nicht angegriffen fühlst. Ich wusste ja, dass wir das Holz ehrlich bezahlt haben." Sie reckte das Kinn in die Luft und eilte so rasch zurück ins Haus, dass ihre Röcke aufgeregt wirbelten.

Herr, beschütze mich vor stolzen, starrköpfigen Frauen. In letzter Zeit schienen sie ihn zu umschwärmen.

Dankbar dafür, dass er endlich allein mit dem einzigen männlichen Mitglied der Familie war, duckte sich J.T. unter einer Wäscheleine hindurch, auf der weitere Kleidung zum Trocknen hing, und ging zu Daniel hinüber. Der Junge war ein schweigsamer Zeitgenosse, was J.T. sehr entgegenkam. Nachdem er Daniel das Haar zerzaust und ihm auf den Rücken geklopft hatte, schnappte er sich eine Axt und fing an zu hacken. Die beiden arbeiteten Seite an Seite – J.T. spaltete die Holzklötze, Daniel schichtete sie auf dem Holzstapel. Ganz einfach. Keine erregten Gemüter, keine Entschuldigungen, die von ihm erwartet wurden. Einfach zwei Männer, die ohne viel Geschwätz miteinander arbeiteten.

Leider war alles, an was J.T. während der Arbeit denken konnte, das erregte Gemüt einer ganz bestimmten Person. Miss Hannah Richards.

J.T. rammte die Axt in den Holzklotz vor sich, um ihr Bild aus seinem Gedächtnis zu verbannen, doch es half nichts.

Wieder schwang er die Axt, doch das Holz vor ihm spaltete sich ungleichmäßig. J.T. blickte finster drein.

Jetzt, wo er darüber nachdachte, bemerkte er, dass ihr Protest nicht unbedingt bedeuten musste, dass sie nicht heimlich doch die Hoffnung gehegt hätte, dass er ihr die Arbeit mit den Regalen abnehmen würde. Sie hatte es vielleicht nur nicht zugeben wollen. Immerhin konnten die meisten Frauen das eine Ende eines Schraubenziehers nicht von dem anderen unterscheiden. Außerdem hatte sie ziemlich erschöpft ausgesehen. Sie war sicher zu müde, um die Bretter hoch genug zu heben und sie fest an der Wand zu montieren. Er musste sich noch um ein paar finanzielle Angelegenheiten auf der Bank kümmern, aber danach würde er bei ihr im Laden vorbeischauen. Das würde ihn auch davor bewahren, dass er es morgen früh schon wieder mit ihr zu tun bekam.

Eineinhalb Stunden später, nachdem er das Holz gespalten hatte, wusch sich J.T. an der Wasserpumpe und machte sich dann auf den Weg zur Bank. Louisa wollte seine Hilfe zwar nicht akzeptieren, aber wie sollte sie sich dagegen wehren, wenn sie gar nicht wusste, wie er sie unterstützte?

Kapitel 7

J. T. betrat die Bank in dem Moment, als der Angestellte das „Geschlossen"-Schild abnahm. Der Mann nickte ihm zu und ging zurück zu seinem Schalter. Die Besitzerin der örtlichen Frühstückspension stand gerade dort und stampfte ungeduldig mit einem Fuß auf, ganz offensichtlich ungehalten über die Unterbrechung. Hinter ihr warteten zwei Farmer.

„Ist Paxton da?", fragte J. T.

Der Angestellte verschwand hinter seinem Schalter, öffnete das Fensterchen und schaute J. T. über den geblümten Hut der Dame vor ihm hinweg an. „Er ist im Moment im Gespräch mit einem Kunden, aber nehmen Sie doch bitte auf der Bank Platz. In ein paar Minuten ist er sicher fertig."

„Danke."

J. T. tippte sich an den Hut und nickte der Dame zu, die ihm einen wütenden Blick zuwarf und sich dann wieder dem in Ungnade gefallenen Bankangestellten zuwandte. Bevor er sich zu der Bank begab, wechselte er noch einen Blick mit den beiden Farmern. Alle drei schienen sich einig zu sein, dass sie froh darüber waren, in diesem Moment auf der Kundenseite des Schalters zu stehen. Dann schlenderte J. T. zur Bank hinüber.

Er war so voller Unruhe, dass er sich nicht setzen wollte, also stellte J. T. einen Fuß gegen die Bank und stützte den Ellbogen darauf. Es gefiel ihm nicht, hinter Louisas Rücken etwas zu vereinbaren, aber sie ließ ihm schließlich keine andere Wahl. Die Bibel sagte, dass ein Mann geben sollte, ohne dass die linke Hand wusste, was die rechte tat. Louisa übernahm in diesem Fall wohl die Rolle der linken Hand. Trotzdem fühlte J. T. sich unwohl dabei, alles im Geheimen einzufädeln. Es kam ihm vor, als täte er etwas Unehrenhaftes.

Das leise Quietschen der Bürotür lenkte J. T.s Aufmerksamkeit auf das Zimmer vor sich. Er stellte schnell seinen Fuß auf den Boden zurück und richtete sich auf.

Floyd Hawkins und sein Sohn, Warren, kamen aus Elliott Paxtons Büro. Der ältere Hawkins plauderte angeregt mit dem Bankier, während sein Sohn schwieg.

Warren pustete sein langes Haar aus dem Gesicht und erblickte J.T. Seine Augen wurden ein bisschen größer, als er seinen Hals streckte, als wäre ihm der Kragen gerade ein wenig zu eng geworden.

Der Junge war in seiner Gegenwart unübersehbar nervös. Das war nicht immer so gewesen. Aber in letzter Zeit schien er J.T. aus unergründlichen Gründen beeindrucken zu wollen.

Nicht, dass seine Anstrengungen sich bisher ausgezahlt hätten. Der Junge hatte Minderwertigkeitskomplexe, groß wie ein Gebirge. Er war kein schlechter Kerl, allerdings irritierten einen Betrachter seine finsteren Blicke und sein abweisendes Verhalten. Warren schien zu denken, dass die Welt ihm etwas schuldete, weil er mit einem entstellenden Muttermal im Gesicht geboren worden war. J.T. konnte sich vorstellen, was so etwas für einen Schuljungen bedeutete, doch Warren war längst kein Kind mehr. Es war Zeit, das Mitleidsgeheische zu vergessen und sich wie ein Mann zu benehmen. Respekt würde er anders nicht bekommen.

Als hätte Warren seine Gedanken gehört, straffte er seine Schultern und kam auf J.T. zu.

„J.T."

J.T. nickte. Entweder hatte er Ohrenprobleme oder Warren sprach heute tiefer als sonst. J.T. widerstand dem Drang, mit den Augen zu rollen.

„Warren."

Der Junge zog an seinem Rockaufschlag und versuchte sich auf die Zehenspitzen zu stellen, um größer zu wirken. „Dad und ich denken darüber nach, zu expandieren. Mr Paxton hilft uns, die Ausgaben zu kalkulieren."

„Tatsächlich?" J.T. interessierte sich wirklich nicht für die Geschäftsangelegenheiten der Familie Hawkins, aber Warren schien eine Antwort zu erwarten.

„Ich ... ähm ... dachte, dass Ihre Schwester vielleicht mal zu uns zum Abendessen kommen sollte, um über unser Vorhaben zu reden. Es wird sie ja auch betreffen, weil wir ihre Backwaren verkaufen ... und so."

J.T. zog eine Augenbraue hoch und starrte Warren so überrascht an, dass der Junge einfach merken musste, wie dumm seine Bemerkung war. Zumindest senkte er beschämt den Blick und stieß mit dem Schuh gegen ein hölzernes Regal.

Warum sollte Delia sich darum kümmern, ob die Hawkins' noch ein Geschäft eröffneten? Es musste ja nicht bedeuten, dass auch Delia mehr Backwaren anbieten wollte.

Doch Delia war mit Warren befreundet und es würde ihr deshalb nicht gefallen, wenn J.T. den Jungen abblitzen ließ – egal wie sehr er es verdiente. Also räusperte er sich und brachte so etwas Ähnliches wie eine Entschuldigung zustande.

„Ich glaube, es würde Delia freuen, irgendwann über eure Pläne informiert zu werden."

Warren hob ruckartig den Kopf und grinste erleichtert. J.T.s Gewissen machte sich bemerkbar. Vielleicht sollte er ein Auge zudrücken. Warren war noch jung. Ein bisschen mehr Lebenserfahrung und er würde nicht mehr wie ein ungeschickter Junge wirken. J.T. hatte gehört, dass Warren im Laden mittlerweile mehr Verantwortung übernahm – die Bücher führte, Auslieferungen machte, die Inventur leitete. Vielleicht sollte J.T. sich Mühe geben, ihn mehr zu respektieren.

„Dann erzähle ich es ihr beim Abendessen", sagte Warren und rümpfte die Nase. „Es wird ihr bestimmt Spaß machen, mit jemandem zu essen, der nicht nach Dünger riecht."

Oder vielleicht sollte J.T. der Lebenserfahrung dieses Kerlchens einfach selbst nachhelfen, indem er ihm den Hintern versohlte.

J.T. starrte ihn an, ohne mit der Wimper zu zucken. Das belustigte Kichern des Jungen veränderte sich zu einem Schnaufen, bis es schließlich verstummte und wieder den Blick senkte. Doch auch da ließ J.T. nicht locker. Er wollte, dass sich sein Blick in die Haut des Jungen einbrannte und ihm zu ein bisschen Menschenverstand verhalf.

Zum Glück für Warren beendete sein Vater das Gespräch mit dem Bankier und kam zu ihnen herüber. J.T. hob seinen Blick. „Tag, Hawkins."

„Tucker." Er begrüßte J.T. mit einem kräftigen Handschlag. Das Lächeln des Mannes und seine freundliche Art besänftigten J.T.s Gemüt. „Tut mir leid, dass ich Mr Paxtons Zeit so lange in Anspruch genommen habe. Ich wusste nicht, dass Sie warten."

„Das stimmt. Ich bin schon eine Weile hier."

Warren trat unruhig von einem Fuß auf den anderen. „Komm, Vater. Du weißt doch, dass Mutter es nicht mag, wenn wir zu spät zum Essen kommen."

„Du hast recht." Hawkins winkte zum Abschied, als er an J.T. vorbeiging. „Grüßen Sie Cordelia von uns."

„Das mache ich."

Die beiden verschwanden auf die Straße hinaus. J.T. hatte kaum Zeit, um sich daran zu erinnern, warum er eigentlich hergekommen war, als Elliott Paxton schon auf ihn zukam.

„Mr Tucker!" Der Bankier streckte beide Arme zum Gruß aus, wie er es immer in seiner überschwänglichen Art tat. J.T. wäre zurückgeschreckt, wenn es jemand anders gewesen wäre. Aber das war eben Paxtons Art. Nach mittlerweile fünf Jahren hatte er sich an das affektierte Verhalten des Bankiers gewöhnt. Hätte der Mann ihn mit einem nüchternen Nicken begrüßt, hätte J.T. den Arzt geholt.

„Kommen Sie rein, junger Mann, kommen Sie rein." Paxton hielt die Tür auf, während J.T. in sein Büro trat und Platz nahm. „Was kann ich heute für Sie tun?", fragte er, als er die Tür hinter ihnen schloss.

„Ich möchte herausfinden, ob der Besitzer des Gebäudes, in dem Louisa James ihre Wäscherei hat, zu einem Verkauf bereit wäre."

Der Bankier setzte sich hinter seinen Schreibtisch und faltete nachdenklich seine Hände. „Ich könnte mich umhören, denke ich. Wenn ich mich recht entsinne, gehört dem Mann ein Unternehmen drüben in Waco. Es dürfte nicht schwer sein, dem Mann ein Telegramm zu schicken. Aber ich kann nicht sagen, dass ich dieses Gebäude für eine Investition empfehlen würde. Es hätte schon vor Jahren restauriert werden müssen."

„Ich weiß." J.T. rieb sein Kinn. „Ich hatte eigentlich geplant, das Grundstück daneben zu kaufen, aber die Besitzerin hat abgelehnt."

„Ah ja. Das wird jetzt eine Schneiderei, nicht wahr? Ich habe die Besitzerin beim Fensterputzen gesehen. Eine außergewöhnliche Dame, sehr elegant."

„Ja … also … ich hatte gehofft, Mrs James eine bessere Lokalität für ihre Wäscherei anbieten zu können – eine mit vier anständigen Wänden und einem Dach, durch das es nicht tropft. Aber diese Möglichkeit hat sich nun zerschlagen. Also dachte ich, ich könnte das andere Grundstück kaufen, ihre Miete senken und ein vernünftiger Vermieter sein. Sie wissen schon, das Dach reparieren, die Pumpe instand halten und so weiter."

„Ich verstehe." Elliott Paxton tippte sich mit einem Finger gegen die Lippen und starrte ihn so intensiv an, dass J.T. ins Schwitzen kam.

„Das ist ein löblicher Plan, mein Sohn", sagte der Bankier. „Ich bin beeindruckt."

J.T. rutschte auf seinem Stuhl hin und her und starrte auf den abgewetzten Stoff seiner Hosenbeine. Er hasste es, wenn die Leute aus einer Mücke einen Elefanten machten. Er baute Louisa ja keinen Palast. Er wollte ihr nur von Zeit zu Zeit helfen können, ohne dass sie es merkte und wütend auf ihn wurde. Das war alles. Nichts, was man so aufbauschen musste.

„Es kommt nicht oft vor, dass ein Mann sein hart verdientes Geld in ein praktisch wertloses Stück Land steckt, um so einer Witwe zu helfen, die nicht mit ihm verwandt ist. Beeindruckend."

Paxton plapperte weiter und weiter und hob J.T. in den Himmel, bis dieser es nicht mehr aushalten konnte.

Als hätte das Kissen plötzlich Zähne bekommen, sprang er auf und ging auf die Bürotür zu.

„Also, kümmern Sie sich für mich darum?"

Paxton nickte und hob überrascht die Augenbrauen. Er machte Anstalten, sich ebenfalls zu erheben. „Natürlich, aber –"

„Danke." J.T. winkte zum Abschied und schlüpfte aus dem Büro. Doch die Enge in seiner Brust ließ erst nach, als er der Bank den Rücken gekehrt hatte.

Er wusste, dass Paxton diskret war. Der Bankier hatte sich den Ruf, vertrauenswürdig zu sein, über Jahre hinweg erarbeitet. Trotzdem wäre alles leichter gewesen, wenn Hannah Richards das andere Grundstück nicht an sich gerissen hätte. Dann hätte es keinen Grund gegeben, den Bankier mit einzubeziehen, keine seltsamen Unterhaltungen, keine Heimlichkeiten hinter Louisas Rücken.

Sein Gewissen meldete sich mahnend. Okay, Miss Richards hatte das andere Grundstück nicht wirklich an sich gerissen. Trotzdem war diese Frau lästig. Nicht nur, dass sie seine Pläne für Louisa durchkreuzt hatte, sondern er hatte auch noch dauernd das Gefühl, sich um sie kümmern zu müssen.

J.T.s Schritte klangen dumpf auf dem Holz des Bürgersteiges, als er sich dem Haus am Ende der Straße näherte. Er blieb stehen, atmete tief ein und suchte in seiner Hemdtasche nach einem Zahnstocher. Nachdem er ihn sich zwischen die Zähne geklemmt hatte, beschloss er, dass er so wenig wie möglich reden wollte. Er wollte nicht schon wieder unhöflich ihr gegenüber sein. Sie hatte den ganzen Tag geputzt und eingerichtet und war wahrscheinlich erschöpft. Vielleicht sogar wütend.

Bei diesem Gedanken zuckte er zusammen. Die Frau musste in den letzten Stunden wirklich hart gearbeitet haben. Neugierig schaute J.T. durch eines der Fenster, um herauszufinden, ob Miss Richards resigniert und aufgegeben hatte. Was er sah, überraschte ihn so sehr, dass er seinen Hut zurückschob, um einen genaueren Blick in den Raum zu werfen.

An einer Wand war eine ganze Reihe von Haken angebracht worden, alle auf genau der gleichen Höhe und ganz offensichtlich fachkundig befestigt. An dreien hingen schon Kleider zur Ansicht. Acht Leisten waren an der Wand gegenüber montiert, zwischen vieren von ihnen hingen schon drei fertige Regale. Bunte Stoffballen lagen auf den Regalbrettern, die er Miss Richards gebracht hatte. Sogar sein ungeübtes Auge konnte erkennen, dass die Stoffe geschickt drapiert waren. Einige ihrer Puppen standen, noch unbekleidet, in einer Ecke und beobachteten ihre Chefin, die gerade mit raschen, geschickten Bewegungen das vierte Regal anbrachte.

Als sein Unterkiefer nach unten klappte, baumelte der Zahnstocher an J.T.s Unterlippe. Miss Richards hatte nicht übertrieben, als sie nach seinem Werkzeug gefragt hatte. Aber das alles ergab für ihn keinen Sinn. Wenn sie eine so anständige und kompetente Frau war, warum ließ sie sich dann dazu herab, einem Geschäft nachzugehen, das sich auf oberflächliche Schönheit und unwichtige Äußerlichkeiten spezialisierte?

Kapitel 8

Vor Hannah lag beim Erwachen ein Tag voller Verheißungen. Die Sonne war noch nicht am Horizont emporgeklettert, aber es stand schon ein sanftes Glühen am Himmel, als sie Wasser in ihre Waschschüssel goss.

Ein Mittwoch war eigentlich nicht der geeignete Tag, um eine Neueröffnung zu begehen, aber Hannah war zu aufgeregt, um das Ereignis zu verschieben. Am gestrigen Abend hatte sie noch Schilder gemalt. Eines trug die Worte ‚offen‘ und ‚geschlossen‘ auf Vorder- und Rückseite und auf einem zweiten standen ihre Serviceleistungen. ‚Damen- und Maßschneiderei‘ stand dort in großen Lettern und ‚Änderungen und Reparaturen‘ in kleineren Lettern darunter. Ein Schild für jedes Fenster. Später am heutigen Tag würde sie ein größeres Geschäftsschild bestellen. Mr Hawkins hatte erwähnt, dass der Schmied solche Schilder entwarf und fertigte. Sie würde ihm einen Besuch abstatten, wenn sie Mr Tucker seine Werkzeuge zurückgebracht hatte.

Schnell schüttelte sie die Gedanken an ihren lästigen Nachbarn ab und ging zurück zu ihrem Bett, um ihr Nachthemd auszuziehen. Röcke und Kleider aller Art behinderten sie bei ihrem Frühsport, deshalb zog Hannah es vor, ihre Übungen in Unterwäsche zu machen, wenn es die Privatsphäre erlaubte. Sie kniete sich auf den Boden und zog eine Kiste mit Trainingsutensilien unter dem Bett hervor. Dann wählte sie die beiden Kurzhanteln und stellte sich mitten in den Raum, die Fersen ihrer nackten Füße zusammen, die Zehen nach außen.

Sie brauchte dreißig Minuten, um die Wiederholungen sorgsam durchzuführen. Die Arme gestreckt zur Seite, dann langsam nach oben und vor dem Körper wieder nach unten. Dann das Gleiche mit gebeugten Armen. Anschließend dreißig langsame Kniebeugen. Als Nächstes kam das Dehnen. Bedächtig mit den Händen den Fußboden berühren, einen seitlichen Ausfallschritt nach links, dann nach rechts. Die Arme an die Wand legen und den Körper abwenden, wieder erst links, dann rechts. Sie wiederholte jede Übung zwanzig Mal, bevor sie zur nächsten überging. Als sie fertig war, waren ihre Muskeln warm und schmerzten ein klein wenig. Zufrieden nickte Hannah.

Sie wischte sich den leichten Schweißfilm mit dem Handtuch ab und zog dann ihr Sportkleid und die Schuhe mit den flachen Absätzen an. Die schmutzige Schürze von gestern ersetzte sie durch eine frische. Da sie sich in der Gegend noch nicht sehr gut auskannte, beschloss sie, die Straße entlangzugehen, um sich nicht zu verlaufen. Auf dem Rückweg könnte sie durch die Felder gehen und trockene Äste für ihr Feuer sammeln. Sie hängte sich eine große Tasche um, sodass diese ihr bei ihrem raschen Tempo nicht in die Quere kommen würde. Dann machte sie sich auf den Weg zu ihrem ersten morgendlichen Rundgang durch Coventry.

Hannah erwartete nicht, so früh schon jemanden in der Stadt anzutreffen, deshalb zuckte sie erschrocken zusammen, als sie plötzlich Mr Tucker auf der anderen Straßenseite auftauchen sah. Sie schluckte ihre Überraschung hinunter, lächelte freundlich und winkte ihm kurz zu, als sie Richtung Norden ging, um die Stadt zu verlassen. Er erwiderte ihre Geste mit erhobener Augenbraue, was auf seine Überraschung oder seine Missbilligung zurückzuführen sein konnte. Es war unmöglich, das zu sagen.

Hannah hob ihr Kinn und beschleunigte ihren Schritt, bis ihre Arme seitlich mitschwangen. Mr Tucker würde sie nicht einschüchtern. Sollte er doch denken, was er wollte. Körperliche Bewegung tat jedem Körper gut. Vor allem, wenn man einen Beruf hatte, in dem man viel saß. Vielleicht hatte ihr dieser Sport sogar schon das Leben gerettet.

Als der Abstand zwischen ihr und Coventry größer wurde, wurden Hannahs Schritte langsamer, bis sie in ihr übliches Tempo fiel, schnell, aber nicht hektisch. Die Schönheit des Morgens umfing sie mit Vogelgezwitscher und Sonnenschein. Eine kühle Brise zupfte an ihren Haarsträhnen. Hannah hob eine Hand, um sie wieder in ihren Zopf zu stecken.

Mr Tuckers Reaktion war genau wie die der meisten Leute. Schon die Pensionswirtin, bei der Hannah in San Antonio gewohnt hatte, hatte gesagt, sie müsse verrückt sein, so viel Energie darauf zu verschwenden, zu laufen und doch kein Ziel zu haben.

Wahrscheinlich war es wirklich ein bisschen sonderbar. Die meisten Frauen im Westen arbeiteten hart von Sonnenaufgang bis Sonnenuntergang. Sie hatten keinen Grund, ihre Kräfte mit Gymnastik und Gesundheitsspaziergängen zu verschwenden. Aber für ein kränkliches Mädchen, das in einer schmutzigen Stadt aufgewachsen war, war Professor Lewis' *System der Leibesertüchtigung* wahrscheinlich die Rettung gewesen.

Hannah ging einen Hügel hinauf und kam am Schulhaus von Coventry vorbei. Nach dem Kreuz zu urteilen, das auf dem Dach angebracht war, diente es zusätzlich als Kirche. Ein kleiner Fußpfad schlängelte sich rechts an dem Gebäude vorbei. Hannah beschloss, ihm zu folgen. Immer mehr Bäume säumten ihren Weg, je weiter sie ging und sie erspähte in der Ferne einige Pekannussbäume, die Brennholz versprachen. Da sie ihren Laufrhythmus aber nicht verlieren wollte, ging Hannah erst einmal weiter, bis sie an einen kleinen Bach kam, über den eine Holzbrücke führte.

Entzückt betrat Hannah die Brücke und lehnte sich über das Geländer, um den Bach zu betrachten. Sie nahm das funkelnde Sonnenlicht in sich auf, das sich auf dem plätschernden Wasser spiegelte, atmete den Duft der feuchten Erde und der Bäume ein und lauschte den wispernden Melodien, die der Wind in den Blättern spielte.

Herr, wie wunderbar ist es hier. Die Schönheit deiner Schöpfung macht mich sprachlos. Wenn ich mit meinen Arbeiten auch nur einen Bruchteil dessen zeigen kann, will ich zufrieden sein. Möge mein Können deine Herrlichkeit widerspiegeln und dir Freude machen.

Hannah atmete lang und tief ein und gestattete der Schönheit des Augenblicks, sie mit Frieden zu erfüllen. Nirgendwo fühlte sie sich Gott so nahe wie in der Natur. Die Geschäftigkeit der Stadt lenkte sie ab, doch der Herr schenkte ihr Zeiten der Ruhe. Manchmal segnete er sie mit Augenblicken wie diesen, in denen sie nichts anderes tun konnte, als ihn preisen. Zu anderen Zeiten erinnerte er sie mit Kleinigkeiten an seine unfassbare Größe und Liebe. Ein voller Mond am schwarzen Nachthimmel; eine Wildblume in einem Riss des Bürgersteiges; ein rotes Herbstblatt, das vom Baum fiel, selbst im Vergehen noch wunderschön.

Dieser letzte Gedanke rief ihr Victoria Ashmont und ihr skandalöses rotes Beerdigungskleid in Erinnerung. Ein Lächeln umspielte Hannahs Lippen, als sie dankbar an die alte Dame dachte. Eine winzige Großzügigkeit ihrerseits hatte Hannahs Leben komplett verändert. Hannah wollte beweisen, dass das Vertrauen der alten Dame in sie gerechtfertigt gewesen war.

Seufzend ging Hannah in die Stadt zurück. Das Gewicht ihrer vollen Tasche, die sie mit Brennholz gefüllt hatte, behinderte dabei nicht ihre Geschwindigkeit. Als sie den Weg am Schulhaus hinabging, sah sie nicht weit vor sich einen alten Mann mit einem Maultier. Mit hängenden Schultern und schleppenden Schritten schlich er langsam weiter, sodass Hannah ihn in wenigen Augenblicken eingeholt hatte. Mitleid überkam sie, als sie die Gestalt dicht vor sich sah. Als aber der Wind drehte und seinen Geruch zu ihr herüberwehte, war sie froh, dass sie ihr Tempo noch nicht verringert hatte. Hannah konzentrierte sich darauf, durch den Mund zu atmen, und zwang sich zu einem Lächeln, als der Mann sich umwandte.

„Guten Tag, Sir. Es ist ein wunderbarer Morgen für einen Spaziergang." Ihre Lungen bettelten darum, husten zu dürfen, doch Hannah unterdrückte dieses Verlangen.

„Das stimmt, junge Dame. Das stimmt." Er erwiderte ihr Lächeln. Zumindest vermutete Hannah das, denn unter seinem struppigen Bart ließ sich die Form seines Mundes beim besten Willen nicht ausmachen.

Sein grauer, zerzauster Vollbart hing ihm bis auf die Brust, etwa vier Zentimeter länger als sein Haar, das unter einem Hut hervorschaute, der so schmutzig war, dass Hannah unmöglich seine Farbe hätte bestimmen können. Das Einzige, was an ihm nicht heruntergekommen aussah, war der Wanderstock, den er in seiner linken Hand hatte. Hannah hatte einen solchen Stock noch nie gesehen. Er schien aus einem gekrümmten Ast zu bestehen, den man seiner Rinde beraubt hatte, und glänzte frisch poliert. Von der Länge her überragte er seinen Besitzer um einige Zentimeter. Das Holz war von zimtener Farbe, durchzogen von helleren Streifen, die einen schönen Kontrast erzeugten. Sofort überlegte Hannah, wie man dieses Farbspiel in Stoffen umsetzen könnte.

„Was für ein schöner Stab. Ist er aus Süßhülsenbaum?"

„Genau. Er schimmert schön, nicht wahr?" Sein Ton war freundlich, doch seine blassen blauen Augen waren voller Traurigkeit. „Ich will ihn unten am Bahnhof zusammen mit meinen anderen Schnitzereien verkaufen."

Hannah besah sich die Last des Maultieres genauer. Was sie vorher für Feuerholz gehalten hatte, stellte sich nun als eine Ansammlung von geschnitzten Gehstöcken heraus. Das Tier schleppte auch noch zwei Säcke, die mit Sicherheit kleinere geschnitzte Gegenstände enthielten.

Als sie sich dem Stadtrand näherten, drehte Hannah schnell den Kopf zur Seite und nahm zwei Atemzüge frischer Luft.

„Wenn irgendwelche Damen die Züge verlassen, erwähnen Sie doch bitte, dass es jetzt eine Schneiderin in der Stadt gibt", bat sie ihn. „Heute eröffne ich mein Geschäft hier in Coventry. Ich bin Hannah Richards", stellte sie sich vor.

„Schön, Sie kennenzulernen, Miss Richards. Ezra Culpepper, zu Ihren Diensten." Er nickte ebenfalls und tippte sich mit dem Gehstock an den Hut. „Sie können mich Ezra nennen."

„Dann nennen Sie mich bitte Hannah", sagte sie erfreut, obwohl gerade wieder dieser grässliche Geruch zu ihr herüberströmte. Vielleicht war es das rote Hemd oder das graue Haar oder die Einsamkeit – Hannah wusste es nicht, aber aus irgendeinem Grund erinnerte der Mann sie an Miss Victoria. Die alte Dame wäre sicher schockiert über diesen Vergleich, aber Hannah konnte nicht anders. Sie spürte Zuneigung zu dem alten, einsamen Mann in sich aufsteigen.

„Ich fürchte, dass ich nicht mit feinen Damen in Kontakt kommen werde, Miss Hannah. Normalerweise machen sie einen weiten Bogen um mich."

Sie konnte sich vorstellen warum.

„Aber ich könnte dem Stationsvorsteher Bescheid sagen, dann kann er allen weiblichen Gästen der Stadt von Ihnen erzählen."

„Das wäre wunderbar. Danke, Ezra."

Sie kamen am Mietstall vorbei, vor dem ein Heuwagen parkte, doch es gab keine Spur von Mr Tucker. Hannah war sich nicht sicher, ob sie erleichtert oder enttäuscht sein sollte. Schnell richtete sie ihre Aufmerksamkeit weg vom Stall auf ihr eigenes Geschäft.

Stolz stieg in ihr auf, als sie durch die sauberen Fenster schaute und die elegant angezogenen Puppen dort stehen sah. Es drängte sie danach, das ‚Offen'-Schild ins Fenster zu hängen und zu schauen, wer als Erster durch ihre Tür kommen würde. Mr Hawkins hatte versprochen, in seinem Laden einen Zettel aufzuhängen, um Werbung für sie zu machen. Aber Hannah wusste, dass es vermessen wäre, zu viel zu erwarten, da sie erst zwei Tage in der Stadt war und noch keine großen Kontakte hatte knüpfen können. Eine Schneiderin musste sich erst einen Namen machen, bevor ihr Geschäft florieren konnte. Das brauchte Zeit, zufriedene Kunden und Mundpropaganda. Trotzdem sprangen kleine Funken der Aufregung in ihr herum wie Popcorn.

„Das ist Ihr Geschäft?"

Hannah strahlte den alten Mann neben sich an. „Ja, Sir. Was denken Sie?"

Ezra hielt inne und kratzte sich hinter dem Ohr. „Sieht hübsch aus, denke ich. Ich weiß nicht viel von diesen Dingen, aber wenn meine Alice noch leben würde, würde sie sicher gerne zu Ihnen kommen." Seine Augen wurden feucht, als er die Schaufenster betrachtete. „Alice war eine einfache Frau, aber sie hat es geliebt, sich schöne Bänder ins Haar zu flechten. Ich glaube, sie hätte sich Ihren Laden gerne angeschaut."

Da sie seine Trauer spürte, legte Hannah vorsichtig eine Hand auf seine Schulter. „Wenn Sie ein wenig Zeit haben, könnten wir zusammen eine Tasse Kakao trinken." Sie hatte schon Cordelias Milchlieferung auf der obersten Treppenstufe erspäht. „In ein paar Minuten wäre er fertig."

„Das müssen Sie nicht tun, Miss Hannah." Ezra senkte den Kopf, doch Hannah konnte seinen sehnsüchtigen Blick erkennen. „Ich weiß, dass ich nicht die passende Gesellschaft für eine junge Dame bin."

„Papperlapapp." Hannah tätschelte wieder seine Schulter. „Es wäre mir eine Ehre", versuchte sie ihn zu überreden. „Ich bin ein bisschen nervös wegen der Eröffnung heute und wenn ich bei einem Tässchen Kakao mit jemandem reden könnte, würde mir das sehr helfen. Bitte?"

„Also … wenn Sie darauf bestehen." Seine Augen fingen an zu strahlen, als er mit einem dreckverkrusteten Finger in ihre Richtung wedelte. „Aber ich werde nicht Ihren Ruf schädigen, indem ich mit Ihnen nach drinnen komme. Jackson und ich werden hier warten." Er ließ sich auf dem Bürgersteig nieder.

Ezra Culpepper war ein viel klügerer Mann, als sein Äußeres vermuten ließ. Hannah hatte das Gefühl, dass er den Wert ihres Geschenkes erkannt hatte und ihr nun seinerseits eines machte.

„Wunderbar", sagte sie. „Ich bin gleich wieder da."

Sie eilte die Treppe hinauf, schnappte sich die Milch, die Cordelia gebracht hatte, und schloss ihr Zimmer auf. Hannah benutzte etwas von dem Feuerholz, das sie mitgebracht hatte, um ein kleines Feuer in ihrem Ofen zu machen. Dann holte sie zwei Töpfe hervor. Sie maß zwei Tassen Milch in dem einen und zwei Tassen Wasser in dem anderen ab. Während sie darauf wartete, dass die Flüssigkeiten in den Töpfen anfingen zu kochen, krempelte sie die Ärmel hoch und schrubbte ihre Hände, nur für den Fall, dass irgendwelche ungebetenen Besucher von Ezra auf sie gekrabbelt waren, als sie ihn berührt hatte.

Das Wasser fing an zu blubbern, also griff Hannah eine kleine Dose und mischte zwei Messerspitzen Kakaopulver mit ein wenig Zucker und einer Prise Salz und goss anschließend die Hälfte des kochenden Wassers darüber. Sie gab den Rest des Wassers hinzu. Als sie roch, dass die Milch langsam warm wurde, mixte sie die Flüssigkeiten, sodass ein köstlich süßer Duft ihr Zimmer erfüllte. Hannahs Magen fing an zu knurren. Schnell machte sie sich wieder auf den Weg zu Ezra.

Als sie bei ihm ankam, reichte sie ihm eine Tasse. Der Kakao war nun genau richtig warm, sodass man sich nicht verbrannte. Hannah setzte sich neben Ezra auf den Bürgersteig.

„Wissen Sie, ich hab nachgedacht, während Sie weg waren ..." Ezra hielt inne und führte die Tasse an seine Nase. Er schnüffelte daran, als sei er nicht sicher, was sie ihm anbot. Dann zuckte er mit den Schultern und nahm einen kräftigen Schluck. Seine Augen leuchteten auf, als er sich die Lippen leckte. „Das ist wirklich lecker. Hätte nicht gedacht, dass es so gut ist, weil es ja kein Kaffee ist." Wieder führte er die Tasse an den Mund. „Erzählen Sie das nur keinem. Ich will nicht, dass die Leute denken, ich würde klapprig werden, weil ich so ein Frauenzeug trinke."

Hannah stellte ihre Tasse ab, legte ihre rechte Hand aufs Herz und hob die Linke. „Ich schwöre, es keiner Menschenseele zu erzählen."

Ezra zwinkerte sie an. „Gut. Also, was wollte ich sagen ...? Ach ja. Eine Bank."

„Eine Bank?" Hannah sah ihn fragend an.

„Ja. Ich würde denken, dass ein Mann hier bestimmt länger auf seine Frau warten würde, wenn er sich gemütlich hinsetzen könnte. Dann müsste er sich drinnen nicht all diesen Schnickschnack anschauen. Nicht böse sein, bitte. Eine Bank hier draußen könnte wirklich nützlich sein."

Wärme strömte durch die Tasse in Hannahs Hände, während sie über seinen Vorschlag nachdachte.

„Zu Hause hab ich eine, die ich letztes Frühjahr gebaut habe."

„Eine Bank?"

„Ja. Eiche. Stabile Beine. Wackelt bestimmt nicht."

Hannah blies in ihren Kakao, als sie über sein Angebot nachdachte. Eine Bank wäre mit Sicherheit sehr einladend und praktisch, wenn jemand warten musste, aber im Moment hatte sie nur für das Nötigste Geld. Auch wenn die Bank genauso schön wäre wie der Gehstock. Aber wenn sie sich nicht von ihrem Geld trennen müsste …

„Würden Sie einen Handel in Betracht ziehen?"

Ezra nickte und trank den Rest seines Kakaos in einem einzigen Schluck.

Hannah betrachtete seine zerfledderte Erscheinung. „Ich könnte Ihnen ein neues Hemd machen, ein gutes mit Stickereien. Und ich nähe alle Kleidungsstücke, die Sie besitzen." Sie würde sie zuerst waschen müssen, aber sie wollte ihn nicht beleidigen, indem sie es ihm sagte.

„Unsinn, Miss Hannah. Das brauche ich alles nicht. Ich gebe Ihnen die Bank, wenn Sie jeden Morgen eine Tasse hiervon mit mir trinken." Das Licht, das in seinen Augen zu scheinen schien, verlöschte kurz darauf. „Es sei denn natürlich, es schadet Ihrem Geschäft, wenn Sie einen alten, abgerissenen Mann vor Ihrem Geschäft sitzen haben."

„Das denke ich auf keinen Fall." Hannah lächelte und griff nach seiner leeren Tasse. „Aber trotzdem werde ich Ihnen dieses Hemd nähen. Das ist das Mindeste." Sie versuchte, nicht darüber nachzudenken, was sie tat, und streckte Ezra ihre Hand entgegen. „Abgemacht?"

Ezra zögerte. Dann wischte er seine Handfläche an der Hose ab, die wahrscheinlich noch dreckiger war und ergriff anschließend Hannahs Hand. Die Augen, die anfangs so traurig gewesen waren, sprühten vor neuem Leben. Sie hoffte, dass es durch ihre morgendlichen Treffen so bleiben würde.

„Wir sehen uns morgen, Miss Hannah." Ezra tippte sich an den Hut.

„Bringen Sie ein zweites Hemd mit, wenn Sie kommen", sagte Hannah. „Ich kann es reparieren, wenn das nötig ist, und es gleichzeitig als Vorlage für Ihr neues Hemd nehmen. Sie werden mein erster Kunde."

„Das hört sich gut an." Er nahm seinen Gehstock und stand mit dessen Hilfe auf. „Das macht mich zu was Besonderem, nicht?"

Hannah lachte. „Da haben Sie recht."

Er winkte ihr zum Abschied und machte sich dann zusammen mit Jackson, seinem Maultier, auf den Weg zum Bahnhof. Ezra Culpepper gehörte nicht gerade zu der Art Kunden, die sie sich für ihr Geschäft gewünscht hatte, aber irgendwie hatte sie das Gefühl, dass Miss Victoria anerkennend genickt hätte.

Eine Stunde später kam Hannah als völlig andere Frau die Treppe zu ihrem Geschäft hinunter. Verschwunden waren die praktische Kleidung und der geflochtene Zopf. Sie hatte ihren Kokon abgestreift, um als wunderschöner Schmetterling herauszuschlüpfen. Jetzt trug sie ein mauvefarbenes Tageskleid, geknöpfte hochhackige Stiefel und einen geschmackvollen Strohhut mit passenden Bändern. Ihr Haar war zu einer kunstvollen Hochsteckfrisur drapiert, allerdings nicht so ausgefallen, dass sich die Frauen der Stadt eingeschüchtert fühlen würden, wenn sie ihr Geschäft besuchten.

Als sie die unterste Stufe erreicht hatte, atmete sie tief ein. Der Gedanke, ihr Geschäft zu eröffnen, zerrte an ihren Nerven, aber noch aufregender war die Aufgabe, die sie vorher noch zu erledigen hatte. Bevor sie ihr Schild ins Fenster hängen konnte, musste sie noch zu Mr Tucker und ihm seine Werkzeuge wiederbringen. Außerdem schuldete sie ihm immer noch eine Entschuldigung, weil sie ihn gestern so angefahren hatte.

Über ihrem Arm hing ein Korb, der die Werkzeuge und ein Friedensangebot enthielt, das ihn hoffentlich freuen würde. Hannah befürchtete allerdings, dass er ihre Kekse und die Marmelade, die sie ihm geben wollte, als armselige Versuche betrachten könnte, wo er doch Cordelias Köstlichkeiten gewöhnt war. Da er aber nichts mit ihren Näharbeiten zu tun haben wollte, war Essen die beste Möglichkeit, sich zu revanchieren.

Sie stieß einen zitternden Seufzer aus, straffte ihre Schultern und marschierte über die Straße. Es war besser, wenn sie die ganze Sache schnell hinter sich brachte.

Sie fand Mr Tucker vor seinem Stall, wo er auf der Ladefläche des Heuwagens stand. Hannah blieb abrupt stehen. Mr Tucker warf Mistgabeln voller Heu nach oben auf den Speicher des Stalles, als wöge das Material überhaupt nichts. Der Stoff seines Hemdes spannte sich über seinen Muskeln, während er sich bewegte.

Der Mann hat keinen täglichen Sport nötig.

Zur selben Zeit, als ihr dieser Gedanke durch den Kopf schoss, fiel Tuckers Blick auf sie und ließ eine brennende Hitze in ihre Wangen steigen.

Kapitel 9

J. T. sah den rosa Schimmer auf Miss Richards Wangen und straffte seine Muskeln. Das Rosa vertiefte sich noch, bevor sie ihren Kopf abwandte. Erfreut lächelte er. Nur für den Fall, dass sie doch noch einmal zu ihm schauen sollte, nahm er zwei weitere Gabeln Heu, diesmal noch voller als sonst. Plötzlich erinnerte er sich daran, dass sie ihn beim Lächeln erwischen wollte. Hastig verdrängte er seine Freude darüber, sie zu sehen, hinter einem grimmigen Stirnrunzeln. Hoffentlich dachte sie, dass er verärgert über die Unterbrechung war. Er wollte sie ein wenig zappeln lassen. Und außerdem wollte er etwas Abstand zwischen ihnen schaffen.

Dieser Gedanke half ihm auch, eine kurz angebundene Bemerkung zu formulieren. „Was brauchen Sie, Miss Richards? Ich bin sehr beschäftigt."

„Ja, ich … ich sehe es."

Ihr Stammeln weckte Schadenfreude. Er fand selber, dass sein Verhalten wirklich kindisch war, weil er sich so über ihr Unbehagen freute, aber zum ersten Mal seit er sie getroffen hatte, lag der Vorteil auf seiner Seite. Das fühlte sich gut an.

Sie hob ihren Kopf wieder in seine Richtung und richtete sich auf. Er seufzte und stützte sich auf den Griff der Heugabel.

„Ich bin gekommen, um Ihnen Ihr Werkzeug wiederzugeben." Sie hob ihren Arm, an dem ein Korb baumelte. Vermutlich waren die Gegenstände dort drin.

Er nickte in Richtung der kleinen Tür zu seiner Rechten. „Legen Sie sie einfach auf meinen Schreibtisch."

J.T. versuchte, seine Ablehnung dadurch deutlich zu machen, dass er ihr den Rücken zudrehte und seine Heugabel wieder in die Hand nahm, doch sie schien den Hinweis nicht zu verstehen – oder nicht verstehen zu wollen, was wahrscheinlicher war.

„Ich habe noch etwas anderes für Sie, Mr Tucker. Ein Friedensangebot."

Das Letzte, was er gebrauchen konnte, war Frieden mit dieser Frau. Wenn sie anfing, nett zu ihm zu sein … dann würde es noch schwieriger werden, als jetzt schon, seine wachsende Zuneigung zu ihr zu unterdrücken.

„Ich schulde Ihnen eine Entschuldigung dafür, wie ich gestern mit Ihnen gesprochen habe." Ihre Stimme klang viel näher. Er rammte die Gabel ins Heu und wandte sich um. Miss Richards stand neben dem Anhänger.

Sie runzelte die Stirn bei seiner abrupten Bewegung. Er zögerte, als er zu ihr hinunterschaute. Warum mussten ihre Augen die Farbe eines Sommerhimmels haben?

„Sie schulden mir nichts, Miss Richards. Wir haben beide gesagt, was wir zu sagen hatten. Und jetzt gehen Sie bitte, damit ich arbeiten kann."

Sie biss die Zähne zusammen, sodass er sich unwillkürlich fragte, wie sehr sie sich zurückhalten musste, um ihm nicht wieder eine bissige Bemerkung an den Kopf zu werfen.

„Dann arbeiten Sie eben weiter, Mr Tucker. Lassen Sie sich durch mein Friedensangebot nicht aufhalten."

J.T. befolgte ihre Aufforderung und schnappte sich schnell wieder die Heugabel. Fast erwartete er, dass sie mit einem der Werkzeuge nach ihm warf.

„Ich bin hergekommen, um mich zu entschuldigen, und das tue ich hiermit. Es ist mir gleich, ob Sie mir zuhören oder nicht."

Ihre Entschuldigung klang mehr nach einem Vorwurf, aber er war wider Willen davon beeindruckt, dass sie sich nicht von ihm beirren ließ.

„Ich hatte kein Recht, Sie zu maßregeln. Sie waren so freundlich zu mir, seit ich hier angekommen bin. Ausgenommen natürlich Ihre arrogante, übellaunige Art, von der Sie offenbar glauben, es sei die richtige Art, mit mir umzugehen." Sie hatte den letzten Teil nur gemurmelt, aber nicht so leise, dass er ihre Worte nicht gehört hätte. „Wie auch immer, ich hätte mit dieser Freundlichkeit zufrieden sein sollen. Es tut mir leid."

Er grunzte, als er die Heuladung anhob, und hoffte, dass sie verschwand. Sie verstand den Hinweis. Aus dem Augenwinkel sah er, wie sie in sein Büro ging.

„Ich habe Ihnen Kekse und Marmelade eingepackt", rief sie ihm noch zu. „Wenn Sie wollen, können Sie sie ja an Tom weitergeben oder Ihre Pferde damit füttern. Dann müssen Sie nicht Ihre Hände mit etwas beschmutzen, was ich angefasst habe. Außerdem würde es Ihnen wahrscheinlich sowieso Magenschmerzen bereiten, weil Sie mich so wenig leiden können."

Waren das Tränen, die er durch ihre Wut hindurch gehört hatte? Sein Gewissen versetzte ihm einen Stich. Abstand zwischen ihnen aufzubauen war die eine Sache, Miss Richards zu verletzen eine ganz andere. Sein Verhalten war nicht zu entschuldigen.

Er spähte durch das Bürofenster. Sie räumte ihren Korb aus und legte nicht nur seine Werkzeuge, sondern auch eine große Portion Kekse auf seinen Schreibtisch. Dann wischte sie sich mit dem Finger unter dem Auge entlang. Zweimal.

Ich habe sie verletzt.

Ein Vers kam ihm in den Kopf. *Und eure Perlen sollt ihr nicht vor die Säue werfen.* Miss Richards hatte die Perlen, also war er … Kein schöner Gedanke. Er streckte sich, sodass sein Rücken knackte.

Na gut, Herr, ich habe es verstanden. Ich habe eine Grenze überschritten und muss die Dinge richtigstellen.

J.T. ließ die Heugabel fallen und sprang von der Ladefläche. Miss Richards war noch nicht wieder aus seinem Büro gekommen. Wahrscheinlich versuchte sie, ihre Fassung wiederzuerlangen. Eine Frau, die so selbstbewusst war, wollte vor anderen keine Schwäche zeigen. Vor allem nicht vor Leuten wie ihm, die sie beleidigt hatten. Zögernd ging er auf sein eigenes Büro zu. Er wollte nicht, dass Miss Richards ihn als Feind ansah.

Gerade als er das Büro betrat, wollte sie es verlassen. Ein leiser Schrei entfuhr ihr, als sie zurücktaumelte. Sie kam mit ihrem Kopf bedenklich nah an die scharfe Kante eines Regales, deshalb griff J.T. schnell nach ihrem Ellbogen, um sie zu stützen. Was war das nur mit ihnen?

Vorsichtig befreite sich Miss Richards und senkte ihren Kopf. Er versuchte, ihr in die Augen zu schauen, aber alles, was er sehen konnte, was ihr Hut.

„Es tut mir leid. Noch einmal", sagte sie und sah ihn immer noch nicht an.

Er räusperte sich. „Ich … ähm … es tut mir auch leid. Und nicht nur, dass ich Sie fast umgerannt habe. Ich war eben gemein zu Ihnen." Er hielt inne. „Verzeihen Sie mir bitte."

Langsam hob sie ihren Kopf. Endlich schaute ihn ihr hübsches Gesicht wieder an. Sie hatte Sommersprossen auf der Nase und ihre Wimpern waren sehr lang. Ihre blauen Augen sprachen von ihrer Verwirrung und dem Schmerz, auch wenn ihr Mund schwieg. Doch es war dieser Hoffnungsschimmer, der darin aufleuchtete, der sein Herz berührte. Plötzlich konnte er an nichts anderes denken als daran, sie zu küssen. Er merkte, wie er sich nach vorne beugte.

Was mache ich hier gerade? J.T. zuckte zurück, räusperte sich erneut und ging an ihr vorbei an seinen Schreibtisch. „Äh … danke für die Kekse. Sehr aufmerksam von Ihnen."

J.T. nahm einen der goldbraunen Kekse und biss hinein. Er schmeckte köstlich, das Innere war aus flüssiger Schokolade. Doch sein Gewissen zwickte und mahnte ihn, dass er mit seiner Entschuldigung noch nicht fertig war.

„Sie sind eine gute Köchin, Ma'am."

Noch immer lächelte sie nicht. Zwei Falten standen auf ihrer Stirn. „Warum mögen Sie mich nicht, Mr Tucker?"

Überrascht schluckte er den Bissen herunter, den er gerade im Mund hatte.

„Es stimmt nicht, dass ich Sie nicht mag."

Sie starrte ihn an und schien auf eine Erklärung zu warten. Doch stattdessen stopfte er sich einen weiteren Keks in den Mund.

Was sollte er schon sagen? Dass sie ihn einschüchterte und er sich mit seiner Grobheit vor ihr schützen wollte? Keine gute Idee.

„Wie ist der Tisch?" Er setzte sich auf die Kante seines Schreibtisches, sodass er ihr direkt in die Augen sehen konnte. Ein Fehler. Ihr Blick bohrte sich so intensiv in ihn, dass er sich am liebsten gewunden hätte. Er sprang wieder auf die Füße und ging in Richtung Tür.

„Der Tisch ist ein Segen. Danke."

Er hatte vergessen, dass er die Frage überhaupt gestellt hatte, bis er ihre Antwort hörte. Doch der Fluchtweg lockte ihn, deshalb eilte er hinaus. „Gut", rief er über die Schulter. „Ich bin froh, das zu hören. Ich … äh … muss jetzt zurück an die Arbeit. Danke, dass Sie die Werkzeuge zurückgebracht haben. Und für die Kekse."

J.T. kletterte so hastig auf den Wagen, als wimmelte der Boden plötzlich von tödlichen Schlangen. Er schnappte sich die Heugabel und fing an, wie wild das Heu zu schaufeln.

„Guten Tag, Mr Tucker."

Er hörte sie, tat aber so, als hätte er es nicht getan. Nach drei weiteren Gabelladungen traute er sich, ihr einen Blick nachzuwerfen. Mit erhobenem Kopf ging sie die Straße hinunter zum Geschäft des Schmiedes. Sie sah sehr elegant aus in ihrem Kleid und dem passenden Hut, aber als er sie heute Morgen in ihrem einfachen Kleid gesehen hatte, hatte sie ihm ebenso gut gefallen.

Und dann war sie mit Ezra im Schlepptau zurückgekommen und hatte vor ihrem Geschäft mit ihm Kaffee oder Tee oder was auch immer getrunken. Was ihn nur noch mehr verwirrt hatte. Ezra hatte sich vermutlich seit dem Tod seiner Frau im letzten Frühjahr nicht mehr gewaschen, wahrscheinlich nicht einmal seine Kleidung gewechselt, sondern nur neue Schichten übergezogen, als die Temperaturen abgenommen hatten. Er stank zum Himmel. Selbst wenn diese Frau keinen Geruchssinn hatte, hätte ein Blick auf ihn schon genügen müssen, um sie angewidert zurückschrecken zu lassen. Doch sie war nicht zurückgeschreckt. Im Gegenteil, sie hatte sich ihm zugewandt.

Welche Frau, die noch bei Trost war, würde sich mit einem dreckigen, stinkenden alten Mann abgeben? Das konnte ihrem Geschäft bestimmt nur schaden.

Verwirrt wandte er sich wieder seiner Arbeit zu. Er bezweifelte, dass er Miss Hannah Richards jemals verstehen würde. Allein der Versuch bereitete ihm schon Kopfschmerzen.

Kapitel 10

Hannah biss in das Schinkensandwich, das sie sich aus den Überresten ihres Frühstücks gemacht hatte, und versuchte, sich die gute Laune nicht durch ihre Enttäuschungen verderben zu lassen. Sie hatte zweimal den Boden ihres Geschäftes gewischt, ihre Sammlung von Katalogen und Modemagazinen mindestens sechsmal sortiert und die Ausstellungspuppen mehrmals neu arrangiert. Doch immer noch kam niemand. Sie war nun zur Untätigkeit verdammt und das machte sie fast verrückt.

Verbreiteten sich Neuigkeiten in Kleinstädten nicht rasend schnell? Sicher wussten die Frauen in Coventry doch von ihrer Geschäftseröffnung. Warum kamen sie dann nicht?

Hannah legte ihr halb gegessenes Sandwich zur Seite. Wie sollte sie Kunden anlocken? Natürlich war heute erst der Eröffnungstag, doch die Neugier hätte die Leute zu ihr treiben sollen. War irgendetwas mit ihren Schildern nicht in Ordnung? Hatte sie irgendeine gesellschaftliche Konvention verletzt, von der sie nichts wusste? Schreckte die Tatsache, dass sie eine Fremde war, die Menschen ab?

Ihr Magen rumorte und hinter ihren Augen pochte es heftig. Hannah seufzte und rieb sich die Schläfen. Was wusste sie davon, ein Geschäft zu führen? Ihr ganzes bisheriges Arbeitsleben hatte sie für jemanden geschneidert – Arbeitgeber, die einen festen Kundenstamm hatten. Die Kundinnen waren ihr einfach zugeteilt worden. Offensichtlich war ihre Überzeugung, dass ein Aushang im Lebensmittelgeschäft und ein Schild im Schaufenster ausreichten, völlig falsch und naiv gewesen. Was sollte sie nun also tun?

Missmutig stopfte sie sich den Rest ihres Sandwiches in den Mund. Und natürlich war genau das der Augenblick, in dem sich die Tür zu ihrem Geschäft öffnete. Erschrocken zuckte Hannah zusammen und versuchte hektisch, den Bissen hinunterzuschlucken. Sie schnappte sich ihr Wasserglas und nahm einige Schlucke, bis sie in der Lage war, den Sandwichrest hinunterzuwürgen. Dann wandte sie sich um, um ihre erste Kundin zu begrüßen.

„Guten Tag", brachte sie atemlos hervor.

Louisa James stand in der Mitte des Raumes, an jeder Hand eine ihrer Töchter. Hannah hatte die Wäscherin gestern Morgen getroffen. Doch sie hätte nicht damit gerechnet, die schwer arbeitende Frau als ihre erste Kundin begrüßen zu dürfen.

Hannah ging um den Tresen herum, um die drei willkommen zu heißen. „Was kann ich für Sie tun?"

„Wir kommen vorbei, um Sie noch einmal hier in der Stadt zu begrüßen – und außerdem wollte ich, dass Sie meine Töchter kennenlernen." Louisas klare Stimme hallte laut in dem Raum wider. „Meinen Sohn Danny haben Sie ja schon gesehen. Das hier ist Tessa", sagte sie und hob die Hand des größeren Mädchens, „und die Kleine ist Molly."

„Was für eine Freude, euch kennenzulernen! Ihr seid zwei bezaubernde kleine Ladys. Danke, dass ihr mich besuchen kommt." Hannah versuchte, ihr Lächeln beizubehalten, auch wenn ihr Optimismus immer weiter sank. Louisa war offensichtlich nicht gekommen, um etwas zu kaufen oder zu bestellen.

Doch wie auch immer – sie hatte sich die Zeit genommen, um ihre neue Nachbarin zu begrüßen, ermahnte Hannah sich, und solch ein Geschenk sollte man fröhlich annehmen und nicht enttäuscht.

„Willkommen in Coventry, Miss Richards!", rief das größere Mädchen überschwänglich. Sie entzog ihre Hand dem Griff ihrer Mutter, sprang vorwärts und schlang ihre Arme um Hannahs Taille.

Überrascht und gleichzeitig erfreut taumelte Hannah zurück und suchte nach ihrem Gleichgewicht. Sie musste kichern.

„Tessa!", rief Louisa. „Renn Miss Richards doch nicht über den Haufen."

Hannah sah Louisa über Tessas Kopf hinweg an und lächelte sie an. „Kein Problem. Eine Umarmung war genau das, was ich jetzt gebraucht habe."

Die Wäscherin nickte und in ihren Augen stand Verständnis. „Die ersten Wochen sind die schwierigsten. Aber das Geschäft kommt schon ins Rollen."

Tessa löste ihre Umarmung. Hannah sah wieder zu den Mädchen hinab. „Danke für das herzliche Willkommen, Miss Tessa. Du hast meinen Tag freundlicher gemacht."

„Gern geschehen." Die Kleine lächelte so ansteckend, dass es Hannah unmöglich war, an ihrer Grübelei festzuhalten. Tessa nickte in Richtung ihrer kleinen Schwester und flüsterte: „Molly hätte dich auch gerne umarmt, Miss Richards, aber sie ist ein bisschen schüchtern."

„Das ist schon in Ordnung." Hannah ging vor dem kleineren Mädchen in die Hocke. „Ich bin auch froh, dich kennenzulernen, Miss Molly."

Langsam hob das Kind den Kopf.

„Würdest du dir gerne meine Kramkiste anschauen?", fragte Hannah. Eine neue Idee entstand in ihrem Kopf. „Ich habe fast alle Farben des Regenbogens dort drin. Wenn du ein Stück Stoff findest, das dir gefällt, kann ich dir eine Puppe daraus machen. Würde dich das freuen?"

Molly hatte kaum angefangen zu nicken, als Tessa sie schon unterbrach.

„Kann ich auch eine haben, Miss Richards? Bitte?"

„Natürlich." Hannah führte die beiden Mädchen hinter den Tresen und zu einer ihrer Kisten. Sie öffnete den Deckel und zog ein Fach hervor, in dem unzählige Bänder und Stoffreste lagen. „Ihr könnt euch alles genau anschauen, wenn ihr mir versprecht, vorsichtig zu sein, damit die Bänder nicht verknicken."

„Ja, Miss Richards", antworteten beide Kinder eifrig.

Louisa trat neben Hannah. „Das müssen Sie nicht tun."

„Ich weiß, aber ich will es gerne. Ich würde den beiden gerne eine Freude machen."

„Ich bin sicher, das machen Sie. Danke."

Hannah warf Louisa einen nachdenklichen Blick zu, als ihr der Kommentar einfiel, den die Wäscherin vorhin hatte fallen lassen.

„Hatten Sie auch Probleme, als Sie Ihre Wäscherei eröffnet haben?"

Louisa folgte Hannah ein paar Schritte von den Mädchen weg. „Ja. Hat einen oder zwei Monate gedauert, bis ich mir über ein paar Dinge über die Menschen hier klar geworden bin. Die Leute nehmen Veränderungen nur langsam an. Sie warten gerne, bis der Glanz des Neuen vergangen ist, bis sie etwas ausprobieren. Sie müssen nur ein oder zwei Frauen überzeugen, sodass Sie nicht mehr der Neuankömmling sind. Der Rest kommt dann wie von alleine."

„Wie mache ich das?"

Die Wäscherin zuckte mit den Schultern. „Ich weiß nicht, was bei

Ihnen helfen könnte, aber ich kann Ihnen sagen, wie ich es geschafft habe. Ich habe umsonst gewaschen."

Hannah legte ihre Stirn in Falten. „Umsonst? Haben Sie so nicht eine Menge Geld verloren?"

„Nein. Ich habe ein Hemd pro Familie umsonst gewaschen. So sind die Leute zu mir gekommen, auch wenn manche wirklich nur ein Hemd mitgebracht haben. Ich habe mich besonders gut um diese Kleidungsstücke gekümmert und einfach meine Qualität sprechen lassen. Es hat eine Weile gedauert, bis ich mir einen guten Ruf erarbeitet hatte, aber mittlerweile habe ich fast mehr Aufträge, als ich bewältigen kann."

Umsonst arbeiten. Das widerstrebte Hannah zutiefst, doch sie konnte nicht an Louisas Erfolg zweifeln. Aber wie sollte sie diese Strategie für sich anwenden? Sie konnte keine Kleider umsonst weggeben. Das würde sie finanziell ruinieren. Und einen Saum zu verschenken ergab keinen Sinn.

Hannah stieß einen traurigen Seufzer aus, während sie die Krümel ihres Sandwiches auf dem Tresen zusammenschob und sie dann in den Mülleimer warf. Sie schüttelte die Serviette aus, in die ihr Mittagessen eingewickelt gewesen war, und faltete den Stoff ordentlich zusammen.

„Wie wäre es, wenn Sie ein paar von denen machen?", schlug Louisa vor und zupfte an dem Tuch, das Hannah in Händen hielt. „Sie haben doch eine Menge Stoffreste, oder?"

Brottücher. Hannahs Gemüt hellte sich schlagartig auf, als sie diesen Vorschlag überdachte. „Mrs James, das ist brillant! Ein praktisches Geschenk, das die Kundinnen immer an mich erinnert, wenn sie ihren Kindern ein Sandwich mit in die Schule geben oder ihren Männern eins mit an die Arbeit." Hannah eilte zu der Truhe, an der die Mädchen immer noch hockten, und schnappte sich einen blauen Stoff, den die beiden aussortiert hatten. Sie schüttelte ihn aus und hielt ihn ausgestreckt vor sich.

„Ich könnte die Kanten umsäumen und dabei viele verschiedene Farben benutzen. Dann kann jede Kundin sich ein Tuch nach ihrem Geschmack auswählen." Hannahs Blick traf Louisas. „Denken Sie, das könnte funktionieren?"

„Es wird zumindest nicht schaden." Louisa tätschelte ihre Schulter und ging zu ihren Töchtern. Molly hatte sich schon für einen rosafarbenen Baumwollstoff entschieden, aber Tessa war immer noch zwischen drei Reststücken hin- und hergerissen. „Wir müssen gehen, Tessa. Beeil dich. Ich hab noch eine Menge Arbeit zu erledigen heute."

Nach einem letzten Zögern entschied Tessa sich für einen safrangelben Kattunstoff mit kleinen grünen Zweigen darauf. Sie reichte Hannah ihren Fund.

„Danke, dass du uns Puppen machst, Miss Richards."

„Ich freue mich, dass ich das für euch tun kann."

Sie verabschiedeten sich und Hannah trat wieder an ihre Kramkiste. Begeistert und fröhlich durchsuchte sie die Kiste nach weiteren Stoffresten, die sie für ihre Brottücher verwenden könnte. Sie fand erdige Brauntöne, aber auch Orange und Dunkelrot. Perfekt für die Erntezeit. Dann entdeckte sie noch einen Stapel mit Stoffresten in Blau- und Grüntönen und Gelb. Fröhlich und lustig. Zu guter Letzt entschied sie sich auch noch für einige mit Blumenmustern bedruckte Stoffe, die für Frauen besonders geeignet waren.

Sie breitete die Stoffstücke auf ihrem Arbeitstisch aus und schnitt ein braunes Stück in zwei Quadrate. Sie würde ein Brottuch fertigstellen. Wenn sie damit Erfolg hatte, würde sie gleich eine ganze Reihe entwerfen. Zwanzig Minuten und ein paar kunstvoll verzierte Säume später hatte sie ein wunderbares Brottuch vor sich liegen.

Hannah war von dem Ergebnis so begeistert, dass sie gleich ihre Schere nahm und auch die restlichen Stoffe zuschnitt. Sie entschied sich, doch gleich mehrere Brottücher fertigzustellen und jeder neuen Kundin eines mitzugeben. Das würde sich hoffentlich sehr schnell herumsprechen und auch die Frauen von den Farmen, die außerhalb der Stadt lagen, anlocken.

Als sie gerade an ihrem sechsten Brottuch arbeitete, öffnete sich die Tür ihres Geschäftes. Eine Kundin?

„Guten Tag", sagte sie, als sie ihren Kopf hob. „Wie kann ich Ihnen helfen?"

Cordelia Tucker kam durch den Raum auf sie zu. „Oh, Hannah, das ist alles so wunderschön!"

„Cordelia!" Hannah ging rasch um die halbhohe Wand herum, die ihren Arbeitstisch vom Rest des Geschäftes abtrennte. „Ich bin so froh, dass Sie hier sind. Heute war es schrecklich ruhig."

„Ich bin sicher, in den nächsten Tagen bekommen Sie mehr Kunden. Wie könnte es bei so hübschen Kleidern anders sein!" Sie befühlte ein grünes Seidenkleid, das an einem Haken an der Wand hing. Die Sehnsucht stand ihr ins Gesicht geschrieben.

„Louisa James und ihre beiden Mädchen waren die Einzigen, die heute hier waren. Ich war wirklich sehr entmutigt, bis sie mich auf eine gute Idee gebracht hat, die mir hoffentlich helfen wird, neue Kunden zu werben." Hannah erklärte kurz die Idee mit den Brottüchern und war erleichtert, als sie merkte, dass Cordelia begeistert von der Idee war.

„Und da Sie die Nächste nach Louisa sind, die mein Geschäft betritt, haben Sie die größte Auswahl." Hannah schob ihre Freundin hinüber zu ihrem Arbeitstisch. „Suchen Sie sich einen Stoff aus. Während Sie sich umschauen, mache ich Ihnen das Tuch fertig."

Cordelia zögerte. „Oh, aber ich bin nicht hier, um mir ein Kleid zu kaufen. Ich wollte nur mal schauen, wie es Ihnen geht."

Hannah legte ihre Hände auf Cordelias Schultern und drängte sie noch ein bisschen näher an den Tisch. „Sie müssen nichts kaufen. Jeder, der in mein Geschäft kommt, erhält ein solches Tuch."

Das dunkelblaue Wollkleid, das Cordelia trug, schmeichelte ihrer Erscheinung und ihrer Figur nur ein ganz klein wenig besser als das braune, das sie gestern angehabt hatte. Hannah wünschte sich, sie könnte der jungen Frau mit ein paar Farben Leben ins Gesicht zaubern.

Cordelia wählte einen grünen Stoff für ihr Geschenk aus. Sie schien Grün zu mögen. Hannah bemerkte das und überlegte schon, welche Kleiderstoffe sie Cordelia anbieten könnte. Ein Salbeigrün wäre sicher interessant.

„Sie müssen nichts kaufen", erinnerte Hannah sie noch einmal. „Schauen Sie sich einfach um. Und sehen Sie auch in die Kataloge. Wir können uns unterhalten, während ich nähe."

„J.T. würde sagen, dass es gefährlich ist, sich Dinge anzuschauen, die man sich nicht leisten kann." Cordelia blätterte vorsichtig durch einen Katalog. „Es öffnet nur Türen zur Versuchung."

Hannah knirschte mit den Zähnen und setzte sich an die Nähmaschine. „Ich vermute, dass diese Gefahr wirklich bestehen könnte. Aber es ist doch nicht schlimm, wenn man Schönheit bewundert und sich inspirieren lässt. Es ist ein bisschen wie Spielen. Mädchen spielen gerne, dass ihr Sandhaufen ein köstlicher Schokoladenkuchen ist, aber sie haben genug Verstand, um ihn nicht wirklich zu essen. Der Spaß liegt in der Vorstellung."

Cordelia hob ihren Blick vom Katalog und lächelte Hannah an. Ihre Augen funkelten. „Ich habe es geliebt, mit Sandkuchen zu spielen." Sie warf einen Blick über ihre Schulter, als befürchtete sie, dass jemand hinter ihr stand und sie belauschte. „Ich respektiere meinen Bruder sehr, aber manchmal ist er wirklich ein bisschen engstirnig."

„Das ist noch milde ausgedrückt", murmelte Hannah.

Cordelia zog fragend eine Augenbraue hoch. Das schien in dieser Familie üblich zu sein. Doch es wirkte viel weniger arrogant, wenn Cordelia es tat.

„Ihr Bruder war mir eine große Hilfe, seit ich hier angekommen bin, Cordelia, aber mit seinen Stimmungsschwankungen verunsichert er mich wirklich. Mag er alle Menschen so wenig oder liegt es irgendwie an mir?"

Hannah trat fest und ärgerlich auf das Pedal der Nähmaschine.

Cordelia kicherte. Jetzt erst bemerkte Hannah, dass ihre Worte auch sehr verletzend hätten verstanden werden können. „Er wirkt manchmal ein bisschen rau, wenn man ihn nicht kennt. J.T. ist nicht gerade das, was ich umgänglich nennen würde, aber er hat ein gutes Herz."

Hannah seufzte und verlangsamte ihren Rhythmus. Das Sirren der Maschine beruhigte sich zu einem dumpfen Summen. „Ich weiß, ich hätte nicht so über Ihren Bruder reden sollen. Er war sehr freundlich zu mir. Nur die Art, wie er manchmal mit mir redet, stachelt mein Temperament an. Wenn es eine Möglichkeit gäbe, ihm den Wind aus den Segeln zu nehmen, wäre mir schon sehr geholfen."

Ein letztes Mal drehte sie den Stoff und beendete den letzten Saum an Cordelias neuem Brottuch. Sie schnitt die losen Fäden ab.

„Fertig." Hannah erhob sich und überreichte Cordelia ihr Geschenk. „Hier, bitte sehr. Ein neues Brottuch für die Frau, die das beste Brot der Stadt backt."

„Danke." Cordelia lächelte und besah sich die Arbeit. „Das ging so schnell. Wenn ich so etwas versucht hätte, hätte ich bestimmt zwei Stunden gebraucht und dann hätte es mit Sicherheit nicht so schön ausgesehen."

„Schneller, hochwertiger Service. Das ist meine Spezialität."

Ein nachdenklicher Blick überzog Cordelias Gesicht, während sie sich noch einmal den Stoff besah. Plötzlich trat ein schelmisches Funkeln in ihre Augen. „Sie haben mir heute ein Geschenk gemacht, Hannah – mehr als nur das Brottuch. Sie haben mich daran erinnert, dass es möglich ist zu träumen. Ich will Ihnen etwas als Gegenleistung geben."

Sie trat näher an Hannah heran und senkte ihre Stimme. „J.T. ist besonders mürrisch, seit Sie in der Stadt sind. Ich kann nur vermuten, dass es daran liegt, dass er von Ihnen genauso verwirrt ist wie Sie von ihm. Und als Frau, die weiß, was es heißt, Zeit mit ihm zu verbringen, würde ich Ihnen für das nächste Mal gerne einen kleinen Vorteil verschaffen."

Hannah hielt den Atem an.

„Jeder in Coventry weiß, dass man J.T. nicht bei seinem Geburtsnamen nennen sollte. Er verabscheut ihn. Seit seiner Schulzeit hat er auf keinen anderen Namen als J.T. oder Tucker gehört. Sogar bei unseren Eltern. Wenn Sie also irgendwann mal wieder das Gefühl haben, Sie bräuchten einen Vorteil, nennen Sie ihn einfach Jericho. Ich weiß nicht, ob es Ihnen helfen oder die Sache noch schlimmer machen wird, aber es wird ihn bestimmt erst einmal ziemlich verunsichern."

Cordelias Grinsen war während ihrer Erklärung immer breiter geworden. „Ich hoffe nur, dass ich dann da sein werde, um seine Reaktion zu sehen."

„Jericho, ja?" Hannah spürte, wie nun auch auf ihr Gesicht ein Grinsen trat. „Seltsam, wie gut mir dieser Name plötzlich gefällt."

Die beiden Frauen kicherten wie kleine Mädchen. Jericho Tucker ahnte nicht, was ihn erwartete.

Kapitel 11

Am Donnerstag stellte Cordelia Hannah den Einwohnern der Stadt vor und gemeinsam verschenkten sie fast zwei Dutzend bunte Brottücher. Es sprach sich schnell herum, dass es bei der neuen Schneiderin etwas umsonst gab, sodass ein ständiger Strom an Besuchern das Geschäft erfüllte. Leider war das alles, was sie waren – Besucher, keine Kunden.

Am Samstagnachmittag drehte Hannah das Schild auf „Geschlossen" und lehnte sich mit der Schulter gegen die Tür. Nicht ein Auftrag. Ihr Verstand sagte ihr, dass sie geduldig sein musste, dass die Frauen, die im Geschäft gewesen waren und sich Kleider angeschaut hatten, bald wiederkommen würden. Aber Vernunft allein konnte ihr Herz nicht davor bewahren, mutlos zu werden. Gedanken wie Misserfolg, Fehler und Konkurs kamen ihr immer wieder in den Sinn. Hannah ließ sich weiter gegen die Tür sinken, bis sie schließlich anfing, daran herunterzurutschen. Sie sprang auf. Mit einem letzten Rest Selbstbewusstsein schüttelte sie ihre Röcke aus und stellte sich vor, wie damit alle trüben Gedanken von ihr abfielen.

„Das wird schon", ermutigte sie sich selbst. „Es waren doch erst vier Tage. Hab ein bisschen Vertrauen."

Sie ging durch den Raum und nahm das in braunes Papier gewickelte Päckchen an sich, das auf dem Arbeitstisch lag. Ezras Hemd. Bald würde er auf seinem Weg zum Bahnhof hier bei ihr vorbeischauen, um es mitzunehmen. Hannah knotete das Band, mit dem das Paket verschnürt war. Ihr erster und einziger Kunde. Doch er hatte großzügig bezahlt. Die Bank vor ihrem Geschäft glänzte wie neu. Schon etliche Besucher hatten sich darauf niedergelassen.

Ezra bestand immer noch darauf, auf dem Bürgersteig zu sitzen, wenn sie ihren morgendlichen Kakao tranken, aber Hannah war froh, dass sie eine komfortablere Sitzgelegenheit hatte. Die Bank war glatt und robust und breit genug für drei Erwachsene. Oft hatte sie darauf schon die James-Kinder für ein paar Minuten verschnaufen sehen, bevor sie weiter in der Wäscherei mithalfen.

Momentan war die Bank leer. Das Wetter war schön, deshalb entschied Hannah, dass sie draußen auf Ezra warten wollte. Sie schloss den Laden ab und ließ sich auf die Bank sinken. Für einige Augenblicke schloss sie die Augen und holte ein paar Mal tief Luft. Als sie die Augen wieder öffnete, waren ihre Gedanken entspannter und drehten sich nicht mehr nur um Stoffe, Aufträge und Kunden. Hannah ließ den Blick auf der Suche nach unerwarteten Schönheiten umherschweifen. Sie liebte es, auf diese Weise nach Gottes verborgenen Geschenken der Liebe zu suchen. Wann immer sie eines fand, freute sie sich darüber und dankte ihrem Schöpfer dafür.

Ein Schmetterling flatterte an ihr vorbei und ließ sich neben ihr auf der Bank nieder. Seine orangen Flügel waren wie mit schwarzen Adern durchzogen – ähnlich einigen Kirchenfenstern, die Hannah schon gesehen hatte – und winkten ihr einen Gruß zu. Er saß nur einen kurzen Moment da, bevor er sich wieder erhob und davonschwebte. Hannah folgte ihm mit ihrem Blick, bis er hinter einem Baum verschwunden war. Das ließ sie daran denken, dass die Bäume bald ihre Blätterfarbe verändern würden. Das ganze Land wäre dann von Gold-, Rot- und Brauntönen durchzogen. Während sie noch ihren Gedanken nachhing, hörte sie plötzlich laute, aufgeregte Kinderstimmen.

„War ich nicht!"

„Warst du wohl!"

„Das sage ich Mama."

„Mach doch. Es ist deine Schuld, dass wir ihn verloren haben."

Hannah wandte ihren Kopf und sah gerade noch, wie Molly James in der Wäscherei verschwand, offensichtlich dazu bereit, ihre Drohung wahr zu machen. Tessa schluchzte und starrte ihrer Schwester wütend hinterher. Dann drehte sie sich abrupt um und rannte blindlings auf Hannahs Bank zu. Das Mädchen blieb erschrocken stehen, als sie merkte, dass die Bank schon besetzt war. Tränen traten ihr in die Augen, kullerten aber nicht ihre Wange hinunter, als sie Hannah erblickte. Bevor das Kind weglaufen konnte, klopfte Hannah auf die freie Sitzfläche neben sich.

„Ich teile gerne."

Tessa zögerte. Dann zuckte sie die Schultern und setzte sich. Ihre Füße baumelten in der Luft und sie verschränkte die Arme vor der Brust. Dann zog sie eine beeindruckende Grimasse.

Hannah seufzte mitfühlend und verschränkte ebenfalls ihre Arme. „Kleine Schwestern können wirklich schrecklich sein. Ich habe auch eine, deshalb weiß ich, wovon ich rede."

Tessa hob ein wenig ihren Kopf. „Wirklich?"

„Mhm."

„Hat sie dich auch wegen etwas in Schwierigkeiten gebracht, was du gar nicht gemacht hast?"

„Oh ja. Oft." Hannah hatte Mühe, ernst zu bleiben, da sie am liebsten gelacht hätte. „Ich erinnere mich an das erste Mal, als meine Mutter mir erlaubte, an einem ihrer Quilttreffen teilzunehmen. Normalerweise mussten Emily und ich auf unserem Zimmer bleiben, wenn Mutter sich mit ihren Freundinnen traf, aber sie war der Meinung, dass meine Stickereien nun gut genug waren, um sie den anderen zu zeigen. Ich war so aufgeregt und stolz. Aber Emily fühlte sich ausgeschlossen. Sie bettelte meine Mutter so lange an, an dem Abend helfen zu dürfen, bis sie ihr erlaubte, beim Abschneiden der Fäden zu helfen. Das Problem war nur, dass meine Mutter immer mit einem so langen Faden gearbeitet hat, dass sie ihn nur ganz selten abschneiden musste. Also hat Emily einfach so meine Fäden abgeschnitten. Doch das wollte ich nicht. Ich fragte sie freundlich, ob sie es lassen könnte, aber sie bestand darauf, dass es ihre Aufgabe war, die Fadenenden abzuschneiden. Zum Glück redeten die anderen Frauen so laut miteinander, dass sie von unserem Streit nichts merkten. Hätte Emily mir einfach die Schere gegeben, wäre alles gut gewesen, aber sie weigerte sich." Hannah schüttelte den Kopf. „Ich versuchte, ihr die Schere wegzunehmen. Es ging hin und her, bis ich endlich gewonnen hatte. Doch leider konnte ich den Sieg nicht sehr lange genießen."

Tessa rückte gespannt näher an Hannah heran. „Was ist passiert?"

„Ich hatte so viel Schwung, dass mir die Schere aus der Hand flog – direkt in Myrtle Butlers Teetasse. Sie schrie laut und ließ die Tasse fallen. Der ganze Tee ergoss sich über ihr Kleid – und noch schlimmer, über den Quilt, den wir gerade nähten."

Tessa schnappte erschrocken nach Luft.

Hannah nickte und wieder überkam sie dieses schreckliche Schamgefühl, das sie damals empfunden hatte. „Ich habe meine Mutter noch nie so böse erlebt. Sie hat mich vor allen Frauen angeschrien und mich und Emily ins Bett geschickt. Für die nächsten zwei Jahre war es mir verboten, an den Quilttreffen teilzunehmen. Erst als Emily alt genug war, durften wir wieder hin."

„Das ist nicht fair!"

„Das habe ich damals auch gedacht." Hannah tätschelte Tessas Knie. „Aber heute verstehe ich es besser. Emily war vielleicht schuld an dem Streit, weil sie ihn angezettelt hatte, aber auch ich hatte meinen Teil dazu beigetragen. Durch mein Verhalten wurde die Situation noch schlimmer. Wenn ich sie einfach die Fäden hätte abschneiden lassen, wäre alles gut gegangen."

Tessas Gesicht verzog sich. Hannah sah ihr an, dass sie angestrengt nachdachte.

„Ist es so ähnlich wie bei dir und Molly?", fragte Hannah.

„Irgendwie schon. Nur dass es Mollys Schuld war, dass ich den Knopf verloren habe. Sie hat mich angerempelt, als ich ruhig dasaß. Der Knopf ist mir aus der Hand gefallen und in einem Spalt im Boden verschwunden. Jetzt bezahlt uns Mr Smythe bestimmt nicht. Er bezahlt nie, wenn irgendwas mit seinen Kleidern nicht stimmt. Und er gibt sich jedes Mal Mühe, etwas zu suchen, das nicht stimmt. Mama wird sicher mit mir schimpfen."

Tessa zog ihre Knie an, schlang die Arme darum und verbarg ihr Gesicht in ihrem Kleid. Hannah legte eine Hand auf den Rücken des Mädchens.

„Ist der Knopf während dem Waschen abgefallen?"

Tessa nickte. „Mhm. Meine Aufgabe ist es, die Knöpfe wieder anzunähen. Aber jetzt habe ich keinen Knopf mehr und Mr Smythe wird es merken." Ihre Stimme brach, sodass Hannah fürchtete, dass das Mädchen gleich in Tränen ausbrechen könnte.

„Ich habe eine Idee." Hannah wartete, bis Tessa ihren Kopf hob. „Glaubst du, du kannst in die Wäscherei schlüpfen und Mr Smythes Hemd holen?"

„Ja …"

„Ich habe eine ganze Schachtel voller Knöpfe. Vielleicht finden wir ja einen, der passt."

Tessa starrte Hannah an, als sei sie eine gute Fee. „Meinst du wirklich, Miss Richards?"

„Einen Versuch ist es doch wert, oder?"

„Ja, das stimmt!"

Bevor Hannah noch etwas sagen konnte, sprang Tessa davon, um das Hemd zu holen. Im Handumdrehen war sie zurück. Das Baumwollhemd war schon gewaschen und getrocknet, aber noch nicht gebügelt. Hannah schnappte sich Ezras Paket und zog Tessa mit sich in den Laden, wo sie gleich ihre Knopfschachtel hervorholte. Tessas Augen wurden groß vor Verwunderung.

„Das müssen Tausende sein", sagte sie mit funkelnden blauen Augen. Jetzt konnte Hannah sich ein Lachen nicht verkneifen. „Wahrscheinlich eher zweihundert. Aber ehrlich gesagt habe ich noch nie nachgezählt."

Hannah schüttete den Inhalt der Schachtel auf den Tisch. Schwarze, weiße, metallene, perlmutterne, gravierte, flache, zweilöchrige, vierlöchrige, Knöpfe ohne Löcher – die Auswahl war riesengroß.

„Es war ein weißer", sagte Tessa. „Siehst du?" Sie legte das Hemd ebenfalls auf den Tisch und zeigte auf die Knöpfe, die sich noch an ihrem Platz befanden.

Hannah warf einen Blick darauf. „Sieht aus wie Perlmutt. Schau dir die Knöpfe genau an und wenn du glaubst, du hast einen gefunden, der passen könnte, sieh noch nach, ob er die richtige Form und Größe hat."

„Gut."

Die zwei machten sich an die Arbeit. Einige Knöpfe waren sehr ähnlich, aber einen kleinen Unterschied gab es immer. Sie waren entweder zu groß, zu klein, zu durchsichtig oder zu flach. Wenn sie keinen fanden, der passte, hatten sie noch die Möglichkeit, alle Knöpfe auszutauschen. Den meisten Männern würde das nicht auffallen, also bezweifelte Hannah, dass Mr Smythe es bemerken würde. Aber das wäre nicht ehrlich. Am liebsten würde sie Tessa mit einem passenden Knopf am Hemd nach Hause schicken. Dann könnte ihre Mutter dem Kunden erklären, was passiert war und wie sie die Situation gelöst hatten. Dann wäre er hoffentlich zufrieden und würde nicht nur das Hemd bezahlen, sondern auch ein kleines Trinkgeld für die zusätzliche Arbeit geben.

„Ich hab ihn!", rief Tessa aus.

„Wirklich?"

Erleichterung durchströmte Hannah. Das machte alles viel leichter. Sie beugte sich nach vorne, um den Fund zu untersuchen. Er passte tatsächlich.

„Gute Arbeit, Tessa. Ich hole dir eine Nadel und einen Faden."

Hannah öffnete die Schublade mit den Garnspulen und wählte einen weißen Faden. Sie schnitt ein Stück ab und reichte es Tessa. Das Mädchen befeuchtete das Ende des Garns mit ihrer Zunge und fädelte es dann geschickt ins Nadelöhr ein. Hannah sah erstaunt zu, wie die Kleine das Ende des Fadens verknotete und dann anfing, mit größter Präzision den Knopf festzunähen.

„Die meisten Mädchen in deinem Alter haben Probleme damit, den Faden einzufädeln, aber du machst das richtig gut. Nähst du mehr als nur Knöpfe an?"

Tessa schnitt den überschüssigen Faden ab und reichte ihn Hannah.

„Meine Mutter verspricht mir immer wieder, dass sie mir das richtige Nähen beibringen will, aber sie hat zu viel zu tun."

„Wenn mein Geschäft ein wenig in Schwung gekommen ist", überlegte Hannah, „kann ich dich vielleicht unterrichten. Natürlich nur, wenn deine Mutter einverstanden ist."

„Kannst du mir beibringen, wie man schöne Kleider näht? Wie die, die in deinem Fenster hängen?"

Hannah lächelte über die Aufregung in Tessas Stimme und sammelte die Knöpfe zurück in die Schachtel.

„Wir würden mit ein paar einfacheren Sachen anfangen, beispielsweise mit einer Schürze." Tessa verzog ihr Gesicht, sodass Hannah ein Kichern unterdrücken musste. „Wie auch immer", fuhr sie fort, „wenn du dich anstrengst und viel übst, kannst du bestimmt bald deine eigenen Kleider nähen, wenn du alt genug bist, um lange Röcke zu tragen. Dann können dich die Jungs nach der Kirche zu einem Picknick einladen." Hannah zwinkerte Tessa zu.

Plötzlich rief eine Stimme draußen Tessas Name und ließ die Zukunftsträume zerplatzen.

Tessa sprang auf. „Das ist Ma. Ich muss gehen."

Sie schnappte sich das Hemd und rannte in Richtung Tür. Auf halbem Weg drehte sie sich noch einmal um. „Danke für deine Hilfe, Miss Richards."

„Gern geschehen, Tessa. Und nenn mich doch bitte Hannah, ja?"

Das Mädchen nickte und stürmte aus der Tür.

Völlig unerwartet überkam Hannah eine große Sehnsucht. Die Sehnsucht nach einer Familie. Die meisten Frauen in ihrem Alter hatten schon einen Ehemann und Kinder, aber sie hatte einen anderen Weg gewählt – den Weg als Schneiderin und jetzt auch als Geschäftsfrau. Bedeutete das, dass sie den Traum, ein Heim mit jemandem zu teilen, aufgeben musste? Würde sie jemals ihr Herz verschenken? Bisher hatte sie noch nicht viel über diese Dinge nachgedacht. Ihr ganzes Leben lang hatte sie gewusst, dass sie Schneiderin werden wollte. Sie hatte hart dafür gearbeitet, um so gut zu werden. Jetzt fragte sie sich zum ersten Mal, ob ihr das für ihr Leben ausreichen würde.

Sie nahm ihren Nähkorb zur Hand. Obenauf lagen die Puppen, die sie für Tessa und Molly machte. Mollys war schon fix und fertig und bereit, um von ihrer kleinen Besitzerin adoptiert zu werden. Doch bei Tessas Puppe fehlten noch eine Schürze und eine Haube, die den weiß gebleichten Kopf bedecken würde. Hannah presste die Puppe an ihre Brust und tätschelte den kleinen Rücken. Emily hatte in ihrem letzten Brief genau beschrieben, wie die Wiege für ihr Kind aussah und natürlich auch die Hemdchen, die sie nähte. Mutter hatte schon zwei kleine Quilts für die Ankunft des neuen Erdenbürgers vorbereitet. Hannah legte die gesichtslose Puppe vorsichtig in den Korb zurück. Liebevoll deckte sie sie mit einem kleinen Stofffetzen zu.

Zum Glück kam in diesem Moment Ezra und lenkte sie von ihren Grübeleien ab.

„Die Kleine hat mich fast über den Haufen gerannt", sagte er grinsend, als er in der Tür stand, die Tessa vor lauter Eile offen gelassen hatte. Er überschritt aber nicht die Schwelle. Die gleiche unsichtbare Barriere, die ihn davon abhielt, sich neben sie auf die Bank zu setzen, schien ihn auch jetzt zurückzuhalten.

Hannah schüttelte innerlich den Kopf. Dieser Mann schien Selbstvertrauen zu haben und achtete sorgfältig darauf, keine gesellschaftlichen Grenzen zu überschreiten. Warum wusch er sich nicht einfach? Ganz offensichtlich sehnte er sich nach menschlicher Gesellschaft, trotzdem vertrieb er mit seinem Körpergeruch alle, die ihm genau das bieten könnten. Hatte der Verlust seiner Frau ihn so getroffen, dass er nie wieder einen Menschen nahe an sich heranlassen wollte? Wenn das der Fall war, warum kam er dann immer wieder hierher und trank einen Kakao mit ihr?

Hannah schob ihre Überlegungen beiseite und lächelte ihn freundlich an. „Ich habe Ihr Hemd fertig, Ezra."

Er schien unschlüssig, ob er sich darüber wirklich freuen sollte. „Ich hatte seit Jahren kein neues Hemd, Miss Hannah. Ich weiß gar nicht richtig, was ich damit machen soll."

„Also, ich hätte da schon eine Idee."

Er nahm das Päckchen entgegen und trat einen Schritt zur Seite, als Hannah ihr Geschäft verließ und die Tür hinter sich schloss. Der strenge Geruch, den sie von ihm kannte, schlug ihr entgegen. Doch in den letzten Tagen schien sie sich ein bisschen daran gewöhnt zu haben, denn sie schaffte es, Luft zu holen, ohne dass sie das Gefühl hatte umzufallen. Offenbar machte sie Fortschritte.

Hannah schloss die Tür ab und beendete damit ihre erste Arbeitswoche. Dann wandte sie sich zu Ezra und lächelte ihn freundlich an. „Ich hatte gehofft, dass Sie mich morgen zur Kirche begleiten würden. Da ich neu in der Stadt bin, hätte ich gerne jemanden neben mir, den ich kenne."

Ezra machte ein langes Gesicht. „Ich, Miss Hannah?" Er schüttelte energisch den Kopf und wurde dabei immer schneller. „Das wollen Sie nicht wirklich."

„Natürlich will ich das."

„Aber ich …"

„Ich weiß, dass Sie wissen, wo die Kirche ist, Sie Gauner", unterbrach sie ihn und drohte ihm scherzhaft mit dem Finger. Innerlich betete sie, dass sie gerade nicht einen Fehler beging. „Wir gehen doch jeden Morgen daran vorbei."

Ezras Schultern sackten in sich zusammen, als er den Kopf hängen ließ. Seine Finger gruben sich in das braune Papier, das sein Hemd schützte, und zerknitterten es.

„Die Wahrheit ist, Miss Hannah, dass ich nicht mehr in der Kirche war, seit meine Alice gestorben ist. Ich gehöre da nicht mehr hin."

Es tat ihr weh, diesen alten Mann so leiden zu sehen. Noch schlimmer fand sie es aber, dass er sich durch sein Verhalten selbst von der Gemeinschaft der anderen abgrenzte – und von Gott.

„Es ist egal, wie lang Sie nicht mehr dort waren, Ezra. Gott ist immer bereit, seine Kinder wieder in seine Arme zu schließen."

Er schnaufte und sah sie von der Seite an. „Gott mag mich ja vielleicht in seine Arme schließen, aber ich bezweifle, dass der Rest der Stadt daran so großes Interesse hat, wo ich doch so stinke."

Das war das erste Mal, dass Hannah ihn von seiner Unsauberkeit sprechen hörte. Doch der Tonfall, in dem er es sagte, ließ sie vermuten, dass er nur etwas nachplapperte, das er von anderen gehört hatte. Hannah wurde wütend, wenn sie daran dachte, dass jemand unfreundlich zu Ezra gewesen war. Auch wenn er von seiner Sauberkeit her nicht dem allgemeinen Standard entsprach, durfte man nicht gemein zu ihm sein.

Hannah stampfte trotzig mit dem Fuß auf. „Also, wir können uns ja ganz nach hinten setzen. Und wenn wir jemanden stören, kann derjenige seinen Gottesdienst gerne woanders feiern."

Ezra sah sie erstaunt an. „Sie sind wirklich ein Sturkopf, nicht wahr?" Er schüttelte wieder den Kopf, aber diesmal sah es belustigt und nicht länger traurig aus. Hannahs Herz wurde leichter.

„Na gut", sagte er endlich. „Ich nehme Sie morgen mit zur Kirche und ich werde das Hemd tragen, das Sie für mich gemacht haben. Gibt es noch etwas, zu dem Sie mich gerne zwingen würden?"

„Nur eine Kleinigkeit."

Er verdrehte die Augen. „Was?"

Hannah atmete vorsichtig ein, bevor sie die nächsten Worte hervorbrachte. „Da Ihr Hemd das erste Kleidungsstück ist, das ich in meinem neuen Geschäft geschneidert habe, würde ich Sie gerne um einen Gefallen bitten."

Er sah sie erwartungsvoll an. „Raus damit."

„Bevor Sie das Hemd aus dem Papier wickeln … könnten Sie sich bitte die Hände waschen?"

Ezra fing schallend an zu lachen, sodass er fast nach hinten vom Bürgersteig gefallen wäre. Er schüttelte fassungslos den Kopf und kam kaum wieder zu Atem. Hilflos hielt er sich den Bauch. Als er sich nach einer ganzen Weile wieder ein wenig gefangen hatte, schnaufte er atemlos: „Sie sind unglaublich, Miss Hannah. Wirklich. Meine Hände waschen. Haha!"

Er führte Jackson die Straße hinunter und musste dabei immer wieder kichern. Hannah überkam ein unangenehmes Gefühl. Wollte er sie nur auf den Arm nehmen? Würde das erste Kleidungsstück, das sie in Coventry genäht hatte, morgen in der Kirche wie ein alter Lumpen aussehen? Ein dumpfer Schmerz machte sich hinter Hannahs Augen breit.

Kapitel 12

J.T. stand zwischen den Pferden und Wagen im Kirchhof, so wie er es jeden Sonntagmorgen tat. Gott hatte ihm nicht die Gabe der Worte gegeben wie dem Prediger oder die Gabe der Musik, dass er hätte Klavier spielen können. Aber er konnte mit Pferden umgehen, also tat er das zu Gottes Ehre.

Er vergewisserte sich, dass die Wagen und Einspänner weit genug voneinander entfernt standen, damit die Pferde genug Gras hatten, um die Zeit des Gottesdienstes über nicht zu hungern. Er nahm den Ehemännern schon am Eingang der Kirche die Zügel ab, damit die ganze Familie gemeinsam die Kirche betreten konnte. Die reichen Männer aus der Stadt sahen es als selbstverständlich an, dass er das für sie machte, und bedankten sich kaum, aber die Farmerfamilien und die älteren Menschen waren ihm immer sehr dankbar und gaben ihm das Gefühl, dass er einen wichtigen Dienst tat.

„Morgen, J.T.!", rief Daniel James aus einiger Entfernung. Der Junge entfernte sich von seiner Mutter und seinen Schwestern und bahnte sich einen Weg zu ihm.

„Belästige J.T. jetzt nicht. Hörst du, Daniel?", rief Louisa ihm hinterher.

„Mache ich nicht, Ma." Aus jeder Silbe konnte man hören, wie genervt Danny war.

J.T. konnte ihn nur zu gut verstehen. Der Junge lebte in einem Haus mit lauter Frauen. Er sehnte sich nach männlichen Gesprächspartnern und J.T. zog es vor, dass sich der Junge mit ihm unterhielt und nicht den Kontakt zu den fast erwachsenen Kerlen aus der Stadt suchte, die nichts als Unsinn im Kopf hatten.

Während Danny auf ihn zukam, streichelte J.T. das Fell von Warren Hawkins' brauner Stute. Der Sohn des Ladenbesitzers ritt dieses Pferd seit seiner Schulzeit. J.T. erinnerte sich, dass Cordelia immer eine Möhre oder einen Apfel für das arme Tier dabeigehabt hatte. Schon damals war es alt gewesen.

J.T. biss die Zähne aufeinander. Das Tier hatte es verdient, dass es endlich sein Gnadenbrot bekam. Doch er wusste, dass das niemals geschehen würde. Ein Pferd zu besitzen, auch wenn es nur ein altes, abgehalftertes war, erhob Warren über die ärmeren Menschen, die zu Fuß zur Kirche gehen mussten. Cordelia entschuldigte sein Verhalten damit, dass er wegen seines entstellten Gesichts von anderen nie akzeptiert worden war. Aber J.T. fand es unmöglich, einen Mann in Schutz zu nehmen, der seine Tiere nicht mit dem gebührenden Respekt behandelte.

„Was ist los mit dir?"

J.T. sah nach unten und blickte in Dannys große Augen, die ihn anstarrten. Mit einem Räuspern entschied J.T., seine Gedanken am Tag des Herrn in eine angemessenere Richtung zu lenken.

„Ich habe nur nachgedacht." J.T. tätschelte Dannys Kopf, doch plötzlich zog er ihn an sich und umarmte ihn. Danny grunzte überrascht, sodass J.T. ihn etwas verlegen wieder losließ.

Der Junge warf ihm einen finsteren Blick zu, der eine gute Imitation seiner eigenen finsteren Blicke war und J.T.s Stimmung besserte sich.

„Warum hast du das gemacht?", jammerte Danny. „Ma wird böse, wenn ich mit zerzausten Haaren in die Kirche komme."

„Das können wir auf keinen Fall zulassen, oder?" J.T. strich die Haare des Jungen schnell wieder glatt. „So, Partner, jetzt ist alles wieder in Ordnung."

„Danke", murmelte er.

Das Geräusch von klirrendem Zaumzeug ließ J.T.s Kopf herumfahren. Alle aus der Stadt, die nicht zu Fuß kamen, waren schon in der Kirche. Die einzige Person, die er noch nicht gesehen hatte, war Miss Richards, doch er wusste, dass sie keinen Wagen besaß. Außerdem ging die Frau jeden Morgen bis zum Fluss und wieder zurück, deshalb hatte sie es sowieso nicht nötig, zur Kirche gefahren zu werden. Nicht, dass er sich damit beschäftigen würde, was sie den ganzen Tag über tat. Jeder, der morgens früh wach war, hätte ihre Wanderungen bemerken können.

„Ich frage mich, wo Miss Richards ist", dachte er laut. Er hatte erwartet, dass sie schon früher kommen würde. Der Gottesdienst würde bald beginnen.

„Das ist bestimmt sie in dem Wagen." Danny zeigte die Straße entlang. „Heute Morgen habe ich ihn vor ihrem Haus stehen sehen, wo sie so ein geschniegelter alter Kerl abgeholt hat."

Eifersucht durchflutete J.T. und raubte ihm fast den Atem. Mit zusammengekniffenen Augen ging er den Geräuschen entgegen und versuchte, den Mann zu erkennen, der neben Miss Richards in dem alten Kohlewagen saß. Miss Richards war weniger als eine Woche in der Stadt. Wann hatte sie die Zeit gehabt, einen Verehrer zu finden? Die Tatsache, dass der Fahrer schneeweißes Haar hatte, machte die Sache nicht einfacher. Viele Frauen entschieden sich für ältere, gut situierte Männer. Seine Mutter hatte das schließlich auch getan. Älter bedeutete mehr Sicherheit und Reichtum. Hübsche Frauen, *elegante* Frauen mochten das. Doch irgendwie konnte er sich nicht vorstellen, dass die starrköpfige Miss Richards sich einem Mann unterordnen würde, den sie nicht respektierte. Doch wenn der Mann ihr das Leben bieten konnte, das sie sich wünschte, ohne dass sie selbst sechs Tage in der Woche hart arbeiten musste …

Ein Stich fuhr durch seine Schläfen. J.T. zwang sich dazu, die Zähne nicht länger zusammenzubeißen, aber seine Anspannung ließ sich nicht abschütteln. Sie breitete sich von seinem Kopf bis in seinen Nacken und die Schultern aus.

„Ma ruft mich. Ich muss gehen, J.T."

„Was? Ach ja. Mach das, Junge. Ich komme in einer Minute nach." Er sah Danny kurz nach. „Ich muss mich nur noch um den letzten Wagen kümmern", murmelte er. Genau wie um seine Neugier.

J.T. versuchte weiter, sich zu entspannen. Seine Zunge würde ihn sicher wieder in Schwierigkeiten bringen, wenn er sie nicht im Zaum hielt. Das machte sie immer, wenn die hübsche Schneiderin in der Nähe war. Wahrscheinlich hatte ihm der Herr deshalb die Aufgabe anvertraut, sich um die Pferde zu kümmern.

Miss Richards zeigte ein Lächeln, das selbst den wunderschönen Sommertag überstrahlte, und tätschelte dem Mann neben sich vertraut den Arm. Zu vertraut. Der Alte kletterte aus dem Wagen, um ihr beim Aussteigen zu helfen, und Miss Richards verschwand in der Kirche. Dann machte sich der Mann auf den Weg zum Parkplatz. Der Kerl grinste breit, als er J.T. sah.

J.T. erwartete ihn mit verschränkten Armen.

Als der Wagen näher kam, verlor er etwas von seinem Glanz. Er war mit Sicherheit nicht geeignet, um eine Frau zu beeindrucken. Der Mann hatte zwar offenbar versucht, ihn zu putzen, aber in den Ritzen sah man noch die Ablagerungen von Kohlenstaub.

„Brr, Jackson."

Das Maultier, das den Wagen zog, kam langsam zum Stehen, sodass J.T. nach den Zügeln greifen konnte. Etwas an dem Tier kam ihm bekannt vor, aber er war mehr damit beschäftigt, den Mann zu mustern.

„Wunderschöner Tag, was?" Der Alte machte keine Anstalten, mit diesem aufdringlichen Grinsen aufzuhören. „Ein guter Tag, um eine neue Seite aufzuschlagen. Ja, Miss Hannah und ich wollen ein bisschen für Aufruhr sorgen heute Morgen."

Hannah? Ihr Vorname kam dem Kerl wie selbstverständlich über die Lippen. Und was meinte er mit dem Aufruhr? Wieder biss J.T. die Zähne zusammen.

„Am besten bleibst du nicht zu lange hier draußen. Sonst verpasst du den ganzen Spaß."

Der Mann zwinkerte ihm zu. Er zwinkerte!

Aber dann bemerkte J.T. etwas in seiner Stimme. Er schob seinen Hut zurück, um den Neuankömmling noch einmal genauer unter die Lupe zu nehmen. Sein weißes Haar hing ihm bis über die Schulter und wurde von einem Filzhut bedeckt. Ein dichter, getrimmter Kinnbart zierte sein Gesicht und passte zu dem Schnauzer über seiner Lippe. Das weiße Hemd war neu und von guter Qualität. Darüber trug er eine Jacke, die ihm vor zehn Jahren sicher gut gepasst hatte. Seine Hosen hatten ein paar Falten. J.T. stellte sich vor, wie er sie kurz vor seiner Abfahrt aus einem vergessenen Schrank gezogen hatte. Der Alte roch nach Seife und Kampfer und ein klein wenig nach Maultier. Wie auch immer, dieser Mann durfte einer Frau wie Miss Richards nicht den Hof machen. Er war alt genug, um ihr Großvater zu sein.

Der Großvater klopfte ihm auf den Rücken und lachte schallend. „Komm schon, Tucker. Ich hätte eher erwartet, dass Miss Hannah mich nicht erkennt, weil sie mich ja nicht kannte, als Alice noch gelebt hat. Aber du?"

Plötzlich fiel es ihm wie Schuppen von den Augen. „Ezra?", krächzte er.

„Jawoll."

Wie hatte er so dumm sein können? Natürlich war es Ezra. Nur weil er diesen Mann seit einer Ewigkeit nicht mehr so ordentlich gesehen hatte, hätte er ihn trotzdem erkennen müssen.

„Es ist ... schön ... dich zu sehen. Wir haben dich im Gottesdienst vermisst."

Das Grinsen des Mannes verschwand. „Alice hat immer großen Wert auf die Kirche gelegt und ich weiß, dass sie enttäuscht wäre, wenn sie wüsste, dass ich so lange nicht hier gewesen bin. Aber ich konnte es einfach nicht aushalten, ohne sie dort zu sein. Als Miss Hannah mir das neue Hemd gemacht hat und mich gefragt hat, ob ich sie begleite, habe ich mir gedacht, dass Gott mir sagen will, dass ich zurückkommen soll."

Ezra streckte seine Brust und fuhr vorsichtig mit den Händen über die schönen, aber nicht zu auffälligen Stickereien an seinem Kragen. Dann beugte er sich zu J.T.s Ohr.

„Weißt du, das Mädchen hat doch wirklich erwartet, dass ich hier genauso auftauche, wie ich in den letzten Monaten rumgelaufen bin. Und sie hätte sich trotzdem neben mich gesetzt. Sie ist etwas Besonderes. Etwas ganz Besonderes. Wenn Alice nicht immer noch in meinem Herzen wäre, würde ich sie dir vielleicht wegschnappen."

„Mir ..." J.T. schüttelte den Kopf. Er hatte nicht das Bedürfnis, mit Ezra oder irgendeinem anderen Mann um die hübsche Miss Richards zu wetteifern. Gott würde ihn eines Tages zur richtigen Frau führen. Er musste nur geduldig sein.

☙

Hannah schlüpfte in dem Moment in die letzte Bank der Kirche, als die Gemeinde anfing zu singen. Sie war immer noch sprachlos über die Veränderung, die mit Ezra vor sich gegangen war. Er musste sich gestern stundenlang eingeweicht und geschrubbt haben, um so eine Verwandlung durchzumachen. Wenn es nicht Jackson gewesen wäre, der den Wagen zog, hätte Hannah niemals geglaubt, dass dieser Gentleman der alte Ezra Culpepper war. Die Verwandlung hatte wahrscheinlich mehr mit dem Betreten des Hauses Gottes zu tun als mit ihrem Wunsch nach gewaschenen Händen, aber sie kümmerte sich nicht darum, was der eigentliche Grund gewesen war. Ezra hatte den Schritt getan, um wieder am normalen Leben teilnehmen zu können. Sie freute sich darauf, ihn dabei zu beobachten und zu begleiten.

Hannah stimmte mit ihrem Sopran in das Lied ein, das die Gemeinde begonnen hatte, und hoffte, dass Ezra hier willkommen geheißen werden würde.

Als ein brüchiger Tenor neben ihr ebenfalls einsetzte, wandte sie sich nach links und sah, dass Ezra sich neben sie gesetzt hatte. Unruhig befingerte er den Rand seines Hutes, den er nun auf den Schoß gelegt hatte.

Leise erklangen jetzt noch einmal Stiefelgeräusche im Gang. Hannah sah, wie Jericho Tucker an ihr vorbei und zwei Reihen weiter nach vorne ging, wo er sich neben seine Schwester setzte. Da sie den Text des Liedes auswendig kannte, sang sie weiter, doch ihre Gedanken schweiften ab – zwei Reihen weiter nach vorne, um genau zu sein.

Er quetschte sich in die Lücke, die die anderen Besucher für ihn frei gelassen hatten und die viel zu klein für ihn erschien. Die Bänke waren eindeutig besser für die Kinder geeignet, die hier während der Woche Unterricht hatten und nicht für einen Mann von seiner Statur. Um nicht gegen die Frau zu stoßen, die vor ihm saß, streckte er ein Bein in den Gang. Anscheinend war er diese seltsame Körperhaltung gewöhnt, denn er hängte seinen Hut über sein Knie und warf dann einen Blick über seine Schulter.

Hannahs Herz überschlug sich mehrmals. Zuerst dachte sie, er würde Ezra anschauen, weil er die Veränderung nicht begreifen konnte, doch Jerichos Blick traf den ihren. Fast hätte es sie aus dem Takt gebracht, denn sie versuchte, seinen Gesichtsausdruck zu entschlüsseln. Er lächelte nicht. Doch er blickte auch nicht so finster drein, wie er es sonst immer tat. Er starrte sie einfach nur an, als versuchte er, in ihrem Gesicht irgendeine Antwort zu finden.

Als er die Antwort offensichtlich gefunden hatte, schien sie ihn nicht glücklich zu machen, denn er presste den Mund zusammen und wandte sich wieder ab.

Auch sie wandte jetzt ihre Augen von ihm ab und hin zu der Bibel in ihrem Schoß, die sie daran erinnerte, wo sie sich befand. Sie hob ihr Kinn und wandte ihre Aufmerksamkeit wieder dem Lobpreis Gottes zu. Tief atmete sie ein, als sie die letzte Zeile des Eingangsliedes sang.

„Die Liebe ist das goldene Band, das die glücklichen Seelen verbindet.‘‘

Sie versuchte sich die glücklichen Seelen vorzustellen. Doch ein anderes Bild drängte sich vor ihr geistiges Auge. Eine goldene Kette der Liebe, die sie mit Jericho Tucker verband.

Du liebe Zeit! Sie konnte sich doch nicht wirklich in diesen Kerl verlieben. Der Mann lächelte nie. Und wenn sie danach ging, wie grimmig er sie immer ansah, konnte er sie nicht einmal leiden. Fast immer, wenn er seinen Mund aufmachte, war er unhöflich. Und trotzdem schienen seine freundlichen Taten Gefühle in ihr wachzurufen.

Diese starken Schultern und die muskulösen Arme verletzten niemanden.

Ach. Das Für und Wider brachte sie ganz durcheinander.

Hannah schüttelte den Kopf und befahl sich selbst, nicht mehr über Mr Tucker nachzudenken. Verliebt zu sein konnte sie jetzt nicht gebrauchen. Sie hatte ein Geschäft zu führen und sich einen guten Ruf zu erarbeiten. Gott würde es sie wissen lassen, wenn es Zeit war, über einen Mann nachzudenken. Das wäre sicher nicht mitten im Gottesdienst.

Jericho Tucker sollte seine Blicke für sich behalten. Sie konnte es nicht gebrauchen, dass er alles noch verkomplizierte. Was sie brauchte war … war …

„Lasst uns beten." Die Stimme des Predigers fuhr in ihre Gedanken und in ihr Herz.

Ja, Herr. Danke für die Erinnerung. Das ist genau das, was ich brauche.

Hannah beugte den Kopf, aber in dem Moment, als sie die Augen schloss, war alles, was sie sehen konnte, der Mann, der zwei Reihen vor ihr saß.

Kapitel 13

Gegen Mittag des nächsten Tages saß Hannah an ihrer Nähmaschine. Da sie die Puppen für die Mädchen fertig hatte und kein anderer Auftrag in Sicht war, hatte sie beschlossen, die Vorhänge um ihr Bett ein wenig zu verschönern. Sie hatte die Falten gebügelt, die deshalb entstanden waren, weil der Stoffballen so lange im Laden gelegen hatte, und das Gesicht verzogen, als sie merkte, wie sehr die Farbe des Vorhanges das Aussehen ihrer Haut veränderte. Als Kleid hätte niemand diesen Stoff tragen können, ohne leichenblass zu wirken. Warum hatte es unbedingt orange sein müssen?

Hannah seufzte und machte sich wieder an die Arbeit. Mrs Granbury hatte ihre Angestellten immer daran erinnert, dass eine mittelmäßige Schneiderin eine schöne Kundin außergewöhnlich aussehen lassen konnte, eine außergewöhnliche Schneiderin aber konnte eine mittelmäßige Kundin wunderschön machen. Wenn diese Aussage auch für Stoff galt, war diese Aufgabe ein wahrer Prüfstein ihrer Fähigkeiten. Zum Glück musste sie den Stoff nicht tragen, also brauchte sie sich keine Gedanken um seine Wirkung auf ihr Aussehen zu machen. Hannah beendete den Saum und schnitt den Fadenrest ab. Um ihre Vorurteile zu bekämpfen, trat sie von der Nähmaschine zurück und hielt den Stoff in Armeslänge vor sich. Sie versuchte, den Stoff als neutrale Betrachterin zu sehen.

Viele Leute fanden, dass Orange warm und angenehm war. Gott hatte vielen seiner Kreationen diese Farbe gegeben – Schmetterlingen, dem Sonnenuntergang und den kleinen Wildblumen, die am Weg zum Fluss wuchsen. Wenn der Herr Schönheit in dieser Farbe sah, wollte sie es auch. Die Farbe passte auf jeden Fall zum Herbst, mit seinen orangen Blättern, den Kürbissen und der Marmelade, die ihre Mutter früher immer gekocht hatte. Die Erinnerung durchflutete Hannah und wärmte ihr Herz. Vielleicht war Orange doch nicht so schrecklich.

Ihre Arme fingen an zu schmerzen, also ließ sie den Stoff auf den Arbeitstisch sinken und faltete ihn ordentlich zusammen. Im richtigen Licht würde er vielleicht fröhlich und freundlich aussehen. Und Freundlichkeit war genau das, was sie brauchte. Und Ermutigung, wenn sie daran dachte, dass sie keine Kunden hatte.

Noch nicht.

Hannah presste die Hände in die müden Muskeln ihres Rückens.

Sie hatte *noch* keine Kunden. Aber das würde sich ändern. Es musste sich ändern. Sie hatte fast ihr gesamtes Geld für neue Stoffe und Nähutensilien ausgegeben. Wenn sie nicht bald Geld verdiente, würde sie bis Weihnachten aufgeben müssen.

Sie hatte gehofft, dass Ezras neues Hemd Interesse erregen würde, aber die Leute waren mehr über seine äußere Verwandlung überrascht als über die Qualität seines Hemdes. Was ja eigentlich auch gut war. Ezra verdiente es, von der Gemeinde freundlich aufgenommen zu werden, nachdem er so lange als Außenseiter gelebt hatte. Hannah freute sich für ihn. Wirklich.

Wenn sie nur endlich eine Bestellung hätte! Nur eine einzige Frau musste sich trauen, Hannahs Fähigkeiten in Anspruch zu nehmen. Wenn andere sahen, was für einen Effekt ein gut geschnittenes Kleid in einer sorgfältig ausgewählten Farbe hatte, würden sie ihren Weg zu der neuen Schneiderin finden.

Da Hannah etwas tun musste, um sich abzulenken, nahm sie sich einen Staubwedel und wischte über die Regale. Als sie auch ihre Ausstellungspuppen abstaubte, sah sie Cordelia auf der anderen Straßenseite stehen. Ihr Gesicht war voller Sehnsucht, während sie das olivefarbene Kleid im Fenster betrachtete. Sie betastete den Stoff ihres eigenen Kleides und fiel in sich zusammen wie eine Blume, die es nach Regen dürstete. Dann straffte sie sich endlich und ging mit energischen Schritten auf Hannahs Geschäft zu.

Hannahs Herz machte einen Sprung. Sie beeilte sich, den Staubwedel hinter dem Tresen verschwinden zu lassen. Dann atmete sie tief ein, strich ihre Schürze glatt und befingerte ihr Haar, um sicherzugehen, dass alles ordnungsgemäß saß, wenn ihre erste Kundin gleich in den Raum käme.

Cordelia betrat das Geschäft und schloss die Tür hinter sich. Sie sah sich flüchtig im Raum um und wandte sich dann an Hannah. „Sie müssen mich schön machen."

Die Tränen, die in Cordelias Augen standen, wischten das Lächeln von Hannahs Gesicht. Schnell ging sie auf ihre Bekannte zu und legte ihre Hand mitfühlend auf ihre Schulter.

„Was ist passiert?"

„Er sieht mich nicht." Cordelia schniefte, als ein Schluchzer aus ihr herausbrechen wollte.

„Wer?", fragte Hannah. „Wer sieht Sie nicht?"

Cordelia vergrub ihr Gesicht in den Händen. Der leere Korb baumelte hilflos an ihrem Arm. Vielleicht hatte sie einen Namen gesagt, aber Hannah hatte ihn nicht gehört. Sie zog ein Taschentuch hervor und hielt es Cordelia hin.

„Lassen Sie mich die Tür abschließen. Dann können wir reden."

Als Hannah den Schlüssel umdrehte, hallte das Geräusch in ihren Ohren wider. Was, wenn jetzt ein Kunde kam? Den Laden zu schließen konnte sie um ihre ersten Einnahmen bringen. Das konnte sie sich beim besten Willen nicht leisten. Aber dann kam ihr ein Vers aus dem Buch der Sprüche in den Sinn, über den sie bei ihrer morgendlichen Bibellese lange nachgedacht hatte.

„Besser wenig mit Gerechtigkeit als viel Einkommen mit Unrecht."

Hannah schluckte den bitteren Geschmack hinunter, der sich in ihrem Mund ausgebreitet hatte, und drehte das Schild auf „Geschlossen".

Inzwischen hatte Cordelia sich schon ein bisschen gefangen. Doch offenbar ging es ihr immer noch nicht gut, deshalb führte Hannah sie in den Arbeitsraum. Sie zog den Stuhl hinter der Nähmaschine hervor und bot ihn Cordelia an.

„Und jetzt", sagte sie und setzte sich auf eine Truhe, „erzählen Sie mir, welcher Mann so ein schlechtes Sehvermögen hat, dass es Sie zum Weinen bringt."

„Nur der wunderbarste Mann in ganz Coventry."

Hannah konnte den Kummer in der Stimme der jungen Frau hören. Ihr eigenes Herz füllte sich mit Mitgefühl. „Wenn er so wunderbar ist, warum weinen Sie dann?"

„Weil er mich nicht sieht! Nicht als Frau. Für ihn bin ich nur J.T.s kleine Schwester." Sie wrang das Taschentuch in ihren Händen. „Ich liebe ihn seit Jahren und dieser begriffsstutzige Kerl hat keine Ahnung davon."

Hannah lächelte. „Begriffsstutzig?"

Cordelia blickte schnell auf. „Oh nein. So habe ich das nicht gemeint. Nicht wirklich. Eigentlich ist er sehr intelligent. Er leitet das Telegrafenbüro und die Post neben der Bank. Vielleicht haben Sie ihn gestern in der Kirche gesehen. Ike Franklin?"

Hannah versuchte sich zu erinnern. Plötzlich fiel ihr jemand zu dem Namen ein – ein dünner Mann in einem gut geschnittenen grauen Anzug. Dunkler Bart. Freundliche Augen. „Hat er Klavier gespielt?"

„Ja." Ein verträumter Blick trat auf Cordelias Gesicht. „Hat er nicht die wunderbarste Stimme der Welt? Sie ist wie Schokoladenguss, weich und warm. Ich könnte ihm den ganzen Tag zuhören."

„Sie machen mich hungrig."

Cordelia kicherte. „Tut mir leid."

Hannah ergriff Cordelias Hand. Sie wollte die Träume der anderen nicht zerstören, aber sie konnte auch nicht ertragen, dass sie sich falschen Hoffnungen hingab.

„Ich will nicht deine Träume zerstören, Cordelia. Ich darf doch *du* sagen?"

Cordelia nickte vorsichtig.

„Gut, aber was ist, wenn er einfach findet, dass ihr nicht zusammenpasst? Vielleicht tut er so, als würde er deine Weiblichkeit nicht bemerken, weil er dich nicht kränken will? Vielleicht solltest du dein Augenmerk auf jemand anderen richten?"

„Es gibt keinen anderen! Nicht für mich." Sie entzog sich Hannahs Griff und zerdrückte das Taschentuch in ihrer Hand. Ihre Knöchel wurden weiß, so sehr presste sie es zusammen. „Ich weiß, dass du versuchst, mir zu helfen. Ich habe mir diese Frage auch schon oft gestellt. Aber ich glaube nicht, dass es so ist. Wir beide kommen großartig miteinander aus. Wir haben die gleichen Interessen – Bücher, Musik, Essen …" Sie wurde rot. „Er liebt meine Kochkünste."

Welcher Mann würde das nicht? Cordelia konnte traumhaft backen.

„Seit sechs Monaten bezahlt er mich dafür, dass ich ihm jeden Mittag Essen bringe, weil er keine Zeit hat, das Postamt zu verlassen." Sie hielt inne, ihre Lippen kräuselten sich. „Er behauptet, ich sei die beste Köchin im ganzen Land."

„Also, das beweist zumindest schon mal, dass er doch nicht begriffsstutzig ist. Er scheint kein hoffnungsloser Fall zu sein."

„Oh, Hannah! Meinst du wirklich? Meinst du, er könnte sich für mich interessieren?" Cordelia setzte sich erwartungsvoll auf die Kante des Stuhles und sah Hannah mit großen Augen an. „Das ist keine Schulmädchenschwärmerei. Ich glaube wirklich, dass Ike und ich zusammengehören. Ich weiß die Freundschaft zu schätzen, die über die Monate zwischen uns entstanden ist. Wenn keine Telegramme kommen, während ich ihm das Essen bringe, lädt er mich manchmal ein, bei ihm zu sitzen und mit ihm zu reden. Wir reden über die Bücher, die wir gelesen haben, oder er erzählt mir lustige Geschichten. Er hat mir sogar beigebracht, wie ich meinen Namen telegrafieren kann."

Hannah nickte nachdenklich.

„Wenn du mir ein Kleid machen könntest, dass mich ein bisschen hübscher machen würde, würde er mich vielleicht endlich als Frau sehen und merken, wie gerne er mich hat. Und wenn nicht … Gut, dann würde ich wenigstens wissen, woran ich bin."

Hannah konnte die Verzweiflung hören, die aus Cordelias letzten Worten sprach. Natürlich würde sie helfen. Das war in dem Moment klar geworden, als Cordelia durch die Tür getreten war. Die Frage war nur das Wie. Cordelia hatte nur eine einzige Gelegenheit, um einen neuen Eindruck zu hinterlassen – einen Eindruck, der so überwältigend war, dass ihr Angebeteter sie nicht mehr vergessen konnte.

Eine Idee formte sich in ihrem Kopf. Hier war mehr als nur ein neues Kleid gefordert. Diese Geschichte rief nach einer Ezra-mäßigen Verwandlung.

Hannah sprang auf und fing an, im Raum auf und ab zu gehen. „Gibt es in näherer Zukunft irgendwelche Feste hier in der Stadt? Erntefeiern oder so etwas?"

Cordelias Gesicht zog sich verwirrt zusammen. „Es gibt ein Picknick am Gründungstag der Stadt in etwas mehr als einem Monat, aber was hat das denn –"

„Da wirst du dein Debut haben." Hannah klatschte erfreut in die Hände, doch Cordelia missverstand sie.

„Du brauchst sechs Wochen, um mir ein Kleid zu machen? Ich hätte nicht erwartet, dass das so lange dauert."

Hannah ließ sich auf die Truhe zurückfallen. „Ich brauche doch keine sechs Wochen, um dir ein Kleid zu schneidern. Ich brauche nicht einmal sechs Tage. Aber wenn du geduldig bist und mitarbeitest, habe ich einen Plan, der es unmöglich für deinen Mr Franklin macht, dich nicht als attraktive, begehrenswerte Frau zu sehen."

Endlich schien Cordelias Interesse geweckt. „Wirklich? Du kannst mich attraktiv machen?"

„Du bist doch sehr hübsch. Du hast dickes, glänzendes Haar, eine wunderschöne Hautfarbe, lange Wimpern."

„Aber ich bin dick."

„Nein, bist du nicht. Du bist nur …"

Cordelia schüttelte den Kopf. „Du brauchst nicht höflich zu sein. Ich sehe die Wahrheit doch jedes Mal, wenn ich in den Spiegel schaue. Wenn ich so schlank wäre wie du –"

„Das könntest du." Hannah legte ihre Hände auf Cordelias Schultern und sah sie eindringlich an. „Das könntest du. Ich bringe dir bei, wie man Frühsport macht. Du kannst mich auf meinen morgendlichen Spaziergängen begleiten. Doktor Lewis meint, wenn eine Frau schlank sein will, muss sie nur etwas weniger essen und sich mehr bewegen."

„Wer ist Doktor Lewis?"

„Dio Lewis. Er ist ein bekannter Vertreter der körperlichen Ertüchtigung für Frauen und Kinder. Er hat ein neues Gymnastiksystem erfunden, das jeder anwenden kann. Wenn du es ausprobieren willst, verspreche ich dir, dass du schnell einen Unterschied sehen wirst. Die Übungen verstärken deine Gesundheit, geben dir Kraft und Frische und verbessern deine Figur. Und wenn der Tag des Picknicks näher rückt, schneidere ich dir das perfekte Kleid, das Mr Franklin den Atem rauben wird. Du wirst genauso viel Eindruck machen wie Ezra gestern."

Hannah stand auf und zog Cordelia auf die Beine. „Am Anfang bedeutet es, sich zu überwinden und harte Arbeit zu leisten, aber du wirst dich schnell daran gewöhnen. Willst du es ausprobieren?"

„Ja! Oh ja. Können wir heute schon anfangen?"

Hannah lachte und umarmte ihre Freundin. „Lass uns mit dem schönen Teil anfangen. Schnitte und Stoffe. Morgen können wir dann mit den Übungen beginnen." Sie führte Cordelia zu den Büchern mit den Schnittmustern und den neusten Modemagazinen.

Eine Stunde später beugten sie sich immer noch über den Tresen und bewunderten die ausgefallenen Kleider, von denen keine von beiden jemals eines tragen würde. Doch sie genossen ihre Tagträumereien.

Schließlich seufzte Cordelia und schloss das Magazin. „Ich sollte gehen. Ich muss das Abendessen für J.T. vorbereiten und ich habe deine Zeit viel zu lange in Anspruch genommen."

„Quatsch", sagte Hannah. „Ich kann mich nicht daran erinnern, wann ich das letzte Mal so einen schönen Nachmittag verbracht habe." Sie legte die Hefte wieder auf einen Stapel und zog einige Stoffe unter dem Tresen hervor. „Und ich freue mich drauf, dass wir morgen unsere gemeinsamen Übungen anfangen. Dann haben wir noch mehr Zeit, um zu reden."

„Solange ich noch Luft kriege." Cordelia grinste. „J.T. hat mir erzählt, wie schnell du zum Fluss gehst."

Ein kleiner Schauer durchfuhr Hannah, als sie daran dachte, dass Jericho sie gesehen hatte. Natürlich wusste sie nicht, ob er ihre Sportlichkeit gut oder schlecht fand. Viele Männer schienen ihre Frauen lieber weich und füllig zu haben, vielleicht weil sie selbst ja schon stark waren. Würde Jericho eine kräftige, selbstbewusste Frau bevorzugen oder war das wieder etwas, was gegen sie sprach?

„Ich denke, ich werde ihm beim Abendessen von meinem Plan erzählen, dass ich dich auf deinen Spaziergängen begleiten will", sagte Cordelia, während sie ihren Korb aufnahm. „Diese Nachricht wird er bestimmt besser aufnehmen als die, dass du mir ein neues Kleid machst. Das findet er mit Sicherheit nicht gut."

Hannah zögerte. „Er will es dir verbieten, ein Kleid zu kaufen, auch wenn du dein eigenes Geld dafür verdienst?" Manchmal war dieser Mann ein richtiger Griesgram.

Cordelia winkte ab. „Nein, nicht wenn ich eins brauche. Aber das hier wird ein in seinen Augen überflüssiger Kauf sein. Den Gedanken daran wird er schrecklich finden. Für ihn ist Eitelkeit eine der schlimmsten Eigenschaften. Du musst verstehen ... J.T. war erst sechzehn, als unser Vater gestorben ist und er sich ganz alleine um die Farm gekümmert hat. Jahrelang hat er sich abgerackert, damit wir etwas zu essen auf dem Tisch stehen hatten. Selbst jetzt, wo er genug Geld auf der Bank hat, kauft er sich höchstens mal ein neues Paar Schuhe, wenn es nötig ist. Das hat sich einfach aus den Umständen ergeben. Er kann wirklich großzügig sein, wenn jemand seine Hilfe braucht, aber leichtfertige Geldausgaben verabscheut er."

Ein Stein von der Größe eines Brotlaibes senkte sich in Hannahs Magen. Kein Wunder, dass der Mann sie nicht ausstehen konnte. Das, womit sie sich ihren Lebensunterhalt verdiente, war für ihn ein Anreiz zum unnötigen Geldausgeben. Sie war naiv gewesen, als sie auch nur einen Moment lang gehofft hatte, dass er sie attraktiv finden könnte.

Sie konnte seine Ansicht verstehen. Schlichte Bescheidenheit war eine gute Eigenschaft, aber für sie war Schönheit das auch. Der Herr selbst hatte seine Schöpfung wunderschön gestaltet, was jeder sehen konnte, der mit offenen Augen durch die Welt ging. Warum wollte Jericho diesen Wert nicht auch erkennen? Nur weil er recht hatte, bedeutete das nicht, dass sie im Unrecht war. Natürlich konnte die Liebe zu schönen Dingen zu weit gehen und zu Habgier und Eitelkeit führen, aber das konnte auch Geiz. Sie hatte schon viele Menschen kennengelernt, die anderen durch ihren Geiz das Leben schwer gemacht hatten.

Wenn Jericho jetzt da wäre, würde sie ihm ins Gesicht sagen, dass –

Jemand rüttelte an der Tür. Ein Klopfen folgte. „Delia? Bist du da drin?"

Ein dunkler Schatten presste sich gegen das Fenster und versuchte, nach drinnen zu schauen.

Hannah schluckte.

Jericho Tucker *war* hier.

Kapitel 14

J.T. trat einen Schritt zurück, da er durch das Fenster nichts erkennen konnte. Wo *war* das Mädchen? Vor zwanzig Minuten war Hawkins bei ihm im Stall gewesen und hatte nach ihr gesucht. Irgendetwas wegen ihrer Brotlieferung. Hawkins hatte gesagt, er sei schon bei ihnen zu Hause gewesen, aber da hätte er sie nicht angetroffen. J.T. hatte versprochen, Cordelia die Nachricht zu überbringen. Doch er hatte nicht gedacht, dass es so kompliziert sein würde, sie zu finden. Normalerweise ging sie nur an drei Orte allein: zum Gemischtwarenladen, zur Poststelle oder in die Apotheke. Da Hawkins nach ihr gesucht hatte, verringerten sich die Möglichkeiten auf zwei.

Doch sie war nirgendwo gewesen. Ike hatte gesagt, dass sie sein Büro kurz nach zwölf verlassen hatte, doch jetzt war es fast zwei Uhr. J.T. hatte noch einmal bei ihnen zu Hause nachgesehen für den Fall, dass sie mittlerweile zurückgekommen wäre. Doch inzwischen war sogar der Ofen schon ausgegangen. Ab da hatte er angefangen, sich Sorgen zu machen. Delia hatte noch nie den Ofen ausgehen lassen.

Er war so weit gewesen, sein Pferd zu satteln und die nähere Umgebung abzusuchen, als Tom erwähnt hatte, dass er sie zu Miss Richards hatte gehen sehen. Also stand er nun hier, doch die Tür war verschlossen, das Geschäft abgesperrt.

Waren die beiden Frauen da drin? Waren sie in Gefahr? Sein Puls beschleunigte sich bei diesem Gedanken.

„Delia!" Wieder schlug er gegen die Tür. Diesmal fester.

Endlich klickte etwas im Schloss und die Tür ging auf.

„Hör auf, J.T. Die ganze Stadt kann dich hören." Delia sah ihn finster an, als sie seinen Arm ergriff und ihn nach drinnen zog. „Sei still!"

Er starrte böse zurück, denn seine Erleichterung verwandelte sich in Ärger. „Wo hast du dich rumgetrieben? Ich habe dich überall gesucht!"

Sie warf ihm einen dieser Blicke zu, die seinen gesunden Menschenverstand infrage zu stellen schienen. „Ich war ganz offensichtlich hier."

„Und was hast du gemacht?", schnappte er.

„Hannah besucht und ..." Sie sah weg und fing an, mit den Knöpfen an ihrem Kleid zu spielen. „Und ein neues Kleid für den Gründungstag bestellt."

In ihm wurde es mit einem Mal sehr still. „Was?"

„Du hast mich schon verstanden. Ich habe ein Kleid bestellt. Ein schönes Kleid." Cordelia hob ihr Kinn und nickte dann zur Bestätigung. „Ich kenne deine Meinung zu diesem Thema und ich will dich mit meinem Handeln nicht verletzen, aber ich bin eine erwachsene Frau und ich habe das Recht, selbst zu entscheiden, wie ich mein Geld ausgeben will. Ich habe mit meinem Gebäck genug verdient, um das Kleid selbst zu bezahlen."

Eine Hand schien seine Lunge zu umklammern, sodass er keine Luft mehr bekam. Das durfte nicht passieren. Nicht mit Cordelia. Sie war noch ein kleines Mädchen gewesen, aber sie wusste doch auch, was aus ihrer Mutter geworden war, die der Eitelkeit verfallen war. Ihre Sucht nach schönen Kleidern und Reichtum hatte die Liebe zu ihrem Mann und den beiden Kindern zerstört.

Sein Blick wanderte im Raum herum, als er versuchte, seine Fassung zurückzugewinnen. Leider blieb er am Tresen hängen, wo Modemagazine und Schnittbücher offen lagen. Die Erinnerungen überwältigten ihn fast und schnürten ihm die Kehle zu. Er sah vor seinem inneren Auge seine Mutter, die sich über *Godey's Lady's Book* beugte und nicht einmal reagierte, als er ihr eine Frage zu seinen Hausaufgaben stellte. Und er konnte den Hohn in ihrer Stimme förmlich hören, nachdem sie das Geld, das sein Vater mühevoll mit der Farm erwirtschaftet hatte, für Luxusartikel ausgegeben hatte, anstatt Mehl und andere Lebensmittel zu kaufen.

Er versuchte, die Erinnerungen zurückzudrängen, doch als er sich wieder seiner Schwester zuwandte, sah er für einen Augenblick das Gesicht seiner Mutter.

„Es ist nur ein Kleid, J.T." Delia drückte sich an ihm vorbei und in Richtung Tür, aber als sie an ihm vorbeikam, schleuderte sie ihm ihr letztes Argument ins Gesicht. „Und vor allem bin ich nicht *sie*."

Bevor er etwas sagen konnte, war sie verschwunden. Er hatte ihr nicht einmal Hawkins' Nachricht überbracht.

J.T. konnte sich nicht von der Stelle rühren, da die Gedanken immer noch durch seinen Kopf wirbelten. Vielleicht war es wirklich nur ein

Kleid, aber es war ein Anfang. Ein Kleid konnte zu einem zweiten und dritten und zu noch viel mehr führen. Bis sie nichts mehr zufriedenstellen konnte.

„Was will sie überhaupt mit so einem Kleid?", murmelte er.

„Was jede Frau will", sagte eine leise Stimme hinter ihm. „Schön sein."

J.T. zuckte zusammen. Miss Richards stand hinter dem Tresen und zählte innerlich wahrscheinlich schon Delias Geld. Er zog einen Zahnstocher aus der Hosentasche und steckte ihn in den Mund. Während er wütend darauf herumkaute, starrte er die Schneiderin finster an. Vom ersten Augenblick an hatte er gewusst, dass sie nichts als Ärger machen würde. Delia hätte niemals diese Flausen im Kopf, wenn diese Frau nicht mit all ihren Stoffen, Schleifen und Bändern hier aufgetaucht wäre.

„Ich werde nicht zulassen, dass Sie sie verändern." J.T. ging einen Schritt auf sie zu und zeigte mit seinem Finger anklagend in ihre Richtung. Seine Nasenflügel zitterten wie bei einem Stier, der kurz vor dem Angriff stand. Doch anstatt zurückzuweichen, trat Miss Richards vor und stellte sich dem Kampf.

„Wovor haben Sie Angst, Mr Tucker? Davor, Ihre billige Haushälterin zu verlieren, wenn Cordelia endlich den Mann bekommt, den sie liebt?"

Welchen Mann? Cordelia interessierte sich für niemanden, den er kannte. Er öffnete den Mund, um etwas zu sagen, aber er hatte keine Chance. Diese Frau war noch nicht fertig mit ihm.

„Ist das der wahre Grund, warum Sie sie in trüben Farben und schlecht geschnittenen Kleidern herumlaufen lassen? Weil Sie zu selbstsüchtig sind, sie ihr eigenes Leben führen zu lassen?"

Der Finger, mit dem er eben noch auf sie gezeigt hatte, verschwand in seiner Faust. Er musste sich beherrschen, nicht gegen die nächste Wand zu schlagen. „Das zeigt, wie wenig Sie wissen", brachte er zwischen zusammengepressten Zähnen hervor. „Ich würde mein Leben für meine Schwester geben."

Offensichtlich zu aufgebracht, um ihre Worte abzuwägen, trat Miss Richards so nahe an ihn heran, dass er helle Funken in ihren Augen leuchten sah. „Das mag sein", sagte sie und schien jedes Wort auszuspucken, „aber vertrauen Sie ihr genug, um sie ihre eigenen Entscheidungen treffen zu lassen?"

Die Frage traf ihn wie ein unerwarteter Schlag in den Magen. Immer schon hatte er sich als Delias Beschützer und Unterstützer gesehen und sich darum gekümmert, dass sie genug zu essen, ausreichend Kleidung und einen Platz zum Schlafen hatte. Er hatte dafür gesorgt, dass sie die Schule beenden konnte, auch wenn er abbrechen und für den Lebensunterhalt hatte sorgen müssen. Er hatte die volle Verantwortung für sie getragen, aber die Belastung hatte ihm nichts ausgemacht, weil sie eine Familie waren. Sie hatten nur noch sich. Aber jetzt trug sie keine geflochtenen Zöpfe und knielangen Kleider mehr. Unterdrückte er sie nun mit seinem Beschützerinstinkt?

J.T.s Stirnrunzeln verstärkte sich bei diesem Gedanken. Vertraute er Cordelia genug, um sie ihre eigenen Entscheidungen fällen zu lassen?

Er schob den Zahnstocher in den anderen Mundwinkel und kniff die Augen zu Schlitzen zusammen. Er konnte Miss Richards keine Antwort geben, also schwieg er sie an.

Nach einem Moment angespannter Stille schien das Feuer in Miss Richards' Augen zu erlöschen und sie sackte ein wenig in sich zusammen. „Ich entschuldige mich, Mr Tucker. Vielleicht war ich zu grob, als ich Cordelia in Schutz genommen habe." Sie trat einen Schritt zurück und legte eine Hand auf den Tresen, als bräuchte sie Halt. „Ich will Ihre Schwester nicht verändern. Sie kam heute in Tränen aufgelöst hierher und hat mich um Hilfe gebeten. Das ist alles, was ich versuche. Helfen."

„Und Sie glauben wirklich, dass ein neues Kleid ihre Probleme lösen wird?" Er spuckte ihr diesen Vorwurf förmlich entgegen.

„Natürlich nicht. Und auch Cordelia glaubt das nicht. Aber im Moment fühlt sie sich unscheinbar und unattraktiv. Sie wünscht sich nichts sehnlicher, als dass der Mann ihrer Träume ihre Gefühle erwidert."

„Welcher Mann?" J.T. schüttelte den Kopf. Warum redete diese Frau immer wieder von einem nicht existenten Mann? „Cordelia hat keinen Verehrer."

„Noch nicht." Miss Richards lächelte, als wüsste sie ein Geheimnis. „Aber wir hoffen, dass sich das bald ändert."

Cordelia und ein Mann? Er würde den Kerl erwürgen.

„Haben Sie geglaubt, dass sie für immer Ihre kleine Schwester bleiben würde?" Ihre sanfte Stimme war jetzt voller Mitgefühl, aber es schmerzte in seinen Ohren. Er wollte verdrängen, was sie ihm gerade zu erklären versuchte. „Cordelia ist eine erwachsene Frau, die ihren Bruder liebt", sagte sie weiter. „Aber sie sehnt sich danach, aus diesem Schatten in ihr eigenes Leben zu treten. Sie will einen Mann heiraten, der sie schön findet."

J.T.s Blick blieb an einem der Kleider hängen, die im Raum ausgestellt waren. „Cordelia ist schon schön. Sie braucht Ihre Kleider nicht. Die Bibel sagt, dass Schönheit nicht von außen kommt, sondern von einem göttlichen Geist."

„Erster Johannesbrief Kapitel drei. Ich kenne das gut. Und ich stimme zu. Aber wenn Sie ehrlich sind, müssen Sie zugeben, dass ein Mann sich kaum die Zeit nimmt, das Innere einer Frau kennenzulernen, wenn sie ihm nicht vorher als attraktive Person auffällt. Wie oft haben Sie ein pockennarbiges Mädchen schon auf eine Ausfahrt oder zu einem Picknick eingeladen?"

J.T. rieb mit der Zunge über den Zahnstocher. Das Holz schmerzte seine Haut genauso, wie es die Fragen dieser Schneiderin mit seiner Seele taten. Er hatte sich selbst beigebracht, hinter das schöne Gesicht einer Frau zu blicken und ihren Charakter kennenzulernen, aber er hatte nicht daran gedacht, das auch bei einer entstellten Frau zu tun. Das musste er zu seiner eigenen Schande zugeben.

War es das, was Delia passierte?

Plötzlich hatte er das heftige Verlangen, die alleinstehenden Männer Coventrys zusammenzutrommeln und Verstand in sie zu prügeln.

J.T. nahm den Zahnstocher aus dem Mund und brach ihn entzwei. Er wünschte sich, dass er mehr tun könnte, um seinen Ärger loszuwerden. Verdrossen steckte er die beiden Enden in die Hosentasche und hob dann seinen Blick, um Miss Richards in die Augen zu sehen, die jede seiner Bewegungen verfolgte. Verärgert wie er war, zog sie ihn doch immer noch an. Und das vergrößerte seine Wut nur noch.

„Sie sagen, Sie kennen die Schrift", sagte er schließlich, „und doch üben Sie einen Beruf aus, der allem widerspricht, was sie uns lehrt. Kleider sind dafür da, den Körper vor der Witterung zu schützen und die Sittsamkeit einer Frau zu bewahren, nicht um Männer zu beeindrucken." Er streckte die Arme aus und zeigte auf die vielen dekadenten Kleider, die im Raum ausgestellt waren. J.T. gab sich nicht einmal Mühe, die Verachtung in seiner Stimme zu unterdrücken. „All diese Sachen sind gemacht, um die Aufmerksamkeit auf die Trägerin des

Kleides zu lenken, um ihrem Stolz zu schmeicheln und sie über andere zu erheben. Sie sehen vielleicht einen Raum voller harmloser Stoffe, aber wenn Sie Ihre Augen wirklich öffnen, müssen Sie doch die Wahrheit erkennen. Er ist gefüllt mit Versuchung und sündiger Eitelkeit."

Miss Richards stieß sich vom Tresen ab und stemmte die Arme in die Hüften. „Sie denken, *meine* Augen sind verschlossen? In meinem ganzen Leben habe ich noch nie so eine Engstirnigkeit und Lieblosigkeit erlebt!"

Sie marschierte auf ihn zu, bis sie sich fast Nase an Nase gegenüberstanden. J.T. hob eine Augenbraue, wich jedoch nicht zurück. Wenn diese Katze ihre Krallen an ihm schärfen wollte, sollte sie es ruhig probieren. Sie könnte so viel fauchen und kratzen, wie sie wollte. Sein Standpunkt war der richtige, er würde nicht weichen.

„In meinem Geschäft gibt es nicht ein einziges unanständiges Kleid und ich würde auch nie eines nähen. Wenn Sie nur für einen Augenblick von Ihrem hohen Ross heruntersteigen würden, Herr Stallbesitzer, würden Sie erkennen, dass der einzige Unterschied zwischen meinen Kleidern und denen aus dem Kaufmannsladen der ist, dass meine von guter Qualität und maßgeschneidert sind. Es ist doch nichts falsch daran, freundliche Farben und einen schönen Schnitt zu verwenden. Wenn Gott die Erde als ernsten, farblosen Ort hätte haben wollen, hätte er sie in Schwarz-Weiß erschaffen. Aber das hat er nicht. Er hat seine Schöpfung mit Farben und Schönheit erfüllt. Was glauben Sie, warum Gott Mose befohlen hat, alle begabten Handwerker zusammenzurufen, um die Stiftshütte zu gestalten? Warum sollten sie Gold, Bronze, Silber und wunderbare Webereien von Blau, Purpur und Scharlachrot verwenden? Weil Gott Schönheit liebt und wollte, dass man sein Heiligstes damit umgibt. Ich bin eine Handwerkerin, Mr Tucker, genau wie die begabten Weber damals. Gott hat mir ein Talent gegeben. Sein Sohn sagt uns, dass es eine Sünde wäre, dieses Talent zu begraben und sich zu weigern, es zu benutzen. Also benutze ich meine Gabe, um Schönheit in diese Welt zu bringen."

Miss Richards ging zu den Haken hinüber, an denen mehrere Kleider auf Bügeln hingen, und nahm ein rosafarbenes herunter. Sie hielt es sich an und befühlte den Stoff mit den Fingern. „Wenn eine Frau eines meiner Kleider anzieht und mit sich selbst glücklicher ist", sagte sie und schien in die Ferne zu blicken, „oder aus lauter Freude über die

Farbe oder den schönen Schnitt lächelt, weiß ich, dass ich etwas Wunderbares erschaffen habe, etwas, für das Gott stolz auf mich sein kann."

Miss Richards sah ihn an, doch unter seinem unnachgiebigen Blick verschwand der Idealismus aus ihren Augen. Gut. Vielleicht würde ein wenig Realität sie aufwecken und die Wahrheit erkennen lassen.

„Das Schreckliche, Miss Richards, entsteht, wenn eine Frau sich nur auf diese zeitweisen Freuden verlässt, die ihr ein neues Kleid oder ein Schmuckstück verschafft und nicht mehr auf das vertraut, was ihr der Glaube und ihre Familie bringen." J.T. ging langsam auf sie zu, seine Schritte klangen laut in dem stillen Raum.

Hannah Richards stand hoch aufgerichtet da und hob ihr Kinn mit jedem Schritt, den er näher kam. „Sie haben eine armselige Meinung von Frauen, Sir, wenn Sie denken, dass wir den Unterschied nicht erkennen können."

„Meine Mutter konnte es nicht." Die Worte entschlüpften ihm, bevor er sie unterdrücken konnte.

„Wie bitte?"

Eine Welle von Ärger, Groll und Schmerz durchflutete ihn so unvermutet, dass er auch die nächsten Worte nicht mehr kontrollieren konnte. „Meine Mutter sehnte sich ganz *harmlos* nach den Freuden neuer Kleider, hübscher Hauben und teuren Schmucks. Es ging so weit, dass sie ihren Ehemann und ihre beiden Kinder verlassen hat, um die Geliebte eines reichen Mannes zu werden. Delia war erst vier Jahre alt. Vier! Fast noch ein Baby. Und unsere Mutter hat sie mit einem gebrochenen Mann und einem elfjährigen Jungen allein gelassen."

Miss Richards Augen wurden groß und ihre Stirn legte sich in Falten, doch er wollte ihr Mitleid nicht. Er wollte, dass sie die Wahrheit darüber verstand, wofür ihr Geschäft in Wirklichkeit stand.

„Sie mögen glauben, dass es nicht schlimm ist, den Frauen von Coventry ein neues Verständnis für Mode und Schönheit zu geben. Für ein paar wenige Bewohnerinnen mag das auch zutreffen. Aber für die Mehrheit ist Ihr Angebot eine Versuchung. Sie werden sich nach Dingen sehnen, die sie sich nicht leisten können. Sie werden die beneiden, die es sich leisten können. Und sie werden unzufrieden mit ihrer momentanen Lebenssituation werden."

Sie öffnete ihren Mund – um ihm zu widersprechen, daran hatte er keinen Zweifel, aber er hatte nicht die Nerven, ihr noch länger zuzuhören. Deshalb schüttelte er den Kopf und starrte sie mit einem Blick an, der sie den Mund wieder schließen ließ.

„Ich weiß, dass die wenigsten Frauen ihre Familien im Stich lassen würden, wie meine Mutter es getan hat, aber Unzufriedenheit und Selbstsucht können sich trotzdem wie Gift ausbreiten und großen Schaden anrichten. Der Herr mag Schönheit gutheißen, aber er kümmert sich mehr um das Herz eines Menschen als um die Hülle, die dieses Herz umgibt." Er holte tief Luft. „Sie haben gesagt, ich soll ehrlich mit mir selbst sein, und jetzt verlange ich das Gleiche von Ihnen. Wie viele der Kundinnen, für die Sie gearbeitet haben, haben Ihre Kleider gekauft, um nur die Farben und den Schnitt zu bewundern? Und wie viele, um ihre Eitelkeit und Selbstsucht zu befriedigen?"

Unsicherheit machte sich auf ihrem Gesicht breit und ihr vorher noch fester Blick kam ins Wanken. Er schnappte sich einen neuen Zahnstocher und steckte ihn sich in den Mund, während er sich umdrehte und in Richtung Tür ging. „Vielleicht ist es bei Cordelia anders, aber die meisten Frauen, die Ihren Laden betreten, werden der Versuchung nicht widerstehen können. Wollen Sie wirklich dafür verantwortlich sein, Ihnen das Leben schwer zu machen? Wollen Sie ein Stolperstein im Leben anderer sein?"

Seine Finger schlossen sich um den Türknauf, als er noch einen letzten Blick zurückwarf. Traurige Augen in einem blassen Gesicht blickten ihm nach und ließen sein Herz sinken. J.T. schlug die Tür hinter sich zu und stapfte davon. Auf dem Weg zum Stall versuchte er sich selbst davon zu überzeugen, dass es nötig gewesen war, sie zu verletzen. Dadurch würde sie stärker werden und hoffentlich zur Erkenntnis der Wahrheit gelangen. Aber als er sein Büro betrat, verfolgte ihn ihr verwundeter Blick immer noch.

Er ignorierte Toms Geplapper, sattelte sein bestes Pferd und stieg wortlos auf. Als er die Stadt hinter sich gelassen hatte, spornte er sein Pferd zum Galopp an und presste sich an den Körper des Tieres. Trotzdem konnte er den Gedanken an Hannahs letzten Blick nicht vergessen. Ein bleiernes Gefühl legte sich auf seinen Magen, das ihm alle Freude zu rauben schien.

116

Kapitel 15

Hannah war froh, dass das „Geschlossen"-Schild bereits im Fenster hing. Mit zitternden Fingern räumte sie ihre Nähmaschine auf und befestigte die Bänder ihrer Haube. Sie verließ das Geschäft, schloss hinter sich ab und stieg erschöpft die Stufen zu ihrem Zimmer hinauf.

Dass möglicherweise genau jetzt erwartungsvolle Kunden kommen und ihr Geschäft verschlossen vorfinden könnten, war ihr im Moment völlig egal. Als sie oben angekommen war – nach einer Ewigkeit, wie es ihr schien – riss sie sich die Haube vom Kopf und brach auf der Bank am Fenster zusammen. Sie hatte am Morgen ihre Bibel dort liegen lassen. Nun kam sie ihr wie ein Leuchtfeuer in einem schweren Sturm vor. Wie sehr brauchte sie jetzt Gottes Führung! Sie nahm das in Leder gebundene Buch und presste es an die Brust, während sie Gott darum bat, ihr den Boden unter den Füßen wiederzugeben.

„Wollen Sie ein Stolperstein im Leben anderer sein?" Jerichos Abschiedsworte hallten in ihr nach und erdrückten fast ihr Herz.

War es das, was sie war?

Sie konnte nicht leugnen, dass die meisten ihrer reichen Kundinnen in San Antonio eitel und egoistisch gewesen waren. Manche hatten Mode als Möglichkeit gesehen, um sich von den unteren Gesellschaftsschichten abzusetzen. Andere hatten beeindrucken wollen. Die meisten hatten während der Anproben an niemandem außer sich selbst ein gutes Haar gelassen.

Doch es hatte auch Ausnahmen gegeben. Frauen wie Victoria Ashmont, die Farben und Schnitte dazu genutzt hatten, um ihre Persönlichkeit auszudrücken. Oder die jungen, schüchternen Töchter der gehobenen Gesellschaft, die immer Angst gehabt hatten, ihre Familien zu beschämen, bis sie sich in einem neuen Kleid im Spiegel gesehen und daraus neues Selbstvertrauen geschöpft hatten. Das war alles andere als Selbstsucht gewesen.

„Herr, ich bin so verwirrt."

Seit vielen Jahren war sie davon ausgegangen, dass sie Gott ehrte, indem sie das von ihm erhaltene Talent nutzte. Hatte sie sich selbst betrogen? War sie für andere ein Stolperstein?

Mehr auf der Suche nach Trost als nach Antworten schlug sie in der Bibel die Apostelgeschichte auf. Sie musste noch einmal die Geschichten der Frauen nachlesen, die die Gemeinden unterstützt hatten, indem sie ihnen Kleidung genäht hatten.

Sie las von Dorkas, einer von der Gemeinde geliebten Frau, die für die Bedürftigen genäht hatte. Vielleicht wollte Gott von ihr, dass auch sie für die nähte, die bedürftig waren und ihre Dienste nicht bezahlen konnten. Dann wäre ihre Arbeit ein wirklicher Dienst, ein Geschenk.

Aber wie sollte sie sich das leisten? Sie hätte ihre Ersparnisse aufgebraucht, bevor der Winter einbrechen würde, und könnte sich dann weder um sich selbst noch um andere kümmern.

Hannah blätterte weiter, wobei das dünne Papier in der Stille des Raumes raschelte. Mit dem Finger fuhr sie über die Seiten, bis sie gefunden hatte, was sie suchte.

Lydia. Was war mit ihrem Beispiel? Sie war eine erfolgreiche Geschäftsfrau gewesen und trotzdem Gott treu ergeben. Sie verkaufte Purpurstoffe, die besten und teuersten Stoffe der damaligen Zeit. Ihre Kunden waren die Reichen und Einflussreichen der damaligen Zeit gewesen. Und trotzdem hatte niemand sie für ihren Beruf verurteilt. Im Gegenteil, ihre Arbeit hatte es ihr erlaubt, ein Haus zu unterhalten, in dem sich die neue Gemeinde von Philippi treffen konnte. Und womöglich hatten ihre Spenden einen Großteil des Geldes ausgemacht, das die Gemeinde Paulus später für seine Missionsreisen zukommen ließ.

Diese Bestätigung ihrer Arbeit floss wie Salbe über Hannahs wundes Herz. Sie hatte recht gehabt. Ihr Geschäft war für die Menschen von Coventry Unterstützung und bestimmt kein Ort der Versuchung. Jericho Tucker war einfach ein verbitterter Mann, der die Schmerzen seiner Kindheit nicht verarbeitet hatte und jetzt sein ganzes Leben davon bestimmen ließ.

Aber warum ließ der Gedanke an diesen Mann ihr keine Ruhe. Warum konnte sie seinen Zorn nicht einfach vergessen und ihn ignorieren?

Hannah wusste, wie es war, den Vater zu verlieren, aber sie konnte sich beim besten Willen nicht vorstellen, wie es sein musste, wenn man als Kind von seiner Mutter für ein anderes Leben verlassen wurde. Jerichos Mutter hatte den Reichtum gewählt und ihre Familie im Stich gelassen. Für ihn verkörperten schöne Kleider all das, was seine Familie zerstört hatte. Kein Wunder, dass er mit ihrem Geschäft nicht einverstanden war.

Aber hatte er völlig unrecht? Sie setzte sich aufrecht hin. Es wäre ein Leichtes, seine Argumentation als verbittert und falsch abzutun und seine Meinung zu überhören, trotzdem steckte ein wenig Wahrheit in seinen Worten.

Ausgewogenheit. Sie brauchte Ausgewogenheit. Vielleicht wollte Gott, dass sie sowohl wie Dorkas als auch wie Lydia war. Wie Lydia konnte sie ein erfolgreiches Unternehmen führen, während sie sich zur gleichen Zeit um die Bedürftigen kümmerte, wie Dorkas es getan hatte. Und jetzt, da sie sich bewusst war, dass sie auf keinen Fall ein Stolperstein für andere sein wollte, konnte sie versuchen, ihren Kunden Gottes Liebe weiterzugeben. Hannah hatte zwar keine Ahnung, wie das funktionieren könnte, aber sie würde um Weisheit beten. Natürlich bräuchte sie überhaupt erst einmal Kunden, um dann einen positiven Einfluss auf sie haben zu können. Doch das lag in Gottes Händen.

Vater, ich möchte kein Stolperstein für deine Kinder sein. Lehre mich, mein Geschäft in einer Weise zu führen, die dir Ehre macht. Und wenn …

Ein Schmerz fuhr durch ihren Magen. Hannah presste die Augen zusammen und krümmte sich über der Bibel, die immer noch auf ihrem Schoß lag. Sie wollte die nächsten Worte nicht beten. Ihr Verstand weigerte sich, den Weg zu gehen, den ihre Seele vorgab. Doch sie wusste, dass Demut der einzige Weg zur Treue war. Also zwang sie sich dazu, die nächsten Worte zu beten, die ihren Traum für immer zerstören könnten.

Wenn ich hier mehr Schlechtes als Gutes tun würde, dann halte die Kunden von mir fern und lass mich versagen. Aber wenn du mich gebrauchen kannst —

Ein Klopfen an der Tür ließ Hannah aufspringen und erschrocken einatmen. Wieder klopfte es.

„Miss Richards? Hier ist Danny. Ich habe Ihr Holz."

Hannah eilte zur Tür und strich ihr Haar glatt. „Hallo, Danny. Woher wusstest du, dass ich zu Hause bin?"

Danny betrat ihr Zimmer und stapelte das Holz in die Kiste neben dem Ofen. „Ma hat gesehen, dass Sie die Treppe hochgegangen sind, als sie die Wäsche abgenommen hat. Wenn Sie Zeit haben, soll ich fragen, ob Sie mit runterkommen könnten. Sie will Sie was fragen." Er klopfte sein Hemd aus und dann seine Hände. „Nur wenn es Ihnen nicht schlecht geht oder so."

„Nein … ich … Es geht mir gut. Ich würde mich freuen, deine Mutter zu besuchen."

„Danke! Dann sage ich ihr, dass Sie kommen." Danny sprang fröhlich aus dem Zimmer und hüpfte die Stufen hinunter. Das Geräusch seiner hopsenden Schritte riss Hannah endgültig aus ihrer Trauer. Sie blinzelte mehrmals und folgte ihm in angemessenerem Tempo.

Mrs James wartete auf der hinteren Veranda und hatte einen großen Korb gebleichter Unterkleider bei sich. Sie drückte Danny den Korb in die Arme, sodass der Junge hinter der weißen Masse fast verschwand. „Bring das zu Tessa und leg noch ein bisschen Holz in den Ofen. Das Bügeleisen muss richtig heiß sein, wenn ich reinkomme."

„Ja, Ma." Danny taumelte unter dem Gewicht des Korbes, schaffte es jedoch ohne Unfall ins Haus.

Ungebeten tauchte ein Bild des elfjährigen Jericho vor Hannahs innerem Auge auf. Er war nur ein Jahr älter gewesen als Danny jetzt. Wie hatte er sich um seine kleine Schwester kümmern können?

„Danke, dass Sie gekommen sind." Louisa James Stimme fuhr in Hannahs Gedanken.

Hannah wandte sich der Frau zu und zwang sich zu einem Lächeln. „Natürlich."

„Ich … ähm … habe mich noch gar nicht angemessen für die Puppen bedankt, die Sie für meine Töchter gemacht haben. Sie tragen sie überall mit sich herum."

Hannahs Herz erwärmte sich bei dem Gedanken daran, dass sie die Mädchen glücklich gemacht hatte. Für sie war sie schon mal kein Stolperstein gewesen. „Ich bin froh, dass sie Freude daran haben. Es ist lange her, dass ich etwas anderes als Kleider genäht habe. Es war eine schöne Abwechslung."

„Also, ich wollte Ihnen auch danken, dass Sie Tessa geholfen haben." Louisa sah Hannah unverwandt in die Augen. „Sie hat mir von dem Knopf erzählt."

„Ach ja. Wir haben lange nach dem perfekten Knopf gesucht. Hat der Kunde sich beschwert?"

„Nein und das war das erste Mal." Louisa lächelte glücklich. Hannah beobachtete, wie das Lächeln einen Hauch von Jugend in das abgearbeitete Gesicht zurückbrachte.

„Ich war froh, dass ich helfen konnte", versicherte Hannah. „Tessa ist ein wunderbares Mädchen und kann schon sehr gut mit der Nadel umgehen."

Das kleine Lächeln verschwand wieder aus Louisas Gesicht. Sie rieb sich ihre Stirn mit der Rückseite der Hand und sah zu Boden.

„Deshalb wollte ich mit Ihnen reden. Tessa hat mir erzählt, dass Sie angeboten haben ihr zu zeigen, wie man auch andere Sachen näht, nicht nur Knöpfe." Louisa trat von einem Fuß auf den anderen. „Ich habe ihr gesagt, dass Sie das vielleicht nur gesagt haben, um höflich zu sein, und dass Sie bestimmt zu beschäftigt wären, um sie zu unterrichten. Aber sie redet immer wieder davon und lässt sich nicht abbringen. Sie will irgendwann zu Ihnen kommen."

Hannah verstand die versteckte Andeutung hinter Louisas Worten und hatte Mitleid mit der stolzen Frau, die es nicht über sich brachte, direkt zu fragen. „Das war ein ernst gemeintes Angebot, Louisa. Ich wäre froh, Tessa unterrichten zu können, wenn Sie auf sie verzichten können."

Die Frau biss die Zähne zusammen und senkte den Kopf. „Ich will nicht, dass meine Töchter wie ich enden", sagte sie leise. „Sie müssen etwas lernen, damit sie ihren eigenen Weg gehen, notfalls auch ohne Mann. Ich habe getan, was ich musste, und ich sehe keine Schande in harter Arbeit, aber sie verdienen etwas Besseres als raue Hände … und einen Rücken, der nie mehr aufhört zu schmerzen."

Eine Träne trat in Hannahs Augen. Schnell blinzelte sie sie zurück, als Louisa zitternd einatmete.

„Ich kann es mir nicht leisten, Ihnen viel für die Stunden zu bezahlen", fuhr sie fort, „aber ich könnte für Sie waschen und Tessa könnte Ihren Laden sauber halten. Sie kann gut mit einem Besen umgehen."

Hannah hatte nicht den Mut zuzugeben, dass es in ihrem Geschäft noch nichts zu reinigen gab. Ohne Kunden musste man höchstens alle paar Tage Staub wischen. Trotzdem brachte sie das Angebot auf eine Idee. Eine, die weniger mit Wohltätigkeit zu tun hatte als vielmehr damit, das Geschäft am Leben zu erhalten.

„Louisa, es gibt etwas, das ich dringender brauche, als dass mir jemand die Wäsche macht. Ich würde die Nähstunden gerne dagegen eintauschen."

Hoffnung flackerte in Louisas Augen auf. „Was ist es?"

Hannah lächelte. „Werbung."

„Werbung?" Louisa fuchtelte mit der Hand in der Luft herum, um Hannah das Offensichtliche zu verdeutlichen. „Ich bin von Sonnenaufgang bis Sonnenuntergang mit Waschen beschäftigt. Ich finde kaum die Zeit, zum Laden zu gehen und das Nötigste einzukaufen. Da kann ich doch nicht in der Stadt –"

„Das meinte ich auch gar nicht." Hannah berührte Louisas Arm, bevor sie einen Schritt zurücktrat. „Cordelia Tucker und ich sind schon in der Stadt unterwegs gewesen und haben die Brottücher verteilt und seitdem hatte ich auch ein paar Besucher in meinem Geschäft. Aber ich brauche etwas anderes, um wirklich ihr Interesse an meinen Kleidern zu wecken. Bis jetzt hatte ich keine gute Idee, aber vielleicht sollte ich mich erst einmal mehr auf das Reparieren und Ändern von Kleidungsstücken beschränken. Damit die Menschen hier mich kennenlernen, wie Sie gesagt haben."

Louisas Augen verengten sich. „Und wie kann ich da helfen?"

Hannah lächelte, als neuer Mut in ihr aufstieg. „Wenn Sie ein Hemd haben, das kaputt ist, oder ein Kleid, dessen Saum zerrissen ist, erzählen Sie Ihren Kunden, dass die Schneiderin gegenüber die Sachen für einen guten Preis ausbessert. Ich ändere auch alte Kleider so ab, dass sie wieder passen. Dann können die Frauen ihre Kleider wieder tragen, ohne Geld für ein neues ausgeben zu müssen."

Hannah legte die Hand auf den Arm ihrer Nachbarin. „Um offen zu sprechen", murmelte sie leise, „kann ich alle Kunden brauchen, die Sie mir schicken können."

Louisa tätschelte Hannahs Hand und nickte verständnisvoll. „Ich hatte mich schon gefragt, wie es Ihnen ergeht. Sie können sich auf meine Hilfe verlassen."

„Vielen Dank." Hannah nickte erleichtert. Es war eindeutig wahr, dass Gott die Bedürfnisse seiner Kinder kannte, bevor sie sie äußerten, denn sie hatte noch nicht einmal ihr Gebet zu Ende geführt, als er sie schon mit seiner Antwort unterbrochen hatte. Anstatt ihr Geschäft zu schließen, hatte er sie auf die Idee gebracht, dass sie wie Dorkas und

Lydia sein musste. Genau das hatte ihr in dem Gespräch mit Louisa geholfen und sie gleichzeitig ihrer Nachbarin nähergebracht.

Mit leichten Schritten eilte Hannah zurück nach Hause. Als sie die Stufen zu ihrem Zimmer erreicht hatte, warf sie einen Blick in Richtung des Mietstalles auf der anderen Straßenseite. Eine Erinnerung daran, dass der Weg, den sie vor sich hatte, immer noch voller Hindernisse war.

Wenn der Herr Jericho Tucker doch nur davon überzeugen würde, dass sie nicht auf dem falschen Weg war, der die Stadt unweigerlich ins Unglück stürzen würde.

Kapitel 16

J. T. stand im Stall und striegelte das Fell seines besten Pferdes. Zwei Wochen war es nun her, dass er mit dem armen Tier aus der Stadt geprescht war wie ein Gesetzloser auf der Flucht. Zwei Wochen, in denen er kein einziges Wort mit Miss Richards gewechselt hatte.

Nicht nur, dass er an diesem Tag die Gefühle seiner Nachbarin verletzt hatte, sondern er hatte auch sein Pferd verletzt. Weil J.T. das Pferd immer weiter angetrieben hatte, hatte das Tier fast sein Letztes gegeben. Der harte Ritt über die hügeligen Ebenen hatte seinen Preis gefordert, denn sein Lieblingspferd hatte einen geschwollenen Knöchel davongetragen und war in den letzten Wochen im Stall geblieben. Dadurch wurde J.T.s Schuld noch größer. Unbeherrscht die Gefühle einer Frau zu verletzen, war schlimm genug. Immerhin konnte er sich einreden, dass er versucht hatte, ihr die Augen zu öffnen. Aber sein Pferd? Er hatte es für etwas bestraft, für das das arme Tier nicht das Geringste konnte. Pferde waren sein Lebensunterhalt. Er hätte es eigentlich besser wissen müssen.

Die Behandlung mit kalten Kompressen und Bandagen schien jedoch angeschlagen zu haben, denn J.T. spürte keine Schwellung und auch keine heißen Stellen mehr. Erleichtert führte er das Pferd in den Pferch und hob sein Gesicht in Richtung Himmel. Ein kalter Sprühregen ging auf ihn nieder. Wie passend.

Die Sache mit seinem Pferd hatte er wieder in Ordnung gebracht, aber mit Miss Richards alles richtigzustellen, war etwas völlig anderes. Er war nicht einmal sicher, ob er es überhaupt versuchen sollte. Was konnte er schon tun? Er würde nichts von dem zurücknehmen, was er gesagt hatte, denn er stand zu seiner Meinung. Er bedauerte nur, dass er sie verletzt hatte.

Da er nicht wusste, wie er sich verhalten sollte, hatte er den einfachsten Weg gewählt. Er hatte sie gemieden.

Zuerst hatte er gehofft, dass ihr Streit dafür sorgen würde, dass Miss Richards sich nicht mehr mit Delia traf. Aber das war leider nicht der

Fall gewesen. Er hatte kaum Zeit gehabt, sich hinter dem Hühnerstall zu verstecken, als Miss Richards am nächsten Morgen gekommen war, um Delia zum „Frühsport" abzuholen, wie sie es nannten. Seitdem war er jeden Morgen eine halbe Stunde früher aufgestanden als sonst. So konnte er sichergehen, dass er im Stall war, wenn Miss Richards in seinem Haus erschien.

Er musste sie ja immer noch im Auge behalten. Schließlich musste er an Delia denken. Und dank Dannys Geplauder war es ein Leichtes, fast jeden von Miss Richards Schritten zu verfolgen. Dem Jungen zufolge hatte sie angefangen, Tessa Nähunterricht zu geben. Zuerst hatte J.T. sich über dieses Arrangement geärgert. Das Letzte, was Coventry brauchte, war eine weitere Schneiderin. Aber dann war ihm klar geworden, dass das Mädchen etwas lernen musste, wenn sie eines Tages eine Familie ernähren müsste wie ihre Mutter und so schwer es ihm fiel, das zuzugeben, musste er doch eingestehen, dass Miss Richards mit der Nadel umgehen konnte. Da Louisa keine Zeit hatte, ihrer Tochter Nähen beizubringen, war Miss Richards die nächste Wahl.

Immer wenn Danny nun kam, um die Ställe auszumisten, verwickelte J.T. ihn in ein Gespräch. So hatte er alle möglichen Dinge über die Schneiderin erfahren. Zum Beispiel, dass der wundersame Trank, den sie und Ezra Culpepper jeden Morgen zu sich nahmen, nichts anderes als Kakao war. Anscheinend konnte sie davon gar nicht genug bekommen. Dann war da noch die Tatsache, dass sie immer noch keine Stühle zu haben schien. Allerdings hatte sie mittlerweile ein neues Schild an ihrem Laden. Wenn Danny nicht übertrieben hatte, war Miss Richards tatsächlich aus dem oberen Fenster ihres Hauses geklettert, um das Schild zu halten, während der Schmied es anbrachte. Wie leichtsinnig und gefährlich! Wusste sie nicht, dass sie sich ihren hübschen Hals brechen konnte, wenn sie dort hinunterfiel? Er wollte zwar nicht, dass sie in dieser Stadt ihrem Geschäft nachging, aber dass sie starb, wollte er auch nicht.

Durch seine eigenen Beobachtungen und das, was er von Danny und Delia erfuhr, war er aus Miss Richards immer noch nicht schlau geworden. Sie entwarf Kleider für Reiche, während sie zur gleichen Zeit die Tochter einer armen Wäscherin unterrichtete. Sie hatte sogar eine Möglichkeit gefunden, Louisas Stolz zu umgehen. Vor zwei Tagen waren Tessa und Molly mit neuen Kleidern in der Kirche erschienen, die sehr interessant gefertigt waren. Sie waren aus verschiedenen Stoffstücken zusammengesetzt und erinnerten an einen Quilt. Tessa erzählte jedem, der es hören wollte, dass sie das Kleid selber gemacht hatte und dass sie es bei Miss Richards gelernt hatte. J.T. war klar, dass Tessas Fuß vielleicht das Pedal bedient hatte, doch dass die kundigen Hände der Schneiderin den Stoff durch die Nähmaschine geführt hatten.

J.T. stampfte fest auf, um den Dreck von seinen Stiefeln zu klopfen, bevor er in sein Büro ging. Wenn man nach ihrem Beruf urteilte, hätte Miss Richards eine eingebildete, oberflächliche Frau sein müssen, was wiederum dazu geführt hätte, dass er sie problemlos verabscheuen könnte. Doch leider war sie alles andere als das. Sie arbeitete hart und war mitfühlend. Er wusste nicht, was er damit anfangen sollte. Vor allem, da sie allen Ernstes daran interessiert schien, ihr Geschäft auf die Beine zu stellen. Eine Frau mit echtem, tiefem Glauben würde andere niemals wissentlich der Versuchung aussetzen. Zu was machte sie das also? Zu einer Sünderin oder einer Heiligen?

Ein Schatten fiel auf seinen Schreibtisch. „Guten Morgen, J.T."

Tom winkte, für diese frühe Uhrzeit viel zu fröhlich. Und sein strahlendes Grinsen ließ J.T. mit den Zähnen knirschen.

„Ich habe Miss Richards und Cordelia gesehen, wie sie wieder mit diesen lustigen Geräten geübt haben. Meinst du, Miss Richards lässt sie mich auch mal ausprobieren, wenn ich sie frage?"

J.T. fuhr sich mit einer Hand über das Gesicht. „Ich weiß nicht, Tom. Ich rede nicht viel mit Miss Richards."

„Warum nicht? Sie ist nett."

J.T. unterdrückte ein Grummeln, stand auf und klopfte Tom auf die Schulter, als er an ihm vorbeiging. Er musste dem einfachen Weltbild des Jungen entkommen. Für Tom war etwas entweder Spaß oder Arbeit. Die Menschen waren für ihn nett oder böse. Er sah nicht tiefer, machte sich keine Gedanken über Motive und Hintergründe.

Ein fröhliches Funkeln trat in Toms Augen. „Hatten wir uns nicht vorgenommen, ein wenig auf sie Acht zu geben, weil sie noch keinen Mann hat? Ist das nicht ein bisschen schwierig, wenn du nicht mit ihr redest?"

J.T. zog seinen Hut über die Augen, als er zur Tür ging und wünschte sich, er könnte die Worte des Jungen ignorieren. „Miss Richards kann auf sich selbst aufpassen. Sie kommt ganz gut ohne uns zurecht. Sie ist tüchtig." Und gutherzig. *Und feurig. Und wunderschön – und eine*

Schneiderin. Warum musste sie Schneiderin sein? J.T. steckte sich einen Zahnstocher in den Mund und kaute darauf herum, bis sein Kiefer schmerzte.

„Mach dir keine Sorgen um sie, Junge. Ich behalte sie im Auge, auch wenn ich nicht immer mit ihr rede. Sie kommt gut zurecht.“

Kam sie das wirklich? Alles, was er wusste, war, dass sie jeden Tag ihr Geschäft aufsperrte. Und dass sie mit Delia spazieren ging. Doch was genau hatte es mit diesen *Geräten* auf sich, von denen Tom geredet hatte? Vielleicht war es an der Zeit, den Kontakt mit Miss Richards wieder aufzunehmen. Immerhin konnte man etwas nur verstehen, wenn man es studierte, und diese Frau wollte er unbedingt verstehen.

„Die Pferde sind im Pferch“, rief er Tom zu, als er über die Straße ging. „Fang an, die Ställe auszumisten. Ich bin gleich wieder da.“ Er ging um die Ecke und steuerte auf sein Haus zu.

J.T. fand Miss Richards zusammen mit seiner Schwester unter der großen Eiche hinter dem Haus. Der leichte Niederschlag klebte die Haare der Frauen an ihre Köpfe, doch sie schienen sich nicht darum zu kümmern. Ihre Wangen waren rosig vom Aufenthalt an der frischen Luft. Sie sahen frisch und gesund aus. Widerwillig musste er zugeben, dass er Delia seit ihrer Schulzeit nicht mehr so ausgelassen gesehen hatte.

„Du machst das großartig, Cordelia. Noch zehn Mal. Du schaffst das.“

Miss Richards hielt dicke Keulen in der Hand. Dann hob sie den rechten Arm und streckte die Keule senkrecht in die Luft. Den linken streckte sie waagerecht von sich. Nachdem sie diese Position kurz gehalten hatte, wechselte sie die Seiten. Ihre Arme waren gestreckt und schienen keine Mühe zu haben, die Keulen zu halten. Delias Arme waren in den Ellbogen ein bisschen gebogen und ihr Atem ging schwer. Doch seine Schwester gab nicht auf. Obwohl die beiden Frauen ein bisschen lächerlich aussahen, erfüllte J.T. ein gewisser Stolz.

„Gut. Jetzt lass die Keulen sinken und schwing die Arme hin und her.“

Delia seufzte. „Meine Arme brennen aber.“

Miss Richards ließ sich nicht verunsichern. „Das ist gut. Dann arbeiten deine Muskeln. Wir machen das noch zehn Mal und legen dann eine kleine Pause ein.“

„Gut.“

Jetzt streckten die Frauen ihre Arme nicht mehr zur Seite und nach oben, sondern zur Seite und nach vorne. Dann begannen wieder die Seitenwechsel. Sie sahen aus wie Eisenbahner, die einen Zug anhielten.

„... Sieben ... acht ... neun ... zehn. Du hast es geschafft!", rief Miss Richards aus. „Mach eine Minute Pause und nimm dir dann die Ringe."

Delia taumelte auf die Veranda und ließ sich in den Schaukelstuhl fallen. Ihre Arme hingen seitlich schlaff herab und berührten fast den Boden. J.T. musste sich ein Grinsen verkneifen. Das Mädchen war völlig fertig. Miss Richards hingegen sah frisch wie ein junges Fohlen aus. Während Delia sich ausruhte, machte sie mit einer komplizierteren Übung weiter. Das einfache, blaue Kleid, durch den Regen feucht geworden, schmiegte sich eng an ihren Körper, als sie sich streckte. J.T. versuchte zu schlucken, doch sein Mund war zu trocken.

Obwohl er seinen Blick nur schwer von ihr lösen konnte, versuchte er sich, auf etwas anderes zu konzentrieren. Das Wetter.

„Ist es nicht ein bisschen ungemütlich, diese Übungen hier draußen zu machen?" Seine Worte kamen ein wenig unfreundlicher hervor, als er das eigentlich geplant hatte. Miss Richards stieß einen erschrockenen Schrei aus, der ihn an die Situation mit der gebrochenen Treppenstufe erinnerte.

Solche Erinnerungen konnte er jetzt wirklich nicht gebrauchen.

Er hatte schon jetzt genug damit zu tun, seinen Verstand von unangemessenen Gedanken zu reinigen. Da wollte er nicht auch noch an das angenehme Gefühl ihres Körpers in seinen Armen denken.

„Du liebe Zeit, J.T.! Du hast mich fast zu Tode erschreckt", sagte Delia, die aufgesprungen war. „Was machst du hier? Du kommst sonst nie vor dem Mittagessen nach Hause."

„Ich wollte mir selbst ein Bild davon machen, welchen geheimen Aktivitäten ihr jeden Morgen nachgeht." J.T. warf seiner Schwester einen schnellen Blick zu, bevor er zu Miss Richards ging. „Wenn ich gewusst hätte, dass Sie sich einem Zirkus anschließen wollen, Miss Richards, hätte ich P. T. Barnum telegrafieren lassen."

„Einem Zirkus?" Sie presste die Lippen zu einer schmalen Linie zusammen und schwang die Keulen in seine Richtung.

J.T. ging ein paar Schritte zurück. Vielleicht hätte er sie nicht reizen sollen, solange sie bewaffnet war.

„Ich möchte, dass Sie wissen, dass die Übungen, die ich hier mache, wissenschaftlich geprüft und für wirksam befunden wurden. Dr. Dio Lewis und Simon Kehoe haben Bücher darüber veröffentlicht. Der Sport stärkt Kraft und Ausdauer."

Diese schreckliche Frau warf einen zweifelnden Blick auf seine Brust, als hätte auch er Grund, seine Kraft und Ausdauer zu stärken. *Er*. Kein eingebildeter Schnösel aus New York oder sonst wo konnte es mit ihm aufnehmen, wenn es um harte Arbeit ging. Darauf konnte sich Miss Richards verlassen.

„Sie sollten also nicht etwas kritisieren, von dem Sie so gar keine Ahnung haben … Jericho."

Er schnappte erschrocken nach Luft und kniff die Augen zusammen. Seit Jahren hatte es niemand mehr gewagt, ihn so zu nennen. Nicht, seit seine Mutter weggegangen war. Der Gürtel seines Vaters hatte dafür gesorgt, dass er sich nicht mehr beschwerte, wenn seine Mutter ihn bei diesem Namen genannt hatte. Keiner seiner Freunde hatte ihn jemals so genannt. Welcher Junge wollte schon nach einer Stadt benannt sein, die zusammengebrochen war, weil ein paar Nomaden darum herumgezogen waren? Nicht gerade ein Symbol von Tapferkeit und Stärke.

Aber *sie* hatte es gemocht. Doch da sie ihn aus ihrem Leben verbannt hatte, hatte er auch seinen Namen verbannt.

J.T. knirschte mit den Zähnen. Es gab nur eine Person, die es wagen würde, dieser Frau seinen Vornamen zu verraten, und die stand nun kichernd hinter ihm auf der Veranda. Entschlossen, seine Schwester erst einmal zu ignorieren, wandte er sich wieder der Frau zu, der die Kampfeslust in die Augen geschrieben stand. Das konnte J.T. nicht übersehen. Sein Stolz konnte es nicht.

Mit finsterem Blick ging er auf die Frau zu. „Mein Name ist J.T."

„Nein", sagte sie und hob den Zeigefinger, als enthüllte sie gerade ein großes Geheimnis. „Das sind nur Ihre Initialen. Ihr *Name* ist Jericho."

J.T. beugte und streckte seine Finger, damit sie sich nicht zu Fäusten ballten. Das war nur eine Frau. Eine Schneiderin.

„Versuchen Sie etwa, mich zu ärgern?" Seine Stimme grollte und warnte sie, dass sie auf einem schmalen Grat wandelte.

Ein unschuldiges Lächeln überzog ihr Gesicht. „Also … ja. Ja, das tue ich. Funktioniert es denn?"

Kapitel 17

Hannah musste darum kämpfen, ihren Gesichtsausdruck möglichst gleichgültig beizubehalten. Der fassungslose Blick, den Jericho ihr zuwarf, ließ sie beinahe in schallendes Gelächter ausbrechen. Er stand da wie erstarrt ... und blinzelte dann fünf Mal. Hannah zählte mit.

Dann verzogen sich seine Lippen. Ein Lächeln? Sicher nicht. Er verbarg schnell den unteren Teil seines Gesichtes hinter einer Hand und tat so, als würde er sein Kinn reiben, aber Hannah war sicher, dass er etwas zu verstecken versuchte. Vielleicht hatte sie es endlich geschafft, eine Lücke in diese Mauer der unerschütterlichen Arroganz zu reißen, die er als Schutzschild benutzte. Das konnte sie nur hoffen.

„Wollen Sie es selbst mal ausprobieren?" Hannah streckte ihm ihre Keulen entgegen. „Geben Sie mir eine halbe Stunde und ich bin mir sicher, dass Sie dann Ihre Meinung über den Nutzen dieser Geräte ändern werden."

„Also gut." Er krempelte seine Ärmel hoch bis über die Ellbogen und entblößte dabei sehr muskulöse Unterarme. Dann nahm er die Keulen von ihr entgegen. Mit weit ausgestreckten Armen beugte er sich leicht nach hinten, sodass sich sein Hemd über der Brust spannte.

Plötzlich wirkte der Mann, der als leuchtendes Vorbild in Mr Kehoes Buch abgebildet war, alles andere als beeindruckend.

Jericho turnte weiter. Hannah beobachtete ihn dabei, bis sich ihre Augen trafen. Sein Gesichtsausdruck sagte ihr, dass er sehr wohl bemerkt hatte, dass sie seine Muskeln bewunderte. Schnell wandte sie ihre Aufmerksamkeit ab und bückte sich nach Cordelias Keulen.

„Normalerweise benutzen Männer längere und schwerere Keulen", erklärte Hannah und versuchte, ihre Verlegenheit zu überspielen, „aber Sie müssen mit meinen vorliebnehmen. Ich mache Ihnen die Übungen vor."

Hannah zeigte ihm, wie die Geräte richtig angefasst werden mussten. „Also, damit die Übungen einen Nutzen für Sie haben, müssen Sie sich dabei auch wirklich anstrengen. Lassen Sie Ihre Arme gerade und fast durchgestreckt, die Bewegungen müssen langsam, aber kraftvoll ausgeführt werden."

„Ich gebe mein Bestes … Hannah."

Ein unerwartetes Kribbeln durchfuhr sie, als ihr Vorname über seine Lippen kam. Nur der leichte Spott in seinem Tonfall versetzte ihr einen kleinen Stich. Aber sie hatte ihn ja selbst herausgefordert. Was sie jetzt tun musste, war, ihn vom Gegenteil zu überzeugen – wenn er merkte, dass er ihren Sportübungen unrecht tat, konnte er vielleicht auch zugeben, dass seine Ablehnung ihres Berufes übertrieben war.

„Also gut, Jericho, folgen Sie meinem Beispiel."

Bei der Erwähnung seines Vornamens machte er ein finsteres Gesicht, was Hannah dazu reizte, ihn so oft wie möglich zu benutzen. Sie war lange genug auf Zehenspitzen um ihn herumgeschlichen. Er lächelte sowieso nie, zumindest nicht in ihrer Gegenwart, also war es sinnlos, ihm Honig um den Mund zu schmieren, indem sie ihn höflich behandelte. Vielleicht war er einer dieser fehlgeleiteten Menschen, die eher Essig denn Honig bevorzugten. Sollte sich doch jemand anderes an ihm die Zähne ausbeißen. Sie würde einen anderen Weg wählen. Jericho Tucker stand ihrem Wunsch im Weg, in der Stadt ein neues Zuhause zu finden. Wenn es sein musste, würde sie sich ihren Weg an ihm vorbeikämpfen. Und damit fing sie jetzt und hier an.

Hannah schwang ihre Keulen in die erste Position und übersprang damit die Anfängerübungen, die sie mit Cordelia gemacht hatte. Jericho brauchte eine größere Herausforderung. Er würde erwarten, dass es zu einfach für ihn war. Am Anfang würde es ihm auch so vorkommen, aber sie plante, die Anzahl der Wiederholungen zu verdoppeln und die Schwierigkeit der Übungen zu erhöhen, ohne ihm die Pausen zu gestatten, die sie Cordelia zugestanden hatte. Es war ihr egal, dass sie ihr tägliches Pensum eigentlich schon absolviert hatte. Sie würde trotzdem länger durchhalten als er. Ihre Muskeln waren diese spezielle Art der Bewegung gewöhnt; seine nicht. Sein entschlossener Gesichtsausdruck sagte ihr, dass er nicht aufgeben würde, aber wenn sie ihn auch nur ein bisschen zum Schwitzen bringen könnte, würde sie das schon als Erfolg werten.

Nachdem sie die ersten Übungen hinter sich gebracht hatten, machte Hannah mit Kraftübungen und Kreisbewegungen weiter. Jericho hielt mühelos mit. Der Kerl atmete nicht einmal schwerer.

Ihre Arme fingen langsam an zu zittern. Sie konzentrierte sich auf die Bewegung ihrer Ellbogen, um es zu verstecken. Sie würde ihn nicht gewinnen lassen.

„Die nächste Bewegung ist kompliziert", erklärte Hannah vorsichtig, damit ihm ihr leicht unregelmäßiger Atem nicht auffiel. „Meinen Sie, Sie schaffen das?"

„Ich schaffe alles, was Sie mir entgegenwerfen, Schätzchen." Er blickte sie finster an.

Hannah starrte böse zurück. Er würde sie mit seiner Großspurigkeit und seinen vorgetäuschten Koseworten nicht verwirren.

„Sie werden die Übung mögen, Jericho", sagte sie. „Sie heißt Schwertkampf. Sehr männlich."

„Hören Sie auf, mich so zu nennen."

Hannah konnte sich ein Grinsen nicht verkneifen. „Was … männlich?"

Sein Blick wurde noch finsterer.

„Ach, Sie meinen Jericho." Sie schüttelte den Kopf. „Nein, ich glaube nicht. Mir gefällt dieser Name außerordentlich. Jericho – eine ganze Stadt, die so von sich selbst und ihrer Kraft überzeugt war, dass sie die Möglichkeit gar nicht in Betracht gezogen hat, dass andere mit Methoden gewinnen könnten, die ihr dumm und närrisch erschienen. Passt doch sehr gut zu Ihnen."

Bevor er etwas erwidern konnte, fing sie mit der nächsten Übung an. Man brauchte Konzentration und ein bewegliches Handgelenk, um die Keulen erst herumzuwirbeln und sie dann in einer weiten Bewegung der Arme in einem großen Kreis zu schwingen. Jericho schien mit der exakten Ausführung dieser Übung seine Schwierigkeiten zu haben, was Hannah innerlich jubeln ließ.

„Jetzt ist eine halbe Stunde um", rief Cordelia von ihrem Platz auf der Veranda aus. „Warum macht ihr nicht noch die Übung mit den Ringen?"

Hannah zuckte zusammen. Sie war so mit Jericho beschäftigt gewesen, dass sie Cordelia völlig vergessen hatte. Ihre Freundin schien allerdings nicht sehr traurig darüber zu sein. Sie hatte es sich in ihrem Stuhl bequem gemacht, als hätte sie einen Logenplatz im Theater.

„Dein Bruder hat aber nur der halben Stunde zugestimmt", rief Hannah zurück, als sie die Arme sinken ließ. „Ich möchte nicht daran schuld sein, wenn er nachher zu erschöpft ist, um seine Pflichten im Stall zu verrichten."

„Das schaffen Sie sowieso nicht", brummte Jericho.

Hannah war sich nicht sicher, ob es gut wäre, zusammen mit Jericho an den Ringen zu arbeiten. Die meisten dieser Übungen erforderten, dass man gleichzeitig die Geräte ergriff, was oft einen engen Körperkontakt zur Folge hatte. Diesem Mann nahe zu sein, brachte ihre Gedanken durcheinander. Dabei brauchte sie ihre ganze Konzentration, um ihn erfolgreich zu schlagen.

„Ich verlange nicht von Ihnen, mit mir an den Ringen zu arbeiten", sagte sie und räumte ihre Keulen in die Materialkiste, die sie unter den Baum gestellt hatte. „Sie haben schon genug Ihrer Zeit geopfert. Aber Sie werden doch bestimmt zugeben, dass es sich bei diesen Geräten um mehr als Spielzeug handelt."

Er trat dicht hinter sie und ließ seine eigenen Keulen in die Kiste fallen. Roch sie da etwa ein klein wenig Schweiß? Triumph wallte in ihr auf. Dann stieß sein Arm gegen den ihren. Das Siegesgefühl verschwand und machte einer Gänsehaut Platz. Seine Nähe ließ ihren Körper erschauern. Hannah wandte sich ab und hoffte, dass das verräterische Zittern ihres Körpers nicht weiter auffiel, doch ihr Puls ließ sich nicht so schnell unter Kontrolle bringen.

„Ich bin von Ihren Methoden noch nicht ganz überzeugt", sagte Jericho, der noch immer viel zu dicht hinter ihr stand. „Ich probiere diese Sache mit den Ringen gerne aus. Natürlich nur, um sicherzugehen, dass sie Cordelia nicht schaden können."

„Natürlich schaden sie nicht", fauchte Hannah. „Sogar Kinder benutzen sie." Sie versuchte, von ihm wegzutreten, doch der stechende Blick seiner Augen schien sie zu lähmen.

„Haben Sie Angst, dass Ihre verrückten Geräte sich als unbrauchbar erweisen?"

„Nein." Wovor sie Angst hatte, war, dass Jerichos Nähe *sie* unbrauchbar machen würde. Aber sie war noch nie vor einer Herausforderung zurückgeschreckt, also ignorierte sie ihren viel zu hohen Puls und sah Jericho direkt in die Augen. „Also gut, dann zeige ich Ihnen jetzt die Ringe."

Er nickte und trat einen Schritt zurück, sodass sie endlich wieder aufatmen konnte. Sie kramte in der Kiste und zog zwei Kirschholzringe hervor.

„Das sind die Ringe?", spottete Jericho. „Die sind ja nicht größer als sechs Zoll. Was wollen Sie damit machen? Hufeisenwerfen?"

Hannah erdolchte ihn förmlich mit ihrem Blick. „Ich bevorzuge es, damit wichtigtuerischen Stallbesitzern den Schädel einzuschlagen. Also, soll ich Ihnen die Technik zeigen?"

Er hob kapitulierend seine Hände und murmelte eine halbherzige Entschuldigung. Obwohl seine Lippen sich dieses Mal nicht verzogen, bildeten sich um seine Augen kleine Fältchen. Wenn sie jetzt noch ein Lächeln erreichen könnte, würde er wunderbar aussehen. Schnell verdrängte Hannah diesen irritierenden Gedanken und streckte ihm ihre Arme entgegen.

„Ergreifen Sie die Ringe."

Seine großen Hände umfassten so viel von den Ringen, dass ihre Hände sich fast berührten. Die Hitze, die Hannah in diesem Moment durchströmte, hatte absolut nichts mit der Anstrengung zu tun.

„Die Ringe sind eigentlich dafür da, dass zwei Partner gleicher Größe und Körperkraft daran trainieren." Sie hob ihr Kinn, um ihm wieder in die Augen zu blicken. „Da Sie sowohl größer als auch stärker sind als ich, werden Sie von der Übung nicht so sehr profitieren, aber ich hoffe, dass ich Ihnen die Theorie trotzdem nahebringen kann."

„Wir werden sehen."

Hannahs Wut flackerte wieder auf, als ihr Sportgeist erwachte.

„Passen Sie sich meiner Kraft an und halten Sie mit, wenn Sie können … Jericho."

Sie begannen mit einer Reihe von Zug- und Drückübungen, die an eine Pumpe erinnerten. Ihre linken Beine standen dicht beieinander, während die rechten ihnen von hinten Halt boten. Zuerst bot er ihr nur wenig Widerstand, als sie seine Arme nach vorne und hinten bewegte, doch nach einer Weile passte er sich an, sodass sie sich mehr anstrengen musste.

Als Nächstes stellten sie sich mit über die Köpfe gestreckten Armen Rücken an Rücken. Ihr Rock streifte mehrmals seine Beine. Er ließ sich nicht anmerken, dass er es bemerkte, also tat auch sie so, als mache es ihr nichts aus.

„Sie sollten jetzt ein leichtes Ziehen außen in Ihren Armen spüren", sagte sie. „Diese Übung ist wunderbar zum Dehnen geeignet."

Jericho ächzte als Antwort.

Danach machten sie eine ähnliche Übung, nur dass sie sich dieses Mal gegenüberstanden. Hannah lehnte sich weit zurück, um nicht gegen Jerichos Brust zu stoßen. Trotzdem war sie nur wenige Zentimeter von dem Mann entfernt, der ihren Herzschlag Polka tanzen ließ und dafür sorgte, dass ihr Verstand nicht mehr richtig funktionierte.

Was wahrscheinlich auch der Grund dafür war, dass sie sofort zur nächsten Übung überging, ohne über die Konsequenzen nachzudenken.

Ihre rechten Füße standen nebeneinander, während Hannah und Jericho sich gegenüberstanden. Dann lehnten sie sich so weit wie möglich zurück. Dabei erklärte Hannah, dass sie nun in einem weiteren Schritt die Arme weit auseinanderstrecken würden. Was sie nicht bedacht hatte, waren Jerichos lange Arme. Als guter Schüler streckte er ruckartig die Arme zur Seite, was dazu führte, dass Hannah in seine Richtung gezogen wurde. Seine Füße, die sich fest in den Boden stemmten, sorgten zwar dafür, dass sie nicht ins Taumeln gerieten, doch nichts konnte Hannah davor bewahren, so eng gegen Jerichos Brust gepresst zu werden, dass sie seinen Herzschlag spüren konnte. Für einen endlos erscheinenden Moment starrte er sie an. Überraschung und Wärme standen in seinen Augen. Langsam beugte sich sein Gesicht ihrem entgegen.

Endlich schien sein Verstand einzusetzen. Er ließ die Ringe los, umfasste Hannahs Taille und schob sie leicht zurück. Dann räusperte er sich verlegen.

„Ich denke, ich habe den Gedanken dieses Trainings verstanden." Er trat ein paar Schritte zurück. „Ich gehe jetzt lieber zurück an die Arbeit." Ohne ein weiteres Wort an Hannah wandte er sich um. „Delia, wir sehen uns zum Mittagessen."

Dann verschwand er mit großen Schritten um die Hausecke.

Hannah lehnte sich haltsuchend an den Baum, während sie ihm verwirrt hinterherstarrte. Nur ganz allmählich verließ sie das flaue Gefühl, das sich in ihrem Magen breitgemacht hatte. Was war das eben gewesen? Er hatte angefangen, sich in ihre Richtung zu beugen, und …

Allmählich wurde Hannah eine Sache klar: Sie wusste zwar nicht, ob sie Jericho mit ihren Übungen irgendetwas hatte deutlich machen können, doch ihr selbst war etwas deutlich geworden. Etwas Schreckliches. Etwas Katastrophales. Sie war drauf und dran, sich in einen Mann zu verlieben, der ihre Gefühle niemals erwidern würde.

Kapitel 18

J.T. nahm die Abkürzung durch den Pferch und den kleinen Garten hinter seinem Haus, als er zum Mittagessen ging. Als er an der großen Eiche vorbeikam, befühlte er seinen Arm. Er hasste es zuzugeben, aber diese seltsamen Übungen mit den Keulen hatten doch tatsächlich dafür gesorgt, dass sich ein Muskelkater anbahnte.

Und die Ringe? Er hätte Hannahs Angebot annehmen sollen, die Übungen vorher abzubrechen. Sie war ihm so nahe gewesen, dass er den Duft ihres Haares hatte wahrnehmen können. Ihre Augen hatten gestrahlt wie ein blauer Sommerhimmel. Und wenn sie sich bewegt hatte, hatte ihr Rock gegen seine Beine geschlagen, was ihn fast wahnsinnig gemacht hatte.

Und dann war sie gegen seine Brust gefallen. Das hatte das Feuer in ihm endgültig entflammt. Es hatte ihn eine ganze Wagenladung an Selbstbeherrschung gekostet, sie von sich zu schieben.

Den Rest des Vormittags hatte er damit verbracht, seine Fassung wiederzugewinnen und Gott darum zu bitten, dass er Hannahs Tricks widerstehen könnte. Doch tief in seinem Inneren wusste er, dass es keine Tricks waren. Hannah Richards mochte versuchen, ihre Kleider den Menschen in Coventry unterzuschieben, doch mit sich selbst würde sie das niemals tun. J.T. hatte gemerkt, dass sie während der Übungen immer wieder versucht hatte, eine gewisse Distanz zwischen sie zu bringen, was ein Ding der Unmöglichkeit gewesen war, wenn man bedachte, dass ihre Hände sich eigentlich die ganze Zeit über berührt hatten. Nein, sie war einfach eine hübsche, fehlgeleitete Frau, die an seinem Herzen zog und seinen Körper lockte. Mit Gottes Hilfe würde er widerstehen können. Das musste er. Er würde nicht den Fehler seines Vaters wiederholen.

Ohne dass er es wollte, wanderten J.T.s Gedanken zurück bis zu dem Tag, an dem sein Vater ihn beiseitegenommen hatte, um ihm zu eröffnen, dass die Frau, die sie beide liebten, sie für immer verlassen hatte. Mit abgezehrtem Gesicht und traurigen Augen hatte er seinem Sohn auf die Schulter geklopft.

„Tritt nicht in meine Fußstapfen, mein Sohn", hatte er ihn gewarnt. Das war alles gewesen, was er zu diesem Thema gesagt hatte, doch es war genug gewesen.

J.T. erinnerte sich an die Ausreden, die sein Vater immer wieder gefunden hatte, wenn seine Mutter sich in ihr Zimmer eingeschlossen hatte, um ihre Kleider anzuprobieren, und ihr Mann sich um seine schreiende kleine Tochter hatte kümmern müssen. Er hatte gesagt, dass Mutter nur neurotisch sei, als hätte das alles erklärt. Doch dann hatte er immer mehr seiner Aufgaben an seinen Sohn abgegeben, bis J.T. angefangen hatte, sich selbständig um alles zu kümmern.

Als sein Vater seine Mutter kennengelernt hatte, hatte er sich so von ihrem Äußeren blenden lassen, dass er über ihre charakterlichen Schwächen hinweggesehen hatte. Sie war vierzehn Jahre jünger als er gewesen. Vermutlich hatte sein Vater gehofft, sie würde sich ändern, wenn sie die verantwortungsvolle Aufgabe einer Mutter und Hausfrau übernehmen musste. Aber das war nicht der Fall gewesen. Ihre Bedürfnisse waren immer ausgefallener geworden. Nachdem sie zwei Kinder zur Welt gebracht hatte, hatte sie sich immer wieder über den Verlust ihrer guten Figur beklagt. Sie hatte nach teuren Kleidern verlangt, bis die Ersparnisse ihres Mannes aufgebraucht gewesen waren. Danach hatte sie ihm gedroht, ihn zu verlassen, wenn er nicht weiterhin ihren teuren Lebenswandel finanzieren würde. J.T. konnte sich nicht daran erinnern, dass sie jemals auf die Bedürfnisse anderer Rücksicht genommen hätte – nicht einmal für ihn oder Delia.

An dem Tag, als sie seinen Vater zu Grabe getragen hatten, hatte J.T. sich geschworen, dass er seinen Rat sehr ernst nehmen würde. Und genau das hatte er getan. Bis Hannah Richards in sein Leben getreten war. Irgendetwas an dieser Frau zerstörte seine innere Verteidigung. Er musste unbedingt herausfinden, was es war. Und zwar schleunigst.

Als er bei seinem Haus angekommen war, blieb er auf der Veranda stehen. Er verdrängte die Gedanken an seine Eltern und an Hannah, bevor er durch die Tür trat. Wie jeden Tag trat er in die Küche und stülpte seinen Hut über den Haken. „Was gibt's zu Mittag, Schwesterherz?"

„Gebratenes Hühnchen und Pastinaken, zum Nachtisch Apfelküchlein."

Delia öffnete den Ofen, aus dem ein köstlicher Duft schlug. J.T.s

Magen knurrte vor Vorfreude. Er wusch sich schnell die Hände und setzte sich auf seinen Platz am Küchentisch.

Er konzentrierte sich so sehr darauf, völlig normal zu wirken, dass er schon fast mit seinem Essen fertig war, bevor er bemerkte, dass seine Schwester ihn anstarrte.

„Was?"

Delia stützte ihr Kinn auf beide Hände. „Ich denke, sie ist die Richtige."

„Wer?"

„Du lächelst nicht. Komisch, dass es mir nicht schon vorher aufgefallen ist." Nachdem sie ihm diese Beobachtung mitgeteilt hatte, wandte sie ihre Aufmerksamkeit ihrem eigenen Teller zu, als hätte sie alles zu Genüge erklärt.

J.T. hatte keinen Zweifel daran, von wem seine Schwester sprach. Da er ein Gespräch in diese Richtung nicht unterstützen wollte, sagte er das Erstbeste, das ihm in den Sinn kam. „Der Graue ist schon wieder ganz in Ordnung."

Natürlich schaffte es die Erwähnung des Pferdes nicht im Mindesten, seine Gedanken von Hannah Richards abzulenken.

„Das ist schön." Delia biss herzhaft in ihr Hähnchen. Erst jetzt bemerkte J.T., dass ihre Portion viel kleiner war als sonst.

„Geht es dir gut?"

Sie nickte. „Ja."

Mit einem Schulterzucken zerteilte er seinen Nachtisch. Der Duft von Apfel und Zimt stieg ihm in die Nase. Er hob den Bissen in Richtung Mund, doch ein Blick auf seine grinsende Schwester ließ ihn innehalten.

„Was?"

„Du hast dich heute Morgen ja sehr ausführlich über unseren Sport bei Hannah informiert. Was hältst du von diesen Übungen?"

Statt des Kuchens schluckte er ein Grummeln hinunter und ließ die beladene Gabel wieder sinken. „Ich denke, dass ich in Spott und Schande die Stadt hätte verlassen müssen, wenn mich jemand dabei gesehen hätte. Wenn du und Miss Richards euch zum Gespött machen wollt, ist das eure Sache, aber erwarte nicht, dass ich jemals wieder eins dieser Dinger anfasse."

„Aber meinst du nicht auch, dass die Übungen helfen?"

Er wollte es nicht zugeben, deshalb grunzte er nur. Im Gegenzug lehnte seine Schwester sich schnell nach vorne, schnappte sich seine Gabel und schob sich den Bissen Kuchen in den Mund.

„He!" Er nahm ihr seine Gabel ab. „Iss deinen eigenen Kuchen."

Sie lächelte triumphierend. „Ich wollte nur einen Bissen. Den anderen Kuchen bringe ich gleich Mr Franklin."

„Du hast dir selbst gar keinen gemacht?" Das sah ihr gar nicht ähnlich. Delia liebte Süßes.

„Heute nicht." Sie stand auf, füllte seine Kaffeetasse nach, wobei J.T. sie genauer betrachtete. Ihr braunes Kleid hing lockerer um ihre Mitte als sonst. Sie hatte Gewicht verloren.

„Bist du sicher, dass du nicht krank bist?"

Delia stellte die Kaffeekanne zurück auf den Ofen und fing an, eine große Portion Essen für Ike in ihren Korb zu räumen. „Es geht mir gut, J.T."

Er hob seine Kaffeetasse an die Lippen und nippte an dem heißen Gebräu. „Vielleicht solltest du mit all diesen sportlichen Übungen ein bisschen kürzer treten. Du wirst dünn."

„Meinst du?" Sie sah bei seinen Worten tatsächlich zufrieden aus.

J.T. starrte sie finster an. „Wenn du dich schlecht fühlst, solltest du dich ausruhen und nicht noch mit körperlichen Übungen überanstrengen."

„Ehrlich gesagt, bin ich doch überhaupt nur zu Hannah gegangen, *weil* es mir schlecht ging. Doktor Lewis' Übungen helfen mir dabei, mich besser zu fühlen. So, wie sie Hannah während ihrer Krankheit geholfen haben." Delia räumte seinen Teller ins Spülbecken.

Eigentlich interessierte J.T. sich nicht dafür. Aber aus irgendeinem Grund konnte er sich nicht zurückhalten. „Sie war krank?"

„Ja, als Kind. Hannah hat mir erzählt, dass sie damals fast einmal ertrunken wäre. Daraus hat sich eine Lungenentzündung entwickelt, die ihre Lungen so stark geschwächt hat, dass die Ärzte davon ausgingen, dass sie den Rest ihres Lebens Invalide ist."

J.T. nahm einen Zahnstocher aus der Hosentasche und versuchte, sich Hannah als bettlägeriges, kleines Mädchen vorzustellen. Das passte so gar nicht zu der Frau, die er heute kannte. Ihm fiel es leichter, sie sich als Wildfang vorzustellen, der über die Wiesen sprang und Schmetterlingen hinterherjagte.

„Heute ist sie ganz offensichtlich kein Invalide."

Delia lachte und deckte den Essenskorb mit einer Serviette ab. „Nein, sicher nicht. Zum Glück ist ihre Mutter damals auf ein Buch von Doktor Lewis gestoßen, das den Zusammenhang zwischen frischer Luft, Bewegung und der Gesundheit der Lungen beschrieb. Sie fing an, die Übungen mit ihrer Tochter zu machen, bis es ihr immer besser ging. Hannah hat diese Gymnastik nie wieder aufgegeben."

„Ich muss rüber", murmelte J.T. Er wollte am liebsten fliehen, um der Unterhaltung über Hannah Richards zu entkommen. Das Letzte, was er brauchen konnte, war noch etwas, wofür er diese Frau bewundern musste. Viele Kinder wurden krank und genasen wieder. Das machte sie nicht zu etwas Besonderem.

„Auf dem Heimweg schaue ich bei Hannah vorbei." Delia grinste ihn frech an. Sie hielt den Korb umklammert, als müsste sie ihre Hände davon abhalten, fröhlich zu klatschen. „Wir wollen schon mal einen Stoff für mein Kleid aussuchen."

J.T. runzelte die Stirn. „Ich hatte gehofft, dass du diesen Quatsch wieder aufgegeben hättest."

„Es ist nur ein Kleid, J.T. Ich verwandle mich jetzt nicht in eine modeversessene Irre. Dafür hast du mich zu gut erzogen. Ich will zum Picknick am Gründungstag einfach nur ein hübsches Kleid tragen. Das ist alles."

Er verschränkte die Arme vor der Brust und baute sich breitbeinig vor ihr auf. „Langsam finde ich, dass du zu viel Zeit mit Miss Richards verbringst. Sie hat einen schlechten Einfluss auf dich."

Delia schnappte nach Luft und ließ fassungslos den Korb sinken. „Wie kannst du das nur sagen? Sie ist meine beste Freundin und hat nichts falsch gemacht. Sie ist freundlich und höflich zu allen hier. Sogar zu dir, obwohl du es am allerwenigsten verdient hast."

„Sie führt ein Geschäft voller Versuchungen", stellte J.T. klar und deutete mit dem Zeigefinger in Richtung des Streitobjektes auf der anderen Straßenseite. „Ihre Entwürfe dienen nicht nur dazu, Menschen vor Kälte zu schützen. Jedes einzelne dieser Kleider wurde gemacht, um die Blicke der Menschen auf die Frau zu lenken, die ein solches Kleid trägt. Das ist pure Eitelkeit. Es führt zu Hochmut. Und was ist mit denen, die sich diese teuren Kleider nicht leisten können? Sie werden anfangen, die zu hassen, die über ihnen stehen. Dieses Geschäft schürt nur die Zwietracht in unserer Stadt. "

„Und zu welcher Seite gehöre ich? Bin ich hochmütig oder hasserfüllt?"

J.T. biss fest auf seinen Zahnstocher. Delia hatte sich drohend vor ihm aufgebaut. Ihr Blick warnte ihn, seine Antwort zu überlegen.

„Ich kann mir dieses Kleid leisten. Von meinem eigenen Ersparten", sagte sie, „also gehöre ich wohl zu denen, die hochmütig sind. Willst du das wirklich über deine Schwester sagen?"

„Natürlich nicht. Bei dir ist das etwas anderes."

„Ach so. Bei mir ist das etwas anderes? Seltsam, eben hat es sich noch so angehört, als gäbe es für dich nur Schwarz oder Weiß."

„Delia …" Sie drehte ihm die Worte im Mund herum.

„Also gibst du zu, dass es für eine Frau wie mich in Ordnung ist, bei Hannah ein Kleid zu kaufen?"

„Ja", brachte er mühsam und widerwillig heraus, „aber sie sollte verantwortungsvoller mit den Menschen umgehen, die schwächer sind. Ein wahrer Christ würde seinen Mitmenschen keine Steine in den Weg legen."

„Jericho Riley Tucker! Was gibt dir das Recht, über andere zu urteilen?" Ihre Lippen verzogen sich angewidert. „Bist du wirklich ein besserer Mensch als andere? Darfst du den ersten Stein werfen? Ein wahrer Christ! Pah! Dann dürfte es auf der Welt keine Banken geben. Raffsucht! Keine Restaurants. Völlerei!"

„Genug! Du hast deine Meinung klargemacht." J.T. griff sich an den Kopf und massierte seine Schläfen.

Delia ließ seufzend ihre Arme sinken. „Wenn Hannah in ihrem Geschäft Kleider verkaufen würde, die anzüglich sind und bei Männern unkeusche Gedanken hervorrufen, würde ich dir sofort zustimmen. Aber sie ist eine fleißige, unbescholtene Frau, die sich ihren Lebensunterhalt durch ihre hervorragenden Fähigkeiten verdient. Sie verkauft Kleider, die in den Farben erstrahlen, die Gott uns auf dieser Erde geschenkt hat. Sie tut nichts Verwerfliches." Sie schüttelte den Kopf. „Das, was unsere Mutter uns angetan hat, trübt dein Urteilsvermögen, J.T. Sie war eine selbstsüchtige Frau, die alles Schöne an sich gerafft hat, aber das heißt nicht, dass alle Menschen, die Schönes erschaffen, genauso sind."

Die Argumente schwirrten wie Hornissen in J.T.s Kopf herum. Was Delia sagte, ergab Sinn, aber er fürchtete, dass ihre Argumente nur seine Überzeugungen auf die Probe stellen sollten. Er *wollte* glauben, dass Hannah frei von aller Falschheit war. Denn dann hatte er keinen Grund mehr, seine Zuneigung zu ihr zu bekämpfen. Zweifel durchfluteten ihn. Dann fiel ihm der Bibelvers aus dem 1. Petrusbrief ein, dass Schönheit nicht von außen, sondern von innen kommen sollte. Daran klammerte er sich wie an einem Rettungsanker fest.

„Sie fördert zwar nicht die Unzucht, aber sie vertritt eine falsche Vorstellung von Schönheit, die andere in die Irre führen könnte."

„Ist das alles, was du sehen kannst? Erkennst du denn nicht das Gute, das sie schon in der kurzen Zeit, die sie hier ist, erreicht hat?" Delia trat nah an ihn heran und berührte seinen Arm. Er zuckte zusammen und wich zurück.

„Verstehst du nicht, was es bedeutet, dass sie Tessa James beibringt, wie man näht? Sie verhilft dem Mädchen gleichzeitig zu vernünftiger Kleidung und einer gesicherten Zukunft. Siehst du nicht die Freundschaft zwischen mir und ihr, die mich zu einem glücklicheren, zufriedeneren Menschen gemacht hat?" Seine Schwester stand jetzt so dicht vor ihm, dass J.T. gegen den Drang ankämpfen musste, wegzulaufen wie ein kleiner Junge.

„Ich hatte immer Probleme, mich jemandem zu öffnen. Zwischen dem Skandal mit unserer Mutter und meiner Schüchternheit war ich wie gefangen. Ich hatte nie Freunde. Doch gleich am ersten Tag, als ich Hannah die Milch gebracht habe, freundeten wir uns an und halfen uns gegenseitig."

J.T. blickte finster drein. Als junger Mann war er so sehr damit beschäftigt gewesen, ihr ein Heim zu schaffen, dass er sich nie darum gekümmert hatte, mit wem sie ihre Zeit verbrachte und ob sie überhaupt Freunde hatte. War sie die ganzen Jahre über so einsam gewesen?

„Und was ist mit Mr Culpepper?", fuhr Delia fort. „Wie viele Monate haben die Menschen von Coventry, du und ich eingeschlossen, ihn in seiner Trauer allein gelassen? Und Hannah ist nicht einmal eine Woche da und hat nicht nur Kontakte zu ihm geknüpft, sondern ihn sogar wieder der Kirche näher gebracht. Wenn eine Schneiderin auf dieser Welt Gutes tun kann, dann ist es Hannah Richards. Sie hat schon lange damit angefangen!"

Der Rettungsanker entglitt ihm und er wusste nicht, wie er sich wieder daran klammern konnte. Die Wahrheit in den Worten seiner

Schwester zog ihn in eine Richtung, in die er nicht gehen wollte. Warum konnte er nicht einfach an dem festhalten, was Gott seiner Meinung nach von den Menschen verlangte? In den vergangenen Jahren hatte ihn diese Überzeugung doch getragen. Aber Hannah wirbelte unbekümmert das Wasser seines klaren Gedankenteiches auf. Sie passte nicht in sein einfaches Bild von Schwarz und Weiß.

Verzweifelt fuhr sich J.T. mit einer Hand durch die Haare und ließ sie dann erschöpft sinken. Schnell ergriff Delia die seine mit ihren zarten kleinen Händen und sah ihn liebevoll an.

„Du hast Angst, J.T., Angst, zuzugeben, dass jemand, der die Schönheit schätzt und selbst so schön ist, auch ein guter Mensch sein kann." Sie drückte seine Finger und lächelte zu ihm hinauf. „Ich habe heute Morgen bemerkt, wie du Hannah angeschaut hast. Du magst sie sehr gerne, stimmt's? Entgegen deinen strengen Regeln. Lass unsere Mutter nicht weiterhin dein Leben bestimmen. Nur weil *sie* dein Herz gebrochen hat, heißt es nicht, dass es bei Hannah auch so sein wird. Äußere Schönheit, die sich im Herzen widerspiegelt, ist keine Sünde."

Unwillkürlich kam ihm ein Vers in den Sinn, den er Delia immer und immer wieder vorgelesen hatte, als sie noch klein war. „Anmut kann täuschen, und Schönheit vergeht wie der Wind – doch wenn eine Frau Gott gehorcht, verdient sie Lob!"

Seine Schwester schüttelte den Kopf, als ihr Lächeln verschwand. „Niemand behauptet, dass eine Frau ihre Schönheit nicht der Ehrfurcht vor Gott unterordnen sollte. Vielleicht solltest du dir dieses Kapitel noch einmal genau durchlesen. Sieh dir die Frau an, um die es dort geht. Es geht um eine tüchtige Frau, die den Wert aller Juwelen übertrifft. Eine Frau, die sich und andere kleidet. Die Stoffe webt und sie den Händlern verkauft. Die man für die Arbeit und Mühe ihrer fleißigen Hände rühmen soll." Sie atmete tief durch. „J.T., ich bitte dich, denk noch einmal genau über deine festgelegte Meinung nach. Dann sollten wir weitersprechen."

Kapitel 19

J. T. ging mit schwerfälligen Schritten und einer Bibel unter dem Arm zurück zum Stall. Er hatte sich selbst nie als Feigling gesehen, aber am liebsten hätte er seinen Streit mit Delia verdrängt und ihre Aufforderung einfach überhört. Was, wenn er wirklich seine Einstellung zum Wort Gottes ändern musste? Wenn er seine Überzeugungen, seinen Glauben überdenken musste? Würde er das schaffen? Für so lange Zeit hatte er sich an seinem Standpunkt festgeklammert. Sich davon leiten und formen lassen. Wenn das jetzt alles falsch gewesen sein sollte ...

Tom winkte ihm zu, als er sein Büro erreichte. „Der Doktor war vorhin da und hat den Einspänner gemietet. Er meinte, dass Mrs Walsh jetzt jeden Tag ihr Kind bekommen könnte, und wollte ihr einen Besuch abstatten. Ich hab den Wagen einfach fertig gemacht und ihm mitgegeben. War das so richtig?" Er hatte die Hände in den Taschen vergraben und trat unruhig von einem Fuß auf den anderen.

J.T. klopfte ihm auf den Arm. „Gut gemacht. Ich setze es auf seine Rechnung."

Ein stolzes Grinsen nahm Toms Gesicht ein.

Die Bibel fühlte sich in seinen Armen sehr schwer an, als er an Tom vorbeiging und den Knauf der Tür umdrehen wollte. Genauso schwer wie sein Herz. Er warf einen Blick über seine Schulter.

„Ähm, Tom?"

Der Junge wandte sich um. „Ja?"

„Würde es dir was ausmachen, wenn du noch eine Stunde hierbleibst? Ich muss mich in meinem Büro um was Wichtiges kümmern und möchte nicht gestört werden."

„Klar." Tom beäugte das in Leder gebundene Buch unter J.T.s Arm. „Wenn du für diese Sache eine Bibel brauchst, muss es wirklich mächtig wichtig sein. Ich lasse keinen zu dir, es sei denn, es ist ein Notfall. Ich kümmere mich um alles."

„Danke." J.T. nahm das Buch unter seinem Arm hervor und hob es wie zum Salut an die Stirn. Dann schloss er die Tür hinter sich.

An seinem Schreibtisch legte er die Bibel ab und sah sie eine Weile einfach nur an. Schließlich schob er sie zur Seite und ergriff ein anderes Buch. Darin blätterte er, bis er die richtige Seite gefunden hatte, trug die Miete für den Einspänner auf der Rechnung des Doktors ein und rechnete alle Beträge zusammen, die noch offen standen.

Nachdenklich rieb er sich das Kinn. Jetzt, wo er dabei war, konnte er eigentlich gleich die Rechnung ausstellen. Und vielleicht auch die anderen Rechnungen an seine Kunden. Das war sowieso eine Aufgabe, die er viel ernster nehmen sollte.

Während dieser Arbeit schweifte sein Blick immer wieder zu der Bibel hinüber, die stumm und geduldig auf ihn wartete. Im Moment hatte er etwas Wichtigeres zu tun. Doch als er mit den Zahlen fertig war, kam ihm das Buch immer bedrohlicher vor.

Er sah sich nach einer neuen Aufgabe um. Eigentlich sollte er sich um das Zaumzeug kümmern. Und seit mindestens einem Monat hatte er keinen Staub mehr gewischt. Und das Fenster sollte dringend geputzt werden.

Putzen?

J.T. stützte seine Ellbogen auf den Schreibtisch und legte die Stirn in seine Hände. Während er langsam ausatmete, schüttelte er fassungslos den Kopf. Was fiel ihm nur ein? Das hier war ein Stall. Hier musste man nicht putzen.

Mit einem Seufzer nahm er sich die Bibel, bevor er es sich wieder anders überlegen konnte.

Herr, ich weiß nicht, was du mich heute lehren willst, aber ich bitte dich um Weisheit, damit ich es erkenne, wenn ich es sehe.

J.T. blätterte durch das Buch, bis er zu den Sprüchen Salomos kam. Er schlug das letzte Kapitel auf und fing an zu lesen. Am Anfang erregte nichts Besonderes seine Aufmerksamkeit, außer, dass Lemuël gewarnt wurde, seine Kraft nicht bei den Frauen zu lassen. Seit Jahren war J.T. ein fester Verfechter dieser Überzeugung. Doch seine Überzeugung fing an zu bröckeln, als er bei Vers neunzehn angekommen war und die Stoffe der tatkräftigen Frau erwähnt wurden. Und ab Vers zwanzig verließ sie ihn ganz.

„Sie erbarmt sich über die Armen und gibt den Bedürftigen, was sie brauchen. Den kalten Winter fürchtet sie nicht, denn ihre ganze

Familie hat Kleider aus guter und warmer Wolle. Sie fertigt schöne Decken an, und ihre Kleider macht sie aus feinen Leinen und purpurroter Seide."

Feines Leinen? Seide? Würde eine bescheidene Frau nicht schlichte Kleider tragen? Doch das Wort Gottes sagte eindeutig, dass diese Frau, die so hoch gelobt wurde, wertvolle Gewänder trug.

Und beim Weiterlesen wurde es sogar noch schlimmer.

„Sie näht Kleidung aus wertvollen Stoffen und verkauft sie, ihre selbst gemachten Gürtel bietet sie den Händlern an."

Sie trug nicht nur elegante Kleidung, sie verkaufte sie auch noch an andere. Genau wie Hannah. Und die Bibel stellte es als ehrenhaft und lobenswert hervor.

Natürlich gab es noch mehr, was eine gute Frau ausmachte. Sie war unermüdlich, freundlich, fleißig, angesehen. Sie war eine gute Haushälterin, kümmerte sich um die Belange anderer und ehrte den Herrn. Und genau das schien alles auf Hannah Richards zuzutreffen.

Wie konnte er Hannah für ihren Beruf verurteilen, wenn sogar die Bibel diese Arbeit offenbar als leuchtendes Beispiel darstellte? Die Frau aus der Bibel wurde von ihrer Familie und den Menschen in ihrer Umgebung geehrt. Er dagegen war zu Hannah abweisend gewesen und hatte gehofft, dass sie schnellstmöglich wieder aus der Stadt verschwinden würde. Nicht gerade das, was man von einem guten Christen erwarten würde.

J.T. schloss die Bibel und lehnte sich erschöpft zurück. Er war immer noch der Überzeugung, dass wahre Schönheit aus dem Inneren eines Menschen kam und unabhängig von Äußerlichkeiten war. Aber Gott schien ihm sagen zu wollen, dass beides gleichzeitig möglich war. Und nicht nur das. Ein intelligenter Mann würde eine solche Frau als Segen ansehen. J.T. warf einen Blick durch das Fenster zu dem Haus auf der anderen Straßenseite. *Ganz offensichtlich bin ich dann ein Idiot.*

Als er vor sich hinstarrte, traten Bilder vor sein geistiges Auge, was hätte werden können, wenn er sich nicht so dumm benommen hätte. Zum Glück kam ihm eine Frachtkutsche zur Hilfe, die direkt vor seinem Fenster hielt und so den Blick auf Hannahs Geschäft blockierte.

J.T. erhob sich und eilte zur Tür. Einen Besuch von Harley hatte er sich noch nie entgehen lassen.

Der fahrende Händler war ihm in den Jahren, nachdem seine Mutter die Familie verlassen hatte, zu einem Freund geworden. J.T.s Vater war zu sehr in seiner Trauer versunken, um für die Familie einzukaufen. Harley hatte es niemals zugegeben, doch J.T. war sich sicher, dass der Mann ihm nie den vollen Preis für die Dinge abgenommen hatte, die er als Junge bei ihm gekauft hatte. Nachdem sein Vater gestorben war, hatte Harley J.T. und Delia mit Nahrungsmitteln unterstützt, von denen er immer behauptete, dass er es sowieso an niemand anderen mehr verkaufen könnte – ein Sack Mehl hier, ein paar Dosen eingemachtes Gemüse dort.

Ohne die Großzügigkeit dieses Mannes hätten sie den ersten Winter nicht überlebt. Seit J.T. es sich leisten konnte, bezahlte er dem Mann als Gegenleistung immer ein wenig mehr, als er ihm schuldete.

Froh, seinen alten Freund wieder einmal zu sehen, trat J.T. aus seinem Büro, doch bevor er sich bemerkbar machen konnte, stürzte Tom wie ein Wachhund aus dem Stall.

„Du musst später wiederkommen, Harley. J.T. arbeitet an einer wichtigen Sache und darf nicht gestört werden."

J.T. trat hinter den Jungen und klopfte ihm auf die Schulter. „Danke, Tom. Ich bin schon fertig. Wie wär's, wenn du Harleys Pferden etwas Wasser holst?"

„Jawoll. Mach ich sofort."

Tom verschwand eilfertig im Stall. J.T. wandte sich an den Mann, der gerade vom Kutschbock kletterte. Unten angekommen, schwankte er leicht, fand jedoch schnell sein Gleichgewicht und begrüßte J.T.

„Bin nicht mehr so fit wie früher, Kleiner."

J.T. grinste. „Ich bin auch kein Kind mehr."

„Ach Tucker, du bist in den besten Jahren." Er stieß J.T. freundschaftlich in die Rippen. „Was dir noch zu deinem Glück fehlt, ist eine schöne junge Frau. Meine Sarah bringt mich schon seit über vierzig Jahren auf Trab."

Das Lächeln verschwand von J.T.s Gesicht. Sein Magen zog sich zusammen, während er fieberhaft nach einer Antwort suchte. „Wenn ich eine finde, die wie deine Sarah ist, denke ich drüber nach, aber ich befürchte, dass sie einmalig ist."

„Das ist sie, mein Junge. Das ist sie." Harley hob die Plane, die den Inhalt seines Wagens vor Wind und Wetter schützte. „Aber gib nicht auf. Gott hält eine Frau für dich bereit, darauf kannst du dich verlassen."

J.T. starrte auf seine Stiefel. „Das werde ich mir merken."

Aber was war, wenn ein Mann so blind war, dass er die Frau schon vergrault hatte, bevor er merkte, dass sie vielleicht die Richtige für ihn war? Würde Gott – und vor allem die Frau – ihm eine zweite Gelegenheit geben?

Um Harley von seinem Gesprächsthema abzulenken, griff J.T. in den Wagen und zog ein Päckchen hervor. „Also, was hast du heute zu bieten?"

Sofort war Harley ganz der erfolgreiche Händler und setzte ein gewinnendes Lächeln auf.

„Ich hab was ganz Besonderes für sich aufgehoben. Du wirst dich freuen." Er kramte und räumte in seinem Wagen herum, bis er eine große, in Öltuch geschlagene Kiste gefunden hatte. Er schlug das Tuch zurück und grinste triumphierend. „Na, was sagst du jetzt?"

Schindeln. Genug, um Louisas Dach vor dem Winter zu reparieren, wenn er sich jemals mit dem Hausbesitzer einigen würde. „Du hast daran gedacht."

Harley blickte entrüstet drein. „Natürlich hab ich dran gedacht. Welcher Händler würde denn den Wunsch seines besten Kunden vergessen?" Sein Lächeln zog sofort wieder über sein Gesicht. „Es sind maschinengeschnittene Zypressenschindeln aus Bandera. Sieh nur die sauberen, geraden Kanten." Er reichte J.T. eine Schindel. „Ich habe einen Mann kennengelernt, der da gearbeitet hat. Er hat sie gegen eine Ohrtrompete getauscht. Wahrscheinlich hat die Arbeit in der Fabrik ihm das Gehör genommen."

„Die sind perfekt", sagte J.T. „Besser als alle, die ich bisher gesehen habe." Er legte die Schindel zurück in die Kiste und wuchtete sie vom Wagen.

Wie immer bestand Harley darauf, J.T. noch weitere Dinge aus seinem Fundus zu zeigen, die allerdings nur auf geringes Interesse stießen. Als Harley jedoch einen Quilt von einem dreibeinigen Tisch nahm, um J.T. die Schnitzereien zu zeigen, erspähte er einige Stuhllehnen.

„Passen die Stühle da zusammen?", fragte er.

„Ah, du hast ein gutes Auge. Ja, tun sie. Hilf mir, sie abzuladen."

Die Männer mussten erst einige Gegenstände zur Seite räumen, bevor sie die Stühle erreichten, aber gemeinsam hatten sie sie schnell vom Wagen gehoben. J.T. stellte sie zwischen Wagen und Stallwand ab, damit sie niemand sehen konnte.

„Es fehlen ein paar Teile“, gab Harley zu, „aber alles in allem sind sie in sehr gutem Zustand. So gut wie neu, würde ich sogar sagen.“

J.T. setzte sich vorsichtig auf beide Stühle. Sie hielten sein Gewicht ohne Probleme aus. Ein paar Handgriffe, und sie würden in völlig neuem Glanz erstrahlen. Die paar Holzspindeln, die in der Rückenlehne des einen Stuhles fehlten, würde er heute Abend anfertigen und dann vielleicht sogar noch einsetzen. In wenigen Tagen wären die Stühle wie neu.

Wieder zog das Geschäft auf der anderen Straßenseite J.T.s Blick auf sich. Ein schmerzhafter Stich durchfuhr sein Herz. Er würde sich sehr anstrengen müssen, um Hannahs Herz für sich zu gewinnen. Die Stühle waren das Mindeste, was er erst einmal für sie tun konnte. Er würde sich erst einmal nur um ihre Bedürfnisse kümmern. Hannah dachte vielleicht, dass sie *ihn* nicht brauchte, aber sie brauchte auf jeden Fall diese Stühle.

Kapitel 20

„Cordelia, ich bin sehr stolz auf dich." Hannah schaute auf das Maßband und hielt es ihrer Freundin triumphierend hin. „Du hast einen Zoll Umfang an Brust und Taille verloren und zwei an der Hüfte. Das ist ein fabelhafter Fortschritt."

Cordelia errötete. „J.T. hat erwähnt, dass ich schlanker aussehe."

„Und damit hat er recht." Bei der Erwähnung seines Namens kam Hannah sofort wieder ihre Begegnung unter der Eiche in den Sinn, doch sie wollte sich jetzt nicht ablenken lassen. Cordelia verdiente ihre volle Aufmerksamkeit.

„Meinst du wirklich, dass es die Übungen waren?", fragte sie, als sie ihr Kleid wieder zuknöpfte. „Ich war gerade im Telegrafenbüro, doch Ike scheint überhaupt nichts bemerkt zu haben."

„Die bisherigen Veränderungen nimmt man an dir nicht sofort wahr. Aber mit dem neuen Kleid wird sie jeder erkennen." Hannah blätterte gedankenverloren in einem ihrer Modemagazine, während Cordelia sich ankleidete. Sie hatte die Kleider schon hundertmal angeschaut, also wanderten ihre Augen zu den Hauben und Gesichtern der Modelle. Plötzlich kam ihr eine neue Idee. „Was wäre, wenn wir eine Veränderung vornehmen, die offensichtlicher ist? Eine, die jetzt schon jeder sieht?"

Cordelia schnitt ihrem Spiegelbild eine Grimasse, dann wandte sie sich zur Seite und betrachtete diese Ansicht. „Was für eine Veränderung?"

Hannah trat hinter sie und fing an, Nadeln aus Cordelias Haaren zu ziehen. Cordelia hob fragend eine Augenbraue.

„Es ist mir gerade eingefallen", erklärte Hannah, „dass all diese Frauen in den Magazinen nicht nur modische Kleider tragen, sondern auch moderne Frisuren haben." Sie begegnete Cordelias erstauntem Blick im Spiegel. „Wenn wir dir ein neues Äußeres geben, sollten wir vielleicht auch deine Haare mit einbeziehen."

Sie berührte ihren Kopf. „Meine Haare?"

„Natürlich!" Hannah tätschelte aufgeregt Cordelias Schultern. „Dein

Haar ist einer deiner größten Vorzüge. Es ist voll und glänzend. Und wunderbar lockig. Wir könnten vorne ein klein wenig abschneiden, um dir einen Pony zu verpassen. Das ist gerade sehr gefragt. Ich wette, dass sich deine Haare so kringeln, wie es im Moment modern ist, ohne dass wir etwas dafür tun müssen. Dann können wir auch deinen einfachen Zopf gegen einen französischen, geflochtenen austauschen. Das ist nicht zu ausgefallen, hat aber doch eine gewisse Wirkung und ist auf jeden Fall eleganter. Du müsstest ihn natürlich ein wenig weiter unten im Nacken tragen, damit er nicht von deiner Haube verdeckt wird, aber ich kann mir vorstellen, dass er dir bestimmt sehr gut steht."

„Ich … ich weiß nicht."

Hannah drückte Cordelias Schulter und wartete geduldig auf die Reaktion ihrer Freundin. Es dauerte nur wenige Augenblicke, dann wandte sich Cordelia abrupt um und nickte.

„Lass es uns machen." Sie sah Hannah fest in die Augen. „Jetzt sofort. Bevor ich meine Meinung wieder ändere."

Hannah lachte und nahm ihre Schere zur Hand. Nach wenigen Augenblicken war Cordelias Verwandlung abgeschlossen. Ein lockiger Pony versteckte nun ihre breite Stirn und verlieh ihr ein anmutigeres Aussehen. Der französische Zopf ließ sie weniger streng aussehen und zog die Aufmerksamkeit auf die elegant geschwungene Linie ihres Nackens. Als Hannah ihrer Freundin endlich erlaubte, sich im Spiegel anzuschauen, schnappte diese nach Luft.

„Das bin ich?" Sie befühlte ihren Pony und drehte ihren Kopf hierhin und dorthin, um einen besseren Blick auf den Rest ihrer Haare zu erlangen. „Ich kann es nicht glauben. Ich sehe so ganz anders aus."

„Gefällt es dir?" Hannah hielt den Atem an.

Cordelia strahlte glücklich. „Ich liebe es!"

„Wir sollten einen kleinen Spaziergang machen und schauen, ob es jemandem auffällt." Hannah reichte Cordelia ihre Haube und nahm ihre eigene von einem Haken an der Wand.

„Ich weiß nicht." Plötzlich zögerte Cordelia. „Vielleicht sollte ich mich erst einmal daran gewöhnen."

„Oh nein, auf keinen Fall. Ich lasse dich jetzt nicht wieder zurück in dein Schneckenhaus kriechen." Hannah setzte Cordelia energisch die Haube auf und band die Bänder zusammen. „Wenn du dich vor den Leuten versteckst, vor allem vor den Männern, werden sie dich auch nicht wahrnehmen. Du musst dich vor anderen selbstsicher geben, dann kommt die innere Gelassenheit mit der Zeit von alleine. Sieh den Menschen in die Augen. Lächle." Hannah griff nach Cordelias Hand. „Bist du bereit?"

„Nein." Cordelia sah sich unsicher um. „Aber ich muss es ja sowieso versuchen."

„Gut. Dann lass uns gehen."

Als sie an Hawkins' Laden ankamen, stand ein schlanker junger Mann auf dem hölzernen Bürgersteig. Sein aschblondes Haar hing ihm über die rechte Wange, konnte jedoch ein dunkles, rotes Muttermal nicht völlig überdecken.

„Hallo, Warren", sagte Cordelia mit erhobenem Haupt, freundlicher Stimme und einem gewinnenden Lächeln. Stolz durchflutete Hannah. Ihre Freundin machte das wunderbar.

Die hektischen Blicke des Mannes flogen zu Hannah und starrten sie an, dass es ihr unangenehm war, doch dann flogen sie weiter. Als sie Cordelias Gesicht trafen, wurden sie weicher. „Hallo." Er lächelte ebenfalls. „Mein Vater hat gestern neue Kuchendosen bestellt. Sie sollten nächste Woche da sein. Ich dachte, du hättest vielleicht gerne die erste Auswahl."

„Danke, dass du daran gedacht hast. Ich sehe sie mir sicher gleich an, wenn sie eintreffen." Cordelia winkte zum Abschied und ging auf den Eingang des Geschäftes zu, aber Warren hielt sie auf.

„Was hast du mit deinen Haaren gemacht?"

Hannah merkte, wie Cordelia sich bei dem aggressiven Ton des Mannes anspannte. Warren war offensichtlich nicht besonders sensibel im Umgang mit Frauen. Sie trat noch dichter an ihre Freundin heran, um ihr Rückendeckung zu geben.

„Gefällt es Ihnen, Mr Hawkins? Ich finde, es steht ihr sehr gut."

Röte stieg in Cordelias Wangen, als sie ihren Blick einen Moment zu Boden senkte. Doch mutig schaute sie rasch wieder auf.

„Sie sieht gut aus", sagte Warren barsch, „aber das hat sie gestern auch schon. Sie braucht Ihre Veränderungen nicht." Aggressive Wut funkelte in seinen Augen.

Jetzt wurde Hannah unter dem Blick des Mannes rot und war dankbar, als Cordelia sich ihren Arm schnappte und sie mit sich in Richtung der Eingangstür zog.

„Schönen Tag noch, Warren." Cordelia schien sich nicht entmutigen zu lassen, worüber sich Hannah freute. „Und danke noch mal wegen der Dosen."

„Klar." Der finstere Gesichtsausdruck verschwand, als er seine Aufmerksamkeit wieder Cordelia zuwandte. „Ich frage Vater, ob ich sie dir zeigen kann, bevor er sie ins Schaufenster stellt."

Cordelia winkte noch einmal, sagte aber nichts mehr, bis sie mit Hannah im Laden war.

„Es tut mir leid wegen Warren", flüsterte sie. „Er war schon immer ein sehr schwieriger Mensch."

„Das scheint mir auch so. Aber er schien eher besitzergreifend als schwierig. Ich glaube, er mag dich." Hannah zwinkerte und spürte, wie sie sich allmählich wieder entspannte.

„Er ist nur ein Freund." Cordelias Stimme klang erstickt, als blieben ihr bei dem Gedanken, den Hannah eben geäußert hatte, die Worte im Hals stecken.

„Wie auch immer." Hannah wischte Cordelias Antwort mit einer Handbewegung beiseite. „Was er gesagt hat, stimmt ja. Du warst auch mit deiner alten Frisur schön." Hannah war froh, dass ihre Freundin sich von der Begegnung mit Warren nicht aus der Bahn hatte werfen lassen. Natürlich hatte der junge Mann seine Abneigung auch nur Hannah gegenüber gezeigt, das dafür aber umso deutlicher.

Cordelia lächelte und führte Hannah an ein paar Kundinnen vorbei zu einer Auswahl an Lederhandtaschen. „Es ist lieb, dass du das sagst, aber ich bin froh über die Veränderung, egal, was Warren sagt. Ich bin glücklich, dass wir es getan haben."

Hannah atmete auf. „Ich auch."

Sie besahen sich ausgiebig die Seifen und Toilettenartikel, die der Laden anbot. Die Rosen- und Fliederdüfte regten Hannahs Gedanken an. Cordelia musterte ein paar Haarbänder.

„Vielleicht sollte ich die Schleife meiner Haube austauschen, bevor ich Ike morgen besuche."

„Das ist eine gute Idee", sagte Hannah und passte sich Cordelias geflüstertem Ton an. „Das sollte es dem armen Mann noch leichter machen. Wenn er dich dann immer noch nicht bemerkt, musst du ihm vielleicht ein Telegramm schicken."

Cordelia kicherte und versuchte schnell, das Geräusch zu unterdrücken.

„Ach, nur keine Scheu, Miss Tucker. Lachen macht die Welt erst zu einem schönen Ort."

Cordelia zuckte zusammen. Vor Schreck verschwanden ihre Augenbrauen fast in ihrem neuen Pony. „Mr Paxton! Sie haben mich erschreckt."

Ein Mann mittleren Alters lupfte seinen Hut und verbeugte sich leicht. „Vergeben Sie mir, meine Liebe. Ich wollte nur die wundervollen Klänge retten, die sich hier eben ausgebreitet haben. Sie sollten so eine Melodie wirklich nicht einsperren. Musik ist dazu gedacht, Menschen glücklich zu machen."

Hannah erkannte den Mann wieder, da sie schon in der Bank gewesen war. Mr Paxton war ein Charmeur, schien seine Frau und seine Töchter jedoch über alles zu lieben. Das erste Mal hatte Hannah ihn gesehen, als sie ein Konto eröffnet hatte und hatte ihn als unangenehm empfunden. Doch dann hatte sie bemerkt, dass er immer wieder seine Familie erwähnte. Und da alle Männer ihn mit Respekt behandelten, ging Hannah davon aus, dass seine Schmeicheleien Frauen gegenüber nicht allzu ernst zu nehmen waren.

Als Cordelia verlegen errötete, erkannte Hannah, dass das für ihre Freundin die perfekte Gelegenheit war, ihre Selbstsicherheit zu schulen.

„Miss Tucker überlegt, ob sie sich ein neues Band für ihre Haube kaufen soll. Welche Farbe würden Sie ihr empfehlen?" Hannah lächelte den Mann an und hoffte, er würde den Wink verstehen.

„Also, Miss Richards", sagte er. „Was für eine Ehre, dass Sie mich nach meiner Meinung fragen. Vor allem eine Frau wie Sie, die doch modisch so bewandert ist." Seine Brauen hoben sich leicht, als Hannah ihm kaum merklich zunickte. „Meine Frau würde mich nie fragen, bevor sie sich etwas Derartiges kauft, aber es wäre mir eine Ehre, Sie in Ihrer Entscheidung zu unterstützen."

„Wir wären dankbar für Ihre Hilfe."

Cordelia warf Hannah einen wütenden Blick zu, als würde sie ihre Freundin am liebsten mit einem der Bänder erdrosseln. Hannah grinste zurück.

„Lassen Sie mich mal schauen …" Mr Paxton beugte sich ein wenig zurück, um Cordelia zu mustern. „Ein braunes Band würde zu Ihrem Kleid passen, aber wenn Sie auch nur ein bisschen so sind wie meine Frau, werden Sie das wahrscheinlich langweilig finden. Hmmm …

vielleicht ist doch eher etwas Freundliches, Farbenfrohes angebracht, das zu dem wunderbaren Lachen –" Er hielt mitten im Satz inne und zupfte nachdenklich an seinem Bart.

„Mr Paxton?" Cordelia warf Hannah einen nervösen Blick zu.

„Irgendetwas an Ihnen ist anders, aber ich kann gar nicht sagen, was." Er trat auf das linke, dann wieder auf das rechte Bein. Die arme Cordelia sah aus, als hätte sie am liebsten die Flucht durch die Ladentür angetreten.

„Jetzt weiß ich es! Sie haben Ihre Haare verändert, nicht wahr?"

Cordelia befühlte ihren neuen Pony. „Ja. Ich dachte, ich probiere mal etwas Neues aus."

„Also, das steht Ihnen wirklich fabelhaft, meine Liebe." Er lächelte sie ermutigend an. „Sehr attraktiv. Vielleicht sollte ich meiner Tochter Eleanor auch so etwas in der Art empfehlen."

„Wirklich?" Ein breites Lächeln trat auf Cordelias Gesicht und dieses Mal dachte sie gar nicht daran, es hinter ihrer Hand zu verstecken.

„Wirklich. Nun gut, ich bin eigentlich auf der Suche nach Seifenflocken, also will ich Sie mit Ihren Bändern nicht weiter stören."

„Vielen Dank noch einmal, Mr Paxton." Eine leichte Röte war auf Cordelias Wangen getreten, die dieses Mal aber nichts mit Verlegenheit zu tun hatte. Es war schon faszinierend, wie die richtigen Worte eines Mannes zur richtigen Zeit eine Frau ermutigen konnten. Und wenn alles so weiterlief wie bisher, ging Hannah davon aus, dass Cordelia solche Worte auch bald von dem *richtigen* Mann vernehmen würde.

Leider schien der Richtige für Hannah ein Mann zu sein, der niemals die passenden Worte fand. Doch da sie in seinen Augen die Falsche zu sein schien, hatte er wahrscheinlich auch nie viel Wert auf seine Worte gelegt.

Na gut. Worte waren nicht alles. Schon Jerichos Verhalten ihr gegenüber sprach meist eine sehr deutliche Sprache. Doch wenn sie ehrlich war, war sein Verhalten eher zwiespältig. Manchmal war er die Freundlichkeit in Person, zu anderen Zeiten schien er sie abzulehnen. Hannah musste aufpassen, dass sie es nicht überbewertete, wenn er demnächst wieder einmal nett zu ihr sein sollte.

Sie durfte sich keine falschen Hoffnungen machen.

Kapitel 21

Im Laufe der nächsten Woche steigerten Hannah und Cordelia ihr sportliches Programm. Cordelias bessere Ausdauer erlaubte es ihnen, die Spaziergänge auszudehnen und sogar noch einen weiteren Hügel zu erklimmen, anstatt schon am Fluss hinter dem Schulhaus kehrtzumachen. Sie gingen auch zu schwereren Keulen- und Ringübungen über. An einem der nächsten Samstage machten sich die Frauen einen wahren Spaß daraus, die Nähte an Cordelias Kleidern enger zu machen.

Hannahs Geschäft hatte sich ebenfalls ein wenig entwickelt. In der vergangenen Woche hatte sie zwei Kleider abgeändert, außerdem kamen die alleinstehenden Männer der Stadt und brachten Hemden oder Hosen, die es zu flicken galt. Und am Dienstag, Wunder über Wunder, hatte sie sogar ein komplettes Reisekleid mit allem Zubehör an eine Besucherin verkauft, die im Hotel logiert hatte.

Viele Menschen hätten diese Tropfen auf den heißen Stein gewiss nicht als Zeichen Gottes angesehen, doch Hannah war sich sicher. Sie hatte Gott gebeten, ihr Geschäft bankrottgehen zu lassen, wenn er sie nicht in Coventry haben wollte. Und natürlich war es immer noch so, dass sie keine großen Gewinne erreichte. Doch sie war auf einem guten Weg und würde sich von niemandem mehr abbringen lassen. Sie würde mutig vorangehen.

Oder mutig in ihrem Laden sitzen und warten, was im Moment noch eher der Fall war.

Hannah hatte sich auf der Bank vor ihrem Geschäft niedergelassen und hielt eine Tasse Kakao in Händen. Gedankenverloren starrte sie in die Ferne. Seit Sonntag schon hatte sie Ezra nicht mehr zu Gesicht bekommen. Zuerst hatte sie vermutet, dass ihn der Regen, der von Montag bis Mittwoch unaufhörlich herabgeprasselt war, abgehalten hatte. Doch auch nachdem die Sonne wieder hervorgekommen war, war Ezra nicht aufgetaucht. Eigentlich gab es keinen Grund für ihn, nicht hierherzukommen, es sei denn, etwas anderes als das Wetter hielt ihn ab.

Schließlich trank Hannah den letzten Schluck ihres Getränkes und nahm Ezras unbenutzte Tasse. Sie stieg die Treppe zu ihrem Schlafzimmer hinauf, wobei ihre Sorgen um den alten Mann ständig größer wurden. War er krank? Lahmte Jackson? Oder noch schlimmer – war Ezra während einem der Stürme etwas zugestoßen, sodass er jetzt hilflos irgendwo im Wald lag? Ohne Nachbarn zu leben, war gefährlich, selbst wenn man jung war. Wenn Ezra tagelang nicht gefunden wurde, würde womöglich jede Hilfe zu spät kommen.

Bilder des alten Mannes, der von einem heruntergefallenen Ast begraben worden war, stiegen vor Hannahs innerem Auge auf, während sie die beiden Tassen abwusch.

Als sie ihre Schürze an den Nagel hängte, wusste sie, was sie zu tun hatte. Sie würde zu Ezra fahren und dort nach dem Rechten schauen. Und zwar sofort. Das war wichtiger, als einen Morgen untätig im Laden zu sitzen und zu warten.

Sie warf sich einen wollenen Umhang über die Schultern. Dann eilte sie aus der Tür. Der Wind blies kalt aus Richtung Norden. Hannah war froh, dass sie nicht ohne Schutz aus dem Haus gegangen war. Bei der Wäscherei blieb sie kurz stehen und erklärte Tessa, dass sie ihre Unterrichtsstunde verschieben müssten. Dann machte sie sich auf den Weg zum Mietstall.

Als sie den düsteren Raum betrat, rümpfte sie die Nase wegen des Geruches nach feuchtem Stroh und Pferdemist. Sie erinnerte sich von ihrem letzten Besuch daran, wo Jerichos Büro war, und ging direkt auf die geschlossene Tür zu. Seit ihrem Training mit den Ringen hatte er sich von ihr ferngehalten.

Doch bei manchen Gelegenheiten hatte sie bemerkt, dass er sie anblickte. In der Kirche, auf der Straße – immer mit dem gleichen undurchdringlichen Gesichtsausdruck. Und manchmal hatte sie sogar in ihrem Laden das Gefühl, dass er sie von seinem Bürofenster aus beobachtete. So etwas Albernes. Es war natürlich nur Einbildung, aber trotzdem fühlte sie sich dadurch verunsichert.

„Hallo, ist hier jemand?", rief sie laut, um das Gefühl des Unbehagens zu vertreiben.

„Bin gleich bei Ihnen." Die Stimme klang vertraut und aufgeregt. Tom.

Erleichterung und Enttäuschung durchfluteten Hannah gleichermaßen.

Der schlaksige junge Mann trat aus dem Schatten des Stalles hervor und grinste breit, als er sie erkannte. „Schön, Sie zu sehen, Miss Richards. Suchen Sie J.T.?"

„Nicht unbedingt. Ich bin sicher, dass Sie mir auch helfen können, junger Mann." Hannah versteckte ein Grinsen, als Tom sich stolz aufrichtete. „Ich möchte mir ein Pferd und einen Wagen leihen."

„Wo wollen Sie denn hin?"

„Raus zu Ezra Culpepper. Am Nachmittag werde ich wieder hier sein."

Tom schniefte und wischte sich die Nase mit dem Handrücken ab. „Sie können *Doc* nehmen, denke ich. Mrs Walsh hat vor ein paar Tagen ihr Kind bekommen, also wird der richtige Doc ihn wohl erst mal nicht brauchen. Der Wagen ist leicht zu lenken. Außerdem hat er ein Dach, falls es anfängt zu regnen."

Hannah nickte. „Hört sich genau richtig an."

„Sie können sich da hinten hinsetzen, während ich den Wagen fertig mache." Er zeigte auf ein paar Kisten an der Wand. „Ich brauche ein paar Minuten, bis alles so weit ist."

„Das mache ich."

Tom ging davon und Hannah betrachtete kritisch ihre Sitzmöglichkeiten. Sie suchte sich die sauberste Kiste aus, legte ein Taschentuch auf den Deckel und ließ sich dann vorsichtig darauf nieder.

„Miss Richards?"

Sofort sprang Hannah wieder auf und ihr Magen zog sich beim Klang der vertrauten Stimme zusammen – einer tiefen, wohlklingenden Stimme.

„Was führt Sie auf meine Seite der Straße?" Jericho trat nicht aus seinem Büro heraus, sondern aus dem Stallbereich, in dem die Pferde untergebracht waren. Offensichtlich war er gerade bei der Arbeit gewesen, denn er hatte die Ärmel hochgerollt und roch nach Heu und Pferden.

Hannah zwang sich zu einem Lächeln. „Ich miete einen Wagen. Tom bereitet gerade alles vor."

„Wofür?"

Hannah sah ihn finster an. Als Tom sie das gefragt hatte, war sie davon ausgegangen, dass er einfach nur eine Unterhaltung anfangen wollte, ohne zu bemerken, dass die Frage ziemlich unhöflich und indiskret war. Aber Jericho sollte es eigentlich besser wissen. „Fragen Sie alle Kunden so aus?"

„Nein. Nur Sie." Sein Mund verzog sich nicht, doch seine Augen funkelten, als müsse er ein Lachen unterdrücken. Fast konnte sie sich sein tiefes Glucksen vorstellen.

„Wenn das so ist, dass Sie mir Ihre besondere Aufmerksamkeit zu widmen scheinen, kann ich Ihnen meine Pläne gerne mitteilen." Sie lächelte, obwohl ihr gar nicht danach zumute war. „Ich mache mir Sorgen um Ezra." Sie sah ihn an und merkte, dass er sie schon wieder angestarrt hatte. Er machte auch keine Anstalten, das zu verbergen.

„Er ist ein erwachsener Mann."

Endlich wurde Hannahs Blick abgelenkt, als Tom draußen den Einspänner vorfuhr. Sie konzentrierte ihre Augen darauf, während ihre anderen Sinne Jericho überdeutlich wahrnahmen. Seine Stimme, seinen Geruch ...

„Das weiß ich", sagte sie. „Trotzdem. Bisher hat er kein einziges unserer täglichen Treffen ausfallen lassen. Und seit sechs Tagen hat er sich nicht mehr blicken lassen."

„Es kann Hunderte von Gründen geben, warum das so ist. Vielleicht ist er damit beschäftigt, Wanderstöcke zu schnitzen."

„Vielleicht. Aber was, wenn er krank oder verletzt ist?" Jericho musste sie verstehen, deshalb wandte sie sich ihm wieder zu. „Er lebt da draußen ganz alleine, Jericho. Er hat keine Möglichkeit, um Hilfe zu rufen, wenn irgendetwas nicht stimmt. Ich muss zu ihm. Und wenn auch nur, um sicherzugehen, dass alles in Ordnung ist."

Er starrte sie lange an. „Sie sind eine einfühlsame Frau, Hannah Richards. Sturköpfig, aber mit einem weichen Herzen." Er streckte seine Hand aus, als wollte er ihre Wange berühren, ließ sie dann aber wieder sinken. „Ich helfe Tom."

Sie stand bewegungslos da, als er davonging, und sehnte sich nach seiner Berührung, die gerade doch nicht geschehen war. Für einen kurzen Moment hatten sich die harten Linien in seinem Gesicht entspannt. Diese Weichheit hatte sein Aussehen so sehr verändert, dass es ihr den Atem geraubt hatte. Wie würde es sich anfühlen, wenn er seine Hand auf ihre Wange legte? Wenn er sie liebevoll ansah?

„Fertig, Miss Richards", rief Tom und winkte ihr zu.

Sie holte tief Luft und trat zu den Männern an den Einspänner.

„Sie wissen, wie man mit den Zügeln umgeht?" Der ernste Jericho war wieder da.

„Ja."

„Gut. Ich habe alles zweimal überprüft. Es sollte alles gut gehen. Wenn Sie irgendwo stecken bleiben, lassen Sie den Wagen einfach stehen und reiten auf dem Pferd zurück. Ich will nicht, dass Sie lange allein da draußen sind."

Hannah lächelte über den schroffen Tonfall seiner Stimme. „Wer macht sich jetzt unnötige Sorgen?"

Sie raffte ihre Röcke und setzte einen Fuß auf das Trittbrett. Als sie sich mit der anderen Hand hochziehen wollte, stand Jericho plötzlich neben ihr und bot ihr seine Hilfe an.

Sie nahm seine Hand und genoss das Gefühl seiner rauen Haut an ihrer. Der Kontakt war viel zu kurz, doch seine Berührung brannte sich in ihre Haut ein. Sie holte einen Silberdollar aus der Tasche und reichte ihn Jericho.

„Können Sie mir bitte den Weg zu Ezra beschreiben? Außer auf den Spaziergängen mit Ihrer Schwester habe ich noch nicht viel von der Gegend gesehen."

Jericho zeigte in Richtung Norden. „Nehmen Sie die Hauptstraße aus der Stadt raus. Nach dem Schulhaus noch etwa eine Meile, dann müssen Sie nach rechts auf die Straße abbiegen, die zum Fluss führt. Nach zwei Meilen sehen Sie einen Pfosten, in den ein Kolibri geschnitzt ist. Ezras Frau mochte solche Dinge. Folgen Sie der Wagenspur, die von diesem Pfosten ausgeht. Sie führt direkt zu seinem Haus."

Hannah nahm die Zügel, wobei das Pferd unruhig stampfte. „Danke für Ihre Hilfe, Jericho."

„Ähm …" Tom trat näher an den Wagen heran und warf seinem Arbeitgeber einen Blick zu. Dann formte der Junge mit seinen Händen einen Trichter und flüsterte laut vernehmlich: „Er mag es nicht, wenn man ihn so nennt. Niemand darf das."

„Ich mache es aber trotzdem." Hannah grinste und trieb das Pferd an. Der Wagen rollte die Straße hinab und ließ einen sehr erstaunten Tom und einen finster dreinblickenden Jericho zurück.

Jetzt, da sie in der Natur war, fühlte Hannah sich sofort besser. Dicke Bäume säumten ihren Weg und schienen für sie Spalier zu stehen.

Jerichos Anweisungen zu befolgen war nicht schwer, sodass Hannah die Brücke bald erreicht hatte. Die Luft war erfüllt von dem Tosen des Flusses. Hannah hatte den Eindruck, dass der Wasserstand viel höher war als sonst. Durch den Regen in den vergangenen Tagen schien er stark angeschwollen zu sein, sodass die Brücke unter der Gewalt des Wassers erbebte. Hannahs Herz schlug höher, doch sie umklammerte die Zügel und überquerte die Holzbrücke schließlich ohne Probleme.

Als sie wieder festen Boden unter sich spürte, trieb sie das Pferd an. Der Fluss hatte sie daran erinnert, wie gefährlich es war, allein hier draußen zu sein. Sie wollte so schnell wie möglich zu Ezra.

Als sie sein Haus endlich erreichte, stand die Sonne schon hoch am Himmel. Während sie noch vom Wagen kletterte, öffnete sich schon knarrend die Haustür der verwitterten Holzhütte. Ezra humpelte auf den Hof und stützte sich dabei schwer auf einen Gehstock.

„Miss Hannah? Was machen Sie denn so weit hier draußen?"

Sie sprang vom Wagen und begrüßte Ezra. „Ich habe mir Sorgen um Sie gemacht, weil ich Sie so lange nicht mehr gesehen habe. Ich wollte sichergehen, dass es Ihnen gut geht."

Ezra schüttelte den Kopf und führte sie zu seinem Haus. „Sie sollten in der Stadt sein und hübsche Kleider nähen, anstatt einen alten Kauz wie mich zu besuchen. Ich bin Ihre Sorgen nicht wert."

„Reden Sie nicht so einen Unsinn, Ezra. Lassen Sie uns ins Haus gehen, dann mache ich uns einen Tee."

Bevor Hannah allerdings den Tee machen konnte, musste sie erst einmal den Wasserkessel suchen. Berge von schmutzigen Tellern, Tassen und Schüsseln türmten sich in der Küche. Seit seine Frau gestorben war, hatte der arme Mann wahrscheinlich nicht mehr von einem sauberen Teller gegessen. Es war ein Wunder, dass er in dieser Unordnung überhaupt etwas essen konnte. Eine geöffnete Dose Bohnen stand auf dem Küchentisch, ein Löffel steckte darin. Sein Mittagessen, kein Zweifel. Er hatte sich nicht einmal die Mühe gemacht, die Bohnen zu erhitzen. Während Hannah ihren Umhang und die Haube an einen Haken hängte, schwor sie sich, dass sie dieses Haus nicht verlassen würde, ehe es hier sauber und ordentlich war.

Ohne auf Ezras Protest zu achten, suchte sie sich eine Schürze, krempelte die Ärmel hoch und nahm eine Waschwanne, die sie draußen an der Pumpe auffüllte. Dann weichte sie sämtliches Geschirr in Seifenwasser ein und machte sich daran, alles gründlich abzuschrubben.

Endlich hatte Ezra seinen Widerstand aufgegeben, setzte sich zu ihr in die Küche, schnitzte an einem kleinen Holzstückchen herum und lauschte ihrem Bericht über Cordelias große Fortschritte. Hannah beschrieb den wunderschönen grünen Stoff, den sie für ihr Kleid ausgesucht hatten, die glänzenden Knöpfe und das Schnittmuster. Sie bezweifelte zwar, dass Ezra sich für Cordelia Tuckers neues Kleid interessierte, doch so verging die Zeit wie im Fluge.

Als alles abgewaschen war, bestand Ezra darauf, beim Abtrocknen behilflich zu sein. Hannah entschied, dass er nur im Sitzen helfen durfte. Sofort bei ihrer Ankunft war ihr aufgefallen, dass er sich offenbar nur unter großen Schmerzen bewegen konnte. Sie sprach ihn allerdings erst darauf an, als sie schließlich gemeinsam bei einer Tasse heißen Tees saßen.

„Haben Sie sich verletzt? Soll ich den Arzt hierher schicken, damit er nach Ihnen sieht?"

Ezra schlürfte seinen Tee und schüttelte den Kopf. „Nein, nein. Da kann man nichts machen." Er stellte langsam die Tasse ab. „Mein Rheuma wird immer schlimmer, wenn es regnet. Und nach dem zu urteilen, wie meine Knie schmerzen, haben wir das Unwetter noch nicht völlig überstanden."

„Haben Sie einen Suppenknochen, damit ich Ihnen eine Brühe machen kann? Sie könnten sie mit Gemüse und Fleisch verlängern, um über die nächsten Tage zu kommen."

„Nein. Sie haben schon zu viel für mich getan." Er stützte die Hände auf die Tischplatte und stemmte sich mühsam hoch. Mit vorsichtigen, schlurfenden Schritten ging er zum Fenster und sah hinaus. „Sieht so aus, als käme ein neuer Sturm von Nordwesten. Kann nicht sagen, wann er hier sein wird. Am besten fahren Sie schnell zurück in die Stadt."

Hannah trank den letzten Schluck ihres Tees und stand auf. „Sind Sie sicher, dass ich nichts mehr für Sie tun kann?"

„Ja, ich bin mir sicher. Jetzt beeilen Sie sich, damit Sie noch gut nach Hause kommen."

„Na gut, dann mache ich mich auf den Weg." Hannah warf sich ihren Umhang über und trat an die Tür. „Ich habe Mr Tucker versprochen, dass der Wagen am Nachmittag wieder im Stall ist. Ich will nicht, dass er mich für unverantwortlich hält."

„Na ja, ich glaube eher, dass der Junge Sie für unwiderstehlich hält", murmelte Ezra von seinem Platz am Fenster.

Ein Schauer durchfuhr Hannah bei diesen Worten, den sie aber schnell unterdrückte. Wahrscheinlich hatte sie Ezras Gemurmel falsch verstanden.

Als sie nach draußen traten, zerrte ein böiger Wind an Hannahs Haube.

„Ich glaube, Sie haben recht mit dem Sturm." Sie stemmte sich gegen den Wind und ging auf ihr Pferd zu. Das Tier hob gelassen den Kopf aus der Tränke und schien vom Wetter völlig unbeeindruckt. Jericho hatte es gut erzogen.

Ezra führte das Pferd mit dem Wagen zur Straße und half Hannah beim Aufsteigen. Dann streckte er ihr etwas entgegen. „Hier, das habe ich für Sie geschnitzt. Meine Alice mochte solche Dinge."

Vorsichtig nahm sie sein Geschenk entgegen – ein Kolibri, sehr detailgetreu gearbeitet mit gefiederten Flügeln und einem langen, gekrümmten Schnabel. „Danke, Ezra. Das ist wunderschön." Sie verstaute es sorgsam in ihrer Handtasche.

Ezra reichte ihr die Zügel. „Sie müssen jetzt wirklich los, Mädchen. Seien Sie vorsichtig."

„Das bin ich." Hannah winkte zum Abschied und zog an den Zügeln.

Als sie die Brücke erreichte, hatte der Himmel bereits seine Schleusen geöffnet und schleuderte dicke Regentropfen auf das Wagendach. Der Himmel war fast schwarz. Hannah hörte das Brausen des Wassers. Als sie mit dem Wagen auf die Brücke fuhr, bemerkte sie, dass der Pegel sogar noch höher gestiegen war als auf dem Hinweg. Das Wasser zerrte an den Pfosten der Brücke.

Das Pferd schnaubte und schüttelte den Kopf, wobei es unruhig auf der Stelle tänzelte.

„Ich weiß, dass es furchteinflößend aussieht, aber die Brücke ist stabil. Wir schaffen das." Hannah sprach mit dem Tier, aber die Worte waren auch an sie selbst gerichtet.

Der Sturm war noch etwas entfernt. Sie hatten genug Zeit, um die Brücke zu passieren.

Hannah lenkte den Wagen auf die Brücke und konzentrierte sich darauf, auf das Pferd zu schauen, um nicht aus Versehen in die Fluten unter sich zu blicken.

Sie waren mitten auf der Brücke, als sie ein lautes Donnern hörte.

Mit klopfendem Herzen blickte sie flussaufwärts. Eine riesige Was-

serwand raste auf sie zu und überflutete die Ufer, an denen sie vorbei-
rollte.

Eine Springflut!

„Hüa!" Hannah klatschte mit den Zügeln auf den Rücken des Pferdes. Es bewegte sich viel zu langsam vorwärts. Sie musste von dieser
Brücke runter!

Sie war noch zehn Meter vom rettenden Ufer entfernt, als die Welle
sie erfasste. Die Wassermassen krachten gegen den Wagen und drück-
ten das Pferd gegen das Geländer. Durch das Gewicht des schweren
Wagens konnte es sich jedoch auf den Beinen halten. Doch auch der
Wagen verlor nun langsam den Halt. Wie ein Boot fing er an, auf dem
Wasser zu treiben. Hannah ließ die Zügel los und klammerte sich am
Wagen fest. Mit lautem Krachen wurde nun auch der Einspänner gegen das Geländer gedrückt, wobei Hannah in den Fußraum geschleudert wurde. Sie betete verzweifelt darum, dass die Holzkonstruktion
der Brücke den Stößen und dem Druck des Wassers standhielt.

Langsam drang das Wasser in den Wagen. Hannah rappelte sich auf
und erkannte, dass sie keine Möglichkeit mehr hatte, mit dem Wagen
von hier zu fliehen. Beide Achsen waren gebrochen, als das Wasser den
Wagen gegen die Brücke gedrückt hatte. Doch vielleicht konnte sie es
schaffen, das Pferd abzuschirren und nach Hause zu reiten.

Das Tier wieherte völlig verängstigt und rollte wild mit den Augen.
Hannah entschied, dass sie es wagen musste, ins Wasser zu springen
und sich nach vorne zu dem Pferd zu kämpfen. Beherzt kletterte sie
über die Seite des nutzlosen Gefährtes unter sich.

Das Wasser umfing sie eiskalt bis zu den Rippen und raubte ihr für
einen Moment den Atem. Die Strömung war so stark, dass sie fast den
Halt verloren hätte. Als sie wieder auf die Füße kam, watete sie auf das
Pferd zu und versuchte mit klammen Fingern, das Zaumzeug zu lösen.
Doch das Tier war so panisch, dass es nicht stillhielt, sondern immer
wieder den Kopf hochwarf. Hannah kämpfte, um das Gleichgewicht
zu behalten.

„Hör auf damit. Hörst du mich?" Sie zog den Kopf des Pferdes dicht
zu sich. „Du musst mich von der Brücke bringen. Ich mache dich los
und dann reiten wir nach Hause. Verstanden?" Das Tier bewegte den
Kopf auf und ab, wahrscheinlich um ihren Griff abzuschütteln, doch
Hannah sah es als Zustimmung an.

Schnell löste sie das Geschirr, das das Tier mit dem Wagen verband, doch dann warf das Pferd den Kopf wieder hektisch hin und her. Hannah verlor das Gleichgewicht und tauchte in den Wassermassen unter. Prustend kam sie wieder hoch. Das Tier schien gemerkt zu haben, dass es seiner Freiheit nun ein gutes Stück näher war, denn es bäumte sich wild auf und zerrte an der letzten verbliebenen Verbindung zwischen sich und dem Einspänner. Dieser Kraft konnte der letzte Zügel nicht standhalten. In dem Moment, als Hannah wieder auf die Beine gekommen war, riss sich das Pferd los, erreichte das sichere Ufer und galoppierte davon.

„Hey!"

Mehr brachte Hannah nicht heraus, bevor sie von einem dahintreibenden Ast in den Rücken gestoßen wurde. Wieder tauchte sie unter und kam prustend zurück an die Wasseroberfläche, doch diesmal waren ihre Beine über das Geländer der Brücke gespült worden. Um sie herum gab es nun nichts anderes mehr als Wasser.

Die Strömung zerrte an ihr. Verzweifelt umklammerte Hannah das Geländer, doch ihre Kraft schwand. Immer wieder wurde ihr Kopf unter Wasser getaucht. Sie reckte den Kopf, um nach Luft zu schnappen, doch Wasser strömte in ihren geöffneten Mund.

Da sie keine andere Wahl mehr hatte, tat sie schließlich das Einzige, was ihr noch möglich war. Sie ließ das Geländer los und ergab sich der reißenden Strömung des Flusses.

Kapitel 22

J. T. starrte durch das Stalltor auf die Straße, die aus der Stadt führte. Sie hätte längst wieder da sein müssen.

Dunkle Wolken verdunkelten den Himmel im Norden. Der Regen, der dem nahenden Gewitter vorausging, hatte ihn vor wenigen Minuten veranlasst, die Pferde in ihre Boxen zu bringen. Jetzt, wo sie alle trocken und sicher untergebracht waren, konnte er sich nicht von dem offenen Tor wegbewegen.

Wo bist du, Hannah?

Wenn Ezra Hilfe gebraucht hätte, wäre sie mit Sicherheit zurückgekommen und hätte den Arzt geholt. Was hielt sie auf? Vielleicht hatte sie entschieden zu warten, bis das Unwetter vorbei war. Oder sie hatte sich verfahren.

„Tom!" J.T. wandte sich um und ging rasch durch den Stall.

Der Junge streckte seinen Kopf aus einer der Boxen. „Ja?"

„Mach mir den Grauen fertig, während ich eine warme Jacke hole. Ich reite aus." Ohne eine weitere Erklärung ging er in sein Büro.

„In dem Regen?", rief der Junge ihm nach.

„Ja."

Er hatte gerade seine Jacke übergeworfen, als er Hufgetrappel hörte. Er rannte auf die Straße. Der Rote galoppierte an ihm vorbei auf den Stall zu.

Hannah.

J.T. rannte hinter dem Pferd her. „Tom! Ich brauche den Grauen! Jetzt!"

„Bin gleich so weit. Nur noch den Sattelgurt festzurren."

J.T. fuhr mit der Hand über den Nacken des völlig hysterischen Pferdes. Beruhigend redete er auf das Tier ein. „Alles ist gut, Junge", murmelte er. „Du bist in Sicherheit. Aber wo ist Hannah, hm? Du hast sie nicht abgeworfen, stimmt's?" Angst schwang in seiner Stimme mit, als er sich vorstellte, dass sie irgendwo verletzt am Wegesrand lag. Das Pferd trat einen Schritt zur Seite und J.T. knirschte mit den Zähnen.

„Tom!"

„Hier, J.T. Hier ist er."

Als Tom aus dem Stall trat, schnappte sich J.T. die Zügel. „Kümmere dich um den Roten."

Tom sah das Tier fassungslos an. „A-a-aber wo sind Miss Richards und der Wagen?"

„Das werde ich jetzt herausfinden." Er nahm sich nicht die Zeit für weitere Erklärungen, sondern sprang auf den Rücken des Grauen und galoppierte los.

Hinter dem Schulhaus zügelte er das Pferd und fing an, nach Anzeichen von Hannah zu suchen. Doch nirgendwo gab es ein Lebenszeichen von ihr. J.T. wurde immer unruhiger. Schließlich durchquerte er die letzte Kurve vor der Brücke, die von riesigen Pekannussbäumen gesäumt war, und starrte hinüber zum Flur. Durch die Zweige konnte er erkennen, dass ein großes, dunkles Etwas auf der Brücke lag. Vorsichtig ritt er näher heran.

Als er freien Blick auf die Brücke hatte, schien J.T.s Herz für einen Moment auszusetzen. Es war der Einspänner. Er lag mit gebrochener Achse auf der Brücke, um ihn herum hatten sich Planken, Äste und anderes Treibgut angestaut. J.T. wusste sofort, dass diese Katastrophe nicht nur von dem Regen herrühren konnte, der nun wie aus Eimern auf ihn niederging. Etwas Schlimmeres musste hier geschehen sein. Eine Springflut!

„Hannah!"

Er sprang vom Pferd, griff sich sein Lasso vom Sattel und rannte auf die Brücke. Seine Stiefel schlingerten auf dem glitschigen Holz, aber er ignorierte es. J.T. betete fieberhaft dafür, dass er Hannah deshalb nicht sah, weil sie im Wagen war. Hastig kletterte er auf den Kutschbock.

Nichts. Der Wagen war leer.

Er schlug mit der Faust gegen das Holz des Einspänners.

Er musterte das Ufer, das Wasser, das Gebüsch. Nirgendwo ein Zeichen des rosafarbenen Kleides, das sie heute Morgen getragen hatte. Wo war sie nur?

Herr, hilf mir, sie zu finden. Lebendig. Bitte lebendig.

J.T. hoffte im Wagen einen Hinweis auf ihren Verbleib zu finden. Er entdeckte ihre Tasche, die sich mit den Riemen an einer Holzplanke verheddert hatte. Schnell riss er sie ab und sah sich weiter um.

Das Pferd wäre niemals in der Lage gewesen, sich alleine zu befreien. Also musste Hannah die Flut überlebt und das Tier losgeschirrt haben. Aber er hatte kein Anzeichen von ihr auf seinem Weg hierher entdeckt. Wie konnte das möglich sein? Sie wäre doch sicher nicht zurück zu Ezras Haus gegangen. Nicht, wo der Wagen viel näher an der Stadt als an Ezras Hütte war. Wo konnte sie nur sein?

Er legte die Hände an den Mund und rief ihren Namen lang und laut. „Haaanaaahhh!"

Er wartete und hoffte auf ein Lebenszeichen von ihr. Irgendetwas. Aber alles, war er hörte, war das Rauschen des bedrohlichen Flusses.

Sie musste über das Geländer gespült worden sein. J.T. presste die Zähne zusammen. Hannah war stark – stärker als jede andere Frau, die er kannte. Körperlich. Innerlich. Vielleicht hatte sie sich trotz der starken Strömung ans Ufer retten können. Dort würde er anfangen zu suchen.

Er legte sich das Lasso über die Schulter und verließ die Brücke, um durch den tiefen Schlamm zu stapfen, der das Ufer säumte. Er hangelte sich an Büschen und niedrigen Bäumen entlang, um nicht das Gleichgewicht zu verlieren und ebenfalls im Fluss zu landen. Zweimal glitt er aus und konnte sich erst im letzten Moment fangen.

Nach einigen Hundert Metern sah er einen Farbfleck in der Ferne. Dort, wo der Fluss sich nach rechts wand, ragte ein umgestürzter Baum über die gesamte Flussbreite. Etwas Rosafarbenes hatte sich daran verfangen. Rosa!

Ohne auf den Weg zu achten, kämpfte er sich zu dem Baum hindurch. Mittlerweile schmerzten seine Beine von der kräftezehrenden Anstrengung, doch davon ließ er sich nicht aufhalten. Matsch sickerte in seine Stiefel und erschwerte jeden Schritt. Doch er hielt durch.

Als er den Baum endlich erreicht hatte, suchte er sich einen sicheren Standort und entrollte sein Seil. Eine kleine Zeder stand in der Nähe. J.T. wand das Ende des Lassos um den Stamm der Zeder und verknotete es. Er schlüpfte aus seiner Jacke, faltete sie zusammen, um das Innere trocken zu halten und band dann das andere Ende des Lassos um seine Taille. Nach einem kurzen, flehenden Stoßgebet kletterte er auf den umgefallenen Stamm und machte sich auf den Weg zu Hannah.

Der Baum wurde immer schmaler, je weiter J.T. balancierte. Schließlich war es nicht mehr möglich, aufrecht zu gehen, und J.T. robbte auf Händen und Knien weiter.

Jetzt konnte er sie sehen. Blasse Hände, kraftlos und erschreckend weiß vor dem dunklen Holz des Stammes. Hannah lag mit dem Gesicht nach unten. Ihr Haar hing in Strähnen in ihr Gesicht, kleine Zweige hatten sich darin verfangen.

Bitte, sei am Leben.

Er kroch näher an sie heran. Fast hatte er sie erreicht. Fast konnte er sie schon berühren. Dann spannte sich plötzlich das Seil und hinderte ihn am Weiterkommen. Mit einem Knurren zog er an seinem Lasso. Nichts geschah. „Komm schon!" Wieder riss er heftig an dem Seil, bis es sich endlich von einem Ast, in dem es sich verfangen hatte, löste. J.T. wandte sich wieder seinem Ziel zu.

„Hannah?"

Sie war zum Greifen nahe, aber sie gab noch immer kein Lebenszeichen von sich.

„Halt aus, Liebling, ich bin gleich bei dir."

Der Stamm hatte sich in der Mitte gespalten, worin Hannah sich verfangen hatte. J.T. griff nach ihrer Hand und zog fest daran. Die Kälte ihrer Finger ließ sein Herz gefrieren. Sie durfte nicht tot sein.

Schnell ließ er ihre Finger wieder los und fasste ihr Handgelenk. Er spürte einen schwachen Puls. Hannah war nicht tot. Nur bewusstlos. Er konnte sie retten! Er würde dem Fluss seine Beute entreißen.

Als er sich fest auf dem Stamm positioniert hatte, stemmte er seine Fersen gegen das Holz und zog kräftig an Hannahs Armen. Mühsam hob er sie langsam hoch, doch ihre vollgesogenen Röcke zogen sie immer wieder in den Fluss zurück.

Er brauchte mehr Kraft. Noch einmal rutschte er weiter vor, sodass er jetzt über der Gabelung saß, in der sie festhing. Mit letzter Kraft- und Willensanstrengung schaffte er es endlich, sie in seine Arme zu ziehen. J.T. drückte sie an sich und umschloss ihren kalten Körper mit seinen Armen. Vorsichtig strich er ihr die nassen Haarsträhnen aus dem Gesicht.

„Hannah? Kannst du mich hören? Mach die Augen auf."

Er fühlte an ihrem Hals noch einmal nach dem Puls und war erleichtert, als er auch dort ein zartes Flattern spürte. Tränen stiegen ihm in die Augen. Er wiegte Hannah in seinen Armen hin und her.

„Danke, Herr."

J.T. drehte Hannah so, dass ihr Rücken an seine Brust gelehnt war, ergriff einen ihrer Arme und rutschte ganz langsam zurück zum sicheren Ufer. Dort legte er sie vorsichtig ab und wickelte sein Lasso auf. Dann versuchte er wieder, Hannah zu wecken.

„Hannah, wach auf", befahl er. „Jetzt ist nicht die Zeit, um deinen Dickkopf durchzusetzen, Frau. Mach die Augen auf!"

Ihre Lider flatterten. Dann war sie wieder ganz still. Er schüttelte sie. „Sieh mich an!"

Blaue Augen blinzelten durch kaum geöffnete Lider hindurch.

„So ist es richtig. Hannah, du schaffst das. Sieh mich an."

Sie zwinkerte. „J-jericho?"

In diesem Moment entschied er, dass er den Klang seines Vornamens doch mochte. „Ich bin hier, Hannah." Er küsste sie auf die Stirn. „Du bist in Sicherheit."

„Mir ist kalt. Du musst mich wärmen." Ihre Lider sanken wieder herab.

J.T. sah sich hilfesuchend um. Hannah brauchte ein heißes Bad, trockene Kleidung und einen Arzt, bevor sie sich eine Lungenentzündung holte. Hatte Cordelia ihm nicht erzählt, dass Hannah als Kind eine schwache Lunge hatte? Er musste alles tun, um einen Rückfall zu vermeiden.

Er wrang so viel Wasser wie möglich aus ihren Röcken, dann wickelte er seine Jacke um sie. Er bezweifelte, dass sie das genügend wärmte, aber es war alles, was er ihr im Moment bieten konnte. Dann hob er sie auf seine Arme und machte sich vorsichtig auf den matschigen Rückweg.

Als er endlich wieder bei seinem Pferd angekommen war, hatte es aufgehört zu regnen. J.T. legte seine wertvolle Last vorsichtig auf dem Boden ab und atmete tief durch. Er kniete hinter Hannah, sodass sie sich gegen ihn lehnen konnte. Um sie warm zu halten, umschlang er sie mit seinen Armen. Sein Daumen streichelte zärtlich ihre Wange.

„Du wirst nicht mögen, was ich jetzt gleich tun muss, Liebling, aber ich kann es nicht ändern." J.T. zog ein Ästchen aus ihrem Haar. „Ich hoffe, du kannst dich später nicht daran erinnern. Und falls doch, verspreche ich dir, dass du mir so viele Vorwürfe machen darfst, wie du willst. Und ich werde dabei nicht mal böse gucken. Ist das in Ordnung?"

So sanft wie möglich nahm er sie wieder in die Arme und stand auf. Dann, mit einer weiteren geflüsterten Entschuldigung, warf er sie über den Sattel, stieg hinter ihr auf und ritt in Richtung Stadt.

Kapitel 23

„Delia! Mach auf!"

J.T. trat kräftig gegen die Haustür, weil er in seinen Armen die immer noch bewusstlose Hannah trug. Wahrscheinlich war es gut so, dass sie auf dem halsbrecherischen Ritt in die Stadt noch nicht aufgewacht war, aber ihre lange Bewusstlosigkeit beunruhigte ihn.

Delia riss die Tür auf und J.T. stolperte nach drinnen.

„Was machst du …" Die Frage erstarb auf ihren Lippen, als sie erschrocken nach Luft schnappte. „Hannah?"

J.T. blieb nicht stehen, um ihr etwas zu erklären. Er eilte, so schnell er konnte, in sein Schlafzimmer und legte Hannah vorsichtig auf seinem Bett ab. Delia rannte hinter ihm her.

„Was ist passiert, J.T.? Wo hast du sie gefunden? Lebt sie?"

„Ja", antwortete er kurz. „Sie lebt. Ich erzähl dir alles später, aber jetzt müssen wir sie erst mal in trockene Kleider stecken und aufwärmen." Er öffnete die Truhe am Fuße seines Bettes und zog jede Decke hervor, die er besaß. „Hol eines deiner Nachthemden und koche heißen Tee, falls sie aufwacht und etwas trinken möchte. Ich hole den Arzt. Während ich weg bin, ziehst du ihr die nassen Sachen aus. Alle. Alles klar?" Er wartete auf Delias Nicken. „Gut. Lass sie hier in meinem Bett. Wenn sie über Nacht bleiben muss, kann ich auch im Stall schlafen."

Delia rannte nach draußen, um Handtücher zu holen. Einen Moment lang betrachtete J.T. die bewusstlose Hannah. In seinem Bett. Eingewickelt in seine Jacke, ihr wirres Haar voller Schmutz, ihre Haut mit Matsch verschmiert, hatte sie niemals schöner ausgesehen. Sein Herz schmerzte vor Liebe.

Er kniete sich neben das Bett und ergriff ihre Hand. „Du wirst nicht krank werden, Hannah. Hörst du mich?" Er brachte die Worte kaum heraus. Dann, bevor seine Schwester zurückkam, presste er einen Kuss auf ihre Finger und legte ihre Hand behutsam wieder zurück.

Delia kam ihm mit einem dampfenden Wasserkessel und einem Stapel Handtücher auf dem Flur entgegen. Der Schock, der in den ersten

Minuten nach seiner Rückkehr in ihren Augen gestanden hatte, war einem energischen Funkeln gewichen. J.T. war beruhigt. Hannah war in guten Händen.

„Kümmer dich gut um sie, Schwesterherz."

„Natürlich, J.T. Jetzt hol endlich den Arzt."

Nach einem letzten Blick auf die wunderbare Frau in seinem Bett eilte er wieder hinaus.

Nur langsam wachte Hannah auf. Erinnerungsfetzen an Geräusche und Berührungen schwebten durch den Nebel in ihrem Kopf. Delias liebevolle Hände, als sie Hannahs Haare gekämmt hatte. Die Stimme eines unbekannten Mannes, der ihre Rippen abtastete. Jerichos ernster Tonfall und ein wunderbar weiches Gefühl auf ihrer Hand. Aber es waren nicht mehr als vage verschwommene Eindrücke.

Die überwältigende Müdigkeit, die sie umfangen hielt, wich allmählich. Sie konzentrierte sich, um ihre Umgebung zu erkennen. Zuerst kam ihr die Stille zu Bewusstsein. Das wütende Tosen war verschwunden. Aber ebenso die Stimmen, an die sie sich erinnern konnte. War sie allein? Sie wollte nicht allein sein.

Hannah versuchte, sich zu bewegen, aber ihr Körper wollte ihr nicht gehorchen. Wenn sie doch nur ihre Augen öffnen könnte, um zu sehen, wo sie sich befand …

Ihre Lider hoben sich genug, um den Blick auf eine Zimmerdecke freizugeben, die sich eindeutig nicht über ihrem eigenen Bett befand. Ein Wimmern entfuhr ihr, als sie panisch versuchte etwas zu sagen.

„Hannah?" Eine tiefe Stimme neben ihrem Ohr. Eine vertraute Stimme, die in ihre Angst drang und sie beruhigte. „Alles ist gut. Du bist in meinem Haus. Delia hat dich gewaschen. Jetzt ist sie in der Küche und macht etwas zu essen. Der Arzt meint, du hättest keine Brüche. Ein paar Tage Ruhe, und du wirst wieder zu Kräften kommen."

Sie versuchte, den Worten zu lauschen. Versuchte, ihre Augen weiter zu öffnen und etwas zu erkennen. Undeutlich nahm sie vor sich einen dunklen Körper wahr. Dann berührte sie eine Hand an der Wange. Finger strichen sanft über ihre Haut. Als allmählich J.T.s Gesichtszüge vor ihr erkennbar wurden, fragte sie sich, ob sie träumte.

„Jericho? Du lächelst ja."

„Tu ich das?" Wieder streichelte er ihre Wange. Ein Gefühl der Wärme stieg in ihr auf, das nichts mit der warmen Decke zu tun hatte, die sie umfing. Sein Lächeln wurde breiter. „Ich muss wohl glücklich sein."

Die Veränderung, die mit ihm vorgegangen war, konnte Hannah selbst in ihrem jetzigen Zustand sehen. Seine bernsteinfarbenen Augen schienen von innen heraus zu strahlen. Die tiefen Falten um seinen Mund hatten sich entspannt. Er sah jünger aus, lebendiger.

„Du siehst wirklich gut aus, wenn du glücklich bist."

Nun fuhr er mit einem Finger an der Linie ihres Kinnes entlang. „Das werde ich mir merken."

Röte stieg ihr ins Gesicht, als sie begriff, dass sie diesen Gedanken laut geäußert hatte. Sie sollte sich lieber zusammenreißen, bevor sie sich noch mehr blamierte. Hannah wandte verlegen den Kopf ab und hörte, wie er sich einen Stuhl an ihr Bett zog. Erst jetzt sanken seine Worte von vorhin in ihr Bewusstsein.

Sie war in seinem Haus.

Ihre Augen wanderten durch den Raum. Ein Rasierset stand neben einer Waschschüssel auf einem kleinen Tisch. Neben der Tür lag ein Paar dreckverschmierter Stiefel. Ein zerbeulter brauner Hut hing über einem Bettpfosten.

Sie war in seinem *Bett*.

„Ich sollte nicht hier sein." Hannah zog die Decke bis unter ihr Kinn und setzte sich auf. Ein Schmerz durchzuckte ihren Kopf. Sie stöhnte und presste ihre Augen zu und ließ die Decke los, um die Hände gegen die Stirn zu legen.

„Mach ganz langsam", sagte Jericho. „Du hast dir heftig den Kopf gestoßen. Wenn du dich langsamer bewegst, wird es nicht so wehtun." Er legte seinen Arm um ihre Schultern und drückte sie sanft zurück in die Kissen.

Der Schmerz verschwand bei seiner zärtlichen Berührung. Vorsichtig öffnete Hannah wieder ihre Augen. Gerade rechtzeitig, um zu sehen, dass sie nur ein Nachthemd trug. Sie schnappte erschrocken nach Luft, als Jericho sie wieder bis zum Kinn zudeckte.

„J.T.?" Schritte erklangen auf dem Flur. „Ist Hannah wach? Ich dachte, ich hätte ihre Stimme gehört." Cordelia betrat den Raum in der

Hand eine dampfende Schale, die einen köstlichen Duft verströmte. „Ich habe hier etwas Brühe, falls sie etwas trinken kann."

Jericho erhob sich von dem Stuhl. „Hier, setz dich. Ich hole noch ein paar Kissen, damit sie sich aufrechter setzen kann."

Hannah entspannte sich, als Cordelia an das Bett trat. Das peinliche Gefühl, dass sie im Nachthemd in J.T.s Bett lag, verschwand. Es gab sicher eine vernünftige Erklärung dafür, dass sie im Haus der beiden war. Im Moment konnte sie sich nur einfach nicht daran erinnern.

Jericho kam mit einigen Kissen zurück. Er legte sie ans Fußende des Bettes und trat wieder neben sie. „Ich helfe dir beim Aufsetzen, aber dieses Mal langsam."

Er hielt ihren Kopf und ihre Schultern und stützte sie vorsichtig. Cordelia stopfte die Kissen hinter sie und sorgte dafür, dass Hannah aufrecht sitzen konnte. Dankbar sank sie zurück.

„Hier, bitte schön." Cordelia drückte ihr die Tasse mit der Brühe in die Hand. „Ich hab sie schon ein wenig abkühlen lassen, damit du dich nicht verbrennst."

Hannah genoss die Wärme der Tasse in ihrer Hand, bevor sie anfing zu trinken. Ein köstliches Aroma erfüllte ihren Mund und verscheuchte den letzten Rest Benommenheit. Sie schnupperte, um den Duft und die Wärme aufzunehmen.

„Mmmm. Das ist köstlich. Danke."

Bis auf einen kleinen Rest trank sie langsam die Brühe. Dann ließ sie die Tasse sinken und sah von J.T. zu Cordelia. „Was ist passiert?"

„Erinnerst du dich nicht?" Cordelia griff nach der fast leeren Tasse.

Hannah runzelte die Stirn. „Ich weiß es nicht. Irgendwie ist in meinem Kopf alles durcheinandergewirbelt."

Sie sah Jericho an. Er lehnte nun an der Wand neben der Tür. Sein Lächeln war zwar verschwunden, doch ein weicher, zärtlicher Ausdruck stand noch immer auf seinem Gesicht. Hannah mochte Cordelia von Herzen, doch sie sehnte sich nach der zärtlichen Berührung dieses Mannes. Würde er sie jemals wieder streicheln?

„J.T.", sagte Cordelia. „Erzähl ihr, was du weißt. Vielleicht kommt die Erinnerung ja zurück."

Einer seiner Mundwinkel zuckte. „Du bist zum Baden gegangen und ich musste dich aus dem Fluss fischen."

Der Fluss.

Erinnerungen kamen zurück, einige deutlicher als andere. Der Sturm. Die Brücke. Die Flut. Eine unsichtbare Hand sortierte die Bilder in ihrem Kopf in eine ordentliche Reihenfolge. Der zusammengebrochene Wagen. Das Pferd, das davon galoppierte. Der Fluss, der sie umfing und mit sich riss.

Überall Wasser. Über ihr. Unter ihr. Wo war oben? Wieder stieg Panik in Hannah auf.

„Du erinnerst dich, oder?" Cordelias sanfte Stimme unterbrach ihre schrecklichen Gedanken.

„Ja." Hannahs Stimme klang rau.

„J.T. meint, es hätte vermutlich eine Springflut gegeben."

Hannah nickte und sah Jericho an. Er musterte sie intensiv, schwieg aber. Sie wandte sich wieder Cordelia zu und atmete tief durch. Sie war in Sicherheit.

„Ich … hm … war gerade auf der Brücke, als ich begriff, was da passierte." Hannah lehnte sich tiefer in die Kissen. „Es war zu spät, um umzukehren. Ich habe versucht, zu entkommen, aber das Wasser zertrümmerte den Wagen, bevor ich das andere Ufer erreichen konnte. Ich konnte das Pferd befreien und wollte mich am Zaumzeug festhalten, aber es riss sich los und galoppierte auf und davon. Der Fluss spülte mich über die Brücke. Ich wollte mich am Geländer festhalten, aber das Wasser war einfach zu stark. Ich konnte nicht atmen. Dann rissen mich plötzlich die Fluten mit sich."

„Wie schrecklich! Es ist ein Wunder, dass du überlebt hast." Cordelia ergriff ihre Hand. „Bestimmt hat Gott seine Engel geschickt, um dich zu beschützen."

Hannah nickte. „Ja, das hat er. Auf zweierlei Weise. Einer war ein Baum, in dem ich mich verfangen habe, und einer sah sehr nach deinem Bruder aus." Hannah lächelte Jericho an, der sich allerdings abrupt abwandte und interessiert die Wand musterte.

„Danke, dass du mich gerettet hast", sagte sie unsicher. „Ich bin sicher, die Sache wäre anders ausgegangen, wenn du nicht da gewesen wärst."

„Ich denke, du hättest einen Ausweg gefunden", brummte Jericho unfreundlich. „Du bist zu dickköpfig, um dich von einer Springflut umbringen zu lassen."

Hannahs Lächeln verschwand bei seinem mürrischen Tonfall. Offenbar hatte sich seine Haltung ihr gegenüber nicht geändert, obwohl es eben noch so ganz anders ausgesehen hatte. Woher kam dieser plötzliche Sinneswandel? Dann fiel ihr der Einspänner ein. Wenn sie ihre Nähmaschine ausleihen und beschädigt zurückerhalten würde, wäre sie auch ärgerlich. Es war *ihre* Schuld. Sie hätte es nicht riskieren dürfen, auf die Brücke zu fahren.

„Jericho, es tut mir sehr leid um den Wagen“, sagte sie hastig, bevor er den Raum verlassen konnte. „Sobald es mir wieder besser geht, bezahle ich den Schaden.“

Er drehte sich um und starrte sie wütend an. „Meinst du, der Wagen interessiert mich auch nur im Mindesten? Du wärst heute fast gestorben! Was ist da schon ein kaputter Wagen!“ Energisch riss er die Zimmertür auf und stürmte hinaus.

Hannah starrte ihm nach und war noch verwirrter als vorher. „Ich wollte ihn nicht verärgern.“

„Mach dir keine Gedanken“, beruhigte Cordelia sie. „J.T. konnte es noch nie ertragen, wenn sich jemand für seine Hilfe bedankt hat. Ich glaube, als du ihn mit einem Engel verglichen hast, hat ihn das völlig durcheinandergebracht.“ Sie erhob sich und zog noch einmal Hannahs Bettdecke glatt. „Er hatte einen anstrengenden Tag. Ich glaube nicht, dass er die Anspannung schon verarbeitet hat. Er ist noch ein bisschen aufgeregt.“

Cordelia half Hannah, sich wieder hinzulegen. „Ruh dich jetzt aus“, sagte sie. „Morgen fühlst du dich bestimmt schon viel besser.“

Als Hannah langsam in den Schlaf glitt, stiegen schöne Träume in ihr auf. Von einem lächelnden Jericho.

Kapitel 24

Am folgenden Nachmittag zog Hannah zurück in ihre eigene Wohnung. Schon am Samstag war sie bereit, wieder zu ihrer täglichen Routine zurückzukehren. In den vergangen Tagen hatte sie Cordelia überreden wollen, die Sportübungen allein zu machen, doch ihre Freundin war nicht von ihrer Seite gewichen. Jetzt, wo Hannah zwei Nächte erholsamen Schlafes und mehr Zeit zur Erholung gehabt hatte, als sie aushalten konnte, mussten diese Nachlässigkeiten endlich wieder aufhören. Sie hatte zwar immer noch ein paar Schürfwunden und leichte Kopfschmerzen, doch sie konnte ihre Freundin nicht länger im Stich lassen. Der Gründungstag war in zwei Wochen. Cordelia durfte nicht nachlässig werden.

Hannah zog sich ihr locker sitzendes Sportkleid und die bequemen Schuhe an. Bei einem Blick in den kleinen Spiegel über ihrer Waschschüssel runzelte sie die Stirn. Ihr Zopf hing zerzaust über den Rücken, etliche Strähnen hatten sich daraus gelöst und hingen ihr wirr um den Kopf. Normalerweise wischte Hannah sich morgens mit der feuchten Hand die Haare hinters Ohr, aber heute würde das nicht ausreichen. Was, wenn sie Jericho über den Weg lief?

Ihr Herz schlug Purzelbäume, als sie sich an sein Lächeln und seine leise Stimme erinnerte, nachdem sie aus ihrer Ohnmacht erwacht war. Gestern hatte er sich kaum blicken lassen. Nur nach dem Mittagessen hatte er kurz bei ihr vorbeigeschaut, während Cordelia unterwegs war, um das Mittagessen ins Telegrafenbüro zu bringen.

Er hatte ihr erzählt, wie er gemeinsam mit Tom den Einspänner wieder auf die Räder und zurück in den Stall gebracht hatte. Sie hatte ihrerseits von Ezras Rheuma berichtet. Daraufhin hatte Jericho zugegeben, dass er sie wie einen nassen Sack über sein Pferd hatte werfen müssen, um sie nach Hause zu bringen. Hannah hatte sich ihr Lachen nicht verkneifen können, als sie seine Verlegenheit gesehen hatte.

Es war die wunderbarste Stunde gewesen, die sie je in seiner Anwesenheit erlebt hatte. Sie hatten sich nicht ein einziges Mal gestritten.

Hannah machte ihren Zopf auf und kämmte ihre Haare, bis sie glänzten. Da sie vermeiden wollte, dass Cordelia auffiel, wie sie sich um ihr Aussehen bemühte, flocht sie sich danach wieder den üblichen Zopf, der fast bis zu ihrer Hüfte reichte. Nur war dieser jetzt ordentlicher.

Mit einem nervösen Flattern im Magen, weil sie vielleicht Jericho begegnen könnte, öffnete Hannah ihre Tür ... und sprang erschrocken zurück. Zwei große Schatten standen auf ihrer Türschwelle. Hannahs benommener Kopf brauchte ein paar Sekunden, um zu erkennen, dass die Schatten eher Möbeln und nicht lauernden Bösewichten glichen. Während sie sich erleichtert gegen den Türrahmen lehnte, fragte sie sich, wie es zwei schwere Eichenstühle geschafft hatten, unbemerkt ihre Treppe zu erklimmen.

„Wollen Sie eine Veranda einrichten?"

Hannah lehnte sich über das Treppengeländer und sah Louisa, die gerade unterwegs zur Wasserpumpe war.

„Wird ein bisschen schwierig, wenn Sie dann noch Ihre Wohnung verlassen und betreten wollen, wenn Sie mich fragen."

„Haben Sie gesehen, wer die Stühle gebracht hat? Ich wüsste nicht, wo sie herkommen könnten."

Louisa stellte ihre Wassereimer ab und kam näher an die Treppe heran, wobei sie die Möbelstücke musterte. „Sie sehen ordentlich aus. Bestimmt hat ein Freund sie hierhergebracht. Jemand, der weiß, dass Sie ein bisschen knapp mit Möbeln sind."

Hannah warf einen Blick zurück in ihr Zimmer und errötete beim Anblick der provisorischen Sitzgelegenheiten und unzähligen Kisten. Sie konnte diese Stühle wirklich gebrauchen, aber wer hatte davon gewusst?

„Also haben Sie nicht gesehen, wer es war?" Hannah zwängte sich zwischen den Stühlen und dem Treppengeländer hindurch.

„Nein", antwortete Louisa und machte sich wieder auf den Weg zur Pumpe.

Hannah seufzte. Sie wusste, dass es ihr keine Ruhe lassen würde, wenn sie nicht wusste, bei wem sie sich bedanken sollte. Sie dachte über alle nach, die wissen könnten, dass sie dringend Stühle gebraucht hatte. Jericho und Tom hatten ihr beim Einzug geholfen. Cordelia wusste es natürlich. Danny betrat ihr Zimmer, wenn er ihr das bestellte Holz brachte. Weder Jericho noch Cordelia würden etwas von fehlenden Stühlen erzählen, doch Tom und Danny traute Hannah es zu, dass sie ohne viel Nachdenken darüber plauderten. Es war außerdem möglich, dass sie Ezra gegenüber etwas von dem Zustand ihrer Wohnung erwähnt hatte, aber sie konnte sich nicht mehr erinnern. Da Ezra so wunderbare Dinge aus Holz arbeiten konnte, schien es zu ihm und seinen Fähigkeiten zu passen. Doch da er mitten im Wald lebte und zudem wahrscheinlich von seiner Krankheit geschwächt war, würde er kaum nachts in die Stadt kommen, um heimlich zwei Stühle abzuliefern.

Hannah suchte die menschenleere Straße nach einem Hinweis ab, doch sie konnte keine Spur entdecken. Da sie das Rätsel jetzt wohl nicht lösen konnte, beschloss sie, ihr Geschenk erst einmal in ihr Zimmer zu tragen.

Die Stühle waren wirklich hübsch. Die Rückenlehnen waren mit filigranen Blumenschnitzereien verziert und durch fünf feine Spindeln mit der Sitzfläche verbunden. Die Beine waren fest verschraubt, sodass die Stühle nicht wackelten. Sie schob die Stühle an ihrem improvisierten Tisch hin und her und entschied sich schließlich, sie so zu stellen, dass man auch gut aus dem Fenster schauen konnte.

Es sah gemütlich aus. Die Vorstellung von Jericho, der auf einem dieser Stühle saß, stieg vor ihrem inneren Auge auf. Jericho, wie er ihre Hand hielt oder sich mit ihr ein Stück Kuchen teilte. Seine tiefe Stimme, die ihr sanft ins Ohr flüsterte. Die zarte Berührung seiner Lippen auf ihrem Mund.

Ein Hahn krähte draußen und zerstörte Hannahs Tagtraum. Sie sprang auf und verließ ihr Zimmer. Cordelia würde sich Sorgen um sie machen, wenn Hannah nicht bald erschien.

Als sie am Stall vorbeikam, zeigte ihr ein schummeriges Licht, dass Jericho schon in seinem Büro war. Hannah versuchte, ihre Enttäuschung zu verdrängen. Es war ja nicht so, als wäre heute die einzige Gelegenheit, ihn zu sehen. Morgen würde er in der Kirche sein. Und vielleicht konnte sie ihm ja noch einmal einige Kekse backen – ein Dankeschön dafür, dass er sie aus dem Fluss gefischt hatte. Bei diesem Gedanken seufzte Hannah laut.

Wie sollte sie Cordelia gute Ratschläge geben, wie sie einen Mann auf sich aufmerksam machen konnte, wenn sie es selbst nicht schaffte? Vielleicht sollte sie sich lieber darauf konzentrieren, als Schneiderin zu arbeiten und ihr eigenes Geschäft zu führen. Das war schon immer ihr Lebenstraum gewesen.

Doch dieser Lebenstraum schien sich zu verändern. Hannah konnte es spüren. Jericho webte sich allmählich immer weiter in den Stoff ihrer Träume ein, sodass sie mittlerweile fürchtete, dass ihr Traum ohne Jericho zerreißen würde.

Hannah schob diese beunruhigenden Gedanken beiseite, während sie auf das Haus der Tuckers zuging. Cordelia erhob sich von ihrem Sitz auf der vorderen Veranda.

„Ich war nicht sicher, ob du heute kommen würdest", sagte sie. „Hast du dich genug erholt?"

„Ich bin bereit, das herauszufinden." Hannah lächelte und zog Cordelia hinter sich her. Eilig gingen sie am Haus vorbei. „Wenn ich noch länger in meinem Zimmer bleibe, werde ich verrückt. Es tut gut, sich wieder an der frischen Luft zu bewegen."

„Ich bin froh, dass es dir besser geht", bemerkte Cordelia, die allmählich Probleme bekam, mit Hannah Schritt zu halten.

„Ich auch."

Schweigend machten sie sich mit zügigen Schritten auf den Weg zum Schulhaus. Normalerweise genoss Hannah das entspannte Schweigen, doch heute wollte sie ihrer Freundin von den Stühlen berichten, die sie vor ihrer Haustür gefunden hatte.

„Weißt du zufällig etwas über zwei Stühle, die heute über Nacht auf meiner Türschwelle aufgetaucht sind?"

Cordelia sah verwirrt aus. „Jemand hat Stühle vor deine Tür gestellt?"

„Ja." Hannah lehnte sich leicht nach vorne, als der Weg langsam anstieg. „Und ich frage mich, wie der geheimnisvolle Spender wissen konnte, dass ich Stühle brauche." Sie warf einen Seitenblick auf ihre Freundin. „Du hast es niemanden erzählt, oder?"

Cordelia schüttelte den Kopf. „Natürlich nicht."

Hannah ließ das Thema fallen, enttäuscht, dass sie nichts herausgefunden hatte. Zügig stiegen sie den Hügel hinauf. Oben blieben sie einen Moment stehen, um wieder zu Atem zu kommen.

Cordelia hatte sich vorgebeugt und ihre Hände auf die Knie gestemmt. Sie wandte den Kopf, sodass sie Hannah sehen konnte. „Ich hatte ein seltsames Erlebnis in Hawkins' Laden, nachdem ich dich gestern besucht hatte."

„Wirklich?"

„Ein Mann hat mir angeboten, meinen Korb für mich zu tragen", sagte Cordelia lachend. Hannah bedeutete ihr, dass sie weitergehen sollten.

„Wer war es?", fragte Hannah, als sie wieder zügig ausschritten.

„Ich weiß es nicht." Cordelia kicherte. „Er muss ein Zugreisender gewesen sein. Oder ein anderer Fremder. Aber er hat sich wirklich Mühe mit mir gegeben. So etwas habe ich noch nie erlebt. Im Laden wuselte er immer um mich herum und stellte mir eine Frage nach der anderen." Ihr Atem kam immer schneller, während sie weitergingen. „Er hat über das Wetter geredet, die Stadt, alles Mögliche. Es war wirklich unterhaltsam. Obwohl ich nicht verstehe, warum er sich überhaupt so lange mit mir beschäftigt hat. Ich war so überrascht von seinem Verhalten, dass ich kaum einen vernünftigen Satz zustande gebracht habe."

„Ein Mann, der sich für dich interessiert! Wie wunderbar." Hannah tätschelte kurz Cordelias Schulter und ging dann wieder dazu über, ihre Arme bei jedem Schritt mitzuschwingen. „Die Männer bemerken dich. Das ist doch sehr ermutigend."

„Es hätte sogar noch interessanter werden können, wenn Warren den armen Kerl nicht vergrault hätte."

Dieser junge Mann entwickelte sich zu einer echten Nervensäge. Cordelia bezeichnete ihn als Freund, doch er schien die Veränderungen, die Cordelia vornahm, zu missbilligen. Zuerst hatte er ihr Haar abfällig kommentiert. Jetzt bot er ihr jedes Mal Süßigkeiten an, wenn sie den Laden betrat, weil er wusste, dass Cordelia nur schlecht widerstehen konnte. Und jedes Mal, wenn Hannah ihm begegnete, starrte er sie so böse an, dass sie eine Gänsehaut bekam. Offenbar gab er ihr die Schuld an Cordelias Entwicklung.

Hannah unterdrückte ein Schaudern. „Was hat er gemacht?", fragte sie, während sie in Richtung Stadt marschierten.

„Er ist wie ein Racheengel auf den Fremden zugestürmt und hat ihn angebrüllt, dass er mich nicht belästigen soll. Dann hat er ihn finster angestarrt, bis er den Laden verlassen hat. Es war demütigend." Sie warf Hannah einen Blick zu, der von ihrer großen Unsicherheit sprach. „J.T. ist schon schlimm genug. Ich brauche nicht noch einen Mann, der den großen Bruder spielt."

Hannah bezweifelte, dass Warren geschwisterliche Gefühle für Cordelia hegte. Sein Verhalten passte besser zu einem eifersüchtigen Verehrer als zu einem beschützenden Bruder. Aber diese Gedanken behielt sie lieber für sich.

„Hast du etwas zu ihm gesagt?"

„Natürlich." Cordelia stampfte jetzt mit jedem Schritt fester auf. „Sobald der Herr gegangen war, habe ich Warren für sein unhöfliches Benehmen zur Rede gestellt."

„Und hat er sich entschuldigt?"

„Nein, im Gegenteil." Cordelia marschierte jetzt wie ein Soldat, der es nicht erwarten konnte, in den Kampf zu ziehen. „Er hat angefangen, mir einen Vortrag über anständiges Verhalten zu halten! Kannst du dir das vorstellen?"

Hannah erwiderte nichts.

„Er hat mich davor gewarnt, die Männer zu solchen Verhaltensweisen zu ermutigen und gesagt, dass ihm die Veränderungen nicht gefallen, die im Moment mit mir vorgehen. Dann hat er lang und breit darüber gewettert, dass du einen schlechten Einfluss auf mich hast und dass ich nachher mit einem Mann ende, der mich nur wegen meines Äußeren und nicht wegen meiner inneren Werte liebt. Das hat mich so wütend gemacht, dass ich gegangen bin, ohne das Geld für mein Brot mitzunehmen."

Hannah schüttelte fassungslos den Kopf. Wie konnte es dieser Mann wagen, sie einen schlechten Einfluss zu nennen? Sie wollte doch nur erreichen, dass Cordelia glücklich wurde.

Trotzdem steckte ein kleines Körnchen Wahrheit in seinen Worten.

„So schwer es mir fällt, es zuzugeben, doch ein bisschen hat Warren mit seinen Worten auch recht", sagte Hannah schließlich.

Cordelia blieb abrupt stehen. „Wie bitte?"

Hannah griff nach dem Arm ihrer Freundin. „Geh weiter." Als Cordelia wieder neben ihr her marschierte, fuhr Hannah fort: „Es gibt viele Männer, die sich nur für das Äußere einer Frau interessieren. Ich kann dir gar nicht aufzählen, für wie viele vornehme Damen ich schon genäht habe, die völlig unzufrieden mit ihrem Leben waren, weil ihre Ehemänner das Interesse an ihnen verloren hatten. Eine erfüllende Ehe braucht Freundschaft, Vertrauen, göttliche Hingabe und eine selbstlose Liebe, die ein Paar zu einer Person macht."

„Aber ich habe mein Herz schon Ike geschenkt."

„Das weiß ich. Und ich bin sicher, dass er keiner von den Männern ist, die sich nur für ein hübsches Gesicht interessieren. Irgendwann wirst du aber vielleicht entscheiden müssen, ob er dich wegen deiner Äußerlichkeiten oder deiner inneren Werte liebt. Denn sollte Ersteres der Fall sein, ist er nicht der Richtige für dich, egal, was du empfindest."

Ein paar Schritte gingen sie schweigend weiter. „Dein Bruder hat etwas Ähnliches zu mir gesagt und er hatte recht", sagte Hannah schließlich. „Schönheit ist oberflächlich. Eine Beziehung, die sich darauf gründet, kann nicht lange halten."

Hannah sah ihre Freundin von der Seite an, aber Cordelias Augen blieben auf die Straße gerichtet. Schweigend stapfte Hannah neben ihr her, wobei ihre Gedanken zu Jericho wanderten.

Während Cordelia sich danach sehnte, dass Ike sie wirklich wahrnahm, wünschte Hannah sich, dass Jericho ihre inneren Werte erkannte. Irgendwie fühlte er sich schon von ihr angezogen. Das hatte sie bemerkt. Genauso wie die Tatsache, dass er diese Gefühle bekämpfte wie ein Viehzüchter ein Präriefeuer. Wenn er ihr doch nur genug vertrauen würde, um einen der Funken in sein Herz zu lassen! Sie würde ihm ihr ganzes Leben lang treu bleiben. Sie würde ihn leidenschaftlich lieben und eine gute Mutter für ihre Kinder sein. Eine Mutter, wie er sie selbst nie gehabt hatte. Sie würde seine Tage mit Freude erfüllen, bis dieses wunderbare Lächeln immer auf seinem Gesicht stehen würde – wenn er ihr nur die Gelegenheit dazu geben würde.

Tief in Gedanken versunken gingen die beiden Freundinnen nebeneinanderher, bis sie das Haus erreichten. Wie immer gingen sie in Cordelias Küche, um etwas zu trinken.

Als sie am Küchentisch saßen, füllte Cordelia noch einmal Hannahs Glas nach und sah sie entschlossen an. „Ich will weiter an unserem Plan festhalten."

Hannah wartete ab.

„Ich liebe ihn. Ich kann nicht aufgeben." Cordelia erhob sich und trat ans Fenster. Nach einem kurzen Moment seufzte sie, kehrte zum Tisch zurück und legte ihre Hände auf die Stuhllehne. „Wenn er sich wirklich nur für ein hübsches Gesicht interessiert, muss ich ihn vergessen. Aber was, wenn da tatsächlich mehr sein kann?" Sie umklammerte den Stuhl so fest, dass ihre Knöchel weiß wurden. „Was, wenn er auf mich aufmerksam wird und mich attraktiv findet und diese Anziehung dann zur Liebe führt? Ich kann nicht aufgeben. Ich muss es versuchen."

Cordelias Leidenschaft entfachte die Hoffnung neu, die in Hannahs Herz geflackert hatte. Mit tränennassen Augen erhob sie sich und schlang ihre Arme um ihre Freundin.

„Wir machen weiter." Hannah legte ihre Stirn gegen Cordelias Schulter und schwor sich, dass sie alles tun würde, damit ihre Freundin ihren Traum erreichen konnte. Und wenn der Herr gnädig war, würde sie sich währenddessen hoffentlich auch über ihren eigenen klar werden.

Kapitel 25

J. T. richtete resigniert seinen Blick an die Decke des Versammlungshauses und seufzte. Er schätzte eine gute Predigt, das war gar keine Frage, doch da er keinen Tropfen Alkohol anrührte, war ihm die Rede über die Gefahren des Alkoholkonsums nach fünf Minuten langweilig geworden. J.T. rutschte auf seinem Platz hin und her und drehte sich leicht in Richtung des Mittelganges.

Fast konnte er sie aus dem Augenwinkel sehen. Zwei Reihen weiter hinten auf der anderen Seite. Sie saß neben Ezra.

Sie trug das schöne blaue Kleid, das sie auch an dem Tag angehabt hatte, als er sie vom Bahnhof abgeholt hatte, das ihre Augen so wunderbar zum Strahlen brachte. Unauffällig tastete er nach seiner Hemdtasche. Das leise Knistern von Papier ließ ihn lächeln. Hannah hatte ihm den Zettel zugesteckt, als er ihr und Ezra vorhin mit dem Wagen geholfen hatte. Sie hatte ihn angesehen und ihm wortlos bedeutet, dass das, was auch immer auf dem Zettel stand, ihr wichtig war und sie es ihm anvertraute. Er hatte ihr zugenickt, um ihr zu versichern, dass er ihr Vertrauen nicht missbrauchen würde. Was immer auch auf dem Zettel stand.

Ein sarkastisches Lächeln verzog seinen Mund. Wenn sie ihn darum gebeten hätte, ihr einen Wald zu fällen, um eine Wiese anzulegen, wäre er wahrscheinlich sofort nach Hause gegangen und hätte seine Axt geholt. Aber natürlich hatte sie das nicht getan. Ihre Bitte hatte lediglich ihre große Charakterstärke widergespiegelt. Im Gegensatz zu dem, was er wochenlang von ihr gedacht hatte. Was war er doch für ein Dummkopf gewesen.

Er war, nachdem sie ihm den Zettel zugesteckt hatte, noch bei den Pferden geblieben, bis er sicher war, dass er wirklich allein war. Nachdem endlich die letzten Nachzügler in der Kirche verschwunden waren, hatte er sich hinter einen Einspänner gesetzt und mit klopfendem Herzen den Zettel auseinandergefaltet. Ihre Schrift schwang sich verschnörkelt über die Seite, passend für jemanden, der so kreativ war wie sie. Doch während er las, erfüllte ihn eine seltsame Enttäuschung. Die Worte waren freundlich, aber nicht so vertraut, wie er sich erhofft hatte. Was natürlich vermessen war. Warum sollte sie ihm ihre Gefühle auf einem kleinen Zettel gestehen, wenn er ihr nie auch nur den kleinsten Hinweis gegeben hatte, dass er sie mochte? Trotzdem las er sich ihre Botschaft noch einmal durch – nur weil sie sie geschrieben hatte.

Jericho,
bitte erwähne meinen Unfall am Fluss Ezra gegenüber nicht. Ich fürchte, dass er sich dann die Schuld dafür gibt, obwohl man es außer mir niemandem vorwerfen kann. Ich habe die Situation falsch eingeschätzt. Ich bin sicher, dass es noch Fragen nach den Schäden am Wagen geben wird, und werde natürlich dafür aufkommen. Ich bitte dich nur darum, dass du nicht erzählst, wie gefährlich die Situation für mich war, damit Ezra sich keine Sorgen macht.
Danke,
Hannah

Jetzt, wo er in der engen Bank saß, die eher für Kinder als für einen erwachsenen Mann gezimmert worden war, dachte J.T. über ihre Worte nach. Natürlich würde er ihre Bitte erfüllen. Zu Tom hatte er über den Unfall nicht viel gesagt, außer, dass es Hannah gut ging, also war Delia die Einzige, die Bescheid wusste. Zudem war er sowieso der Meinung, dass es keinen Menschen etwas anging, was mit seinem Einspänner passiert war.

Endlich war die Predigt vorbei und J.T. erhob sich dankbar zum Abschlusslied. Wie immer begleitete Ike Franklin das Lied. Zum ersten Mal konnte er sich bei Gott frei und unbeschwert für Hannahs Ankunft in dieser Stadt bedanken. Schönheit, nicht nur die Schönheit der Welt, sondern auch die der Menschen, war etwas, für das man Gott preisen konnte. Auch wenn dieses Geschenk des Herrn, wie jedes andere auch, von Menschen ausgenutzt werden konnte. Doch Hannah hatte gezeigt, dass sie nicht zu den Menschen gehörte, die das wollten. Ihr Inneres spiegelte die gleiche Schönheit wider, die sie auch nach außen zeigte.

Doch was sah sie, wenn sie ihn ansah? Wahrscheinlich einen mürrischen Eigenbrötler. J.T. knirschte mit den Zähnen und wünschte sich, er hätte einen Zahnstocher dabei. Er hatte keinen Grund zur Annahme, dass Hannah sich für ihn interessierte. Jedes Mal, wenn er seinen Mund aufmachte, schaffte er es, entweder sie oder ihre Arbeit zu beleidigen.

Wenn sie ihn brauchte, würde sie vielleicht über seine Sturheit hinwegsehen können, aber diese Frau war so unabhängig und selbstständig, dass sie sich nur selten an ihn wenden würde. Sie war so tatkräftig wie jeder Mann in dieser Stadt. Führte ein eigenes Geschäft. Hängte ihre Regale selbst auf. Rettete sich sogar fast selbst vor einer Springflut. Alles, was er getan hatte, war, sie aus dem Wasser zu ziehen. Hannah brauchte weder sein Geld noch seine Kraft oder seine Fähigkeiten. Alles, was er ihr anbieten konnte, war sein Herz. Aber war das genug? Für seine Mutter war es das nicht gewesen. Und auch wenn Hannah seiner Mutter so wenig ähnelte wie eine Taube einer Klapperschlange, konnte er die Zweifel nicht völlig verdrängen, die an ihm nagten.

J.T. sagte mechanisch Amen, obwohl er die Worte des Gebetes überhaupt nicht gehört hatte. Im Stillen bat er Gott deswegen um Verzeihung, während um ihn herum die Menschen zu reden begannen. Ike Franklin kam auf ihn zu und begrüßte ihn.

„Schön, dich zu sehen, J.T."

„Guten Morgen, Ike."

Ike warf Delia einen kurzen Blick zu und stammelte einen Gruß. Delia lächelte und trat näher an die Männer heran, was Ike noch mehr verunsicherte.

„Ich habe die Musik heute wieder sehr genossen", sagte sie.

„Da-danke, Miss Tucker." Ikes Gesicht wurde rot und er reckte seinen Kopf, als sei ihm plötzlich der Kragen seines Hemdes zu eng geworden. „Ich … ähm … hatte mich daran erinnert, dass Sie mal gesagt hatten, dass Sie … ähm … das Ausgangslied, was ich heute ausgewählt habe, ganz besonders mögen."

Seit wann wurde Ike in Delias Gegenwart nervös? Du liebe Zeit, sie sahen sich doch täglich!

„Das ist sehr aufmerksam von Ihnen. Aber die anderen Lieder waren auch wunderschön. Die Melodien gehen mir sehr zu Herzen, wenn Sie Klavier dazu spielen."

„Oh, ich … danke. Ähm … vielen Dank."

J.T. runzelte finster die Stirn, während er von Delia zu Ike und wieder zurück blickte. Normale Menschen unterhielten sich nach dem Gottesdienst über das Wetter, die Ernte oder die kranke Tante Myrtle. Was war mit den beiden hier los? Vielleicht sollte er Ike zur Hilfe kommen und mit ihm über den Regen sprechen. Er räusperte sich, um sich in dieses seltsame Gespräch wieder einzubringen, als plötzlich ihn jemand am Arm berührte.

„Entschuldigung, Mr Tucker." Hannah lächelte ihn an. Augenblicklich vergaß J.T. alles, was er über Delia und Ike gedacht hatte. „Ich glaube, ich brauche Ihre Hilfe. Könnten Sie mich vielleicht nach draußen begleiten?"

„Natürlich." Ike schaffte das schon allein.

„Ich hoffe, es ist nichts Ernstes, Miss Richards", sagte Ike besorgt.

„Nein, gar nicht. Aber vielen Dank für Ihre Anteilnahme. Ich bin sicher, Mr Tucker kann mir im Handumdrehen helfen."

J.T. hatte das Gefühl, er wäre gerade um mindestens zwei Zentimeter gewachsen, und folgte Hannah, die sich den Weg durch die Menschen bahnte. Sie blieb weder auf den Treppen noch im Hof stehen, sondern ging direkt auf Ezras Wagen zu. Wollte sie, dass er etwas daran reparierte? Er rückte seinen Hut zurecht und war sich sicher, dass er ihr jeden Wunsch erfüllen würde, den sie äußerte.

Er streifte seinen Sonntagsmantel ab und hängte ihn an Ezras abgenutzten Ledersitz. „Um was soll ich mich kümmern?"

Hannah lehnte sich entspannt an den Wagen und zog mit dem Fuß einen Strich in den Staub vor sich auf dem Boden. „Ach, ich glaube, du hast schon alles erledigt."

J.T. sah sie verwirrt an. „Das verstehe ich nicht."

Sie lächelte. „Ich weiß."

Worauf wollte sie hinaus? Er starrte sie an, bis sie schließlich zur Seite blickte.

Eine seltsame Ahnung, dass sie ihn gerade überlistet hatte, schnürte ihm den Magen zu. Ein Lächeln, eine Berührung am Arm, und er war ihr hinterhergelaufen wie ein gehorsames Hündchen. „Also hast du mich angelogen?", brummte er, nahm seinen Mantel vom Wagen und stapfte davon. *Frauen!* Er hätte es besser wissen sollen.

„Warte, Jericho. Ich habe nicht gelogen!" Hannah rannte hinter ihm her und fasste wieder nach seinem Arm.

Er schüttelte sie ab.

„Ich *brauchte* dich hier draußen, Jericho. Aber das war alles. Du solltest nur mit nach draußen kommen."

Er sah sie finster an. „Was soll das hier?"

Die Funken, die in ihren Augen geglitzert hatten, erloschen. „Du wolltest sie unterbrechen, doch sie brauchten mehr Zeit für sich. Ohne deine Störung."

Was redete sie für einen Unsinn? Fragend zog er die Schultern nach oben. „Wer?", wollte er wissen. „Wer brauchte mehr Zeit?"

„Cordelia und Ike."

„Delia und …" Plötzlich fiel es ihm wie Schuppen von den Augen. Sie hatte ihn nicht überlistet. Na gut, vielleicht ein bisschen, aber es war gewesen, um seiner Schwester einen Gefallen zu tun, und nicht, um ihm den Kopf zu verdrehen. Sie wollte einfach nur dem Glück von zwei Menschen nachhelfen.

Unter anderem dem seiner Schwester.

Sein Zorn flammte wieder auf.

„Delia und Ike? Ike ist der Mann, von dem du die ganze Zeit redest? Der, den Delia liebt?"

Hannah sah sich schnell um. „Leise! Es könnte dich jemand hören."

J.T. scherte sich nicht um die Lautstärke seiner Stimme. Seine Schwester flirtete mit einem Mann! Einem Mann, den sie jeden Tag besuchte! Alleine! Ohne Anstandsperson!

„Wenn er sie angefasst hat, dann –"

Hannah packte ihn am Kragen. Er starrte sie ungläubig an. Sie starrte zurück. „Reg dich ab, Cowboy. Es ist nichts zwischen den beiden passiert und das wird es auch nicht. Sie sind in einer Kirche mit dutzenden Menschen um sich herum. Denk doch mal nach."

J.T. schnaufte ein paar Mal durch.

„Cordelia ist kein Mädchen mehr, Jericho. Sie ist eine Frau im heiratsfähigen Alter. Eine intelligente, liebende, großherzige Frau, die sich danach sehnt, ihr Leben mit jemandem zu teilen."

Er knirschte mit den Zähnen. Sein Verstand erkannte die Wahrheit in ihren Worten, aber sein Herz kämpfte dagegen an. Delia war seine kleine Schwester, seine Familie. Er allein war für sie verantwortlich.

„Ike Franklin ist ein ehrenhafter Mann", sprach Hannah weiter. „Ein gottesfürchtiger, treusorgender Ehemann. Es sei denn, du weißt etwas von ihm, das Delia nicht weiß?"

J.T. hatte den Mann seit Jahren als seinen Freund betrachtet und respektierte ihn. Hatte ihn respektiert. Er hatte keinen Grund, seine Meinung jetzt zu ändern, nur weil er sich plötzlich sehr für Delia zu interessieren schien. Aber heiraten? Seine kleine Schwester? Das ging ihm alles viel zu schnell. Obwohl die meisten Frauen schon verheiratet waren und ein oder zwei Kinder hatten, wenn sie neunzehn waren. Aber nicht Delia. Sie kümmerte sich um seinen Haushalt und hatte niemals auch nur ansatzweise gesagt, dass sie damit unglücklich war. Aber er hatte sie auch nie danach gefragt.

„Jericho?"

Er blinzelte und konzentrierte sich auf Hannah. Ihre Hand hielt immer noch seinen Kragen umklammert. Er löste sie jetzt vorsichtig ab. Es fühlte sich wunderbar an, ihre Haut zu spüren und ihren Arm an seiner Brust zu fühlen. Wenn er sich selbst verliebte, warum wollte er Delia dieses wunderbare Gefühl verwehren? „Wenn ich mitreden dürfte, was Delias zukünftigen Mann betrifft, würde ich Ike durchaus in die engere Wahl nehmen. Ich glaube, ich kann es mir nur schwer vorstellen, dass sich ein anderer um sie kümmert."

„Sie wird immer deine Familie sein, Jericho. Dieses Band wird nie zerreißen. Aber es gibt eben Stellen im Herzen einer Frau, die ihr Bruder nicht ausfüllen kann."

Er sah ihr tief in die Augen. Etwas schimmerte darin, das ihn hoffen ließ, dass sie ebenso für sich selbst sprach wie für Delia. J.T. nahm ihren Arm und zog sie nahe an sich heran. Sie trat auf ihn zu, ihr Körper nur wenige Millimeter von seinem entfernt. Ihre Lippen lächelten erwartungsvoll, versprachen Weichheit und Freude. Er legte seinen Arm um ihre Taille und beugte den Kopf.

Plötzlich erklangen vom Schulhaus her die lauten Stimmen der Gottesdienstbesucher, die sich wieder auf den Heimweg machen wollten.

J.T. fuhr zurück. Jetzt war weder der richtige Ort noch die richtige Zeit.

Aber als er Hannah losließ und einen Schritt zurücktrat, schwor er sich, dass bald die richtige Zeit sein sollte. Und der richtige Ort. Sehr bald.

Kapitel 26

Am Mittag des nächsten Tages hielt J.T. ständig die Straße im Blick, während er in seinem Büro war und Zaumzeug ölte. Delia war vor einer halben Stunde weggegangen, um Ike das Mittagessen zu bringen, und war noch nicht wieder zurückgekommen. Sobald sie nach Hause kam, würde er dem Telegrafenbüro einen kleinen Besuch abstatten.

Zwei Zaumzeuge und ein paar Zügel später kam sie endlich zurück – mit verträumtem Blick und selig lächelnd. J.T. spuckte seinen Zahnstocher aus, sodass er bis gegen die Wand flog, und ballte seine Hände zu Fäusten. Doch er ermahnte sich selbst. Mit einem Seufzer atmete er tief ein und versuchte, sich zu entspannen.

Er vertraute Delia. Er vertraute auch Ike. Aber irgendwas störte ihn bei dem Gedanken an die beiden. Wahrscheinlich war es die Tatsache, dass er sich seine kleine Schwester immer noch nicht als Ehefrau und Mutter vorstellen konnte. Sie war jetzt erwachsen. Doch für eine so lange Zeit hatte es immer nur sie beide gegeben – sogar schon bevor ihr Vater gestorben war, wenn er ehrlich war – dass J.T. sich einfach daran gewöhnt hatte, sich um Delia zu kümmern. Vielleicht war jetzt der Zeitpunkt gekommen, dass er sie einem anderen Mann anvertrauen musste. Denn er wünschte sich ein solches Glück für sie, eine eigene Familie, Kinder.

J.T. sprang auf und ging zur Tür. Er würde ihrem Glück nicht im Wege stehen, aber er würde auch dafür sorgen, dass sie niemand auf ihrem Weg dorthin verletzte. Wenn Ike ihm nicht die richtigen Antworten auf seine Fragen geben könnte, würde er sich sein Mittagessen in Zukunft selber kochen müssen.

Nachdem er Tom gesagt hatte, dass er kurz etwas erledigen musste, marschierte J.T. die Straße hinunter bis ans andere Ende der Stadt, wo sich das Telegrafenbüro und die Post gegenüber dem Hotel befanden. Er war nicht in der Stimmung für Geplauder, deshalb hob er kurz die Hand zum Gruß, wenn jemand ihn ansprach, und schritt weiter beherzt vorwärts.

„J.T. Tucker! Genau der Mann, den ich suche." Elliott Paxton kam ihm auf dem Bürgersteig entgegen.

J.T. versuchte es mit der Methode des Winkens, doch Paxton war niemand, der sich abschütteln ließ. Er stellte sich J.T. direkt in den Weg und klopfte ihm auf die Schulter, ohne zu bemerken, dass diesem der Sinn beim besten Willen nicht nach einer Unterhaltung stand. Vielleicht bemerkte er es auch, ließ sich davon aber nicht beirren. Elliott Paxton war bekannt dafür, allein das zu sehen, was er sehen wollte, und es für seine Zwecke auszunutzen.

„Warten Sie einen Augenblick, Tucker. Ich habe Neuigkeiten, die Sie interessieren werden."

J.T. ging weiter.

„Über ein bestimmtes Grundstück mit Haus …" Paxton ließ den Satz in der Luft hängen wie einen Wurm an der Angel, bis J.T. seufzend nachgab. Kein Wunder, dass immer alle Paxton zuhörten. Er wusste, wie er Interesse weckte. J.T. blieb stehen.

„Haben Sie sich mit dem Besitzer in Verbindung gesetzt?"

Paxton nickte schnell und sah sich bedeutsam auf der Straße um. „Kommen Sie doch in mein Büro, dann kann ich Ihnen Genaueres berichten."

J.T. brauchte ein paar Sekunden, um seinen Blick vom Telegrafenbüro zu lösen, aber er wusste ja, dass Ike das Gebäude nicht verlassen würde, bevor seine Schicht endete. Louisas Dach brauchte dringend neue Schindeln. Je schneller er die Sache mit dem Eigentümer regelte, desto besser.

„Na gut. Aber ich habe nur eine Minute."

Die Augen des Bankiers funkelten, als er merkte, dass er den Fisch an der Angel hatte. „Es wird nicht lange dauern, das verspreche ich."

Um das Gespräch schnell hinter sich zu bringen, ging J.T. mit großen Schritten auf die Bank zu. Paxton folgte ihm mit kleinen Trippelschritten. Sobald die Tür hinter ihnen ins Schloss fiel, kam J.T. zur Sache. „Also, wird er verkaufen?"

Paxton schüttelte den Kopf. „Nein. Zumindest nicht zu dem Preis, den Sie bieten."

„Ich kann aber nicht mehr investieren." J.T. ließ sich in einen Stuhl fallen. „Außerdem ist das Gebäude nicht einmal das Geld wert, das ich geboten habe."

„Ich weiß. Aber der Mann sagt, dass er den Mietvertrag mit Mrs James nicht auflösen kann. Wenn er an Sie verkaufen würde, hätte er keine Sicherheit, dass Sie die Frau nicht vielleicht auf die Straße setzen."

J.T. schlug mit der Hand auf die Tischplatte. „Das würde ich niemals tun! Ich will das Grundstück doch kaufen, *damit* ich ihr helfen kann."

„Ja, das habe ich ihm erklärt, aber er hat es trotzdem abgelehnt." Paxton zuckte mit den Schultern, während er einen Stapel Papiere durchsah. „Ich weiß nicht, ob er sich wirklich um Mrs James' Wohlergehen sorgt oder sie nur als Ausrede benutzt, um nicht zu verkaufen. Wie auch immer, es sieht nicht gut aus für Ihr Angebot."

„Ja, da haben Sie recht." J.T. sank in sich zusammen. Er stützte enttäuscht das Kinn in seine Hände und seufzte.

Langsam zog Paxton ein Schriftstück hervor und drehte es in J.T.s Richtung.

J.T. setzte sich wieder aufrecht hin. „Was ist das?"

„Ich habe doch immer noch das eine oder andere Ass im Ärmel."

J.T. überflog das Papier schnell. „Dieser Vertrag bezeichnet mich als Hausverwalter." Er sah sein Gegenüber finster an. „Ich arbeite für niemanden, Paxton."

„Natürlich nicht, aber denken Sie bitte einen Moment darüber nach. Obwohl der Besitzer nicht verkaufen wollte, war er erschrocken, als ich ihm erklärte, wie sehr er im Ansehen der Bürger von Coventry gesunken ist, weil das Haus in einem so maroden Zustand ist. Er hat sich schnell für meinen Vorschlag erwärmt, einen Mann einzustellen – den ich ihm natürlich empfehlen werde – der gegen ein kleines monatliches Entgelt Reparaturen an dem Haus vornimmt und das Grundstück in Ordnung hält. Alle Ausgaben müssten natürlich von ihm genehmigt werden, aber im Endeffekt würde er dem Verwalter freie Hand lassen."

J.T. rieb sein Kinn, als er Paxtons Plan überdachte. „Und wenn der Verwalter sich entscheiden würde, sein Gehalt zusätzlich zu Louisas Miete zu hinterlegen …"

Der Bankier grinste. Wider Willen musste J.T. ihn für seine Gerissenheit bewundern. „… könnten wir Mrs James offiziell berichten, dass ihre Miete im Gegenzug zu ein paar kleinen Leistungen gesenkt wurde."

„Zum Beispiel könnte sie für mich die Wäsche machen, weil Cordelia wegen ihres Backens im Moment kaum Zeit hat."

Paxton nickte. Die beiden Männer grinsten zufrieden, während J.T. den Vertrag unterzeichnete.

„Sie haben für mich ein gutes Geschäft gemacht, Paxton", sagte J.T., als er dem anderen die Hand entgegenstreckte. Der Bankier schlug ein.

„Für einen guten Zweck doch immer."

J.T. verließ die Bank in besserer Stimmung, als er sie betreten hatte, und setzte seinen Weg zum Telegrafenbüro fort. Eine kleine Glocke bimmelte, als er den Raum betrat. Ike erschien hinter dem Schalter.

„Tag, J.T. Willst du ein Telegramm versenden?"

„Nein. Ich will mit dir über Delia reden."

Das Gesicht des anderen wurde erst blass, dann rot, bevor es sich auf ein kräftiges Rosa einpendelte. Er hüstelte verlegen und hob sein Kinn, um J.T. in die Augen zu schauen. „Komm bitte mit nach hinten. Da können wir ungestört reden."

J.T. zollte Ike innerlich Anerkennung, weil er keine Ausreden stammelte. Er folgte dem anderen in das Hinterzimmer, das einen Tisch, einige Stühle und den Telegrafen enthielt. Der Raum war gemütlich. Zu gemütlich. Die Anerkennung sank wieder.

„Also, was hast du auf dem Herzen, J.T.?", fragte Ike und bot ihm einen Sitzplatz an.

„Mir ist aufgefallen, dass Delia länger wegbleibt als früher, wenn sie dir das Mittagessen bringt. Ich frage mich, was sich verändert hat. Vor allem, nachdem ich gesehen hatte, dass ihr euch gestern in der Kirche auch sehr ausgiebig unterhalten habt. Freundlicher ... wenn du verstehst, was ich meine."

Ikes Gesichtsfarbe vertiefte sich wieder. „Ich verstehe, was du meinst. Und du hast recht. Es hat sich etwas verändert. Zumindest von meiner Seite aus."

Sein Blick wanderte unruhig durch den Raum, als suchte er einen Halt. „Ich kann mich gut mit Cordelia unterhalten. Und sie lacht über meine Geschichten." Er zuckte mit den Schultern und lächelte verlegen. „Es war immer sehr angenehm, sie um mich zu haben." Sein Lächeln erstarb. „Vielleicht zu angenehm."

J.T.s Magen verkrampfte sich. „Was soll das heißen?"

„Nichts Unpassendes", erklärte Ike schnell. „Es ist nur ... also ... sie ist mir wichtig geworden. Mit ihr zu reden, mit ihr Zeit zu verbringen. Das kann ich mir gar nicht mehr wegdenken."

J.T. konnte ihm keinen Vorwurf machen, auch wenn er sich momentan noch alle Mühe gab.

„Dann hat sie angefangen, kleine Dinge an sich zu verändern. Ihre Haare, den Schnitt ihrer Kleider. Ich habe zuerst nichts dazu gesagt. Ich dachte, sie macht das nur, weil es ihr besser gefällt. Ich hatte beim besten Willen nicht daran gedacht – oder darauf gehofft –, dass es etwas mit mir zu tun haben könnte. Aber dann hörte ich im Gemischtwarenladen das Gespräch von ein paar alten Damen, die sich lautstark darüber unterhielten, dass Cordelia sich bestimmt für einen Mann interessieren muss. Und da wurde mir klar, dass ich nicht will, dass sie sich mit jemand anderem trifft. Für einen anderen Essen kocht. Ich will, dass sie sich für mich entscheidet."

Ike sah J.T. jetzt an und sein Blick war ehrlich und fest. „Ich hoffe, dass ich die Zuneigung deiner Schwester gewinnen kann. Ich möchte sie gerne heiraten."

Ike Franklin hatte Mut, das musste J.T. ihm zugestehen. Er hatte keine Angst davor, seine Absichten offenzulegen und für das zu kämpfen, was er sich wünschte. Und noch etwas anderes musste J.T. ihm hoch anrechnen. Die Tatsache nämlich, wie seine Gesichtszüge weicher wurden, wenn er von Delia sprach. Wie liebevoll er ihren Namen aussprach. Er beschloss, seine Vorbehalte gegenüber Ike aufzugeben.

J.T. stand auf und streckte Ike seine Hand entgegen. Ike erhob sich ebenfalls und starrte ihn einen Moment lang erstaunt an, bevor er den Händedruck erwiderte.

„Wenn sie sich für dich entscheidet, heiße ich dich gerne in der Familie willkommen."

Er konnte spüren, wie sich Ike entspannte, und klopfte ihm kräftig auf die Schulter. „Natürlich musst du dann das gute Essen mit mir teilen."

Ike grinste. „Zumindest so lange, bis du auch eine Ehefrau gefunden hast."

Sie lachten, aber als J.T. zurück auf die Straße trat, verfolgten ihn Ikes Abschiedsworte. Eine Ehefrau. War es das, was er sich mit Hannah erträumte? Er mochte sie. Sehr. Aber seine Ehefrau? Er wischte die plötzlich feucht gewordenen Handflächen an seiner Hose ab. Sein

Vater hatte seine Mutter geliebt und das hatte ihn zerstört. J.T. hatte das Scheitern der Ehe seiner Eltern immer seiner Mutter vorgeworfen, aber was war, wenn auch sein Vater eine falsche Entscheidung getroffen hatte? Was, wenn auch andere Dinge als nur die Fehler seiner Mutter zum Zerbruch dieser Ehe beigetragen hatten?

Als er sich seinem Stall näherte, zog Hannahs Geschäft J.T.s Aufmerksamkeit auf sich. Seufzend blieb er einen Moment stehen. Wenn er sich selbst gestattete, sie zu lieben, würde sie ihn dann auch lieben? Oder würde er in die Fußstapfen seines Vaters treten und sie so oft enttäuschen, bis sie sich irgendwann von ihm abwandte?

Kapitel 27

Ein paar Tage später saß Hannah an ihrer Nähmaschine, deren Summen sich an das rhythmische Hämmern von gegenüber anpasste. Jericho hatte Louisa irgendwie davon überzeugt, dass er das Dach ihres Hauses neu decken durfte. In den letzten vier Tagen hatte er jeden Nachmittag zwei Stunden auf ihrem Dach verbracht.

Und an jedem dieser Nachmittage hatte Hannah ein kleines Geschenk auf der Treppe zu ihrem Zimmer gefunden, wenn sie den Laden abgeschlossen hatte. Immer auf der vorletzten Stufe nach oben – der, von der aus sie Jericho am Tag ihrer Ankunft in die Arme gefallen war.

Das Summen der Maschine wurde langsamer, als Hannah verträumt innehielt. Ein Kribbeln überlief sie, als sie lächelnd an die kleine Sammlung von winzigen Einmachgläsern dachte, die neben ihrem Bett standen. Sie war sich ganz sicher, dass sie wusste, von wem sie stammten. Das Glas vom Montag hatte einen glatt polierten roten Stein enthalten. Sein tiefroter Glanz wurde in der Mitte von einer strahlendweißen Quarzlinie unterbrochen. In dem Glas hatte sich zudem noch ein kleiner Zettel befunden: *Für die Schönheit der Erde.*

Auf dem Zettel am Dienstag standen die Worte: *Für die Schönheit des Himmels.* Das Glas enthielt eine perfekt geformte Feder, deren Blau so strahlend war wie ein wolkenloser Sommerhimmel.

Am Mittwoch hatte Jericho etwas sehr Romantisches geschrieben: *Für die Schönheit deines Herzens.* Ein Pappelblatt, dessen atemberaubend gelbe Farbe die Schönheit des Herbstes zeigte, hatte in dem kleinen Glas gelegen.

Und gestern hatte sie ein blaues Haarband mit der Nachricht *Passend zur Schönheit deiner Augen* gefunden. Sie hatte das Band heute Morgen in ihren Zopf geflochten in der Hoffnung, dass Jericho es sehen würde.

Ihre Brust hob sich zu einem verträumten Seufzer, und sie ließ die Hände sinken, obwohl der Saum von Cordelias Kleid erst halb fertig war. Jericho Tucker umwarb sie, umwarb sie ganz ernsthaft. Zumindest ging sie davon aus, dass er es war. Er hatte die kleinen Nachrichten nie unterschrieben. Aber wer hätte es sonst sein können? Niemand sonst kannte die besondere Bedeutung dieser Treppenstufe. Niemand sonst hatte sie auf dem Kirchhof fast geküsst. Die ganze Woche über hatte sie die Erinnerung an dieses wunderbare Gefühl verfolgt. Es musste Jericho sein, der ihr die Geschenke machte.

Und die Botschaften? Sie erfüllten Hannahs Herz mit tiefer Freude. Die positiven Bezüge zur Schönheit ließen sie hoffen, dass er in ihr mehr als einen Stolperstein für andere und in der Anmut mehr als eine Plage sah, die es zu verhindern galt.

Die Ladentür öffnete sich. Sie fuhr aus ihren Träumereien auf. Eine verlegene Röte stieg in Hannahs Wangen, als Cordelia eintrat.

„Ich bin noch nicht ganz fertig", sagte Hannah hastig, „aber ich bin gleich so weit, dass du es anprobieren kannst." Sie beeilte sich, den angefangenen Saum fertig zu nähen.

Cordelia setzte sich auf die Ecke des Arbeitstisches. „Ich habe keine Eile. Eigentlich könnte ich ein bisschen Zeit zum Nachdenken sogar gut gebrauchen."

„Worüber musst du nachdenken?"

„Über Warren." Cordelia spuckte den Namen förmlich aus.

Hannah legte den Stoff sorgfältig zurecht und nähte weiter. „Macht er dir schon wieder das Leben schwer?"

„Ja", antwortete Cordelia seufzend. „Er hat auf mich gewartet, als ich aus dem Telegrafenbüro kam. Wahrscheinlich hat er sogar gehört, dass ich Ike gefragt habe, ob wir das Gründungstagspicknick zusammen verbringen wollen."

Hannah hielt die Nadel an und sah erstaunt auf. „Du hast ihn gefragt?"

Ein schüchternes Lächeln trat auf Cordelias Gesicht und ließ die Sorgenfalten verblassen. „Und Ike hat gesagt, dass er meine Kochkünste viel zu sehr schätzt, um diese Einladung abzulehnen. Und nicht nur meine Kochkünste …"

Hannah lachte. „Ich habe gesehen, wie er sich am Sonntag in deiner Gegenwart benommen hat. Es sind eindeutig nicht nur deine Kochkünste, die er an dir attraktiv findet."

„Das glaube ich auch langsam." Cordelia senkte den Kopf, doch trotzdem entging es Hannah nicht, dass sich ihre Wangen röteten.

„Ich wusste, dass er dich früher oder später bemerken würde." Hannah klatschte fröhlich in die Hände. „Ich kann es kaum erwarten, euch beide nächsten Samstag bei dem Picknick zusammen zu sehen."

„Der Gedanke, uns zusammen zu sehen, war wahrscheinlich der Grund, warum Warren so außer sich war."

Hannah schnitt das Ende des Fadens ab und schüttelte den Rock des Kleides aus. „Ich vermute, Warren ist in dich verliebt."

Ihre Freundin seufzte erschöpft. „Ich wollte das bisher nicht wahrhaben, aber nach heute kann ich es nicht länger leugnen. Warren hat mir einen Heiratsantrag gemacht. Einfach so auf offener Straße."

Vor Schreck verschluckte sich Hannah und hustete krampfhaft. Cordelia eilte zu ihr und klopfte ihr auf den Rücken. Als Hannah wieder Luft bekam, sah sie ihre Freundin fassungslos an. „Er hat dir einen Antrag gemacht?"

„Hannah, das war das Schrecklichste, was mir je passiert ist! Er hat Ike beschimpft und behauptet, dass er mich nur wegen meines Aussehens mag. Weil ich mich verändert habe. Er hat gesagt, dass Ike sich nicht wirklich um mich kümmert – nicht so wie er – und wenn ein Mann mich nicht schon geliebt hätte, als ich noch eine graue Maus war, wäre er es nicht wert, mich zu haben."

„Er hat dich eine graue Maus genannt?" Glaubte Warren ernsthaft, Cordelia würde seinen Antrag annehmen, wenn er sie „graue Maus" nannte?

Cordelia nickte und begann, unruhig um den Tisch herumzugehen. „Ich wusste beim besten Willen nicht, was ich sagen sollte, also habe ich ihn gefragt, warum er mir das nicht schon vorher gesagt hat."

„Was hat er geantwortet?"

„Er meinte, er habe sich erst im Geschäft seines Vaters etablieren wollen, um mir eine sichere Zukunft bieten zu können. Aber er arbeitet doch schon seit Jahren da und hat nie ein Wort zu mir gesagt."

„Hättest du denn den Antrag angenommen, wenn er früher etwas gesagt hätte?"

Cordelia blieb stehen. „Nein. Das glaube ich nicht. Ach, ich weiß nicht." Sie verschränkte die Arme. „Ich hatte nie irgendwelche romantischen Gefühle für Warren, aber wenn niemand anders sich um mich gekümmert hätte, hätte ich vielleicht darüber nachgedacht."

„Dann bin ich froh, dass er es dir nie gesagt hat." Hannah legte das

Kleid beiseite und stand auf. „Du und Warren wärt nicht glücklich geworden."

„Ich weiß." Cordelias Atem zitterte, als sie versuchte, ihre Gefühle zu kontrollieren. „Wir waren in der Schule befreundet. Zwei Außenseiter, die im anderen einen Kameraden gefunden haben – er mit seinem Feuermal und ich die graue Maus, deren Mutter eine große Schande begangen hatte. Wir waren ein seltsames Paar. Aber einander zu haben, hat die Einsamkeit gemindert. Wann immer er schlecht gelaunt wurde, habe ich ihm lustige Geschichten erzählt, bis er wieder gelächelt hat. Er brachte mir Pfefferminzbonbons und Lutscher aus dem Laden seines Vaters mit. Er ist ein freundlicher Mensch. Aber das kann er ziemlich gut verstecken."

Mit schlechtem Gewissen verkniff sich Hannah die Kommentare, die sie noch über Warren hatte sagen wollen. Obwohl er mürrisch und unsensibel war, verdiente er auch ihr Mitleid. Es war mit Sicherheit nicht einfach gewesen, mit einem entstellenden Mal im Gesicht aufzuwachsen. Aber das war kein Grund, warum Cordelia ihre Zukunft aufgeben sollte, indem sie sich an diesen verbitterten Mann band.

„Hast du ihm eine Antwort gegeben?"

„Ich hab es versucht, aber er muss gemerkt haben, dass ich ihn ablehnen wollte, denn er hat mich unterbrochen und gesagt, er würde heute nach dem Abendessen vorbeikommen."

Um sie ein wenig abzulenken, zog Hannah ihre Freundin in den kleinen Umkleideraum und half ihr, das neue Kleid anzuziehen. An der Hüfte musste sie sogar noch ein wenig Stoff wegnehmen.

„Du solltest es Jericho sagen."

Cordelia sah zu Boden. „Ich weiß. Ich habe nur Angst, dass er Warren von der Veranda schmeißt."

Hannah musste sich ein Lachen verkneifen, als sie daran dachte, wie sie ihn im Kirchhof wegen Ike hatte zurückhalten müssen. „Ja, das könnte sein. Aber als dein Bruder sollte er von dem Antrag wissen. Er wird dich unterstützen, wenn Warren deine Antwort nicht akzeptieren sollte."

„Du hast recht. Ich sage es ihm." Cordelia seufzte und lächelte ein wenig. „Ich wünschte nur, ich hätte auch eine Schwester, der ich danach mein Herz ausschütten kann. So wie bei dir."

Hannah steckte den Stoff um Cordelias Hüfte vorsichtig mit Nadeln fest. Hatte Cordelia ihre Gefühle Jericho gegenüber bemerkt? Und wenn ja, was dachte sie darüber? Hannah konzentrierte sich angestrengt auf das Kleid. „Du kannst jederzeit mit mir reden. Das weißt du."

„Heute Abend?", fragte Cordelia erleichtert. „Komm zum Abendessen, dann würde es mir viel besser gehen. Und irgendetwas sagt mir, dass J.T. auch nicht abgeneigt wäre."

Sie weiß es.

Hannah richtete sich auf. „Cordelia, ich –"

Bevor sie weiterstammeln konnte, umarmte Cordelia sie liebevoll. „Du hast ja gar keine Ahnung, wie froh ich sein werde, wenn du erst meine Schwester bist. J.T. gibt sich immer ein bisschen barsch, aber sein Herz ist ehrlich und treu wie Gold. Er wird gut zu dir sein."

Hannah schreckte zurück. „Sind meine Gefühle für ihn so offensichtlich?"

„Nur für mich. Seit dem Tag, als ihr zusammen mit diesen Ringen geübt habt, habe ich schon etwas geahnt. Und als J.T. sich nach deiner Rettung aus dem Fluss so um dich gekümmert hat, war es mir endgültig klar." Cordelia stieg aus dem Kleid und reichte es Hannah. „Er hat es vielleicht selber noch nicht ganz begriffen, aber ich weiß, dass ihr beide zusammengehört."

Hannahs Magen zog sich zusammen. Alles in ihr wollte hoffen und glauben, dass Cordelia recht hatte. Unwillkürlich verzogen sich ihre Lippen zu einem Lächeln, als sie Cordelias Schulter tätschelte. „Es wäre mir eine Ehre, heute mit dir und deinem Bruder zu Abend zu essen."

❧

J.T. knurrte, als es an der Haustür klopfte. Delia hatte ihm gesagt, dass Warren vorbeikommen würde, und J.T. war darüber alles andere als erfreut. Er mochte und respektierte den Vater des Jungen, aber Warren selbst war so egoistisch und mit sich selbst beschäftigt, dass J.T. ihn äußerst unsympathisch fand. J.T. hatte kein Problem mit seinem entstellten Gesicht oder seinem Beruf. Er ging sogar davon aus, dass Warren als Verkäufer sehr gut eine Frau und Kinder ernähren konnte. Aber der Kerl trieb jeden Sonntag sein armes Pferd den Hügel zur Kirche hinauf, obwohl es seit Jahren sein Gnadenbrot verdient hatte und Warren auch zu Fuß gehen könnte. Wenn er so eigennützig war, wenn es um ein Pferd ging, wer sagte dann, dass er seine Frau besser behandeln würde?

Selbst wenn Delia Warrens Antrag angenommen hätte, hätte er Warren nur ihretwegen akzeptiert. Doch er war mehr als froh, dass seine Schwester bei allen Gefühlsverwirrung genug gesunden Menschenverstand bewies. Ike war eindeutig die bessere Wahl.

„G-guten Abend, Mr Tucker." Warren sah ihm nicht in die Augen. Das lag größtenteils daran, dass ihm das lange Haar ins Gesicht hing. Doch J.T. hätte Warren eher akzeptieren können, wenn er aufrecht gestanden und ein bisschen Selbstachtung gezeigt hätte. Was bedeutete schon das Mal auf seinem Gesicht? Wenn er die Menschen nicht immer und immer wieder daran erinnert hätte, hätte man sich schon längst daran gewöhnt.

J.T. musste sich zusammenreißen, dass er den Jungen nicht packte und ordentlich durchschüttelte. Stattdessen verschränkte er die Arme und starrte den Besucher an. „Warren."

„Ist Cordelia zu Hause? Ich glaube, sie erwartet mich." Er warf mit einer Kopfbewegung sein Haar zurück, doch es fiel sofort wieder in sein Gesicht.

„Sie wird gleich da sein", sagte J.T. „Wollt ihr auf der Veranda bleiben?"

„Ja, Sir."

„Gut. Ich habe ein Auge auf dich."

Warren nestelte an seinem Kragen, als hätte ihm jemand Juckpulver in den Anzug geschüttet.

„Hör auf, ihn einzuschüchtern, J.T.", sagte Delia hinter ihrem Bruder. „Warren weiß, wie sich ein Gentleman benimmt."

J.T. trat einen Schritt zur Seite, um seine Schwester vorbeizulassen, starrte den jungen Mann dabei aber weiter an. Ein beunruhigend aufmüpfiger Ausdruck trat bei Delias Worten auf Warrens Gesicht, als wollte er J.T. herausfordern, seiner Schwester zu widersprechen. J.T. ging warnend einen Schritt auf den Kerl zu. Sofort trat Furcht anstelle der Frechheit auf sein Gesicht. Zufrieden ging J.T. ins Haus und schloss die Tür hinter sich.

Er ging zur Küche und blieb in der Tür stehen. Hannah hatte eine Spülschüssel vor sich, beugte sich jedoch so weit zum Fenster vor, dass ihre Nase fast die Scheibe berührte.

„Ich sehe, ich bin nicht der Einzige, den interessiert, was da draußen vor sich geht."

Sie sprang erschrocken zurück und ließ einen Teller in die Spülschüssel fallen, sodass ihr das Wasser ins Gesicht spritzte. „Oh!" Sie blinzelte die Tropfen weg.

J.T. eilte ihr zur Hilfe, griff sich ein Geschirrtuch und tupfte vorsichtig ihr Gesicht ab. Er strich sanft über ihre Stirn, die Wangen und das Kinn. Dann, nur um sicherzugehen, fuhr er ihr auch über die Lippen. Sie befeuchtete ihre Lippen wieder mit der Zunge. Hitze stieg in J.T. auf.

„Danke." Ihre leise Stimme schickte ein Zittern durch seinen Körper. Er räusperte sich. „Keine Ursache."

Die Verwirrung in ihren Augen wich einem frechen Funkeln, was J.T. aber nicht weniger anziehend fand. „Jetzt, wo du das Geschirrtuch in der Hand hast", sagte sie, „kannst du auch gleich abtrocknen." Hannah streckte ihm den versunkenen Teller mit einem breiten Grinsen entgegen.

Er hob eine Augenbraue, nahm ihr den Teller aber ab. „Erzähl meiner Schwester nicht, dass ich weiß, wie man mit dem Geschirrtuch umgeht, sonst muss ich das ab jetzt jeden Tag machen."

Hannah nahm ihre nassen Hände aus dem Wasser und bespritzte ihn mit ein paar Tropfen. Er blickte finster drein, woraufhin Hannah erneut in lautes Gelächter ausbrach.

„Meine Mutter hat immer gesagt, dass Spülwasser gut gegen jede Art von Unpässlichkeit hilft. Es täte dir gut, öfter damit in Kontakt zu kommen."

J.T. bezweifelte, dass es das heilen konnte, was ihn umtrieb, aber er war sich auch gar nicht sicher, ob er davon überhaupt geheilt werden wollte.

Sie verfielen in einmütiges Schweigen, das nur durch das Klappern des Geschirrs unterbrochen wurde. Während er darauf wartete, dass Hannah ihm den nächsten Teller reichte, bewunderte er den Schwung ihres Halses, den er so gerne mit seinen Lippen berührt hätte. Schnell wandte er sich ab und richtete seinen Blick auf ihr Haar, was ihm unverfänglicher erschien. Da erst bemerkte er, dass sie ein blaues Band hineingeflochten hatte. Sein Geschenk. Sie trug sein Geschenk.

Er hatte sich unaufhörlich Sorgen gemacht, ob sie seine Geschenke nicht zu kindisch finden würde. Obwohl er sich in ihrer Nähe häufig so unsicher wie ein kleiner Junge fühlte. Trotzdem, welcher Mann würde einer Frau eine Feder schenken? Doch an der Unterhaltung zwischen Delia und Ike in der Kirche hatte J.T. erkannt, dass Frauen Poesie mochten. Zumindest war das bei seiner Schwester so. Seine Mutter hätte über die Kleinigkeiten die Nase gerümpft und sich abgewandt. Doch Hannah schienen seine Aufmerksamkeiten zu gefallen. Das hatte er gehofft. Hannah war eine Frau, die die Schönheit in den kleinen Dingen erkannte.

Jeden Abend war er in der Umgebung der Stadt herumgewandert und hatte Ausschau nach dem richtigen Geschenk gehalten, doch er hatte nie den Mut aufgebracht, es ihr persönlich zu übergeben. Deshalb hatte er die Dinge heimlich auf ihrer Treppenstufe abgestellt.

Da er nicht gewusst hatte, dass seine Schwester Hannah zum Abendessen eingeladen hatte, hatte er kurz vor ihrer Ankunft ein weiteres Geschenk auf ihre Treppe gestellt. Ihm war nichts mehr eingefallen, was er hätte schreiben können, also hatte er ihr nur das Glas mit einer Sonnenblume dagelassen.

Doch er wollte kein Feigling sein, also gab er sich endlich einen Ruck und stellte die Frage, die ihm auf der Zunge brannte. „Also … hm … hat dir die Sonnenblume gefallen?"

Ihre Augen wurden ein wenig größer und Röte stieg ihr in die Wangen, aber das Lächeln, das sie ihm schenkte, ließ seine Knie weich werden. „Ich liebe sie. Und auch all die anderen Geschenke. Danke."

„Gerne."

Sie wandte sich wieder ihrer Arbeit zu und suchte in der Schüssel nach einem weiteren Gegenstand, den sie spülen konnte. „Ich hatte gehofft, dass sie von dir sind." Sie sprach so leise, dass er sie kaum verstand. „Ich hätte dir schon früher gedankt, aber die Botschaften waren nicht unterschrieben. Ich wollte mich nicht blamieren. Aber von wem hätten sie sonst sein sollen?"

„Du hast also niemanden, der sich sonst für dich interessiert?", fragte er mit einem leichten Anflug von Eifersucht.

„Nein." Die Gabel, die sie gerade geschrubbt hatte, entglitt ihrer Hand und verschwand wieder in den schaumigen Tiefen. „Aber ich war auch nicht sicher, ob du dich für mich interessierst. Zumindest wenn ich daran denke, was du anfangs von mir gehalten hast."

„Das lag daran, dass ich engstirnig war und nicht über meine eigenen Erfahrungen hinwegsehen konnte."

Sie wandte sich ihm zu und die Verletzlichkeit in ihren Augen traf ihn bis ins innerste Herz. Zum ersten Mal in seinem Leben wünschte er sich, dass er zu der Sorte Mann gehörte, die eine Frau mit Worten umwerben konnten. Doch mit seiner ungeschickten Zunge würde er nur wieder auf ihren Gefühlen herumtrampeln, wenn er versuchte, seine Gefühle in Worte zu fassen. Er musste Taten sprechen lassen.

Langsam nahm er ihre Hände in die seinen und trocknete sie mit dem Geschirrtuch ab. Sie beobachtete jede seiner Bewegungen. Er fuhr mit seiner Hand ihren Arm entlang und legte sie auf ihre Schulter. Dann konnte er der Verlockung ihres Halses nicht mehr widerstehen und führte seine Finger auch dort vorsichtig entlang. Ein Zittern durchfuhr sie. Ihr hastiger Atem ließ seinen Puls schneller schlagen.

Er legte seine Hand in ihren Nacken. Seine Finger spielten mit ihren Haaren, während er mit dem Daumen ihren Nacken streichelte. Hannahs Augen schlossen sich verträumt, dann schlug sie sie wieder auf und J.T. sah, dass sie dunkelblau funkelten. Ihre Lippen öffneten sich leicht und er strich sanft mit dem Daumen darüber.

„Ich hatte unrecht", murmelte er. „Ich war so dumm."

J.T. vergrub seine Finger in ihrem Haar, zog sie an sich heran und beugte seinen Kopf zu ihr hinab.

Die Haustür schlug mit einem lauten Knall zu. Hannah zuckte zusammen und versuchte, sich aus seiner Umarmung zu lösen, doch er war noch nicht so weit, dass er sie loslassen konnte. Er würde es nie wieder sein.

„*Jericho!*" Hannahs panisches Flüstern weckte seinen gesunden Menschenverstand und er gestattete den zarten Händen, die einen Moment zuvor noch auf seinen Armen gelegen hatten, ihn wegzudrücken.

Delia stand in der Tür und sah von ihm zu Hannah und wieder zurück. J.T. starrte seine Schwester an und ging im Kopf alle Gründe durch, warum er sie nicht erwürgen durfte.

„Ist Warren weg?", fragte er düster.

„Nicht gerne, aber ja. Er hat endlich mein Nein akzeptiert und ist gegangen." Sie stemmte kokett eine Hand in die Hüfte. „Weißt du eigentlich, dass er mir da draußen sonst was hätte antun können? Du scheinst ja abgelenkt gewesen zu sein."

J.T. hob schnell das Geschirrtuch vom Boden auf und warf es nach ihr. „Wasch fertig ab, während ich Hannah nach Hause bringe." Er griff nach Hannahs Hand, aber nach ein paar Schritten hielt sie inne.

„Warte", sagte sie. „Cordelia hatte mich eingeladen, damit wir noch reden können, wenn Mr Hawkins gegangen ist." Ihr Gesicht war rot wie eine Tomate, doch anstatt die Flucht zu ergreifen, hielt sie sich an ihr Versprechen. „Warum wäschst du nicht fertig ab, während ich mit deiner Schwester rede? Ich lasse dich wissen, wann ich gehen möchte."

„Ja, großer Bruder. Wasch fertig ab." Die freche Göre warf ihm das Geschirrtuch ins Gesicht und verschwand mit einem Kichern in ihrem Zimmer. Hannah folgte ihr lachend.

Froh über die Tatsache, dass er Hannah ja immer noch nach Hause bringen könnte, krempelte J.T. die Ärmel hoch und machte sich an die Arbeit. Er hätte nie gedacht, dass er abwaschen müsste, während die Frau, die er liebte, hinter verschlossenen Türen Geheimnisse mit seiner Schwester austauschte.

Die Spitze eines Messers piekte ihn in die Hand, als ihm bewusst wurde, was er gerade gedacht hatte. *Die Frau, die er liebte.* Er liebte Hannah.

J.T. wischte das Blut von seinem verletzten Finger, dann wusch er vorsichtig weiter ab.

Sein Vater hatte ihn immer davor gewarnt, dass die Liebe einen Mann zu seltsamen Dingen verleiten konnte. Er hatte recht gehabt. Zwei erwachsene, gesunde, vernünftige Frauen waren momentan unter seinem Dach und *er* wusch ab.

Kapitel 28

„Hat er dich geküsst?"

Hannah seufzte und lehnte sich an die geschlossene Tür. Sie wünschte sich, sie könnte eine bejahende Antwort auf diese Frage geben. „Wir wollten doch über dich reden, schon vergessen?"

Cordelia machte es sich auf ihrem Bett bequem und grinste. „Also, hat er?"

Hannah konnte Cordelia nicht in die Augen sehen. „Fast."

Ihre Freundin stöhnte und warf sich rückwärts in ihre Kissen. „Ich hätte noch ein bisschen draußen bleiben sollen."

Ja, hätte Hannah am liebsten zugestimmt, doch sie hielt sich zurück. Sie trat ans Bett ihrer Freundin und setzte sich auf die Kante. „Natürlich nicht. Jetzt erzähl mir, wie es bei dir und Warren gelaufen ist."

Cordelia rollte sich auf die Seite, um Hannah ansehen zu können, wandte ihren Blick aber schnell wieder ab. „Gut und weniger gut. Er hat sich bei mir entschuldigt, dass er so lange gebraucht hat, um mir seine Gefühle mitzuteilen und sie mir dann zu gestehen, ohne mich zu warnen." Sie fingerte an einem Knopf ihres Kleides. „Wir haben uns ein bisschen unterhalten und es war nett, aber dann hat er den Ring rausgeholt, den er für mich ausgesucht hat. Da habe ich Panik bekommen."

„Hat er dir wieder einen Heiratsantrag gemacht?"

„So weit habe ich es nicht kommen lassen." Endlich sah Cordelia wieder auf. „Oh, Hannah, ich wollte ihn nicht verletzen. Ich habe mich bei ihm für seine Freundschaft bedankt, aber er hat den Ring einfach nicht wieder weggesteckt. Ich hatte Angst, dass er ihn mir einfach so auf den Finger schiebt. Also bin ich aufgesprungen, zur Tür gerannt und habe ihm gesagt, dass ich ihn nicht so liebe, wie eine Ehefrau einen Ehemann lieben sollte. Dann bin ich ins Haus gerannt und habe ihn einfach so auf der Veranda gelassen." Sie warf sich auf den Rücken und legte einen Arm über die Augen. „Ich war noch nie in meinem ganzen Leben so gemein zu jemandem. Ich fühle mich schrecklich."

„Das brauchst du aber nicht." Hannah schob Cordelias Arm von ihrem Gesicht und zog sie in eine aufrechte Position. „Warren war viel zu direkt. Er hat dir Angst gemacht. Du hattest jedes Recht, die Flucht zu ergreifen. Es wäre dumm gewesen, es nicht zu tun."

Cordelia legte ihren Kopf gegen Hannahs Schulter. „Ich hatte solche Angst, dass J.T. nach draußen gestürmt kommt und Warren verprügelt. Ich will Warren zwar nicht heiraten, aber ich will auch nicht, dass er noch mehr gekränkt wird. Aber als ich in die Küche kam und euch gesehen habe, war Warren schon vergessen."

Ein Schrecken fuhr durch Hannahs Herz und trübte ihre Freude. Was wäre gewesen, wenn Cordelia wirklich in Schwierigkeiten geraten wäre? Sie hätte es sich niemals verzeihen können, wenn ihrer Freundin etwas passiert wäre, weil sie Jericho abgelenkt hatte.

Offenbar stand ihr das schlechte Gewissen ins Gesicht geschrieben, denn schnell umarmte Cordelia sie. „Mach dir keine Vorwürfe. Wenn ich J.T.s Hilfe gebraucht hätte, hätte ich genug Lärm gemacht, um seine Aufmerksamkeit zu erlangen. Er war abgelenkt, nicht taub."

„Trotzdem bin ich froh, dass du jetzt nichts mehr mit Warren zu tun hast. Er wird dich doch nicht weiter bedrängen, oder?"

„Nein. Das denke ich nicht. Er wird für eine Weile trauern und ich wäre auch nicht überrascht, wenn er nicht mehr mit mir redet, aber nach einiger Zeit wird es sicher wieder besser werden."

„Na gut." Hannah drückte Cordelias Hand. „Dann lass uns Warren vergessen und uns Ike zuwenden, nicht wahr?"

Cordelia lächelte.

„Der Gründungstag ist in einer Woche. Du und Ike werdet einen ganzen Nachmittag miteinander verbringen. Ein neues Kleid, ein gemeinsames Picknick, die Gelegenheit, um alleine zu reden und vielleicht sogar einen Kuss auszutauschen."

„Das wäre wunderbar."

„Aber wir wollen dabei nicht auf den Zufall hoffen." Hannah zwinkerte Cordelia verschwörerisch zu.

„Was geht schon wieder in deinem Kopf vor, Hannah Richards?"

„Ich kann vielleicht nicht dafür sorgen, dass er dich küsst, aber ich kann dafür sorgen, dass er die Möglichkeit bekommt, falls er dich gerne küssen will."

Der Gründungstag kam und wieder fand sich J.T. in der Küche, dieses Mal, um die Anweisungen seiner Schwester zu befolgen.

„Stell die beiden abgedeckten Schüsseln in die erste Kiste und den großen Topf mit dem gebratenen Hähnchen in den anderen, während ich noch schnell diese schrecklichen Eier fertig mache." Cordelias Rock flog hinter ihr her, als sie durch den Raum wirbelte und so schnell hierhin und dorthin flitzte, dass J.T. vom Zuschauen fast schwindelig wurde.

„Was ist in den Schüsseln?" Er dachte daran, einfach nachzusehen, aber wenn Delia erst einmal in Rage war, war mit ihr nicht gut Kirschen essen. J.T. würde es nicht wagen, ihr Essen ungefragt zu berühren. Hier gab es zu viele Messer, die sie zu schnell erreichen könnte.

„Karottensalat in dem einen, Kartoffelsalat in dem anderen." Sie schaute ihn nicht an, sondern konzentrierte sich auf die gekochten Eier, die sie zu einem weiteren Salat verarbeitete. „Du musst auch zwei Gläser von meinen Essiggurken einpacken. Ein süßes, eins mit Dill."

J.T. räumte die schweren Schüsseln in eine der Kisten. „Bist du sicher, dass das genug Essen ist, Schwesterchen?"

Delia hörte auf, die Eier zu zerhacken, und biss sich nachdenklich auf die Lippen. „Vielleicht nicht. Wenn Louisa und ihre Kinder sich zu uns setzen und … Ich dachte, ich hätte genug, aber … pack noch einen Laib Brot dazu und ein paar Äpfel."

„Das war ein Scherz." J.T. gluckste und schüttelte seinen Kopf. „Du hast genug Essen hier, um die ganze Stadt zu versorgen. Es ist gut, dass niemand den General gemietet hat. Wir werden schon einen Transportwagen brauchen, um das alles hier auf die Wiese beim Teich zu bringen. Zumal Hannah und Louisa auch Essen mitbringen."

Sie starrte ihn finster an. „Wie auch immer. Pack noch die Apfelbutter ein. Ich habe schon zwei Laibe Brot im Korb bei den Törtchen und den Keksen. Hannah bringt auch noch Kuchen mit, also brauchen wir den zusätzlichen Laib wirklich nicht. Louisa hat gesagt, dass sie Schinkensandwiches macht."

J.T. nahm ein Glas Apfelbutter und trug die Kisten und den Korb mit dem Brot nach draußen zum Wagen. Als er zurückkam, hatte Delia den Eiersalat fertig. „Bring den ganz zum Schluss raus und sorg dafür, dass er nicht in der Sonne steht."

„Aye Aye, Captain." J.T. nahm ihr die Schüssel ab und salutierte.

Sie schob ihn beiseite. „Hör auf damit, du Dummkopf. Ich muss mich jetzt umziehen." Delia huschte an ihm vorbei, hielt dann aber noch einmal an. „Oh! Ich habe völlig vergessen, Teller, Besteck und Servietten einzupacken."

J.T. schob sie in Richtung ihres Zimmers. „Ich übernehme das. Mach du dich fertig. Wenn du zu lange brauchst, ist das Picknick vorbei, bis wir dort auftauchen."

Mit einem Nicken ging sie in ihr Zimmer. Doch sie schien kein großes Vertrauen in seine Fähigkeit zu haben, denn alle paar Augenblicke rief sie ihm neue Anweisungen durch ihre Zimmertür zu. Ein Brotmesser, die Kiste mit den Trinkbechern für die Limonade, zwei oder drei alte Decken und so weiter und so fort, bis J.T. langsam bezweifelte, dass sie noch Platz für Fahrgäste haben würden, wenn er fertig war.

Als endlich alles eingeladen war, nahm J.T. seinen guten Mantel von der Stuhllehne und zog ihn über. Es kam ihm komisch vor, seinen Sonntagsanzug zu einem Picknick zu tragen, doch die Frauen der Stadt bestanden darauf, dass sich auch die Männer bei solchen Ereignissen angemessen herausputzten. Er zog den Kragen des wollenen Mantels zurecht und ging in den Flur, um an Delias Tür zu klopfen. „Komm schon. Du hattest genug Zeit. Ike denkt nachher noch, du hättest ihn versetzt."

Die Tür knarzte, als Cordelia sie öffnete. Sie machte einen vorsichtigen Schritt, biss sich auf die Unterlippe und fuhr mit einer Hand über die Vorderseite ihres Kleides. „Ich fühle mich wieder wie das kleine Mädchen, das mit Mamas Kleidern Modenschau spielt. Sehe ich albern aus?"

J.T. verschlug es die Sprache. Wortlos starrte er die wunderschöne Frau an, die seine Schwester geworden war, und fragte sich, wie er diese Tatsache bis zu diesem Moment hatte übersehen können. Der grüne Stoff des Kleides spiegelte die Farbe von Cordelias Augen wider und machte ihr Gesicht lebendiger als sonst. Gleichzeitig betonte das Korsett ihre schmaler gewordene Taille und ihre Kurven genau an den richtigen Stellen, während der Stoff des Rockes ihre Beine locker umspielte.

Ein bisschen Farbe, ein modischer Schnitt und einige Wochen Freundschaft und Unterstützung hatten Delia zu einer wahren Schönheit gemacht.

Er streckte ihr seine Hand entgegen und führte sie in den Flur, wo er sie einmal herumwirbelte. Als sie ihn wieder ansah, gab er ihr einen Kuss auf die Wange. „Du siehst beeindruckend aus, Delia. Wirklich. Nicht einmal unsere Mutter könnte sich mit deiner Schönheit messen."

„Denkst du, Ike wird es gefallen?"

Während J.T. Delia seinen Arm anbot, schluckte er ein Lachen hinunter. „Schwesterherz, ich bezweifle, dass er seine Augen von dir abwenden kann."

Zu sehen, wie sich ihr Gesicht aufhellte, erwärmte J.T.s Herz. Er hatte sie viel zu lange in diesen hässlichen Kleidern herumlaufen lassen. Zu Weihnachten würde er ihr Kleider in Sonnenscheingelb, Kornblumenblau und Präriegrasgrün schenken, damit sie ihre braunen und grauen Hauskleider ausrangieren konnte. Praktisch konnte trotzdem schön sein, das wusste er jetzt.

Hannah würde wahrscheinlich vor Lachen ihre Haube verlieren, wenn sie ihn das sagen hörte.

Sie schlossen das Haus ab und fuhren zu Louisa. Die drei Kinder sprangen aufgeregt um ihre Mutter herum, als J.T. den Wagen vor dem alten Haus anhielt. Louisa rief sie halbherzig zurück, konnte aber ein Lächeln nicht unterdrücken. Diese fröhliche Aufregung war einfach zu ansteckend.

J.T. nahm ihren Korb entgegen, der noch mehr Essen enthielt, und verstaute ihn bei den anderen Körben auf der Ladefläche, während Louisa Delias Kleid bewunderte und ihr Tipps gab, wie dieser leichte Stoff am besten zu reinigen wäre. Die Kinder kletterten hinten auf die Ladefläche und konnten kaum abwarten, dass es endlich losging. Als J.T. die Kisten zusammenschob, um mehr Platz zu schaffen, sprang Tessa plötzlich auf und winkte mit beiden Armen.

„Hannah! Hannah! Bist du fertig für das Picknick?"

Ein Lachen erklang hinter J.T. „Das bin ich. Und ich habe etwas mitgebracht, mit dem wir nach dem Essen spielen können."

J.T. wandte sich um, als die Kinder aufgeregt aufsprangen, um zu sehen, was ihre linke Hand hinter dem Rücken als Überraschung bereithielt. Er hatte das weinrote Kleid, das sie trug, zuvor noch nie an ihr gesehen, aber es betonte ihre schlanke Figur und bildete einen auffallenden Kontrast zu ihrem hellen Haar. Der Schnitt war einfach, vor allem im Vergleich mit dem von Delias Kleid, doch sie trug es mit einer solchen Eleganz, dass sie für J.T. wie eine Königin aussah.

Hannah schenkte ihm ein umwerfendes Lächeln, als sie zu ihm trat, das ihn sofort an Küsse und romantische Spaziergänge denken ließ.

„Wenn Mr Tucker so nett ist und mir den Kuchen abnimmt, kann ich euch zeigen, was ich mitgebracht habe."

Er griff nach der Kuchenplatte und berührte dabei ihre Hand. Während er demonstrativ den Kuchen an die Nase führte, um daran zu riechen, fuhr er zärtlich mit seinen Fingern über ihren Handrücken. „Mmmm. Riecht nach Apfel." Er schaute ihr vielsagend in die Augen. „Ich kann es kaum abwarten, ihn zu probieren."

Röte stieg in ihre Wangen, als sie ihm ihre Hand so schnell entzog, dass er fast den Kuchen hätte fallen lassen. Doch ihr Lächeln ließ ihm fast das Herz stehen bleiben.

Während dieses Wortwechsels hatte Hannah es geschafft, ihre Überraschung vor den Augen der Kinder zu verbergen. Als sie sich nun von ihm abwandte, zog sie sie hinter ihrem Rücken hervor.

„Ein Drachen!" Tessa hüpfte auf und ab und klatschte fröhlich in die Hände. Der Wagen ächzte dabei protestierend, doch niemand kümmerte sich darum. „Und du hast den schönen Stoff genommen, den ich so mag."

Danny sprang auf. „Ich bin der Älteste. Ich sollte ihn zuerst ausprobieren."

„Was ist mit mir?", jammerte Molly.

Hannah lächelte die Kinder an. „Jeder kommt dran. Das verspreche ich." Dann verengten sich ihre Augen. „Aber wer als Nächster fragt, ob er zuerst dran ist, muss bis zum Schluss warten."

Alle kleinen Münder schlossen sich und die drei ließen sich zurück auf ihre Plätze fallen. J.T. war beeindruckt.

Er stellte den Kuchen vorsichtig ab und fand auch noch einen Platz für Hannahs Korb. Dann wandte er sich Hannah zu und streckte ihr seine Hand entgegen. „Ihr Drachen, Mylady?"

Sie machte einen Knicks und reichte ihn ihm. „Oh, ich danke Euch, Sir Tucker. Doch Obacht, er ist ein gefährliches Tier."

J.T. verbeugte sich ritterlich, woraufhin die Kinder kicherten. Der Stoff des Drachen schimmerte violett im Sonnenlicht. Er fuhr mit den Fingern darüber. Das weiche, luxuriöse Material überraschte ihn.

„Ist das Seide?", flüsterte er ihr ins Ohr.

„Nur ein kleines Stück." Sie lächelte die Kinder weiter an, während sie aus dem Mundwinkel heraus sprach. „Tessa hat diesen Stoff seit Wochen angehimmelt. So kann sie sich darüber freuen."

Es musste einer der teuersten Stoffe aus ihrem Sortiment sein, trotzdem hatte sie ihn benutzt, um einem kleinen Mädchen einen Gefallen zu tun. „Du weißt, dass er vielleicht einfach in einem Baum hängen bleibt?"

„Das hoffe ich doch." Jetzt lachte sie ihn direkt an. „Der halbe Spaß beim Drachensteigenlassen ist doch, wenn man ihn aus einer gefährlichen Situation retten muss. Wofür habe ich denn ansonsten meinen unerschrockenen Ritter?"

Er war wie verzaubert von ihrer ausgelassenen Fröhlichkeit und freute sich mehr denn je darauf, den ganzen Tag mit ihr verbringen zu können.

„Gut", rief er mit lauter Stimme. „Alle Mann an Bord. Wir machen uns auf den Weg."

Vorsichtig legte J.T. den Drachen zwischen den Körben mit dem Essen ab, während Louisa auf die Ladefläche kletterte und ihre Füße über den Rand baumeln ließ.

„Ich sitze hier bei meinen Kleinen", sagte sie und winkte ab, als J.T. ihr einen Platz vorne anbot. „Vorne ist es schon eng genug, ohne dass ich mich auch noch dazuquetsche."

J.T. nickte zustimmend und ging dann nach vorne, um den anderen beiden beim Aufsteigen behilflich zu sein. Er half Hannah am Schluss hinauf, damit sie gleich neben ihm sitzen würde. Dann sprang er selbst auf den Wagen und ließ sich auf der Bank nieder. Zum ersten Mal war er glücklich über die Enge der Fahrerbank. Sein Bein berührte Hannahs, wobei er ihre Körperwärme durch den Stoff hindurch spürte. „Seid ihr alle bereit?"

Ein vielstimmiger Chor an Zustimmungen wurde laut. J.T. konnte sich ein Grinsen nicht verkneifen. Die Frauen waren mindestens ebenso aufgeregt wie die Kinder – wie er selbst. J.T. schnalzte mit den Zügeln und der Wagen setzte sich in Bewegung. Eine innere Stimme versicherte ihm, dass er diesen Gründungstag nie wieder vergessen würde.

Kapitel 29

Durch die fröhliche Stimmung im Wagen war Hannah so abgelenkt, dass sie nicht an die Brücke dachte, die sie zu überqueren hatten, bis sie dort angekommen waren. Sie versuchte, ihr Unbehagen hinter einem Lächeln zu verbergen. Doch Jericho musste ihre Anspannung gespürt haben, denn er nahm ihre Hand, bevor sie auf die Holzbalken fuhren. Froh über seine Feinfühligkeit und darum, einen starken Halt zu haben, klammerte sie sich an seinen Oberarm. Seine Wärme gab ihr Sicherheit.

Die Räder rumpelten auf dem Holz der Brücke. Die Kinder lachten, der Wind rauschte in den Bäumen und die Vögel zwitscherten um sie herum. Doch in ihrer Erinnerung dröhnten die Wassermassen so laut, dass die Idylle völlig verblasste. Ihr Griff um Jerichos Arm wurde fester.

Sie wusste, dass sie sich albern benahm. Der Fluss war nicht gefährlich. Er plätscherte freundlich und harmlos in seinem Bett dahin. Trotzdem konnte alle Vernunft nicht ihre Angst vertreiben.

Jericho drückte ihre Hand fest an sich und fing an zu summen, bis sie sich endlich entspannen konnte. Die tiefen Vibrationen beruhigten sie, sie wusste, dass er den gleichen Trick bei unruhigen Pferden anwandte, und schmunzelte.

Als sie das andere Ufer sicher erreicht hatten, entzog Hannah Jericho ihre Hand. Er sah deswegen ein bisschen enttäuscht aus, doch sie lächelte ihn an und formte mit den Lippen ein stilles Dankeschön. Er zwinkerte verschwörerisch und wandte seine Aufmerksamkeit wieder der Straße zu.

Sie wandten sich nach Norden und folgten dem Fluss, bis sie zu einem Tal kamen, das von Wagen, Einspännern und mehr Menschen wimmelte, als Hannah je in Coventry gesehen hatte. Männer warfen Hufeisen, während Frauen sich um ihre Kinder kümmerten und sich mit den Nachbarn unterhielten. Überall rannten Kinder herum und spielten Fangen. Die Jungen stibitzten heimlich etwas vom Essen, wenn ihre Mütter gerade nicht hinschauten. Im Schatten einer alten

Eiche in Flussnähe saßen einige ältere Menschen, unterhielten sich und schenkten Limonade und Cidre aus.

Hannah gab sich Mühe, so viele Eindrücke wie möglich in sich aufzunehmen. „Ist das ganze Umland hier versammelt?", fragte sie, während Jericho den Wagen zu einer Baumgruppe lenkte, wo die Pferde im Schatten grasen konnten. Sie rumpelten über die Wiese, wobei Hannah gegen Jericho geworfen wurde, da sie nichts hatte, an dem sie sich festhalten konnte. Ritterlich legte er seinen Arm um ihre Schultern und presste sie an sich.

„Nein, nur etwa ein Drittel der Leute aus der Gegend kommen zur Gründungstagsfeier Coventrys." Jericho sah auf sie herab und Hannah blinzelte. In seiner Umarmung hatte sie schon wieder vergessen, dass sie ihm eine Frage gestellt hatte. „Vor allem die Farmer im Umkreis von zehn Meilen kommen aber hierher."

Der Weg wurde wieder ebener, doch Jericho machte keine Anstalten, seinen Arm von ihren Schultern zu nehmen. Hannah genoss seine Berührung. Doch ein bisschen störten sie die amüsierten Blicke, die Cordelia ihnen zuwarf.

Viel zu schnell verkündete Jericho. „Wir sind da!"

Seine Ankündigung wurde mit Freudenschreien quittiert, als die Kinder sofort von der Ladefläche sprangen.

„Bleibt in der Nähe, wo ich euch sehen kann", rief Louisa, als ihre Kinder zu ihren Freunden rannten.

Jericho sprang vom Wagen, um Cordelia beim Aussteigen behilflich zu sein. Dann bot er Hannah seine Hand. Seine Hände ruhten ein wenig zu lang auf ihren Hüften, als er sie heruntergehoben hatte, und eine Gänsehaut überzog ihren Körper. Jericho schenkte ihr eins seiner seltenen Lächeln und begann dann, den Wagen abzuladen. Cordelia schien Essen für eine ganze Stadt vorbereitet zu haben. Hannah musste zweimal tief einatmen, um sich wieder zu sammeln. Warum nur brachte dieser Mann sie immer wieder so durcheinander?

Louisa breitete die Decken auf dem Gras aus und beschwerte sie mit einigen Steinen und den Schüsseln, damit der Wind sie nicht wegwehen konnte, während Jericho sich um die Pferde kümmerte. Cordelia arrangierte das Essen, sodass es noch appetitlicher aussah. Da Hannah ihr nicht in die Quere kommen wollte, räumte sie die Teller und das Besteck aus. Als sie gerade die Gabeln auf den Servietten arrangiert hatte, hob sie ihren Blick und sah Jericho, der auf eine Gruppe Männer zuging, die sich zum Hufeisenwerfen versammelt hatten.

Sie bewunderte seine selbstbewussten Schritte und die Art, wie die Gruppe ihn in ihrer Mitte willkommen hieß. Sie war stolz auf ihn. Und obwohl bisher nur Cordelia etwas von ihrer Zuneigung wusste, spürte Hannah, dass sie zueinandergehörten. Wie würde es sein, wenn sie Jericho eines Tages ihren Mann nennen würde …?

Jericho wandte sich einem Mann in der Gruppe zu und sprach kurz mit ihm. Hannah erkannte, dass es Ike Franklin war.

Schnell stellte sie ihren Korb ab und wandte sich um, um Cordelia zu warnen. Ihre Freundin war so beschäftigt damit, die Köstlichkeiten zu arrangieren, dass sie sich undamenhaft nach unten gebeugt hatte. Das Essen sah zwar äußerst appetitlich aus, doch Hannah bezweifelte, dass Ike es bemerken würde, wenn ihm als Erstes Cordelias Gesäß entgegengestreckt wurde. Kein besonders gelungener Auftakt für diesen besonderen Tag.

Hannah eilte an die Seite ihrer Freundin und versuchte, sie aufzurichten.

„Einen Moment." Cordelia widerstand Hannahs Versuchen. „Ich muss nur noch –"

„Er kommt", flüsterte Hannah ihr ins Ohr. „Du willst ihn doch nicht zuerst mit deiner Kehrseite begrüßen, oder?"

Cordelia fuhr so schnell auf, dass Hannah zur Seite springen musste. Aufgeregt wirbelte sie herum und sah die Männer, die zu ihnen herüberkamen.

„Ike kommt." Cordelias Stimme wurde panisch.

„Ja, Liebes." Hannah lächelte aufmunternd und zupfte noch einmal an dem Stoff um Cordelias Hüften.

„Was soll ich machen? Was soll ich sagen?" Cordelias Augen waren auf Ike geheftet, aber alle Farbe war aus ihrem Gesicht gewichen. Hannah befürchtete, dass ihre Freundin jeden Moment ohnmächtig in den Karottensalat sinken würde.

Hannah trat vor Cordelia und sah sie bestimmt an. „Das ist ein Tag wie jeder andere. Du lächelst ihn an wie immer. Du redest mit ihm wie immer. Du verhältst dich so, als sei alles wie immer, denn es *ist* alles wie immer. Der einzige Unterschied ist, dass du ein anderes Kleid anhast."

„Nichts ist anders", flüsterte Cordelia hektisch. „Alles ist wie immer."

Als Hannah die Schritte der Männer hinter sich hörte, setzte sie ein fröhliches Lächeln auf und starrte Cordelia so lange an, bis diese das Lächeln erwiderte. Dann trat sie einen Schritt zur Seite und überließ Gott den weiteren Verlauf dieser Liebesgeschichte.

Für ein paar Sekunden sagte niemand etwas. Ike starrte Cordelia an, sein Mund stand leicht offen, als wären ihm die Worte im Hals stecken geblieben. Das Lächeln auf Cordelias Gesicht war zu einem schüchternen Zucken geworden, doch dafür hatte sie nun eine rosige Gesichtsfarbe.

Hinter ihnen räusperte sich jemand. Louisa huschte an ihnen vorbei. „Ich schaue mal, wo die Kinder abgeblieben sind."

Endlich hatte Ike seine Sprache wiedergefunden und nahm seinen Hut ab. „Danke, dass Sie mich eingeladen haben, heute mit Ihnen zu essen, Miss Tucker. Ich kann mir keinen schöneren Ort vorstellen, diesen Tag zu verbringen."

Cordelia nickte dankbar und hatte sich wieder in der Gewalt. Hannah war sehr stolz auf sie.

„Ich habe ein paar Ihrer Lieblingsspeisen gemacht", sagte Cordelia nun und zeigte auf die Picknickdecke. „Gebratenes Hühnchen, Kartoffelsalat ... oh, und einen Kuchen."

„Mir läuft schon das Wasser im Mund zusammen. Kann ich Ihnen behilflich sein?"

Cordelia zögerte. „Also, Hannah hat –"

„– auf eine Gelegenheit gewartet, einen guten Platz zum Drachensteigen zu suchen." Hannah sah Cordelia bedeutungsvoll an, bevor sie sich wieder Ike zuwandte. „Wenn es Ihnen nichts ausmacht, meinen Platz hier einzunehmen, Mr Franklin? Nach dem Essen möchte ich mit den Kindern gerne einen Drachen steigen lassen. Und dafür will ich mich schon mal ein bisschen umsehen."

Ike gluckste. „Ich würde sehr gerne Cori ... äh ... ich meine ... Miss Tucker helfen."

Sein Gesicht war tiefrot geworden, aber Hannah hätte nicht zufriedener sein können. Ein Mann, der einer Frau einen Kosenamen gab, war mit Sicherheit über beide Ohren verliebt.

„Danke. Wir sind gleich zurück." Hannah fasste Jerichos Arm.

Er sah sie finster an. „Wir? Ich gehe nirgendwohin."

Ike nestelte nervös an seinem Kragen.

„Natürlich kommen Sie mit, *Mr Tucker*", beschloss Hannah mit einem liebenswürdigen Lächeln. „Ich brauche Ihre Begleitung. Ich kenne mich doch hier überhaupt nicht aus. Bitte?" So unauffällig wie möglich stellte sie ihren Fuß auf den seinen und drückte ihren Absatz auf seinen großen Zeh. Doch Jericho schien es nicht zu bemerken, denn er starrte Ike immer noch finster an. Nicht einmal ein Blinzeln. *Mist.* Vielleicht waren seine Stiefel zu dick. Wie sollte sie ihm signalisieren, dass er hier störte? Doch plötzlich gab er nach.

„Fünfzehn Minuten", sagte er barsch und stapfte in Richtung Fluss davon.

„Danke!" Hannah musste laut rufen, weil er sich schon ein Stück entfernt hatte. Sie zuckte mit den Schultern. „Er kann es anscheinend gar nicht abwarten, einen Platz zum Drachensteigen zu suchen."

„Oder zurückzukommen", murmelte Ike.

Hannah trat dicht neben ihn und flüsterte. „Also, ich habe Ihnen eine Viertelstunde verschafft. Nutzen Sie sie."

Erst sah er sie verwirrt an, doch dann erschien ein Lächeln auf seinem Gesicht. „Danke für den Hinweis, Miss Richards."

„Was für ein Hinweis?" Cordelia trat ebenfalls näher. Sie sah aus, als würde sie sich am liebsten in einem Loch verkriechen – oder ihren Bruder in einem vergraben.

Hannah zwinkerte ihr zu. „Das soll Mr Franklin dir erklären." Dann eilte sie Jericho nach.

Als sie ihn eingeholt hatte, fing er mit schmerzverzerrtem Gesicht an zu humpeln.

„Was hast du da eben versucht, Hannah? Mich zu verstümmeln?"

Sie wusste, dass er nur schauspielerte, und gab zurück: „Was hast *du* da eben versucht? Cordelias großen Tag zu verderben?"

„Ich habe nur ein paar Regeln abgesteckt." Wie durch ein Wunder verschwanden seine Gehprobleme.

„Du hättest nicht so finster starren müssen, während du das getan hast."

Ein Funkeln trat in seine Augen. „Stimmt. Das war nur, weil es Spaß gemacht hat."

„Jericho Tucker!" Sie wollte ihn ausschimpfen, doch das Lachen in ihrer Stimme machte diesen Versuch zunichte. „Du bist schrecklich!"

„Nicht immer." Sein Gesichtsausdruck veränderte sich. Das Funkeln in seinen Augen wich einer Glut, die ihr Innerstes erzittern ließ. Er ließ seine Finger von ihrer Schulter herab bis zu ihrem Handgelenk wandern und ergriff dann zärtlich ihre Hand. „Hannah, ich –"

„J.T.!" Mit hochrotem Gesicht schnaufte Tom heran.

Jericho ließ ihre Hand fallen. Kälte macht sich dort breit, wo Hannah gerade noch seine Haut gespürt hatte.

„Ich habe uns für den Dreibeinlauf angemeldet. Die Harris-Brüder denken doch tatsächlich, dass sie uns schlagen können. Aber ich hab ihnen schon gesagt, dass sie keine Chance haben." Tom grinste Hannah an. „Wir wurden nicht mehr besiegt, seit meine Beine lang genug sind, um mit ihm mitzuhalten." Er zeigte mit dem Daumen auf Jericho, der auffallend gelassen war, als hätte Tom sie nicht gerade gestört.

Hannah versuchte, ihm nicht böse zu sein, aber als Jericho sich von ihr abwandte und mit Tom über das Drachensteigen sprach, kaute sie vor Enttäuschung auf ihrer Unterlippe.

Fünf Minuten. Wenn Tom fünf Minuten länger gebraucht hätte, um sie zu finden, hätte Jericho ihr gesagt, dass … also … irgendetwas hätte er ihr gesagt. Etwas Wichtiges. Genau. Sie hatte die Bedeutung des Moments bis in ihre Zehenspitzen gespürt. Doch als sie jetzt zurückgingen, fühlten sich ihre Zehenspitzen kalt und taub an.

Kapitel 30

Hannah beschloss, sich an so einem wunderbaren Tag die Stimmung nicht durch das eben Erlebte – oder besser das nicht Erlebte – verderben zu lassen. Sie konnte sich nicht entsinnen, jemals so viel gegessen zu haben. Um die Müdigkeit abzuschütteln, die sie dazu verlocken wollte, faul auf der Decke in der Sonne zu liegen, stimmte Hannah zu, mit Tessa ein Ballspiel zu machen.

Margaret Paxton, die Frau des Bankiers, hatte eine Kiste mit Spielgeräten mitgebracht. Tessa entschied sich für ein Spiel, bei dem man sich gegenseitig Bälle zuwerfen und diese dann mit Fangnetzen auffangen musste.

„Welche Farbe soll der Ball haben?", fragte Tessa, als Hannah neben sie trat und einen Blick in die Kiste warf. Die Bälle waren mit bunt gestreiften Bändern geschmückt. Drei waren noch übrig: rot-weiß, grüngelb und braun-orange.

„Such du einen aus. Nur nicht orange." Sie zog die Nase kraus und Tessa kicherte. Schon vor einiger Zeit waren sich die beiden darüber einig geworden, dass Orange nur bei runden Früchten, Blumen und Schmetterlingen gut aussah.

Tessa entschied sich für den Ball mit den rot-weißen Bändern und ging mit ihrem Fangnetz und dem Ball etwas weg. Die Bänder flatterten munter hinter ihr her. Tessa drehte sich um und schwang den Ball in der Hand hin und her.

„Bereit?"

Hannah nickte und stellte sich in Position. „Bereit."

Mit einer schnellen Bewegung warf Tessa den Ball in ihre Richtung. Hannah schwenkte ihr Fangnetz und versuchte, den Ball zu erwischen. Aber Tessas Wurf war viel zu kurz für die Entfernung, die zwischen ihnen lag. Doch Hannahs Ehrgeiz wollte diesen Punkt nicht verschenken, also raffte sie ihren Rock und sprang nach vorne. Geschickt fing sie den Ball auf, kurz bevor er den Boden berührte.

„Das war prima!", rief Tessa. „Gut gefangen, Hannah. Noch neun Punkte, bis du gewonnen hast!"

Hannah lag sieben zu fünf vorne, als Cordelia und Ike sich zu ihnen gesellten, um ihnen zuzuschauen. Die junge Frau hatte sich bei Ike untergehakt und strahlte über das ganze Gesicht. Hannah lächelte, als sie das Paar sah, und bemerkte nicht, dass Tessas nächster Wurf über ihren Kopf davonflog.

„Ha! Daneben. Sechs zu sieben."

Hannah bückte sich, um den Ball vom Boden aufzuheben. „Na gut, Tessa. Versuch mal, den hier zu fangen." Hannah warf ein bisschen höher als vorher, doch Tessa sprang hoch und erwischte den Ball mit ihrem Netz.

„Ich hab ihn!" Sie sprang jubelnd auf und ab, was ihr ein Lächeln von Mrs Paxton einbrachte, die gerade mit einem Limonadenglas vorbeikam.

„Gut gefangen, junge Dame", sagte die Frau des Bankiers. „Aber denk dran, dass es bei diesem Spiel vor allem um Eleganz geht und nicht darum, wie ein Floh herumzuhüpfen."

Hannah fragte sich, ob dieser Hinweis auch ihr gegolten hatte. Inzwischen hatten sich einige Kinder Spielgeräte geholt, doch eine erwachsene Frau konnte Hannah darunter nicht entdecken.

Hannah wusste, dass sie sich ein bisschen zurückhalten müsste. Vor allem jetzt, wo Margaret Paxton sie bemerkt hatte. Mrs Paxton war die mit Abstand eleganteste und vornehmste Bürgerin Coventrys, ohne sich jedoch über die anderen zu erheben. Das war eine bemerkenswerte Gabe, die die innere Größe zeigte. Die Frau des Bankiers wäre die ideale Kundin für eine Schneiderin, die versuchte, die innere Schönheit mit der äußeren zu kombinieren.

Der Ball flog wieder auf Hannah zu und riss sie aus ihren Gedanken. Rasch bückte sie sich zur Seite, um nicht getroffen zu werden, doch leider war sie nicht mehr in der Lage, den Ball zu fangen. Tessa jauchzte so triumphierend, dass Hannah sich ein Lächeln nicht verkneifen konnte. Sie warf den Ball zurück.

„Sei vorsichtig, jetzt haben wir gleich viele Punkte."

„Du meinst also, dass du gewinnst?" Hannah winkte mit dem Netz in Tessas Richtung. „Zeig mir deinen besten Wurf."

In ihrer Begeisterung warf Tessa den Ball fest, aber leider in die falsche Richtung. Er flog direkt auf Cordelia und Ike zu, die bei Mrs Paxton standen und sich angeregt unterhielten.

„Achtung!", rief Hannah, da sie wusste, dass sie diesen Ball nicht mehr erreichen könnte.

Mrs Paxton wandte sich um. Mit einer geschickten Bewegung fing sie den Ball mit der Hand auf und warf ihn lächelnd zurück zu dem Mädchen.

Hannah starrte die vornehme Dame fassungslos an.

„Bravo, meine Liebe!", rief Elliott Paxton aus einiger Entfernung. „Genau wir früher, nicht wahr, Maggie?"

Eine leichte Röte stieg Mrs Paxton ins Gesicht, als sie die Bemerkung ihres Mannes mit einer Handbewegung beiseitewischte. Aber danach wandte sie sich Hannah zu.

„Schauen Sie mich nicht so überrascht an, junge Dame", sagte sie. „Ich war nicht immer die gesetzte Ehefrau eines Bankiers."

Hannah musste grinsen.

„Ich habe gerade Miss Tucker zu ihrem wunderschönen neuen Kleid beglückwünscht", fuhr Mrs Paxton fort. „Es ist außergewöhnlich, wie gut es zu Miss Tucker passt. Und sie sagte mir, Sie seien für dieses Kleid verantwortlich."

Aufregung fuhr durch Hannahs Körper. Mrs Paxton bewunderte ihre Arbeit!

„Cordelia war eine wunderbare Kundin. Und sie hat einen sehr guten Geschmack, wie Sie unschwer erkennen können."

„Und Sie haben qualitativ hochwertigen Stoff und außergewöhnliche Handwerkskunst beigesteuert, meine Liebe."

Cordelia nickte strahlend, während sie von Hannah zu Mrs Paxton sah. „Oh ja. Miss Richards arbeitet wirklich ausgezeichnet. Ich bezweifle, dass Sie in unserer Gegend noch eine Schneiderin finden, die ihr Handwerk so versteht wie sie."

Die Frau des Bankiers warf noch einen prüfenden Blick auf Cordelias Rock und musterte dann Hannahs Kleid. „Normalerweise lasse ich mich von Elliott nach Waco fahren, wenn meine Töchter oder ich neue Kleider brauchen. Aber jetzt, wo Coventry eine so begnadete Schneiderin hat, werde ich diese Einkaufsfahrten wohl einstellen und die Geschäfte in unserer Stadt unterstützen."

Ein Freudenfeuerwerk explodierte in Hannahs Brust, aber sie zwang sich zu einem gelassenen Gesichtsausdruck. „Es wäre mir eine Ehre, Ihnen zur Verfügung zu stehen, Mrs Paxton. Kommen Sie doch bei Gelegenheit bei mir im Geschäft vorbei."

„Vielen Dank. Das werde ich tun."

In diesem Moment kam Tessa angerannt und umklammerte Hannahs Arm. Aufgeregt zerrte das Mädchen sie mit sich. „Komm schon, Hannah. Das Rennen startet gleich! Wir müssen doch Tom und J.T. anfeuern!"

„Tessa, es ist unhöflich, Erwachsene beim Reden zu unterbrechen."

Das Mädchen sah bedrückt aus … ungefähr drei Sekunden lang. „Es tut mir leid. Aber wir dürfen es nicht verpassen."

Das stimmte. Hannah suchte Jericho in der Menge der Männer und Jungen, die sich an der Startlinie aufstellen. Ihr Herz sehnte sich danach, in seiner Nähe zu sein, doch ihr gesunder Menschenverstand mahnte, dass sie bei ihrer potentiellen neuen Kundin bleiben sollte.

„Du meine Güte, dieses Spektakel dürfen Sie nicht verpassen." Mrs Paxton nahm Hannah das Fangnetz und den Ball ab. „Ich bringe das für Sie zurück."

„Vielen Dank, Ma'am", sagte Hannah.

„Beeilen Sie sich. Sie wollen doch bestimmt nicht den Start verpassen."

Hannah bedeutete Tessa, sie zu führen. „Los geht's." Das Mädchen zog sie zum Startplatz. Hannah hoffte, dass der Übereifer des Mädchens Entschuldigung genug für ihre Geschwindigkeit war, deshalb hielt sie die Kleine nicht zurück. Je schneller sie wieder bei Jericho war, desto besser.

⊂℞

J.T. richtete sich auf und betrachtete die Gruppe der Starter um sich herum. Seinen Arm hatte er, um das Gleichgewicht besser zu halten, um Toms Schultern gelegt, genau wie der Junge bei ihm. Momentan ging noch der Schiedsrichter herum und kontrollierte die Bänder, mit denen die Fußgelenke der Starter verbunden waren. Zwei Pärchen weiter standen Will und Archie, die einzige wirkliche Konkurrenz, und starrten J.T. finster an. Die meisten Paare bestanden aus kleinen Jungs oder Verliebten. Viele junge Männer überredeten ihr Herzblatt dazu, bei dem Lauf mitzumachen, damit sie ihren Arm um die Schulter ihrer Angebeteten legen konnten. Das endete meistens schnell in lautem Gekicher und einem Sturz.

J.T. musste sich eingestehen, dass auch er jetzt lieber Hannah als seinen Stallburschen im Arm gehalten hätte. Dann hätte er sogar in Kauf genommen, diesen Lauf zu verlieren. Doch dann dachte er daran, was für eine Kämpfernatur sie war. Vielleicht hätte er mit ihr auch eine Chance auf den Sieg gehabt. J.T. grinste.

„Warum lächelst du, Tucker?", rief Will Harris. „Stellst du dir meinen Rücken von hinten vor, wenn Archie und ich an euch vorbeiziehen?"

J.T. schnaubte. „Die einzige Gelegenheit, bei der ich deinen Rücken sehen werde, ist, wenn ihr umfallt wie zwei nasse Säcke. Ansonsten werden wir so weit vor euch sein, dass wir nur den Sieg vor Augen haben."

Will reckte siegessicher sein Kinn. „In diesem Jahr nicht."

Der Schiedsrichter nahm seine Position vor den Läufern ein. Ein blaues Band flatterte in seiner Hand.

J.T. spürte, wie der Wind an seinem Hemd zupfte. Aber er würde sich nicht ablenken lassen. Er fixierte die Ziellinie. Toms Finger gruben sich in seine Schulter. Gemeinsam lehnten sie sich nach vorne und warteten auf das Startsignal.

Der Schiedsrichter hob den Arm. „Auf die Plätze!", rief er. „Fertig … Los!"

Er ließ den Arm sinken und die humpelnden Paare machten sich auf den Weg. Viele kamen schon beim Start ins Taumeln, weil sie nicht abgesprochen hatten, mit welchem Fuß sie losgehen würden. Doch J.T. konzentrierte sich nur auf den Weg vor sich, um vor Löchern oder Unebenheiten gewarnt zu sein, während er mit Tom ein beeindruckendes Tempo vorlegte.

Anfeuerungsrufe erklangen aus den Zuschauerreihen. Für einen Augenblick wünschte sich J.T., dass Hannah nicht mit Tessa gespielt hätte, als sie sich für das Rennen aufgestellt hatten. Das hier war zwar nur ein alberner Wettkampf, doch ein Mann wollte auch in so einer Situation gerne seine Angebetete dabeihaben, die ihn unterstützte. Wie hätte er sie sonst beeindrucken sollen?

Sie erreichten die Markierung, die die Hälfte der Strecke anzeigte. Die Harris-Brüder lagen Kopf an Kopf mit Tom und ihm. Die Zuschauer jubelten immer lauter und feuerten die beiden führenden Teams an. Doch dann ertönte plötzlich ein anderer Ruf.

„Schneller, Jericho!"

Sein Kopf fuhr herum. Rasch suchte er in der Zuschauermenge nach Hannahs Gesicht. Dabei stolperte er über einen Stein und hätte Tom und sich fast zu Fall gebracht.

„Pass auf, J.T., sonst überholen sie uns!"

J.T. richtete seine Aufmerksamkeit wieder auf die Strecke vor sich. Ein neues Feuer war in ihm erwacht. Auf keinen Fall würde er Will und seinen Bruder gewinnen lassen.

„Auf dem Hügel hängen wir sie ab."

Tom schnaufte zustimmend.

Die letzten Meter der Strecke stiegen leicht an. Es war kein wirklicher Hügel, doch wenn ein Paar versuchte, zu schnell dort hochzukommen, konnte es das Gleichgewicht verlieren. In den letzten Jahren waren J.T. und Tom hier immer vorsichtig gewesen, doch heute würde J.T. den Hügel erstürmen wie ein zorniger Apache.

Mit rasanter Geschwindigkeit stürmten sie auf die Ziellinie zu und lagen nun deutlich vor den Harris-Brüdern. Doch dann kam Tom ins Straucheln. J.T. taumelte. Der Boden kam ihnen immer näher. Mit einem akrobatischen Sprung retteten sie sich ins Ziel, bevor sie mit einem dumpfen Schlag auf der staubigen Erde landeten.

„Tucker und Packard", schrie der Schiedsrichter, „haben knapp gewonnen!"

Die Zuschauer jubelten fröhlich und J.T. versuchte sich aufzurichten, was allerdings misslang, da er immer noch an Tom angebunden war. Tom knotete schließlich das Band auf und rappelte sich hoch. „Wir haben es geschafft, J.T.! Wir haben gewonnen!"

„Ja", war alles, was J.T. völlig atemlos hervorbrachte.

Will Harris kam zu ihnen herüber und reichte J.T. die Hand. „Ihr habt zwar gewonnen, Tucker, aber immerhin sind Archie und ich auf den Beinen geblieben. Euch übereinanderpurzeln zu sehen, war es wert, als Zweiter ins Ziel zu kommen."

J.T. ergriff die Hand seines Konkurrenten und ließ sich von ihm hochziehen. Er lachte, während er seine Hose ausklopfte. „Wenn ihr für nächstes Jahr eine ähnlich gute Show versprecht, lasse ich euch vielleicht gewinnen."

Will grinste. „Keine Versprechungen, Tuck—"

Bevor er seinen Satz beenden konnte, stürmte ein blonder Wirbelwind auf J.T. zu und warf sich in seine Arme.

„Du hast gewonnen!"

Er fing sie auf und wirbelte sie einmal im Kreis herum, bevor er sie wieder absetzte. Hannah strahlte ihn mit einem Lächeln an, das sogar die Sonne verblassen ließ.

Wie sehr er diese Frau liebte!

„Wenn ich gewusst hätte, dass das der Preis ist, hätte ich mich auch auf den Boden geworfen, um zu gewinnen", lachte Will. Hannah errötete. Schnell ließ sie J.T.s Hände los, doch er dachte gar nicht daran, sie aus seiner Umarmung zu entlassen.

„Heißt das, dass ich sie jetzt auch mal umarmen darf?", fragte Tom sehnsüchtig. Will übernahm J.T.s Antwort.

„Ich glaube nicht, dass Tucker teilen will, Tom."

Die Männer um sie herum lachten schallend.

„Das ist aber unfair. Ich habe auch gewonnen."

„Ja, das stimmt." Hannah befreite sich aus J.T.s Armen und trat zu Tom. Sie drückte ihm einen Kuss auf die Wange. „Herzlichen Glückwunsch, Tom."

Ein schiefes Grinsen erhellte sein Gesicht. „Das muss ich meiner Mama erzählen!" Er taumelte davon, ganz der Junge, der noch nicht mit seinem erwachsenen Körper zurechtzukommen schien.

„Und was ist der Preis für die Zweiten?", fragte Will und sah mehr J.T. an als Hannah.

J.T. starrte finster zurück, was Will nur noch breiter grinsen ließ. Entschlossen griff J.T. nach Hannahs Hand und zog sie an sich. „Tut mir leid, Jungs, aber sucht euch einen eigenen Preis. Sie gehört mir."

Kapitel 31

Hannah folgte Jericho, um dem Gelächter der Männer zu entkommen. Doch nach wenigen Schritten hatte sie die anderen schon völlig vergessen. Alles, was sie wahrnahm, war Jerichos warme Hand, die ihre umfasste. Stark, beschützend und liebevoll. Sie hätte sie am liebsten für den Rest ihres Lebens festgehalten.

Jericho verlangsamte allmählich seine Schritte zu einem Schlendern. Seine raue Haut rieb gegen ihre weiche und verursachte ein Kribbeln, das über ihren ganzen Körper lief. Er streichelte ihren Handrücken mit seinem Daumen und schaute sie an. Sein Mund verzog sich zu einem leichten Lächeln. Hannahs Herz schlug fest und schnell. Da sie wusste, dass die Blicke der halben Stadt auf sie gerichtet waren, wandte sie ihre Augen ab und starrte auf den Boden vor sich. Doch noch nie hatte sie seine Gegenwart intensiver wahrgenommen als in diesem Moment.

„Es tut mir leid wegen eben", sagte sie hastig. „Ich wollte mich nicht so in deine Arme werfen. Es war nur … es ist einfach passiert."

Jericho blieb stehen. „Liebling, du kannst dich in meine Arme werfen, wann immer dir der Sinn danach steht." Seine braunen Augen funkelten belustigt … und es stand auch noch etwas anderes darin, das ihr Herz erzittern ließ. „Ich verspreche dir, dass ich dich immer auffangen werde." Die sanfte, tiefe Stimme ließ sie erzittern und entfachte den Wunsch, mit ihm allein zu sein. Aber das konnte sie nicht. Sie musste einen Drachen steigen lassen.

„Wir sollten zurückgehen", sagte sie bedauernd.

Jericho ließ ihre Hand los und räusperte sich. „Tom hat mir einen guten Platz zum Drachensteigen gezeigt. Er ist ein bisschen oberhalb dieses Tals am Fluss." Er legte ihren Arm in seinen und führte sie zurück zu ihrer Picknickdecke.

Sie war dankbar für das unverfängliche Gesprächsthema, das ihr half, ihre aufgewühlten Gefühle in den Griff zu bekommen. „Das hört sich wunderbar an. Ich bin sicher, dass sich die Kinder freuen werden."

Beide schwiegen, während sie zurückgingen. Hannah sah Jericho ab und zu von der Seite an, wobei sich jedes Mal ihr Herzschlag beschleunigte. Würde er irgendwann die Unterhaltung beenden, die er heute angefangen hatte, bevor Tom sie unterbrochen hatte?

Ihr Herz verlangte danach, dass er ihr seine Gefühle offenbarte. Sein Verhalten hatte ihr schon deutlich gezeigt, was er empfand, doch sie wollte es aus seinem Mund hören. Wollte wissen, wie er es aussprach. Wollte wissen, ob er die Schmerzen aus seiner Kindheit verarbeitet hatte und sich ohne Vorbehalte auf sie einlassen konnte.

Wieder warf sie ihm einen verstohlenen Blick zu, doch er sah zu Boden, ohne etwas zu sagen. Enttäuschung durchflutete sie.

Schenk mir Geduld, Herr. Du hast versprochen, dass für jene, die dich lieben, alles gut werden wird. Ich bitte dich, dass Jericho sein Leben mit mir teilt. Ich liebe ihn. Ich liebe ihn von ganzem Herzen. Bitte schenk mir eine Zukunft mit diesem Mann.

Mit einem leisen Seufzer schob Hannah ihre Sorgen beiseite und hieß die Unbeschwertheit willkommen, die ihnen folgte. Die Sonne stand am Himmel, eine kühle Brise strich über ihre Wangen und Kinderlachen erfüllte die Luft. Es war ein wunderschöner Tag, den Gott ihnen heute schenkte. Sie würde ihn nicht durch Zweifel ruinieren.

Als Jericho und sie den Picknickplatz fast erreicht hatten, schnappte sich Tessa den Drachen und winkte damit wild hin und her.

Hannah wurde langsamer. „Oh nein."

Jericho wandte sich ihr zu. „Was ist?"

„Ich habe keine Ahnung, wer als Erstes dran sein soll. Sie waren alle so brav. Hast du eine Idee?"

Die Frage hing eine Weile in der Luft, als könnte Jericho nicht glauben, dass sie ihn tatsächlich um Rat gefragt hatte, aber nach einigen Augenblicken nickte er entschlossen.

„Ich glaube, ich habe da eine ganz gute Lösung."

Und die hatte er tatsächlich. Ein Spiel mit kürzeren und längeren Zahnstochern legte die Reihenfolge fest. Ike bot sich an, Cordelia beim Einpacken der Essensreste zu helfen, was Louisa gestattete, zum Drachensteigen mitzukommen. Die Kinder rannten vor, gefolgt von ihrer Mutter in ruhigerem Tempo, doch Jericho ließ sich besonders viel Zeit, um seinen Mantel von der Decke aufzuheben und ihn gründlich auszuschütteln.

Eine genervte Cordelia warf Hannah einen flehenden Blick zu, den

Hannah sofort verstand. Sie zog Jericho mit sich mit. Als sie davongingen, warf er immer wieder Blicke über die Schulter und murmelte, dass es sich nicht schickte, seine Schwester mit Ike alleine zu lassen.

Hannah tätschelte seinen Arm. „Lass sie in Ruhe, Jericho. Halb Coventry hat ein Auge auf sie. Außerdem glaube ich, dass du Ike vertrauen kannst."

Seine Lippen waren fest aufeinandergepresst, doch er nickte. „Du hast recht."

Sie gingen schneller, um Louisa und die Kinder einzuholen. Kurz bevor sie die anderen erreicht hatten, wandte sich Jericho noch einmal zu ihr. „Ich werde trotzdem aufpassen und ihn böse anstarren, nur um sicherzugehen. Wenigstens, bis er einen Ring an Delias Hand gesteckt hat. Oder vielleicht auch noch ein bisschen länger."

Hannah lächelte. „Ich habe auch nichts anderes erwartet."

⁂

Der Wind war perfekt, um einen Drachen steigen zu lassen. Jedes Kind kam an die Reihe, aber die kleine Molly hatte Schwierigkeiten, ihn in der Luft zu halten. Nach dem dritten Absturz half Hannah ihr. Sie nahm sich die Spule und fing an zu laufen, bis der Drachen hoch oben schwebte. Völlig außer Atem reichte sie Tessa die Schnur und sagte ihr, sie solle ihrer Schwester helfen. Dann stützte sie sich an einen Baum, um wieder zu Atem zu kommen. Ihr war ziemlich schwindelig geworden.

„Du hättest mich laufen lassen sollen", flüsterte eine tiefe Stimme an ihrem Ohr. „Du fällst ja fast um."

„Tu ... ich ... nicht." Irgendwie schaffte sie es, die Worte zwischen ihren Japsern auszustoßen.

Jericho nahm sie am Arm, aber sie schob ihn weg, weil sie ärgerlich war über ihre schlechte Kondition. Normalerweise lief sie die doppelte Strecke ohne Probleme. Natürlich hatte sie sonst weder ein Korsett noch ein Kleid aus schweren Stoffbahnen an.

„Starrköpfige Frau." Jericho sah sie wütend an. „Es wäre wirklich nett, wenn du ab und zu mal zugeben würdest, dass du meine Hilfe brauchst." Er ließ sie einfach stehen und stapfte davon.

Hannah blickte ihm entsetzt hinterher. Sie hatte ihn verletzt. Das hatte sie in seinen Augen gesehen. Er dachte, dass sie ihn nicht brauchte, aber nichts konnte weiter von der Wahrheit entfernt sein als das. Sie brauchte ihn so sehr, dass es schmerzte. Aber wie sollte sie ihm das zeigen?

Langsam erholten sich Hannahs Lungen wieder und ihr Kopf wurde wieder klarer. Sie hasste es, schwach zu sein. All die mitleidigen Blicke, die sie als Kind nach ihrem Badeunfall erhalten hatte, reichten für den Rest ihres Lebens. Seitdem ihre Mutter ihr die Gymnastikübungen beigebracht hatte, hatte Hannah sich geschworen, stark zu sein, egal was es sie kosten würde. Und das war sie gewesen. Sie war stolz auf ihren Gesundheitszustand und den beruflichen Erfolg, den sie ohne eisernen Willen niemals erreicht hätte. Doch jetzt hatte dieser Stolz den Mann verletzt, den sie liebte.

Jericho *hatte* recht. Sie war starrköpfig. Dumm und uneinsichtig.

Sie beschloss, zu den anderen zurückzugehen und sich in einer stillen Minute bei Jericho zu entschuldigen. Sie ging einige Schritte vorwärts … direkt in das Loch eines Präriehundes. Ihr Absatz verfing sich, das Fußgelenk knackste und sie taumelte gegen einen Kaktus, an dem sie eben noch vorsichtig vorbeigegangen war. Ein paar der Stacheln bohrten sich durch den dünnen Stoff ihres Rockes, bis in die empfindliche Haut darunter. Mit einem Schrei sprang sie vorwärts, nur um ein Unheil verheißendes Reißen zu hören.

Hannah schloss die Augen und seufzte. Warum musste es ausgerechnet ihr neues Kleid sein? Ihr rechtes Fußgelenk schmerzte, ihr Oberschenkel war zerstochen und jetzt war auch noch ihr Kleid in einem Kaktus gefangen. Der Herr musste beschlossen haben, sie von ihrem Stolz zu kurieren.

„Miss Hannah, guck mal!", rief Molly aus einiger Entfernung. „Ich kann allein fliegen!"

„Wunderbar, Liebes. Ich komme sofort." Sie winkte zu den anderen hinüber, aber als Jericho zu ihr sah, ließ sie ihre Hand sinken. „Mr Tucker?", rief sie. „Könnten Sie mir einen kurzen Augenblick behilflich sein?"

Er starrte sie an, ohne sich zu rühren. Dann endlich, als er seine Überraschung überwunden hatte, dass sie ihn um Hilfe bat, kam er langsam auf sie zu.

Ein paar Meter vor ihr blieb er stehen und sah sie erwartungsvoll an. Hannah schluckte. So leicht war es doch nicht, ihren Stolz aufzugeben.

Kapitel 32

J.T. verschränkte die Arme über der Brust und wartete ab. *Jetzt sollte sie mich besser nicht herumkommandieren.* Nur weil er sich wünschte, dass sie zugab, dass sie auch manchmal Hilfe brauchte, hieß das nicht, dass er springen musste, wenn sie rief.

Ein kräftiger Windstoß zerrte an Hannah. Sie verlagerte ihr Gewicht, um das Gleichgewicht zu halten, zuckte dabei aber zusammen.

J.T. ließ die Arme sinken und ging auf sie zu. „Bist du verletzt?"

„Nicht sehr schlimm." Sie versuchte zu lächeln, doch es sah gequält aus. „Mein Hauptproblem ist, dass ich mich in einem Kaktus verheddert habe."

„In einem –" Ein amüsiertes Glucksen entfuhr ihm. Während er versuchte, sein Lachen zu unterdrücken, ergriff er sanft Hannahs Schultern und zog sie ein wenig nach vorne, um sich das Ausmaß des Schadens anzusehen. Sie hing wirklich fest. Eine der Falten, die vorher noch so schmeichelnd um ihre Beine gefallen waren, hatte sich in dem Kaktus verfangen. Die langen Stacheln hatten sich durch den feinen Stoff gebohrt.

„Wie hast du das denn geschafft?" J.T. kniete sich neben sie und löste das Kleid vorsichtig von der stacheligen Pflanze.

„Du wirst es mir nicht glauben, aber ich wollte mich gerade bei dir entschuldigen, da ist mir auf einmal ein Präriehundloch in den Weg gesprungen und hat meinen Absatz verschluckt."

Ihre Darstellung der Dinge ließ ihn wieder kichern. Aber nun wusste er auch, warum sie zusammengezuckt war, als sie ihren anderen Fuß belastet hatte. Wahrscheinlich hatte sie sich den Knöchel verstaucht. „Sollte eine Schneiderin nicht mit scharfen Spitzen umgehen können?"

„Ach, wir Schneiderinnen pieksen uns den ganzen Tag. Berufsrisiko."

J.T. sah zu ihr auf, um ihr zu sagen, dass er sie erfolgreich befreit hatte, doch ihr Lächeln steckte ihn an und er musste zurücklächeln. In dieser Position verharrten sie einen Moment, bis Hannah blinzelte und den Kopf wandte, um nach ihrem Kleid zu schauen.

„Wie schlimm sieht es aus?"

Von hier unten sah es sehr gut aus. Aber J.T. vermutete, dass sie das Kleid meinte und nicht die Kurven darunter. Er stützte sich mit den Händen auf die Knie und stand auf. „In der einen Falte ist ein ziemlich großes Loch. Aber man kann deine Unterhose nicht sehen."

„Jericho!" Hannahs Gesicht wurde tiefrot. Er grinste. Es machte einfach zu viel Spaß, sie aufzuziehen.

J.T. nahm ihren Arm und war dankbar, dass sie ihn diesmal nicht wieder wegzog. „Wie geht es deinem Knöchel?"

„Er schmerzt ein bisschen, aber es ist auszuhalten", sagte sie und humpelte vorsichtig neben ihm her. „Ich bin sicher, es wird besser, wenn ich mich ein bisschen ausruhe."

„Ich sollte dich nach Hause bringen." J.T. wollte nicht, dass ihr gemeinsamer Tag schon endete, aber sie schien wirklich Schmerzen zu haben.

Sie kamen zu einer Gruppe kleiner Bäume, die ihnen Schatten boten, und machten eine kurze Pause. Hannah wandte sich ihm zu, aber ihr Blick fiel über seine Schulter zu den Kindern, die in einiger Entfernung spielten. „Mir wäre es recht, früher zu gehen, um mir die Peinlichkeit eines zerrissenen Kleides zu ersparen, aber ich will die anderen auch nicht enttäuschen. Ich will ihnen nicht den Tag verderben."

„Tom kann mit uns zurückfahren", sagte J.T. und umfasste ihre Taille, um sie auf einen dicken Ast zu heben, der nahezu horizontal gewachsen war. Sie quietschte überrascht auf und umklammerte seinen Arm, um das Gleichgewicht wiederzuerlangen, als er sie auf die improvisierte Bank gesetzt hatte. Ihre Füße baumelten fast zwanzig Zentimeter über dem Boden, aber immerhin musste sie so nicht stehen. „Er kann uns in die Stadt fahren und den General dann hierher zurückbringen, damit die anderen heute Abend nach Hause kommen können."

„Na gut."

Mittlerweile waren die Kinder auf sie aufmerksam geworden und stürmten heran, um herauszufinden, warum Hannah auf einem Baum saß.

Nachdem Hannah allen versichert hatte, dass es ihr gut ging und J.T. ihnen aufgetragen hatte, sie sollten seine Gefangene bewachen, bis er wieder da war, eilte er zurück, machte Tom ausfindig und erklärte Delia die Situation. Er brauchte eine Weile, bis die Pferde wieder angeschirrt waren und der General über die unebene Wiese rollen konnte, doch schließlich schaffte J.T. es, Hannah und die anderen abzuholen, ohne jemandem über die Picknickdecke zu fahren oder eine Achse zu beschädigen. Nachdem J.T. Louisa und die Kinder bei Ike und Delia abgesetzt hatte, sammelte er Tom ein und machte sich endlich mit Hannah auf den Weg in Richtung Stadt.

„Meinst du, ich bin wieder zurück, bevor der Squaredance anfängt?", rief Tom besorgt von der Ladefläche, als J.T. den General schließlich vor Hannahs Haus zum Stehen brachte.

„Ich denke schon." Er stellte die Bremse fest und wartete, bis Tom bei ihm war und ihm die Zügel abnahm. „Sie haben vorhin erst angefangen, die Holzplanken für den Boden aufzubauen. Die Geiger hatten sich noch nicht mal warmgespielt. Du hast Zeit."

Tom liebte die schnellen Lieder und die ganze Stadt liebte es, ihm dabei zuzusehen, wie er seine Mutter und alle weiblichen Wesen, die nicht nein sagten, über die Tanzfläche wirbelte. Seine Begeisterungsfähigkeit kam bei den Zuschauern immer gut an, auch wenn er manchmal die Anweisungen des Ausrufers durcheinanderbrachte. Ohne ihn wäre der Tanz nicht dasselbe.

CR

J.T. griff nach Hannahs Hand und half ihr vorsichtig aus der Kutsche zu steigen. Für einen Augenblick hielt er ihren Blick mit dem seinen fest. „Geht es mit dem Knöchel?"

Sie nickte. Langsam ließ er sie los, versicherte sich aber, dass sie sicher stand, bevor er sich wieder Tom zuwandte.

„Fahr nicht zu schnell zurück. Du kommst besser an, wenn du vorsichtig fährst."

„Ja, Sir."

Sobald J.T. einen Schritt zurückgetreten war, trieb Tom die Pferde an. J.T. lächelte und wandte sich zu Hannah um, doch sie sah nicht zu ihm. Besorgnis war auf ihre Stirn getreten, während sie auf ihr Geschäft starrte. J.T. trat neben sie und legte seinen Arm um ihre Schulter. „Was ist los?"

Sie trat vorsichtig einen Schritt nach vorne. „Ich weiß es nicht, aber irgendwas stimmt hier nicht."

Er starrte wieder zu dem Haus. Die Sonne blendete ihn so, dass er es nicht richtig erkennen konnte, aber es schien ihm, als stünde die Tür ein wenig auf. „Hast du vor dem Picknick die Haustür abgeschlossen?" „Ja."

Hannah befreite sich aus seiner Umarmung und ging los. Sofort folgte J.T. ihr. Er hielt sie zurück.

„Warte, gib mir deinen Schlüssel."

Sie blickte ihn fragend an, als sie ihm den Schlüssel reichte.

„Bleib hier, während ich nach dem Rechten sehe."

Sie zuckte zusammen. „Du glaubst doch nicht, dass jemand da drin ist, oder? Ich will nicht, dass dir was passiert."

Er tätschelte ihre Hand. „Ich bin sicher, dass niemand da ist. Vielleicht funktioniert der Schließmechanismus nicht mehr richtig. Ist ja eine alte Tür. In Ordnung?"

Sie nickte unsicher.

Sehr vorsichtig ging J.T. auf die Tür des Geschäftes zu. Sie war wirklich nur angelehnt. Er schob sich mit dem Rücken an der Wand entlang, steckte Hannahs Schlüssel in die Hosentasche und umfasste langsam den Türknauf. Das Holz war beschädigt und zersplittert. Hier hatte sich jemand mit Gewalt Zutritt verschafft.

Er stieß mit dem Stiefel gegen die Tür, sodass sie weit aufschwang. Kein Schuss und auch keine fliehenden Schritte zerrissen die Stille, nur das Quietschen der Angeln. Vorsichtig spähte J.T. in den Raum hinein. Wer auch immer hier gewesen war, war schon lange wieder verschwunden, aber er hatte eine Spur der Verwüstung hinterlassen. Rasende Wut stieg in J.T. auf.

Er trat nun ohne weiteres Zögern ein und besah sich den Schaden. Die Regale, die Hannah eigenhändig angebracht hatte, waren von den Wänden gerissen worden. Lange Stoffbahnen lagen überall auf dem Boden verstreut. Doch nicht nur das. Der Eindringling war mit seinen Stiefeln auf den teuren Stoffen herumgetrampelt, was man an den staubigen Abdrücken erkennen konnte. Zum Glück stand die Nähmaschine unversehrt in ihrer Ecke, doch alle ihre Schubladen fehlten. J.T. konnte nur vermuten, dass sie irgendwo herumlagen und der Inhalt wild verstreut worden war.

Er ballte seine Hände zu Fäusten und hätte sie am liebsten in das Gesicht desjenigen geschleudert, der diese Zerstörung angerichtet hatte.

Ein gequälter Schrei erklang hinter ihm.

J.T. fuhr herum. Hannahs verzweifelter Gesichtsausdruck drehte ihm den Magen um. „Komm, Liebling", murmelte er, trat an ihre Seite und legte seine Arme um sie. „Ich bring dich nach Hause. Du musst dir das jetzt nicht anschauen." Er merkte, wie sie anfing zu zittern, und schob sie sanft aus der Tür. Sie wandte den Kopf und hielt die Augen starr auf die Zerstörung in ihrem Geschäft gerichtet.

J.T.s Beschützerinstinkt erwachte, als er in ihre traurigen Augen blickte. Er würde das für sie in Ordnung bringen. Irgendwie würde er es schaffen.

Er griff nach dem Türknauf und wollte die Tür schließen, doch Hannah schnappte erschrocken nach Luft. J.T. sah, was sie nun noch mehr aus der Fassung gebracht hatte. An der Innenseite der Tür hing ein Zettel mit einer Botschaft.

Sie hätten niemals hierherkommen sollen.

Kapitel 33

Hannah wurde übel, als sie die bedrohliche Botschaft noch einmal las. Sie hätte sich sicherer gefühlt, wenn sie hätte glauben können, eine Bande ungezogener Jungen wäre für diese Zerstörung verantwortlich. Dann wäre die Tat zufällig gewesen, unpersönlich. Aber die Nachricht zerstörte diese Hoffnung. Jemand wollte, dass sie aus Coventry verschwand. Hannah zitterte am ganzen Körper.

Jericho riss den Zettel von der Tür, knüllte ihn zusammen und warf ihn wütend in das Chaos ihres Geschäftes. Dann schob er Hannah hinaus auf den Bürgersteig und schlug die Tür so fest hinter ihnen zu, dass das ganze Gebäude bebte. Hannah zuckte zusammen.

Er kehrte ihr den Rücken zu und starrte auf das Haus, seine Schultermuskeln unter dem Hemd angespannt. Sie wollte, dass er sie umarmte, sie festhielt, sie überzeugte, dass alles gut werden würde. Doch die Wut, die von ihm ausging, ließ sie zurückzucken.

„Jericho?"

Seine Schultern hoben sich, als er langsam ein- und ausatmete. Die Anspannung in seinem Nacken löste sich. Seine zu Fäusten geballten Hände entspannten sich wieder. Als er sich zu ihr umwandte, riss die tiefe Besorgnis auf seinem Gesicht die Mauer ein, die Hannah gerade zwischen ihnen gespürt hatte.

„Es tut mir so leid, Liebling. Ich –"

Hannah warf sich in seine Arme und schmiegte sich an seine Brust. Sie wollte sich an seiner Stärke festklammern. Als seine Arme sich um sie legten, kamen ihr die Tränen.

Warum? Warum tat jemand so etwas? Es zerriss ihr das Herz. Es war gar nicht so sehr der finanzielle Schaden, unter dem sie litt, sondern vielmehr der Hass, der aus dieser Tat sprach. Was hatte sie getan, um solch eine Feindseligkeit auf sich zu ziehen?

Sie ließ sich noch weiter in Jerichos Umarmung sinken. Alle Kraft war aus ihr gewichen. Ihre Knie wurden weich und Jericho musste sie festhalten, damit sie nicht auf den Boden sank. Vorsichtig trug er sie zu Ezras Bank.

Keiner von ihnen sprach, aber allein Jerichos Anwesenheit, seine Umarmung, war Balsam für ihre Seele. Langsam verebbten ihre Schluchzer zu einem Schluckauf. Jericho suchte nach einem Taschentuch. Während sie ihre Augen trocknete und ihre Nase putzte, knotete er vorsichtig die Bänder ihrer Haube auf und legte sie beiseite, damit sie ihren Kopf an seine Schulter legen konnte.

Hannah konnte nicht sagen, wie lange sie so sitzen blieben, aber als sie endlich wieder ihren Kopf hob, war die Sonne nur noch ein verschwommener Fleck am Horizont. Dunkle Flecken verunstalteten den hellblauen Stoff von Jerichos Hemd, Spuren ihrer Trauer. Auf den größten Fleck legte sie ihre Hand. Die Wärme seiner Haut strahlte durch sein Hemd und sie konnte sein Herz schlagen fühlen. Ein Schlagen, das unter ihrer Berührung schneller wurde.

„Tut mir leid, dass ich dich vollgeweint habe. Ich habe dein Hemd ruiniert." Sie wollte ihre Hand wegziehen, doch Jericho hielt sie fest. Hannah hob langsam ihren Kopf, um seinem Blick zu begegnen.

„Geht es dir gut?"

Sie nickte. „Ja. Danke. Ich fühle mich schon besser." Plötzlich war sie schüchtern und fühlte sich unsicher, deshalb erhob sie sich und belastete vorsichtig ihren Fuß. Sogar ihrem Knöchel ging es besser. Sie nahm ihre Haube von der Bank, setzte sie aber nicht wieder auf. „Ich … ich sollte mich umziehen." Sie zwang sich zu einem Lächeln, als Jericho sich ebenfalls erhob. Er sah sie aufmerksam an und Hannah merkte, dass sie ihn nicht täuschen konnte. „Danke für deine Unterstützung."

Sie ging auf die Treppe zu, die zu ihrer Wohnung führte. Ihre Hand umfasste das Geländer, doch ihre Beine versagten ihr den Dienst. Sie schaffte es nicht die Treppe hinauf. Was, wenn der Einbrecher auch in ihrem Zimmer gewesen war? Weitere Verwüstungen würde sie jetzt nicht ertragen können.

Jericho trat neben sie. „Ich gehe vor."

Er ging an ihr vorbei und stieg die Stufen hinauf. Nachdem sie noch einmal tief durchgeatmet hatte, um sich Mut zu machen, folgte sie ihm ohne weiteres Zögern.

Die Tür oben war verschlossen, doch trotzdem trat Jericho vorsichtig ein, nachdem er sie geöffnet hatte. Wenige Sekunden später kam er mit einem fröhlichen Lächeln zurück.

„Alles in bester Ordnung."

Danke, Herr. Hannah seufzte erleichtert auf und lehnte sich gegen die Wand, weil ihre Beine so sehr zitterten, dass sie sie nicht tragen konnten. Dann ging sie in ihr Schlafzimmer und ließ ihren Blick schweifen, um sicherzugehen, dass wirklich alles an Ort und Stelle war. Jericho blieb an der Tür stehen, um ihr ein wenig Zeit zu geben, die sie brauchte. Langsam bewegte sie sich durch den Raum.

Normal. Alles vollkommen normal.

„Pack ein paar Kleider zusammen und was du sonst noch so brauchst. Heute Nacht schläfst du bei Delia." In seiner Stimme lag eine angenehme Autorität.

Früher hätte sie sich über seine bestimmende Art aufgeregt, doch die Fürsorge, die sie inzwischen hinter seinen Worten erkannte, ließ es ihr warm ums Herz werden. Er wollte nicht über sie bestimmen. Er versuchte, sie zu beschützen. Und sie war dafür dankbarer, als sie sagen konnte. Nach allem, was passiert war, hatte sie wirklich kein großes Bedürfnis, die Nacht hier zu verbringen. Alleine. Verletzlich. Mit nur einer dünnen Tür zwischen sich und demjenigen, der sie hasste. Während sie ein Zittern unterdrückte, nickte Hannah und beeilte sich, einige Sachen zusammenzuraffen.

❦

Später am Abend, nach einem einfachen Essen, saß J.T. Hannah und Delia gegenüber und fuhr mit dem Finger den Rand seiner Kaffeetasse entlang.

„Ich kann es nicht glauben", sagte Delia bestürzt, als Hannah fertig berichtet hatte. „Wir hatten hier in Coventry nie Vandalen. Glaubst du, sie waren hinter deinem Geld her?"

„Ich habe gestern die Abrechnung gemacht und das Geld zur Bank gebracht. Es gab nichts zu holen." Hannah sah J.T. an, wobei ihr Kinn bebte. Er spürte ihre innere Unruhe. Am liebsten hätte er ihr die Sorgen abgenommen, in sich aufgenommen. Doch er konnte nichts tun. Er hielt ihrem Blick stand, als könnte er damit ihren Schmerz lindern. Und vielleicht half es ja tatsächlich, denn plötzlich richtete sie sich ein wenig auf und wandte sich wieder an Delia. „Ich glaube nicht, dass jemand auf Geld aus war. Er hat eine Botschaft hinterlassen, dass ich niemals hierher hätte kommen sollen."

Delia schnappte erschrocken nach Luft und stellte ihre Tasse ab. „Wie schrecklich!" Sie schüttelte den Kopf. „Zu wissen, dass jemand, den wir vielleicht kennen, so etwas Schreckliches tun kann ... Ich kann es kaum glauben." Ein nachdenklicher Ausdruck trat auf ihr Gesicht. „Hast du eine Vermutung, wer es gewesen sein könnte?"

J.T. führte gerade seine Tasse zum Mund, hielt aber mitten in der Bewegung inne. Er hatte Hannah das Gleiche fragen wollen, aber er hatte noch nicht die Gelegenheit dazu gehabt.

Hannah zögerte und ihr Blick wanderte zwischen ihm und seiner Schwester hin und her. „Mir fällt nur ein Mensch ein, der dafür infrage kommen würde."

J.T.s Tasse klirrte hart auf den Tisch. „Wer?"

„Ich ... ich habe keinen Beweis für meine Behauptung."

J.T. erhob sich und lehnte sich über den Tisch zu ihr. „Wer?"

Hannah sah verstohlen zu Delia und dann wieder auf ihre Tasse. „Warren."

Delia gab einen erstickten Laut von sich. „Warren Hawkins? Sicher nicht. Ich kenne ihn, seit wir klein waren."

J.T. knirschte mit den Zähnen und stampfte wütend durch die Küche. Er umklammerte das Regal mit Delias Backzutaten, bis die Knöchel seiner Hand weiß hervortraten und versuchte, seinen Zorn unter Kontrolle zu bringen.

Warren. Zuerst hatte er Delia überrumpelt und versucht, sie zu einer Heirat zu überreden, und jetzt hatte er seinen Ärger an Hannah ausgelassen. Dieser Mistkerl brauchte dringend jemanden, der ihm ein bisschen Verstand einprügelte. J.T. ballte seine Fäuste.

„Es tut mir leid, Cordelia, aber mir fällt sonst einfach niemand ein." Hannahs Entschuldigung entflammte J.T.s Rachegedanken nur noch mehr. Sie war die Letzte, die irgendetwas falsch gemacht hatte.

Als Delia endlich antwortete, war ihre Stimme brüchig, von Tränen erstickt. „Es ist meinetwegen, stimmt's?"

„Nein! Natürlich nicht!", beteuerte Hannah rasch, doch als J.T. sich umwandte, sah er, wie seine Schwester nickte.

„Doch. Doch, das ist es. Er macht dich für die Veränderungen verantwortlich, die mit mir vorgegangen sind. Er denkt bestimmt, dass ich immer noch ein graues Mäuschen wäre, wenn du nicht hierhergekommen wärst, und Ike sich nicht für mich interessieren würde. Als ich seinen Antrag abgelehnt habe, hat er dir die Schuld dafür gegeben." Ihre Lippen zitterten, als dicke Tränen ihre Wangen hinabkullerten. „Oh Hannah, kannst du mir das jemals verzeihen?"

Jetzt entschuldigten sich schon beide! Ein Knurren stieg in J.T.s Kehle auf. Verstanden die Mädchen denn nicht, dass niemand außer Warren schuld war?

Hannah griff nach Delias Händen. „Du hast nichts Falsches getan, Cordelia, auf gar keinen Fall. Dass Warren es war, ist doch nur meine Vermutung. Aber selbst wenn er es war, bist du nicht für sein Handeln verantwortlich. Er hat sich dafür entschieden, sich so zu verhalten, nicht du."

J.T.s Kiefer schmerzte, weil er die Zähne so fest aufeinanderpresste. Er hoffte, dass der Herr ihm Warren heute Abend nicht mehr über den Weg schickte, denn er war sich nicht sicher, ob er sich zurückhalten können würde. Doch Hannah hatte recht. Es war bisher nur eine Vermutung.

„Ich erinnere mich nicht daran, Warren heute beim Picknick gesehen zu haben. Hast du ihn gesehen, Delia?" Er versuchte, seinen Tonfall so ruhig wie möglich zu halten, aber er schien damit nicht sehr erfolgreich zu sein, denn Hannahs Kopf fuhr zu ihm herum.

Delia schniefte ein paar Mal und sah dann zu ihm. „Ich glaube nicht. Aber vielleicht hat er mich auch gemieden, weil ich mit Ike zusammen war. Eine Unterhaltung wäre ihm sicher peinlich gewesen."

J.T. ging auf die Tür zu und nahm seinen Hut von der Garderobe. „Ich bin eine Weile weg, aber ich komme bald wieder."

Aus dem Augenwinkel sah er, wie Hannah aufstand. „Jericho? Was hast du –"

Er wartete nicht, bis sie fertig geredet hatte. Ohne einen Blick zurück trat er in die Nacht hinaus und schloss die Tür hinter sich.

Kapitel 34

J. T. hämmerte an die Hintertür des Gemischtwarenladens. „Machen Sie auf, Hawkins. Ich muss mit Ihnen reden." Er wartete einige Sekunden und schlug erneut an die Tür.

„Ja ja. Ich komme ja schon. Ganz ruhig." Der Ladenbesitzer schloss die Tür auf und blinzelte hinaus. „Hoffentlich ist es ein Notfall. Sie kennen meine Geschäftszeiten."

„Das hier hat nichts mit Ihrem Geschäft zu tun."

„Tucker?" Hawkins war erstaunt. „Warum um alles in der Welt treten Sie mir um diese Uhrzeit fast die Tür ein?"

Der Mann hatte eine Serviette im Kragen stecken und Brotkrumen im Bart hängen. Doch J.T. war es egal, ihn beim Essen gestört zu haben.

„Ist Ihr Sohn zu Hause?"

„Nein. Ist heute Nachmittag mit dem Zug nach Temple gefahren."

Der Zug fuhr erst um fünfzehn Uhr in Coventry ab, was Warren reichlich Zeit gelassen hätte, Hannahs Geschäft zu verwüsten. Was für ein glücklicher Zufall.

„Wir denken darüber nach, in Temple ein Geschäft zu eröffnen", erklärte Hawkins. „Früher war das nur eine kleine Siedlung, aber jetzt scheinen immer mehr Menschen dorthin zu ziehen. Vor ein paar Monaten hatte ich schon vorgehabt, Warren dorthin zu schicken, aber erst jetzt hat er zugestimmt. Ich weiß auch nicht, was ihn überzeugt hat."

Vielleicht ein abgewiesener Heiratsantrag …

„Wann erwarten Sie ihn zurück?"

Die Frage setzte dem Geschwätz des Mannes ein Ende. Er musterte J.T. neugierig und prüfend.

„In ein paar Tagen. Warum? Gibt es ein Problem?"

J.T. presste seine Lippen zu einem dünnen Strich zusammen. „Ja, Sir, das gibt es."

Hawkins zog die Serviette aus seinem Kragen und knüllte sie zusammen. „Hören Sie zu, Tucker. Warren hat mir von seinen Plänen mit Cordelia erzählt. Wenn Sie etwas dagegen haben, können Sie das vergessen." Er trat auf J.T. zu und stach ihm mit dem Zeigefinger gegen den Brustkorb.

J.T. hielt stand – und sein Temperament im Zaum. Noch.

„Ich dachte, Sie würden andere nicht nach dem Äußeren beurteilen", sagte Mr Hawkins anklagend. „Aber Sie haben ein Problem mit seinem Gesicht, nicht wahr? Sie haben kein Recht, mich beim Abendessen zu stören und zu behaupten, mein Sohn sei nicht gut genug für Ihre Schwester. Verschwinden Sie hier."

Mr Hawkins' Gesicht war mittlerweile puterrot geworden, die Adern an seinem Hals gefährlich angeschwollen. Er trat einen Schritt zurück und hätte mit Sicherheit die Tür zugeworfen, wenn J.T. nicht schnell seinen Fuß dazwischengestellt hätte.

Mit zusammengebissenen Zähnen drückte er sie wieder auf, bis er Hawkins in die Augen sehen konnte. „Ich interessiere mich einen Dreck für das Gesicht Ihres Sohnes. Es ist sein Benehmen, über das ich mich ärgere. Hat er Ihnen erzählt, dass er Cordelia einen Antrag gemacht hat, ohne sie auch nur ein wenig zu umwerben? Hat er Ihnen gesagt, dass sie ihn abgelehnt hat? Und hat er Ihnen weiterhin mitgeteilt, dass er, anstatt die Absage wie ein Gentleman zu ertragen, Miss Richards für seine Probleme verantwortlich gemacht hat, obwohl diese Dame absolut nichts mit der ganzen Sache zu tun hat?"

Etwas von der Farbe war wieder aus Hawkins' Gesicht gewichen. „Hat Cordelia seinen Antrag wirklich abgelehnt? Warren hat mir gesagt, dass sie Zeit zum Nachdenken haben wollte. Ich dachte, er wollte jetzt versuchen, sie mit seinen neuen finanziellen Möglichkeiten zu überzeugen."

J.T. ließ die Tür los und trat einen Schritt zurück. „Hawkins, ich liebe Ihren Sohn nicht gerade, aber Delia ist seit der Schule mit ihm befreundet. Aus Respekt vor ihr wäre ich wegen Warrens Verhalten nicht zu Ihnen gekommen, aber die Sicherheit der Bürger Coventrys geht vor." Er hielt einen Moment inne. „Kann ich Ihnen bitte etwas zeigen? Es dauert nicht lange."

Hawkins überlegte lange, wobei er J.T. prüfend musterte, und nickte endlich. „Lassen Sie mich schnell meinen Mantel holen."

Als er zurückkam, führte J.T. ihn zu Hannahs Geschäft. Er hatte immer noch ihren Schlüssel in der Tasche, denn bei der ganzen Aufregung hatte er vergessen, ihn ihr zurückzugeben.

„Warum bringen Sie mich hierher?", fragte Hawkins, als J.T. den Schlüssel in das Schloss steckte.

„Das werden Sie gleich sehen." Die Tür schwang auf. J.T. trat ein und Hawkins folgte ihm zögernd. Es war mittlerweile schon dunkel, doch selbst im Mondlicht war die Zerstörung und Unordnung noch deutlich zu erkennen.

J.T. schritt vorsichtig durch den Raum, bedacht darauf, nicht noch mehr Schaden anzurichten, während er erst eine Lampe anzündete und dann den zerknüllten Zettel suchte.

„Wurde Miss Richards verletzt?", fragte Mr Hawkins erschrocken.

J.T. wandte sich nicht um. „Nein. Sie hat den Einbruch entdeckt, als ich sie nach dem Picknick nach Hause begleitet habe." Und es hat sie völlig verstört. J.T. konnte immer noch die Hitze ihrer Tränen auf seiner Brust spüren.

Vorsichtig hob er einen blauen Stoff hoch und legte ihn auf den Tresen, der über und über mit Hannahs Modemagazinen bedeckt war. Auch auf dem Fußboden dahinter lagen die verstreuten Zeitschriften. Herausgerissene Seiten lagen herum wie Konfetti. Das Deckblatt des Godey's Lady's Journal lag neben dem blauen Stoff. Das Gesicht der abgebildeten Frau darauf schien ihn vorwurfsvoll anzustarren.

Wie oft hatte er als Kind das Gleiche tun wollen? Einfach die Modemagazine seiner Mutter zerreißen, sie anzünden oder in den Fluss schmeißen? Er hatte Kleider und Eleganz dafür verantwortlich gemacht, das Herz seiner Mutter gestohlen zu haben. Und nun machte Warren Hannah dafür verantwortlich, dass Cordelia sich nicht für ihn interessierte. Die Erkenntnis traf ihn wie ein Schlag. Doch er konnte es nicht verleugnen. Sein Hass gegenüber der Mode war genauso unlogisch gewesen, wie Warrens Hass Hannah gegenüber war. Seit Wochen hatte er darüber nachgedacht, doch erst jetzt erkannte er die Wahrheit. Hatte Jesus nicht gelehrt, dass nicht das Geld an sich sündig war, sondern das, was die Menschen daraus machten, wenn sie es horteten, es zu ihrem Gott machten und ihre Seelen davon beherrschen ließen? Genauso verhielt es sich mit modischen Kleidern.

Schöne Stoffe und elegante Schnitte verdarben die Menschen nicht. Es war das sündige Verlangen in den Herzen der Menschen, das sie auf den falschen Weg brachte. Und dieses Verlangen konnte sich auf jede Art und Weise äußern. Macht, Ehrgeiz, Eitelkeit.

Seine Mutter war es gewesen, die ihre Familie mit ihren Entscheidungen zerstört hatte. Doch sie war immer noch seine Mutter gewesen, deshalb hatte er nicht ihr die Verantwortung dafür geben wollen. Also hatte er die Kleider beschuldigt, den Fremden, der sie ihm weggenommen hatte und sogar seinen Vater, weil er ihre Wünsche nicht erfüllt hatte. J.T. hatte geglaubt, dass seine wachsende Liebe für Hannah seine Vorurteile besiegt hatte. Doch nun wurde ihm bewusst, dass er sie erst jetzt, nach dieser Erkenntnis, völlig überwinden konnte.

J.T.s Hand zitterte, als er nach der Zeitschrift griff und sie glatt strich. *Mama, du hattest unrecht und hast mich verletzt. Aber ... ich vergebe dir.*

Er schloss kurz die Augen, als ihn eine Welle der Erleichterung durchflutete und seine Seele umspülte. Für einen Augenblick vergaß er sogar, wo er war und was passiert war. Zumindest, bis Hawkins unruhig von einem Fuß auf den anderen trat.

„Ich habe Mitleid mit dem armen Mädchen", sagte er. „Sie ist eine gute Kundin. Immer freundlich und bedacht darauf, meinen Laden in ihre Geschäfte mit einzubeziehen. Es tut mir leid, was ihr passiert ist, aber ich verstehe nicht, was das mit mir oder meinem Sohn zu tun hat."

J.T. kehrte in die Gegenwart zurück. Der Hunger nach Gerechtigkeit nagte immer noch in ihm, aber der Zorn, der ihn angetrieben hatte, war verraucht. Er bückte sich nach der zerknüllten Botschaft.

„Miss Richards war sehr vorsichtig bei der Vermutung, wer ihr das angetan haben könnte. Sie wollte niemanden zu Unrecht verdächtigen. Aber es gab nur einen Namen, der ihr in den Sinn kam. Ein Mann, der sie schon vorher abgelehnt und beleidigt hat." J.T. gab sich Mühe, das zerknüllte Papier nicht zu zerreißen, als er es vorsichtig glatt strich.

Hawkins schnaufte empört. „Kommen Sie, Tucker. Das hier war vermutlich nur der Scherz von ein paar dummen Jungs. Es handelt sich doch nicht um einen persönlichen Angriff."

„Da haben Sie leider unrecht." J.T. reichte ihm den Zettel. „Erkennen Sie die Handschrift?"

Der Ladenbesitzer starrte auf das Papier, das in seiner Hand zitterte. „Also ... bei dem Licht ... Das kann ich wirklich schlecht sagen. Und die ganzen Knicke ..." Doch seine Stimme klang nervös.

„Das war mit Sicherheit kein Dummejungenstreich, da müssen Sie mir zustimmen."

Hawkins reichte J.T. die Nachricht hastig zurück, als würde sie ihm die Finger verbrennen. „Also, das hört sich wirklich eher … ähm, nach einer persönlichen Sache an. Aber Miss Richards wurde nicht verletzt. Es ist auch kein großer Schaden entstanden." Hektisch sah er sich um, um seine Worte zu untermauern. „Die Nähmaschine scheint intakt zu sein, die Fenster sind nicht eingeschlagen. Ein wirklicher Einbrecher hätte sie doch zerstört. Eigentlich ist das hier doch nicht mehr als ein bisschen Unordnung. Leicht aufzuräumen."

J.T.s Wut flackerte wieder auf. „Sie haben nicht ihr Gesicht gesehen, als sie den Raum betreten hat. Sie waren nicht dabei, während sie zitternd geweint hat, als hätte man ihr das Herz gebrochen. Sie haben nicht ihre Angst gespürt, als sie die Stufen zu ihrem Zimmer hochgegangen ist in der Furcht, dass man sich auch dort an ihrem Besitz vergangen hat. Wer sagt uns, dass der Mann, der das getan hat, es nur bei diesem einen Angriff belässt? Wie soll sie sich jemals wieder sicher fühlen?"

Hawkins wich zurück und murmelte eine lahme Entschuldigung.

J.T. folgte ihm und wedelte mit dem Zettel vor seinem Gesicht herum. „Hannah Richards hat Warren als einzigen Verdächtigen benannt. Er hat sie auch vorher schon beleidigt und ihr vorgeworfen, dass Cordelia sich ihretwegen verändert hätte. Er hat Hannah für Delias Zurückweisung verantwortlich gemacht. Für die Kränkung seiner Ehre." Er trat dicht an Mr Hawkins heran. „Ist das die Handschrift Ihres Sohnes?"

„Ich … ich weiß es nicht mit Sicherheit."

J.T. faltete das Papier zusammen und stopfte es in die Manteltasche des Mannes. „Nehmen Sie es mit nach Hause. Sehen Sie es sich bei besserem Licht an. Vergleichen Sie es mit den Inventarlisten oder anderen Dingen, die Warren geschrieben hat. Kümmern Sie sich um diese Sache, Hawkins. Bevor ich mich darum kümmere."

Kapitel 35

Nach dem Gottesdienst stand Hannah am nächsten Tag in Cordelias Küche und dachte über ihr Geschäft nach. Obwohl es ihr davor grauste, würde sie den Nachmittag damit verbringen müssen, aufzuräumen und zu sehen, was noch zu retten war. So verlockend es auch war, ihre Zeit hier bei ihren Freunden – und vor allem mit Jericho – zu verbringen, konnte sie sich doch nicht erlauben, dass ihre Angst ihre Handlungen bestimmte.

„Danke, dass ich hier übernachten durfte", sagte Hannah, als sie nach der Platte griff, die Cordelia gerade abgespült hatte.

„Du kannst so lange hierbleiben, wie du willst."

Hannah zuckte mit den Schultern. „Jericho hat gesagt, dass Warren bis Dienstag nicht in der Stadt ist, also gibt es keinen Grund, warum ich euch länger belästigen sollte."

„Du belästigst uns doch nicht. Wie auch? Du gehörst fast schon zur Familie."

Ein Kribbeln durchfuhr Hannah bei diesen Worten, aber sie durfte nicht darauf eingehen. Sie musste sich jetzt auf die Arbeit konzentrieren.

Das Picknick gestern war ein großer Erfolg für Cordelias neues Kleid gewesen. Hannahs Fähigkeiten hatten sich wie ein Lauffeuer herumgesprochen. Sogar heute Morgen nach dem Gottesdienst war sie von einigen Damen angesprochen worden, die bald zu ihr kommen wollten, um sich Kleider nähen zu lassen. Wenn sie sich jetzt zurückzog, würde die Neugier und Begeisterung sich wieder legen – und Warren hätte erreicht, was er mit seiner Zerstörung hatte erreichen wollen: ihr Geschäft zu ruinieren.

Hannah atmete tief durch, hielt ihre Augen aber auf das bunte Muster der Platte gerichtet, die sie gerade abtrocknete. „Ich schätze sehr, was du und Jericho für mich getan habt. Wirklich. Aber ich darf mich nicht hier verstecken. Je länger ich bleibe, desto schwerer wird es, zurückzugehen." Hannah stellte die Platte in den Schrank.

Cordelias Augen verdunkelten sich, als sie begann, einen Kochtopf zu schrubben. Niedergeschlagen presste sie die Lippen zusammen. „Ich wünschte, das wäre alles nicht passiert. Du hast nichts getan, um Warrens Wut zu verdienen."

Hannah beeilte sich, die Schuldgefühle ihrer Freundin zu vertreiben. „Mach dir keine Sorgen um mich", sagte sie mit einem Grinsen und stieß Cordelia leicht mit dem Ellbogen in die Rippen. „Ich habe viel zu viel mit meinen neuen Kundinnen zu tun, als dass ich mir den Kopf über Warren zerbrechen könnte. Außerdem zieht der Laden durch den Einbruch vielleicht noch mehr Leute an. Damit hat Warren genau das Gegenteil von dem erreicht, was er eigentlich bezwecken wollte. Gottes Hand ist mit uns, Cordelia." Sie nickte, wie um sich selbst Mut zu machen. „Alles, was ich brauche, ist ein wenig Zeit, um aufzuräumen, und dann bin ich wieder im Geschäft. Besser als zuvor. Du wirst schon sehen."

Ein Lächeln verscheuchte Cordelias Anspannung. „Bestimmt hast du recht. Wie wäre es, wenn du J.T. sein Mittagessen bringst, während ich hier allein weitermache? Ich komme sofort zu dir in deinen Laden, wenn ich fertig bin und helfe dir."

„Wunderbar." Hannah warf das Geschirrtuch über Cordelias Schulter und zog die Schürze aus, die ihre Freundin ihr geliehen hatte. Hilfe zu haben, würde die Arbeit viel leichter machen. Und nicht nur das. Ein wenig Gesellschaft zu haben, konnte nicht schaden. Denn trotz ihrer tapferen Rede musste Hannah nicht unbedingt alleine in ihrem Geschäft sein.

Hannah griff nach dem Korb, den Cordelia für ihren Bruder vorbereitet hatte und machte sich auf den Weg zum Mietstall. Ihr war es seltsam vorgekommen, dass Jericho nach der Kirche so eine Eile gehabt hatte, zu seinen Pferden zu kommen, doch Cordelia hatte ihr versichert, dass das häufiger vorkam. Viele Familien mieteten sich am Sonntag einen Wagen, um Ausflüge zu unternehmen.

Trotzdem fühlte sie sich unsicher. Gestern Abend, als Jericho endlich zurückgekommen war, war er kurz angebunden gewesen und hatte nur knapp erklärt, dass er mit Mr Hawkins gesprochen hatte und Warren bis Dienstag nicht in der Stadt wäre. Dann hatte er angewiesen, dass sie schlafen gehen sollte, was allerdings nahezu unmöglich gewesen war, da Jericho wie ein Wächter in der Küche nebenan patrouilliert war. Als seine Schritte endlich verklungen waren, war es weit nach Mitternacht gewesen. Hannah hätte ihn am liebsten erwürgt.

Auch heute Morgen war er wortkarg gewesen, auch wenn er sich bereit erklärt hatte, nach Ezra Ausschau zu halten und ihm mitzuteilen, dass Hannah mit den Tuckers zur Kirche fahren würde. Zwar hatte Jerichos Anwesenheit dafür gesorgt, dass Hannah sich besser auf den Gottesdienst konzentrieren konnte, aber als er sie und Cordelia danach nach Hause gebracht hatte, hatte er auf der Veranda kehrtgemacht und war verschwunden. Sein Verhalten verwirrte Hannah. Sie wusste nicht, wie sie damit umgehen sollte.

Bereute Jericho es, sich auf sie eingelassen zu haben? Bei diesem Gedanken wurden Hannahs Schritte unsicher. Vielleicht hatte der Einbruch in ihrem Geschäft seine Vorurteile wieder wachgerüttelt. Und jetzt war sie ein Problem für ihn – eine Belastung. Immerhin waren ihm dadurch Missstimmungen mit Menschen entstanden, die er als Freunde oder doch zumindest als gute Geschäftspartner betrachtete.

Was konnte sie tun, um sein Herz trotzdem zu gewinnen? Das Geschäft schließen? Ein stechender Schmerz durchzuckte ihr Herz und sie blieb stehen. Würde sie das tun können? Ihren Traum opfern, um ein Leben mit dem Mann zu haben, den sie liebte?

Hannah schluckte schwer. Sie stellte sich vor, wie sie selbst ein gut laufendes Modegeschäft führte, mit einer erwachsenen Tessa an ihrer Seite. Zufriedene Kunden. Eine nicht unbeträchtliche Summe auf dem Bankkonto. Doch trotz allem würde sie jeden Abend nach oben in ein leeres Zimmer gehen müssen. Keine starken Arme, die sie umarmten und ihre Schmerzen vertrieben, keine sanften Küsse, die ihr Herz schmelzen ließen, niemand, der für sie da war und für den sie da sein konnte. Ohne Jericho wäre ihr Erfolg leer und hohl. Könnte sie ihren Traum aufgeben? Ja … wenn sie sich sicher sein konnte, dass er sie von ganzem Herzen liebte, könnte sie es. Aber tat er das?

Ein Seufzen entfuhr ihrer Kehle. Warum nur musste alles so kompliziert sein?

Sie straffte die Schultern. Gott würde es regeln müssen. Sie wollte darauf vertrauen, dass er sich um alles kümmern würde. Ihre Zukunft lag in seinen Händen.

Nachdem sie den Stall betreten hatte, blieb sie erst einen Moment stehen, damit sich ihre Augen an die veränderten Lichtverhältnisse gewöhnen konnten. Der Geruch von Heu und Pferdemist stieg ihr in die Nase, doch sie wollte nicht ihr Taschentuch zücken, um es sich vors Gesicht zu halten. Wenn sie die Frau eines Stallbesitzers werden wollte, musste sie auch mit dem Geruch seiner Tiere zurechtkommen.

Eine Bewegung in einer der mittleren Boxen erregte ihre Aufmerksamkeit. „Jericho?"

„Nein. Nur ich." Tom kam grinsend auf sie zu. „Ach ja. Und Ezra Culpepper."

„Ezra?"

Ezra trat aus dem Schatten der Box hervor.

„Was machen Sie hier?"

„Sind Sie das, Miss Hannah?" Er schlurfte heran und seufzte schwer. „Der alte Jackson hat ein Eisen verloren. Die Schmiede hat heute zu, also habe ich Tom überredet, dass ich Jackson bis morgen hier unterstellen kann. Ich miete mir ein Pferd, um den Wagen nach Hause zu fahren, und bring es dann morgen zurück. Ich will ja nicht, dass mein Jackson lahm wird, weil ich ihn mit fehlendem Eisen nach Hause treibe."

„Natürlich nicht."

„Ich bin aber froh, Sie zu treffen." Ezra zwinkerte ihr zu, während er sich an seinem Einspänner vorbei in ihre Richtung schob. „Ich habe Ihnen was mitgebracht."

Hannah folgte ihm mit wachsender Neugierde. „Wirklich?" Doch dann wurde ihr klar, dass es auch einen ganz praktischen Grund haben konnte, warum er hier war. „Haben Sie noch etwas zum Reparieren für mich?"

Ezras Lachen dröhnte durch den Stall und Jackson wieherte erfreut wie zur Antwort. „Warum sollte ich Ihnen an einem Sonntag Arbeit mitbringen, Miss Hannah?" Er schüttelte den Kopf, während er einen kleinen, in Papier gewickelten Gegenstand von der Fahrerbank nahm. „Nein. Ich habe Ihnen ein Geschenk mitgebracht." Mit einem Funkeln in den Augen überreichte er es ihr.

„Eigentlich wollte ich es Ihnen heute Morgen schon geben, aber Sie wollten Ihre Zeit ja lieber mit einem gut aussehenden Jungspund wie Tucker verbringen."

Das kleine Päckchen lag schwerer in ihrer Hand, als sie es erwartet hatte, doch sie war besorgt, weil sie Angst hatte, Ezras Gefühle wirklich verletzt zu haben. „Oh Ezra. So war das doch nicht gemeint. Ich wollte nur –"

Sein Glucksen unterbrach sie. „Nein. Nein. Ich hab doch nur Spaß gemacht. Eine so schöne Frau wie Sie verdient es, von einem stattlichen Mann umworben zu werden. Außerdem habe ich gesehen, wie er Sie anschaut. Erinnert mich an meine Gefühle für Alice."

Wärme kroch in Hannahs Wangen, doch da sie nicht wusste, was sie sagen sollte, senkte sie ihren Kopf, um das Päckchen genauer zu untersuchen. Das braune Papier raschelte, als sie es auseinanderfaltete und ein runder, metallener Gegenstand in ihre Hand rollte. Es war ein wunderbar verzierter Zylinder, der zur Aufbewahrung von Nadeln gedacht war und auf dessen Seite ein filigranes Blättermuster prangte.

„Das ist ja wunderschön." Ihre Stimme flüsterte ehrfürchtig, als sie die faszinierende Arbeit bewunderte. „Aber es ist zu viel. Ich kann es nicht annehmen." Sie versuchte, Ezra das Geschenk zurückzugeben, doch Ezra schloss ihre Finger um die kleine Dose.

„Alice hätte es so gewollt."

Tränen traten in Hannahs Augen. Er schenkte ihr etwas von seiner geliebten Alice?

Ein wehmütiger Blick trat in Ezras Augen. „Ich habe mich endlich darangemacht, ihre Sachen durchzuschauen. Am Tag nach Ihrem Besuch. Ich will ihre Kleidung an das Armenhaus spenden … da ich sie ja niemals tragen werde." Er verzog den Mund zu einem schiefen Lächeln und zwinkerte Hannah zu. „Und vielleicht schicke ich auch ihrer Schwester in St. Louis ein paar ihrer Sachen als Andenken. Aber als ich dieses Döschen gesehen habe, musste ich gleich an Sie denken." Er nickte bestimmt. „Alice hätte Sie geliebt, Miss Hannah. Und sie hätte zu schätzen gewusst, was Sie für mich getan haben. Vielleicht lernen Sie meine Frau ja so ein bisschen kennen, obwohl ihr beide euch nie getroffen habt."

Hannah beugte sich nach vorne und gab Ezra einen Kuss auf die Wange. „Ich habe jetzt schon das Gefühl, Alice zu kennen – durch Sie." Sie presste das Nadeldöschen an ihr Herz. „Danke, Ezra. Sie sind ein wahrer Freund. Ich werde es in Ehren halten."

Tom brachte ein Pferd nach draußen und begann damit, es vor Ezras Wagen zu spannen. Als er das Zaumzeug angelegt hatte, sah er Hannah an. „Suchen Sie J.T.?"

„Ja", sagte sie und hielt den Korb mit Jerichos Mittagessen hoch. „Ich habe hier etwas für ihn. Ist er da?"

„Nein. Hab ihn seit der Kirche nicht mehr gesehen."

„Das ist seltsam. Er hat gesagt, er muss sich um ein paar Dinge kümmern." Ein unbehagliches Gefühl beschlich sie. Hatte er eine Ausrede gesucht, um sich ihrer Gegenwart zu entziehen? Sicher nicht. Jericho war ein ehrenhafter Mann. Aber warum …?

Hör auf!, schalt sie sich. All diese trüben Gedanken brachten sie doch überhaupt nicht weiter! Soeben hatte sie ein wunderschönes Geschenk von einem Freund erhalten. Es gab keinen Grund dafür, dass sie bedrückt sein musste. Vorsichtig ließ Hannah den wertvollen Gegenstand in ihre Rocktasche gleiten und tätschelte ihn. Was für ein wohlüberlegtes, passendes Geschenk, genau wie … ihre Stühle.

„Ezra?"

Der Mann war zu Tom getreten, um ihm mit dem Pferd zu helfen. Als er seinen Namen hörte, wandte er sich wieder zu ihr um.

Hannah lächelte ihn an. „Haben Sie rein zufällig ein anderes Geschenk auf meiner Türschwelle abgestellt? Ich frage nur, weil ich dort ein paar Stühle gefunden habe, die jemand ohne Nachricht dort gelassen hat. Da Sie so viel mit Holz arbeiten, dachte ich, dass sie vielleicht von Ihnen …?"

Ezra kratzte sich am Kopf. „Nein. Keine Ahnung. Sie standen einfach da?"

„Ja. Ich würde dem großzügigen Spender gerne danken. Wenn ich nur herausfinden könnte, wer es war."

Tom war mittlerweile fast fertig mit seiner Arbeit. „War wahrscheinlich J.T.", bemerkte er beiläufig.

Hannahs Herz machte einen Satz. „Du meinst, Jericho hat mir die Stühle geschenkt?"

Tom zuckte mit den Schultern. „Weiß es nicht mit Sicherheit. Er hat aber welche von dem Händler gekauft, der mit seinem Kramwagen durch die Gegend fährt. Er hat es ziemlich geheim gemacht und alles, aber ich habe gesehen, wie er sie bearbeitet hat." Er zeigte in eine Nische hinter den Wagen. „Jetzt sind sie nicht mehr da."

„Ich wusste, dass der Junge eine Plage ist", murmelte Ezra gerade so laut, dass Hannah es hören konnte.

Ein Lächeln trat auf ihr Gesicht, das sie beim besten Willen nicht unterdrücken konnte. Cordelia hatte sie gewarnt, dass Jericho nicht gut mit Dankbarkeit umgehen konnte. Deshalb hatte er wahrscheinlich nichts gesagt. Doch jetzt würde er sich auf etwas gefasst machen müssen. Das nächste Mal, wenn sie ihn sah, würde sie ihn mit ihrem Dank überhäufen. Vielleicht hatte sie sogar schon sehr bald Gelegenheit dazu.

„Ich muss weiter." Hannah ging ein paar Schritte und hielt dann inne. „Tom, wenn du Mr Tucker siehst, kannst du ihm sagen, dass sein Mittagessen bei mir in meinem Laden ist. Er kann es sich jederzeit abholen."

Tom winkte hinter ihr her, während sie schon über die Straße lief. Hannah musste lächeln. Einerseits, weil Tom nicht wusste, was er soeben angerichtet hatte, andererseits, weil sie es rührend fand, wie Jericho sich um sie kümmerte.

Als sie jedoch vor ihrer Tür stand, zögerte sie. Hinter dem Fenster bewegte sich ein dunkler Schatten durch ihr Geschäft. Hatte sie Warren unrecht getan? War der Einbrecher zurückgekehrt? Am helllichten Tag?

Wer auch immer sich in ihrem Haus befand, hatte kein Recht dazu. Hannah straffte sich und hob ihr Kinn. Der Kerl war letztes Mal ungeschoren davongekommen. Jetzt würde sie ihn auf frischer Tat ertappen. Hannah wartete, bis der Schatten sich zum hinteren Teil des Raumes bewegte und presste dann ihr Gesicht gegen das Fenster. Es brachte ja nichts, wenn er fliehen konnte, bevor sie erkannte, wer es war.

Endlich nahm die verschwommene Figur Gestalt an. Hannahs Herz galoppierte wild. Doch dann wandte sich der Mann um und Hannah schnappte erschrocken nach Luft.

Kapitel 36

Tränen der Rührung traten in Hannahs Augen. Jericho stand inmitten ihres Ladens, blumenbedruckter Stoff umgab seinen Oberkörper. Da er sich zu schnell umgedreht hatte, kam er ins Schwanken, versuchte jedoch, dabei nicht auf den Stoff zu treten, der um ihn herum ausgebreitet war. Mühsam gewann er sein Gleichgewicht zurück. Ein leises Lachen entfuhr Hannah im gleichen Moment, wie eine Träne ihre Wange hinunterkullerte.

Jericho Tucker, ihr schroffer Stallbesitzer, stand dort bis zum Hals eingehüllt in rosa Baumwolle – er, der selbst ernannte Verächter von Mode und Rüschen. Und alles nur für sie.

Hannah ließ sich auf die Bank sinken, ihre Beine waren plötzlich zu schwach, um ihren Körper noch länger zu tragen. Jerichos Taten hatten schon immer viel deutlicher ausgedrückt, was er fühlte, als er es mit Worten konnte. Und in diesem Moment hätte die Botschaft nicht klarer sein können. Er liebte sie – von ganzem Herzen.

❧

J.T. schnitt mit einer von Hannahs Scheren den verschmutzten Teil des Stoffes ab und befreite sich von dem seltsamen rosa Kokon, der ihn fast erwürgt hatte. Er legte den Stoff ordentlich über seinen Arm, wobei der ausgefranste Rand Fäden auf seinem Ärmel hinterließ. J.T. versuchte, sie abzuzupfen, doch sie blieben hartnäckig an ihm hängen. Er verdrehte genervt die Augen, wandte sich dann aber schnell wieder seiner Arbeit zu. Als er den Stoff einigermaßen ordentlich zusammengefaltet hatte, legte er ihn auf einen Stapel von anderen Stoffstücken, mit denen er ebenso verfahren war.

Während er sich nach der nächsten Aufgabe umsah, fiel ihm auf, wie unordentlich es immer noch war. Eigentlich hatte er alles aufräumen wollen, bevor Hannah herüberkam, doch da er bei den meisten Dingen nicht wusste, wohin sie gehörten – oder wofür sie überhaupt gut waren – kam er nur sehr langsam voran. Am liebsten hätte er sich eine Mistgabel geholt und den ganzen Kram nach draußen geschaufelt. Doch er ging davon aus, dass Hannah alles andere als erfreut darüber gewesen wäre.

Das Knarren der Tür ließ ihn herumfahren.

„Du bist wirklich schwer zu finden." Hannah schloss die Tür hinter sich. Am Arm trug sie einen Korb. „Ich habe dir Mittagessen mitgebracht."

„Danke." J.T. versuchte noch einmal, die rosa Fäden von seinem Ärmel zu zupfen. Eine ungewohnte Unbeholfenheit überkam ihn, sodass er keinen Ton hervorbrachte. Bestimmt erwartete sie eine Erklärung für sein Verhalten, aber seine Zunge fühlte sich an wie ein Ziegelstein. Er bezweifelte, dass er einen vernünftigen Satz hervorbringen könnte, auch wenn er sich bemühte.

Es war nicht so, als hätte er es nicht erwartet, dass sie irgendwann in ihr Geschäft kommen würde. Aber etwas an der Art, wie sie ihn ansah, raubte ihm den Atem und ließ seinen Puls immer schneller werden. Jenseits von Zuneigung, jenseits von Verlangen glühte ein Licht in ihren Augen, das er nicht einordnen konnte und mit dem sie bis in seine Seele zu blicken schien.

Hannah stellte den Korb auf den Tresen und kam langsam, aber zielstrebig auf ihn zu. Ihr Blick hielt ihn immer noch unnachgiebig gefangen. Er räusperte sich, doch Hannah ließ sich nicht beirren. Sie hielt ihn in ihrem Bann. Er hätte sich nicht bewegen können, selbst wenn er es gewollt hätte.

Als sie ihn erreicht hatte, hob sie ihre Hand und strich ihm zärtlich über die Wange. Dann legte sie ihre Hände auf seine Schultern und stellte sich auf die Zehenspitzen. Die Wimpern um Hannahs faszinierend blaue Augen schlossen sich, als ihre Lippen sanft die seinen berührten. Die federleichte Liebkosung dauerte nur einen Moment, doch sie ließ ihn bis in sein Innerstes erzittern. Er schloss die Augen und genoss die samtene Berührung. Dieses Gefühl würde er sich auf ewig merken.

„Ich liebe dich, Jericho Tucker."

Für einen Augenblick vergaß er zu atmen.

Welches Wunder hatte ihn zu dieser Frau geführt?

Er öffnete seine Augen und sah die Liebe in Hannahs Blick. Er hätte in diesen blauen Augen ertrinken können, sich in ihnen verlieren. Dann überkam ihn plötzlich unbändige Freude. Sie liebte ihn! Die Gefühle explodierten in seinem Herzen, in seiner ganzen Brust. Fest zog er sie an sich, presste seinen Mund auf ihren. Seine Hände fuhren ihren Rücken hinauf und vergruben sich in ihrem Haar. So sollte es für immer sein. Hannah erwiderte seinen Kuss. Der Geschmack ihrer Lippen erweckte in ihm den Wunsch, sein ganzes Leben mit ihr zu verbringen.

Nach einigen Augenblicken löste Hannah sich aus der Umarmung und holte zitternd Luft. Widerstrebend ließ er sie los. Atemlos stützte sie sich mit den Händen auf dem Tresen ab und biss sich auf die Unterlippe. Ein paar blonde Haarsträhnen ihres Haares hatten sich aus ihrem Zopf gelöst und fielen um ihr wunderschönes Gesicht mit den rosigen Wangen.

Schnell bückte J.T. sich und hob die Haarnadeln auf, die zu Boden gefallen waren.

„Hier", murmelte er und legte die kleinen Metallklammern vor sie auf den Tresen. „Tut mir leid. Dein … ähm … Haar …" Er stammelte wie ein Narr. Trotzdem lächelte sie ihn an.

„Danke." Sie nahm die Nadeln und ging in die Umkleidekabine. Er sah ihr nach, bis sie verschwunden war. Dann lehnte er sich ebenfalls gegen den Tresen und atmete tief durch.

Er hätte etwas sagen sollen. Ihr erzählen, was er für sie empfand. Welche Gefühle er für sie hatte. All diesen romantischen Kram, den Frauen sich wünschten. Aber nein, er hatte einfach nur dagestanden, stumm wie ein Zaunpfahl, und hatte sie die Worte sagen lassen, die ihn bewegten.

„Sieht so aus, als hätte die Umkleide nichts abbekommen." Hannah kam zurück, ihr Haar wieder ordentlich zusammengesteckt. Sie lächelte, doch dabei blickte sie scheu zur Seite. „Der Spiegel ist nicht kaputt und die Stoffe, die ich auf der Puppe drapiert habe, sind auch noch an Ort und Stelle."

„Das ist gut." Er konnte seinen Blick nicht von ihrem Mund abwenden. Ihre Lippen glänzten, als hätte sie sie gerade mit der Zunge befeuchtet. Alles, woran er denken konnte, war, sie wieder zu schmecken. Nur ein Kuss. Ein kleiner …

J.T. zog einen Zahnstocher aus der Hosentasche und schob ihn sich in den Mund. So. Jetzt konnte er auf andere Gedanken kommen. Es wäre äußerst peinlich, wenn jemand unvermittelt in den Laden käme und sie in inniger Umarmung erwischte. Das würde Hannahs guten Ruf gleich wieder zunichtemachen. J.T. kaute fest auf dem Zahnstocher herum und betete um Beherrschung.

Sie machten sich gemeinsam an die Arbeit. Hannah ordnete die kleinen Dinge, die aus den Schubladen ihrer Nähmaschine geschüttet worden waren. J.T. sortierte die Stoffe aus, die nicht in Mitleidenschaft gezogen worden waren, und schnitt jene zurecht, die verschmutzt waren.

Nach ein paar Schinkensandwiches zum Abendessen versuchten J.T. und Delia, Hannah davon zu überzeugen, noch eine Nacht bei ihnen zu verbringen, doch sie bestand darauf, in ihrem eigenen Bett zu schlafen. Also begleitete J.T. sie nach Hause und trug ihre Taschen über die leere Straße.

Als sie am Stall vorbeikamen, grinste Hannah ihn frech an. „Ach, vielen Dank übrigens für die Stühle."

Er zog die Brauen zusammen. „Was für Stühle?"

Sie kicherte. „Die, mit denen du mich in meinem Zimmer eingemauert hast, sodass ich kaum zur Tür rauskam."

J.T. blieb überrascht stehen. „Woher weißt du –"

„Ich habe meine Kontakte. Aber mach dir keine Sorgen." Sie sah aus, als müsste sie sich ein Lachen verkneifen. „Ich werde niemandem erzählen, was für ein liebevoller, großzügiger Mann unter dieser rauen Schale steckt."

„Gut. Es geht immerhin um meinen guten Ruf", murmelte er und musste sich dazu zwingen, finster dreinzuschauen, obwohl er am liebsten mit ihr gelacht hätte. „Das wäre fast so schlimm, als würdest du Gardinen in meinem Stall aufhängen."

Ihre Augen sprühten Funken. „Was für eine wunderbare Idee! Der geblümte Baumwollstoff, mit dem du dich heute fast erwürgt hättest, wäre doch perfekt."

J.T. ließ ihre Taschen fallen und wollte sie einfangen, lachend entzog sie sich ihm. Schnell hatte er sie eingeholt und küsste sie auf die Stirn, als ihm bewusst wurde, dass sie sich mitten auf der Straße befanden. Ihre Schönheit raubte ihm fast den Atem, doch er befahl sich, sich zusammenzureißen.

„Komm, wir gehen nach Hause."

Als sie an der Treppe angekommen waren, die zu Hannahs Wohnung führte, zögerte Hannah nicht einen Moment und ging sofort hinauf. J.T. sah es als Zeichen an, dass sie den Schrecken des gestrigen Tages überwunden hatte. Hannah steckte den Schlüssel ins Schloss und wandte sich zu ihm um.

ಛಿ

„Danke, Jericho. Dafür, dass du gestern da warst, als ich dich gebraucht habe. Dafür, dass du mir heute beim Aufräumen geholfen hast. Für alles."

Unsicher und verlegen senkte J.T. den Kopf, sodass der Rand seines Hutes sein Gesicht verbarg. Er murmelte etwas vor sich hin, das sie hoffentlich als angemessene Antwort durchgehen lassen würde, während sein Herz immer schneller schlug.

Er hatte sich fest vorgenommen, ihr heute Abend noch seine Gefühle, seine Gedanken zu gestehen. Es war der perfekte Moment. Sie waren alleine. Die untergehende Sonne tauchte alles in ein romantisches Licht. Er hatte sich den ganzen Nachmittag über die richtigen Worte zurechtgelegt. Nicht, dass ihm irgendetwas besonders Außergewöhnliches eingefallen wäre, aber darum ging es auch nicht. Hannah verdiente diese Worte. Auch wenn er sie durcheinanderbringen würde.

Entschlossen sah er Hannah wieder in die Augen. Und erstarrte.

Sie wartete.

Nichts kam.

Ein unangenehmes Gefühl schien seinen Magen umzustülpen. Er wollte es ihr so gerne sagen, es war nur … Er konnte es einfach nicht.

Wenn er ihr erst seine Gefühle gestanden hätte, gäbe es keinen Weg zurück. Was noch von seinen Schutzmauern um sein Herz stand, würde mit diesen Worten endgültig weggefegt. Er wäre völlig verletzlich.

Wie sein Vater.

J.T. starrte sie an und hoffte, dass sie die Entschuldigung in seinen Augen lesen konnte. Ihr Lächeln veränderte sich nicht, doch ihre Schultern senkten sich leicht – und Enttäuschung durchströmte ihn.

Was stimmt nicht mit mir? Er hätte einen wilden Bären mit bloßen Händen abgewehrt, um Hannah zu verteidigen. Warum nur schaffte er es nicht, ein paar Worte auszusprechen, die längst schon in seinem Herzen waren?

Wütend auf sich selbst wandte er sich ab und räusperte sich. „Ich schlafe im Stall, bis wir die Sache mit Warren geklärt haben. Ich erwarte zwar keine Probleme mehr, aber ich will, dass du weißt, dass ich in deiner Nähe bin, wenn du mich brauchst."

„Danke."

Aus dem Augenwinkel sah er, wie sie sich bückte, um ihre Taschen aufzuheben. Dann klickte die Tür, als sie den Knauf drehte.

Panik stieg in ihm auf. *Sag etwas!*

Schnell wandte er sich um und ergriff ihren Arm. „Hannah, ich …"

Sie wandte sich ihm sofort wieder zu. Anstatt zu sagen, was er zu sagen hatte, zog er sie in seine Arme. Hannah legte ihren Kopf an seinen Hals. Sie schmiegte sich perfekt in seine Umarmung.

J.T. drückte sie fest und versuchte, durch seine Arme auszudrücken, was sein Mund nicht imstande war ihr mitzuteilen. Hannah berührte seine Brust nahe der Stelle, wo ihr Kopf lag. Das, was sie dann sagte, durchfloss ihn wie frisches Wasser.

„Es ist in Ordnung, Jericho. Ich kann dein Herz hören."

Und er wusste, dass sie es tatsächlich konnte.

Kapitel 37

In den nächsten Tagen wurde Hannah völlig von ihrer Arbeit eingenommen und abgelenkt. Egal, ob ihre Kundinnen wegen einer Änderung kamen oder sich ein völlig neues Kleid schneidern lassen wollten – Hannah bediente alle wie Königinnen und das sprach sich herum. Sie wollte den Frauen in Coventry beweisen, dass man ihr in Sachen Mode vertrauen konnte und dass sie stets höchste Qualität lieferte.

Jeden Abend, wenn sie sich die Treppe zu ihrem Zimmer hinaufgeschleppt hatte, konnte sie kaum noch die Augen offen halten, geschweige denn, etwas zu Abend essen. Meistens fiel sie wie ein Stein ins Bett. Der warme Schimmer der Laterne, die vor dem Mietstall auf der anderen Straßenseite hing, begleitete sie allerdings in ihren Schlaf und füllte ihre Träume mit Jerichos lächelndem Gesicht und seiner sanften Umarmung.

Als Hannah am Donnerstag ihre Augen zwang, sich zu öffnen, fühlten sie sich an, als hätte sie jemand mit Schleifpapier bearbeitet. Sie war bis weit nach Mitternacht im Laden geblieben und hatte den Schnitt für ein Kleid für die älteste von Mrs Paxtons Töchtern vorbereitet. Es würde das erste bodenlange Kleid für das Mädchen werden, ein Geschenk zu ihrem sechzehnten Geburtstag.

Auf wundersame Weise hatte Jericho genug von dem rosafarbenen Stoff retten können, dass Hannah ihn für das Kleid verwenden konnte. Allerdings musste sie besonders sparsam arbeiten und als Saumzugabe weniger Stoff verwenden, als sie es sonst tat. Einen Saum hatte sie fünfmal wieder auftrennen müssen, bevor alles zu ihrer Zufriedenheit war.

Nun musste sie den Preis dafür zahlen, dass sie in der Nacht ihre Arbeit nicht hatte unterbrechen wollen. Nicht einmal das kalte Wasser aus der Waschschüssel konnte die Benommenheit nehmen, die sie zurück ins Bett lockte. Vielleicht würde ihr Spaziergang ein wenig Farbe auf ihre Wangen zaubern. So konnte sie ihren Kundinnen – und vor allem Jericho – jedenfalls nicht unter die Augen treten.

Nachdem sie ihr Sportkleid und die flachen Schuhe angezogen hatte, dankte sie trotzdem dem Herrn, dass er ihr so viele Kundinnen geschickt hatte, denn die viele Arbeit *war* ein Segen. Auch wenn sie sich momentan etwas überfordert fühlte. Nachdem sie ein paar Lockerungsübungen gemacht hatte, öffnete sie ihre Tür und trat nach draußen.

Und wäre fast über Jericho gefallen, der auf der obersten Treppenstufe saß.

Er stand auf, sah sie an und runzelte die Stirn. „Du siehst schrecklich aus."

Hannah seufzte. „Das ist genau das, was jedes Mädchen gerne von ihrem Verehrer hören möchte."

Leider schien er den Humor in ihrer Stimme überhaupt nicht wahrzunehmen, denn er ergriff ihren Arm und führte sie den Rest der Stufen hinunter. „Du hast bis in die frühen Morgenstunden gearbeitet. Du arbeitest zu viel. Das ist zu anstrengend."

„Es geht mir gut, Jericho." Hannah entzog ihm ihren Arm. „Ich kenne meine Grenzen. Du musst dir keine Sorgen um mich machen."

„Mache ich aber trotzdem", murmelte er.

Berührt und zugleich verwirrt von seiner Besorgnis trat Hannah einen Schritt zurück. Sie wusste, dass er recht hatte, doch in ihrem übernächtigten Zustand würde sie womöglich noch etwas sagen, das sie später bereute. Das würde sicher nicht dabei helfen, dass er ihr endlich seine Gefühle gestand. Sie sollte besser gehen, bevor sie die Situation vermasselte.

Hannah zwang sich zu einem Lächeln. „Nach meinem Spaziergang sieht die Welt schon ganz anders aus, glaub mir."

Und tatsächlich half ihr die Bewegung an der frischen Luft eine Weile lang. Doch am Nachmittag holte sie die Müdigkeit ein. Mehrmals schreckte Hannah hoch, weil ihr Kopf nach vorne kippte, während sie an der Nähmaschine saß. Die ersten drei Male versuchte sie sich wachzuhalten, indem sie den Kopf schüttelte. Nach dem vierten Mal erhob sie sich müde und ging ein paarmal durch ihren Laden. Beim fünften Mal ergab sie sich und legte den Kopf in die Armbeuge, um sich davontreiben zu lassen.

Zum Glück war sie noch nicht im Tiefschlaf, als die Ladentür geöffnet wurde und jemand eintrat. Sie schreckte hoch, rieb sich die Augen und hoffte, dass sie einigermaßen vorzeigbar war.

„Ich bin sofort bei Ihnen", rief sie.

„Ich bin's nur", antwortete Cordelias vertraute Stimme.

Hannah seufzte erleichtert.

„Ich bin gekommen, um dich zum Abendessen einzuladen." Ihre Freundin trat in den kleinen Arbeitsbereich und Hannah legte das blaue Kleid beiseite, an dem sie eigentlich arbeiten wollte.

Ein ruhiges Abendessen mit Freunden hörte sich verlockend an, aber sie musste mit dieser Änderung heute noch fertig werden, damit sie sich wieder dem Paxton-Kleid widmen konnte.

„Ich würde gerne kommen, aber ich habe momentan zu viel zu tun. Vielleicht lieber nächste Woche, wenn die Dinge etwas entspannter laufen."

„J.T. hat mir schon gesagt, dass du so reagieren würdest."

Hannah blinzelte. „Hat dein Bruder dich geschickt? Du liebe Zeit, Cordelia, ich bin erwachsen. Ich brauche niemanden, der mir sagt, wann ich zu essen habe, wann ich schlafen soll und wann –"

Ein Gähnen unterbrach ihre Rede. Hannah hielt sich die Hand vor den Mund und starrte Cordelia finster an, als sei es ihre Schuld.

Cordelia grinste nur. „J.T. hat angeboten, dich über die Schulter zu werfen und zu uns rüberzutragen, aber ich dachte mir, ich probiere es erst mal so. Immerhin bist du eine vernünftige Frau, wie du eben selber festgestellt hast, die niemals während der Arbeit einschlafen würde. Nicht wahr."

Hannah verschränkte die Arme und sah ihre Freundin weiterhin böse an. Diese ließ sich allerdings nicht beirren.

„Die Wahrheit ist, dass ich erleichtert war, als J.T. vorgeschlagen hat, dich zum Essen einzuladen. Ich könnte heute Abend wirklich deine Hilfe gebrauchen." Cordelias Grinsen hatte einem flehenden Blick Platz gemacht.

Hannah ließ die Arme sinken. „Wieso meine Hilfe?"

„Ike kommt heute zum Essen. Und ich habe Angst, dass J.T. ihn mit Fragen löchert und sich vollkommen unhöflich verhält. Du kennst ihn doch. Ich will nicht, dass Ike nachher nie mehr mit mir essen will."

„So ein Quatsch", rief Hannah. „Wenn er dafür Zeit mit dir verbringen kann, wird er keinem Wortgefecht ausweichen."

„Aber wenn du J.T. ablenken könntest, wäre unsere gemeinsame Zeit viel angenehmer. Bitte?"

Hannah verdrehte die Augen in Richtung Decke und seufzte. „Also gut. Ich komme."

Cordelia strahlte. „Danke!" Sie sprang auf. „Ach, übrigens gibt es Roastbeef mit Kartoffeln, Karotten und Zwiebeln, Schwarzbrot, Krautsalat, gebackene Tomaten und frischen Apfelkuchen. Ikes Lieblingsessen."

Hannah lief das Wasser im Mund zusammen. Die ganze Woche über hatte sie sich nichts zu essen gekocht, sondern sich von altem Brot und Keksen ernährt. Gestern hatte sie sich ein Stück Speck gebraten, aber ansonsten war ihre Ernährung doch sehr einseitig gewesen. Sie brauchte wirklich eine Pause.

 C&R

Als es Zeit war, den Laden zu schließen, legte Hannah die fast fertige Änderung beiseite. Es fehlten nur noch etwa dreißig Zentimeter Saum und es juckte in ihren Fingern, die Arbeit schnell noch zu Ende zu bringen, doch der Gedanke an das Essen ließ ihren Magen knurren. Das Geräusch verdrängte jeden Arbeitseifer.

Da sie vor Jericho einen besseren Eindruck machen wollte als am Morgen, lief sie schnell nach oben, um sich frisch zu machen. Sie konnte nicht viel tun, um die Schatten unter ihren Augen zu verdecken, aber sie zog das blaue Kleid an, das er so sehr an ihr mochte, und kämmte ihre Haare zu einer ordentlichen Frisur. Zum Schluss rieb sie sich die Wangen, um ein bisschen Farbe in ihr Gesicht zu bringen. Nach einem letzten prüfenden Blick ging sie nach unten.

Eine kalte Brise empfing sie, als sie ihr Gesicht zum sternenklaren Himmel hob. Langsam atmete sie ein und aus und versuchte so den Frieden und die Gelassenheit in ihrem Herzen wiederzufinden, die ihr in den letzten Tagen abhandengekommen waren. Um ihre Kunden zufriedenzustellen, hatte sie ihre Zeit mit Gott vernachlässigt.

Vergib mir.

Lächelnd öffnete sie ihre Augen wieder. Cordelia und Jericho sorgten schon dafür, dass sie sich auch Zeit für die ruhigen Momente im Leben nahm – und wenn sie sie dazu zwingen mussten.

Kopfschüttelnd machte sie sich auf den kurzen Weg zu ihren Freunden. Ihre Gedanken waren schon bei Jericho. Gab es etwas, das sie tun konnte, damit er ihr gegenüber seine Gefühle in Worte fassen konnte? Sie sah die Liebe in seinen Augen und seinen Taten, doch trotzdem schien eine unsichtbare Mauer zwischen ihnen zu stehen.

Vielleicht würde es helfen, wenn sie aufhörte, ihn bei dem Namen zu nennen, den er nicht leiden konnte. Sie hatte ihn anfangs Jericho genannt, um ihn zu ärgern, doch jetzt sah sie es anders, wenn sie ihn so nannte. Es war ein Name, mit dem nur *sie* ihn ansprach. Aber was, wenn er es trotzdem schrecklich fand? Sie sollte aufhören, ihn Jericho zu nennen und J.T. zu ihm sagen. Innerlich bezweifelte sie zwar, dass so eine kleine Geste seine Zunge lösen würde, doch sie würde es ausprobieren.

Hannah bog um die Ecke und sah das Haus der Tuckers vor sich. Ihr Herz schlug schneller. Gleich würde sie Jericho wiedersehen. *J.T.*, korrigierte sie sich.

Von Weitem konnte sie Cordelia und Ike auf der Veranda erkennen, die sich angeregt unterhielten und gemeinsam lachten. Hannah hielt inne, bevor sie die beiden störte. Bestimmt würde sich ihre Freundin über ein paar Minuten Privatsphäre freuen. Das wollte sie ihr gönnen.

Neben ihr im Busch raschelte es plötzlich, sodass Hannahs Aufmerksamkeit von dem glücklichen Paar abgelenkt wurde. Bevor sie sich jedoch umgedreht hatte, sprang ein Schatten hervor und umklammerte sie von hinten. Erschrocken schrie Hannah auf, doch sofort legte sich eine kalte, knochige Hand über ihren Mund. Ein Mann presste sie gegen einen Baum, sodass die linke Seite ihres Gesichts schmerzhaft über die raue Borke schabte. Mit weit aufgerissenen Augen versuchte Hannah, die Schmerzen zu verdrängen. Was geschah hier? Verzweifelt grub sie ihre Fingernägel in den Arm des Angreifers. Der Mann zischte, lockerte seinen Griff jedoch nicht.

„Sei still, sonst steche ich dich ab. Verstanden?"

Hannah erstarrte. Sie erkannte die Stimme.

Vorsichtig wandte sie den Kopf ein wenig und sah, dass der Mann ein blitzendes Messer in der Hand hielt. Wieder durchzuckte sie eine schreckliche Angst. Was hatte er vor? Hannah drehte ihren Kopf weiter und sah an dem Messer vorbei in das harte Gesicht ihres Angreifers. Kalte Augen starrten sie hasserfüllt an. Lange Haare fielen dem Mann ins Gesicht, konnten aber trotzdem das Mal auf seiner Wange nicht ganz verbergen.

Warren.

Kapitel 38

J.T. hatte gerade den Stall verlassen wollen, als eines der Pferde, die er für die Besucher des Hotels unterbrachte, die Anfänge einer Kolik gezeigt hatte. J.T. hatte die Sache ein paar Minuten lang beobachtet, dann jedoch festgestellt, dass sich das Pferd schnell wieder beruhigte. Es hatte sogar das angebotene Futter genommen, sodass er sicher sein konnte, dass mit dem Tier alles schnell wieder in Ordnung kommen würde.

„Tom, bitte behalte unseren Besucher hier im Auge, bis ich wieder da bin. Gib ihm nichts weiter zu essen. Er kann ein bisschen Wasser bekommen, aber sonst nichts, verstanden?"

„Ja. Kein Futter. Verstanden."

„Und wenn er wieder unruhig wird, kannst du mich holen."

Tom nickte. „Ich bleibe bei ihm. Ich verspreche es."

J.T. klopfte dem jungen Mann auf die Schulter. „Ich weiß. Du bist ein guter Mitarbeiter, Tom."

Das Lächeln des Jungen war strahlender als der Vollmond am Nachthimmel. Noch einmal klopfte J.T. ihm anerkennend auf die Schulter und machte sich dann auf den Weg zu seinem Haus. Er hätte eigentlich schon vor zehn Minuten zu Hause sein sollen. Cordelia würde ihn sicher zur Rede stellen. Sie konnte es nicht ausstehen, wenn man sie mit dem Essen warten ließ. Doch andererseits konnte sie so ihre Zeit allein mit Ike genießen – was wiederum J.T. finster dreinblicken ließ. Nun ja, es war seine Schuld.

Auf dem Weg zum Haus machte er einen Abstecher zu Hannahs Laden und warf einen Blick durch das Fenster. Alles dunkel.

Gut. Anscheinend besaß sie doch so etwas wie gesunden Menschenverstand.

∞

Wie hatte sie nur so gedankenlos sein können? Hannah schluckte ein Seufzen hinunter. Sie hatte gewusst, dass Warren wieder in der Stadt war, aber bei all dem Trubel in ihrem Laden hatte sie ihn vollkommen vergessen. Jetzt hatte sie selbst sich ihm förmlich auf dem Silbertablett serviert. Wer wusste schon, wie lange Warren hier lauerte und Cordelia und Ike beobachtete.

Hass funkelte in seinen Augen, als er seinen Kopf ihrem Gesicht näherte. „Vater schickt mich weg, wusstest du das?" Er sprach, als würde er eine normale Unterhaltung führen und sie nicht gerade mit dem Messer bedrohen. „Sagt, es wäre Zeit für mich, auf meinen eigenen Füßen zu stehen, aber ich glaube, da steckt mehr dahinter." Er presste die flache Seite der Klinge gegen ihre Wange.

Hannah wimmerte und schloss die Augen, starr vor Angst, während er das Messer an ihren Hals führte. Die Spitze piekste leicht in ihre Haut, als er noch einmal innehielt. Sie presste die Augen noch fester zusammen. *Gott, hilf mir!*

Warren lachte leise und bedrohlich, doch auf Hannah hatte dieses Lachen eine andere Wirkung. Plötzlich schoss ihr ein Vers durch den Sinn. *Denn Gott hat uns nicht einen Geist der Verzagtheit gegeben, sondern den Geist der Kraft.* Es war Zeit, dass sie diese Kraft nutzte. Sie hatte genug von dieser Ratte hingenommen. Es reichte.

Hannah öffnete ihre Augen und starrte Warren wütend an. Das Lächeln verschwand kurz aus seinem Gesicht, doch er setzte es schnell wieder auf. Seine Lippen verzogen sich spöttisch, als er ihr erneut das Messer vor die Augen hielt.

„Cordelia hätte mir gehören sollen", spuckte er hervor. „Seit wir als Kinder zusammen gespielt haben, wusste ich, dass wir heiraten würden. Dann bist du hier aufgetaucht und hast alles verdorben."

Hannah schüttelte den Kopf, die Rinde des Baumes kratzte wieder über ihre Haut. Sie murmelte etwas in seine Handfläche, doch er ignorierte sie.

Warren sah in Richtung der Veranda der Tuckers. Seine Augen wurden weicher. Traurigkeit erfüllte sie.

„Sie mochte mich", sagte er kaum hörbar. „*Mich.* Die Leute sehen doch immer nur das Mal in meinem Gesicht. Sie hat mir Geschenke gemacht und für mich gebacken. Sie wäre die perfekte Frau für mich gewesen."

Aber du wärst ihr ein schrecklicher Ehemann gewesen.

Warren durchbohrte sie mit seinem Blick, als hätte er ihre Gedanken gelesen. „Du hast mir meine Zukunft geraubt. Mein Leben!" Sein Gesicht war nur noch wenige Zentimeter von ihrem entfernt. „Du hast sie in diese hübschen Kleider gesteckt und aus ihr eine eingebildete Ziege gemacht."

Wenn Hannah einen Weg gefunden hätte, ihren Mund zu öffnen, hätte sie ihn gebissen. Wie konnte er es wagen, Cordelia so zu beleidigen?

Hannah drehte sich leicht und versuchte, in Richtung seiner Augen zu kratzen.

Warren zuckte zurück, lockerte seinen Griff jedoch nicht.

„Vielleicht sollte ich dir zeigen, was es heißt, ein entstelltes Gesicht zu haben. Dann wärst du nicht mehr so hochnäsig." Er hielt das Messer wieder an ihr Gesicht und presste es gegen ihre Wange. Sie erstarrte. Würde er es wirklich wagen? Hannahs Herz schlug panisch.

Wieder ertönte sein eiskaltes Lachen. „Ein einziger Schnitt würde schon ausreichen. Nur ein kleiner Druck …"

Die Klinge drückte sich in ihr Fleisch und etwas Warmes rann an Hannahs Wange herab. Sie wimmerte entsetzt.

Warrens Augen wurden groß vor Entsetzen, als er einen Schritt zurückstolperte. „Es … es tut mir leid." Er ließ das Messer sinken. „Ich wollte Ihnen nur Angst machen. Ich wollte Sie nicht verletzen, es –"

Hinter ihm erklang ein wütendes Knurren, das Warrens Worte abschnitt. Jericho stürmte heran. Er packte Warren und schleuderte ihn zu Boden. Das Messer flog in hohem Bogen davon und blieb vor Hannahs Füßen im Gras liegen. Sie klammerte sich an den Baum und konnte nicht glauben, dass die Sache vorbei war.

„Geht es dir gut, Hannah?", rief Jericho, ohne seine Augen von Warren abzuwenden.

„Ja", flüsterte sie erleichtert und merkte dann, dass er es nicht gehört haben konnte. „Ja. Es geht mir gut", sagte sie dann lauter. Als sie sich sicher war, dass ihre Beine sie trugen, beugte sie sich nach unten, um Warrens Messer aufzuheben. Mit zitternden Händen steckte sie es ein, damit es keinen Schaden mehr anrichten konnte.

„Brauchst du jemanden, an dem du deine Enttäuschung auslassen kannst, Hawkins? Versuch es doch mal mit mir." Jericho sprach bedrohlich leise. Warren war mittlerweile wieder auf den Beinen und schien sein Angebot ernsthaft in Erwägung zu ziehen.

Die beiden Männer umkreisten sich und ließen sich dabei nicht aus den Augen. Hannah hoffte, dass Warren sich einfach ergeben würde, doch trotz seiner körperlichen Unterlegenheit stürmte er plötzlich auf Jericho zu. Hannah unterdrückte einen Schrei. Wenn sie Jericho ablenkte, würde er in ernsthafte Gefahr geraten.

Warren prallte gegen Jerichos Brustkorb, doch dieser blieb unerschütterlich stehen und schlang in einer schnellen Bewegung seine Arme um den Hals des jungen Mannes, um ihn zur Seite zu stoßen.

Warren schüttelte ihn ab und griff wieder an. Dieses Mal machte Jericho einen Schritt zur Seite und ließ den anderen ins Leere laufen.

„Bist du fertig?", fragte Jericho.

Obwohl Warren mittlerweile gemerkt haben musste, dass er keine Chance gegen Jericho hatte, schüttelte er entschlossen den Kopf.

Hannah seufzte. Was versprach Warren sich davon? Glaubte er wirklich, dass er gewinnen konnte? Oder wollte er auf diese Weise eine Art Bestrafung für sich provozieren?

Obwohl Hannah hoffte, dass Warren für seine Vergehen bestraft wurde, konnte sie den Kampf nicht mehr mit ansehen. Es war so demütigend.

Warren taumelte nach vorne und schwang seine geballte Faust in Richtung von Jerichos Kopf. Jericho wehrte den Schlag ab und schleuderte den jungen Mann wieder zu Boden. Er hatte seine Hand nicht von sich aus gegen ihn erhoben, sondern sich nur verteidigt.

Hannah konnte es nicht mehr ertragen. Warren hatte sie nicht verletzen wollen. Das Entsetzen, das ihm im Gesicht gestanden hatte, als er ihr Blut gesehen hatte, war ehrlich gewesen. Warum hatte er sich auf den Kampf mit Jericho eingelassen?

„Hilf ihm auf. Ich glaube, er hat genug, Jericho", hörte Hannah sich sagen.

Jericho zog Warren hoch. Er konnte kaum alleine stehen.

Hannah ging zu ihm hinüber. „Verschwinde hier, Warren. Verlass die Stadt. Gründe dein eigenes Geschäft und fang ein neues Leben an. Es ist vorbei."

Warren entzog Jericho seinen Arm und schaffte es irgendwie, alleine auf den Beinen zu bleiben. Er drehte sich wortlos um und ließ sie einfach stehen.

Hoffentlich befolgte er ihren Rat. Sie würde für ihn beten.

Jericho klopfte sich den Staub von der Hose. „Wann verlässt du die Stadt, Warren?", rief er ihm hinterher.

Warren blieb zögernd stehen, wandte sich aber nicht noch mal um. „Montag."

„Ich erwarte, dass du mir und meiner Schwester bis dahin aus dem Weg gehst. Und auch Miss Richards. Haben wir uns verstanden?"

„Ja."

„Wenn ich dich in der Nähe von Cordelia oder Hannah erwische, rufe ich den Sheriff."

Warren entfernte sich ohne ein weiteres Wort.

Als er außer Sichtweite war, warf sich Hannah in Jerichos Arme. Er umarmte sie lange. Dann schob er sie leicht von sich und betrachtete ihr Gesicht. „Der Schnitt unter deinem Auge sieht nicht schlimm aus. Ich glaube, das Blut ist schon getrocknet. Im Haus kannst du dir das Gesicht waschen."

„Meinst du, Cordelia wird es bemerken?"

„Wahrscheinlich, aber daran können wir nichts ändern."

Hannah seufzte. „Na gut, lass uns gehen. Cordelia wartet sicher schon auf uns." Hannah zog ihn in Richtung Haus. „Komm schon, Jer … ich meine, J.T. Ich verhungere."

Kapitel 39

„Wie hast du mich gerade genannt?" J.T. zog eine Augenbraue hoch und blieb wieder stehen. Seine Worte hörten sich eher anklagend an als nach der einfachen Frage, die er hatte stellen wollen. Doch das lag an seinen immer noch sehr aufgewühlten Gefühlen.

Ich hätte sie verlieren können.

Die Erinnerung an das Messer, das gegen ihre Wange gepresst wurde, ließ J.T. fast das Blut in den Adern gefrieren. Doch jetzt war es vorbei, die Gefahr war ausgestanden.

„Ich dachte, dass du diesen Namen eigentlich bevorzugst."

„Bei allen anderen ja. Aber nicht bei dir."

Sie sah ihn fragend an. „Bei mir nicht? Aber wieso?"

J.T. trat dicht neben sie und streichelte ihre Wange. Sein Daumen fuhr über ihre Lippen. „Wenn *du* mich Jericho nennst, dann bin ich aus irgendeinem Grund stolz darauf, so zu heißen. Ich weiß auch nicht warum." Sanft streichelte er ihren Hals, bis seine Hand auf ihrer Schulter zu liegen kam. Mit einem schiefen Lächeln sah er sie an. „Ich glaube, du hast versucht, mich zu ärgern, und wolltest meinen Stolz ins Wanken bringen, als du mich auf die wahre Bedeutung meines Namens aufmerksam gemacht hast. Doch du hattest recht mit deinem Vergleich. Der Name passt zu mir."

Zum ersten Mal, seit er sie kannte, schienen Hannah die Worte zu fehlen. Sie starrte ihn einfach nur an. Leise, zaghafte Hoffnung schimmerte in ihren Augen. J.T. ergriff ihre Hände. Er würde sie nicht enttäuschen. Nicht dieses Mal.

Nachdem er eine Weile nachdenklich auf ihre ineinander verschlungenen Hände geblickt hatte, räusperte er sich. „Ich wollte mich davor schützen, die gleichen Fehler zu begehen wie mein Vater. Er hat eine wunderschöne Frau in sein Leben gelassen und ihr sein Herz geschenkt. Und sie hat ihm alles genommen und seine Liebe mit Füßen getreten. Ich wollte nicht in die gleiche Falle tappen. Also habe ich eine

Mauer um mein Herz errichtet – eine Mauer wie die, die um die Stadt Jericho errichtet war."

Hannah atmete zitternd aus.

J.T. drückte ihre Hände und sah ihr tief in die Augen. „Du warst wunderschön, elegant und unabhängig – alles, was ich als verwerflich angesehen habe. Trotzdem hast du dir den Weg zu meinem Herzen erkämpft. Du hast mich umkreist, Hannah, wieder und wieder. Und irgendwann fing die Mauer an einzustürzen, bis du mein Herz in Besitz genommen hast."

Er führte Hannahs Hand an seinen Mund und presste seine Lippen auf ihre weiche Haut. Ihre Brust hob und senkte sich hastig.

„Ich liebe dich, Hannah."

Er beugte sich zu ihr. Seine Lippen berührten ihren Mund in einem zärtlichen Kuss, der ihre Liebe für immer besiegeln sollte. Doch als er sich zurückziehen wollte, zog diese temperamentvolle, unabhängige Frau vor ihm sein Gesicht wieder an ihre Lippen. Gerne leistete er dieser Aufforderung Folge und schlang seine Arme um sie. J.T. drückte sie eng an sich und genoss es, wie sie ihren Körper an ihn schmiegte. Sie schienen genau füreinander geschaffen zu sein.

Nach einer Weile schob er sie zärtlich von sich und sah noch einmal tief in ihre blauen Augen, die viel dunkler wirkten als sonst.

„Macht es dir auch wirklich nichts aus, wenn ich dich Jericho nenne?"

„Nein." Er streckte ihr seine Hand entgegen, um sie ins Haus zu führen. „Unter zwei Bedingungen macht es mir nichts aus."

Hannah sah ihn fragend an.

„Erstens musst du mich heiraten. Immerhin kann ich nicht gestatten, dass mich wildfremde Menschen Jericho nennen. Das ist nur innerhalb der Familie erlaubt. Und zweitens –"

„Warte einen Moment." Hannah legte ihren Finger auf seine Lippen, um ihn zum Schweigen zu bringen. „War das ein Heiratsantrag? Hat Jericho Tucker, der Mann, der Mode für eine Todsünde hält, gerade eine Schneiderin gefragt, ob sie ihn heiraten will?"

J.T. schüttelte den Kopf. „Nein. Jericho Tucker, der Mann, der Gott ewig dafür danken wird, dass er so eine wunderbare Frau in sein Leben gestellt hat, ist derjenige, der einer Schneiderin einen Antrag gemacht hat." Er legte seine Hände um ihr Gesicht. „Willst du, Hannah? Willst diesen griesgrämigen Stallbesitzer heiraten, der dich mehr liebt als sein eigenes Leben?"

Ein strahlendes Lächeln trat auf ihr Gesicht. „Ja, Jericho. Ja, ich will!"

Triumph und Freude durchzuckten ihn. Mit einem freudigen Jauchzer hob er sie hoch und wirbelte sie durch die Luft. Sie lachte fröhlich. Das Geräusch erinnerte ihn an einen warmen Sommerregen, der seine Seele erquickte. Sie gehörten zusammen. Jetzt und immer.

J.T. setzte Hannah vorsichtig wieder ab. Sie lächelten einander an, ohne etwas zu sagen. Ein glückliches Paar, das sich auf ein gemeinsames Leben freute.

„Was ist die zweite Bedingung?", fragte Hannah plötzlich.

J.T. sah sie überrascht an. „Was?"

„Ich habe zugestimmt, dich zu heiraten. Was muss ich noch erfüllen, damit ich dich weiterhin Jericho nennen darf?"

Ach so. Das hatte er fast vergessen. Er bemühte sich, sein Grinsen zu unterdrücken. „Du musst mir versprechen, dass du keinen unserer Söhne nach einer kanaanitischen Stadt benennst. Ich habe mich an meinen Namen gewöhnt, aber ich will niemandem zumuten, mit Namen wie Geser oder Eglon durchs Leben gehen müssen." Seine Schultern bebten, als er sein Lachen zurückhielt.

Hannah verzog in gespieltem Entsetzen ihren Mund. „Was? Aber ich wollte unseren Erstgeborenen doch so gerne Megiddo nennen."

Lautes Lachen brach aus J.T. hervor, als er Hannah in Richtung des Hauses schob, das er irgendwann bald mit ihr bewohnen würde. Das Leben mit dieser unglaublichen Frau würde erfüllt sein von reichen Farben, viel Lachen und großzügiger Liebe. Was konnte schöner sein?

Unser Lesetipp

Cathy Marie Hake
Kein Job für eine Lady
ISBN 978-3-86827-139-3
304 Seiten, Paperback

Nach einer geplatzten Verlobung sitzt die britische Lady Sydney Hathwell mittellos in Amerika fest. Nach England zurückzukehren kommt für sie nicht in Frage – seit dem Tod ihrer Eltern hat sie dort kein Zuhause mehr.
Was bleibt ihr also anderes übrig, als einen Verwandten in Texas um Hilfe zu bitten? Onkel Fuller ahnt nicht, dass Sydney auch ein weiblicher Vorname sein kann. Er lädt den vermeintlichen „Neffen" auf seine Ranch ein und macht deutlich, dass ihm eine Frau niemals willkommen wäre. Die verzweifelte junge Lady sieht keinen anderen Ausweg: Sie verkleidet sich als Mann.
Bei ihrer Ankunft auf der Ranch muss sie feststellen, dass ihr Onkel überhaupt nicht da ist. Bis zu seiner Rückkehr führt der Vorarbeiter Tim Creighton die Geschäfte. Und der beschließt, aus dem „eitlen Geck" einen richtigen Kerl zu machen. Tapfer versucht Sydney ihre Maskerade aufrechtzuerhalten. Doch wird sie ihr Geheimnis wirklich für sich behalten können?